MENTIRAS DE MEDIANOCHE

MARIE RUTKOSKI

MENTIRAS DE MEDIANOCHE

DIOSES OLVIDADOS

Traducción de Nerea Gilabert Giménez

Argentina – Chile – Colombia – España
Estados Unidos – México – Perú – Uruguay

Título original: *The Midnight Lie*
Editor original: Farrar Straus Giroux Books for Young Readers, un sello de Macmillan Children's Publishing Group, LLC
Traductora: Nerea Gilabert Giménez

1.ª edición: enero 2024

ISBN: 978-84-19252-26-5
E-ISBN: 978-84-19497-74-1
Depósito legal: M-31.038-2023

Fotocomposición: Ediciones Urano, S.A.U.

Impreso por: Rodesa, S.A. – Polígono Industrial San Miguel
Parcelas E7-E8 – 31132 Villatuerta (Navarra)

Impreso en España – *Printed in Spain*

Este libro está dedicado a mis hijos, Eliot y Téo.

1

Aquel día, había señales de advertencia por todo el Distrito y estaban a la vista de cualquiera. Hasta los niños debieron ver el peligro que se escondía tras sus propios juguetes: unas lunas crecientes hechas de hojalata que colgaban de un palo y proyectaban sombras bajo la pálida luz del sol. Sabían, igual que yo, que, cuando había verbena, la milicia salía en masa para tratar de completar el cupo de arrestos. Se las arreglaban para detectar un número determinado de infracciones cometidas por los habitantes del Distrito, ya fuera por estar bebiendo, por ir vestidos de forma inadecuada o por cualquiera de los muchos delitos que los Semicasta podíamos cometer.

Tal vez, cuando vi el pájaro desde la ventana de mi minúsculo dormitorio, debería haberme puesto más alerta. La habitación se encontraba en el desván de la taberna y era tan fría que a menudo tenía que irme a dormir vestida de pies a cabeza. La ciudad, Ethin —un nombre bonito para una ciudad, y es que realmente era bonita... para según qué personas—, suele ser cálida, tan cálida que en las grietas de las paredes crecen diminutas flores indi de color púrpura. Se puede apreciar cómo los delgados tallos de color verde se clavan en la piedra y un fuerte aroma espesa el ambiente. Pero, de vez en cuando, sopla un viento del oeste que nos cala hasta los huesos, tanto a los Semicasta como a los Casta Mediana o a los Casta Alta. La gente dice que las playas de arena rosada que hay a las afueras de la ciudad se llenan de granizo. Dice que los árboles que hay al otro lado del muro se llenan de perlas de hielo y que los Casta Alta organizan fiestas al aire libre en las que beben chocolate caliente y crean nubes blancas de vaho al reír.

Yo nunca había visto la costa. No sabía ni si me gustaría el chocolate. Ni siquiera había visto nunca un árbol.

Me desperté por la forma en que cantaba el pájaro. El canto era cristalino y diáfano: como el sonido de unas canicas al caer sobre un suelo pulido. Pensé: *No es posible* y *No aquí* y *Ese pájaro tiene los días contados*. Tal vez en ese momento debería haber sabido cómo acabaría el día, pero ¿cómo iba a adivinarlo? Me acerqué a la ventana, limpié la escarcha con la mano y clavé las uñas en el marco. La humedad había conseguido erosionarlo y se había comido la madera hasta ablandarla. En ese momento, no sabía lo que me iba a encontrar. Tampoco fui capaz de adivinarlo al ver una mancha roja revolotear entre los tejados marrones y blancos, ya que pensaba que me conocía a mí misma. Pensaba que sabía qué era capaz de hacer y qué no. De lo único que estaba segura era de que:

Haría lo que se esperaba de mí.

En ese momento podía confiar en mí misma.

Ninguna de las personas que echaba de menos iban a volver.

Si se destapaban los crímenes que había cometido, estaba muerta.

Así que decidme, ¿qué puede provocar que una chica buena y apacible acabe por meterse en problemas, sobre todo cuando tiene tanto que perder?

2

—Cualquiera puede atraparlo.

—Con la cantidad de gente que hay ahí fuera por la verbena, no se atreverá a volar bajo.

—Cierto. Alguien tendrá que subirse a algún lado.

—A los tejados, sí.

Agarré el asa de la puerta del horno con el delantal y la abrí. El calor me envolvió. Las voces de Morah y Annin se alzaron. Se notaba que estaban ansiosas en la forma de hablar. Aquel era uno de esos deseos imposibles que guardas como un tesoro. Le haces un lugar en tu corazón. Le preparas la cama más cómoda para que descanse. Le das de comer los alimentos más selectos y, si lo que pide es comerse tu propia alma, se la ofreces también.

Lo que querían no era el pájaro elíseo, sino lo que ese pájaro podía aportarles.

—Hasta un niño sería capaz de hacerlo —dijo Annin—. Los he visto subir por los laterales de los edificios, trepando por las cañerías.

Sabía perfectamente en qué estaba pensando: en que ella misma era lo bastante ligera como para intentarlo. Yo odio las alturas. Hacen que se me revuelva el estómago. Incluso aunque esté sobre suelo firme, las alturas hacen que me sienta inestable, como si nada en el mundo fuera fiable, como si lo único seguro fuera el hecho de que voy a caerme. Miré su expresión de perspicacia y pensé que yo nunca sería capaz de hacer lo que ella estaba pensando. Y tampoco me gustaba la idea de que ella fuera trepando por los tejados.

Morah negó con la cabeza y su oscuro pelo acompañó el gesto.

—Seguro que alguien lo esperaría abajo y, cuando el ladronzuelo bajara, se abalanzaría sobre él y se lo quitaría.

Al fondo del horno, el fuego, que había estado prendido toda la noche, resplandecía con un color rojo oscuro. A causa de la corriente de aire fresco, se tornó naranja. Raspé la ceniza y la arrojé al cubo. Luego, uno a uno, metí los moldes que contenían masa de pan en el horno con la ayuda de una pala de madera de mango largo. Parecían almohadas de color crema, decoradas con un delicado diseño que se revelaría a medida que la hogaza se fuera cocinando. No había dos iguales. Había escenas de lluvia, castillos de fantasía, retratos de caras bonitas, flores, animales dando saltos… Annin me decía que era toda una artista. Si ella supiera…

Cerré la puerta del horno y me limpié las manos llenas de harina.

—Se congelará antes de que alguien consiga atraparlo.

El pájaro elíseo seguramente se le había escapado a alguna señora Alta. No debía de estar preparado para sobrevivir fuera de una jaula.

—Incluso muerto te darían una buena suma de dinero por él —dijo Morah.

Annin puso cara de asombro. Tenía una piel inusual para ser de Herrath, más pálida que la mayoría, incluso diría que lechosa, con pecas repartidas por las mejillas y los párpados. Sus rasgos eran tan frágiles —pestañas claras, ojos azules, boca pequeña con unas comisuras delicadas— que parecía mucho más joven que yo, a pesar de que no nos llevábamos mucho.

—Deshuesa las cerezas —le pedí—. Las necesito para las tartas.

Ese día, la taberna tenía la suerte de contar con un canasto lleno de cerezas heladas. A saber cómo se las había arreglado Cuerva para conseguirlas. Mediante el mercado negro, probablemente. Tenía contactos entre los Casta Mediana y los había dispuestos a intercambiar ese tipo de cosas por productos fabricados en el Distrito. No era legal; de la misma forma que los Semicasta no podíamos llevar ciertos tipos de ropa porque estaban restringidos a las castas superiores, tampoco podíamos comer ciertos alimentos. Los alimentos de los Semi eran sencillos y saciantes, y el Consejo se encargaba de que nadie pasara hambre. Pero no había comida ácida, dulce, amarga o picante.

Las cerezas heladas no necesitaban azúcar; aquellas relucientes esferas doradas que se deshacían solas en el horno eran dulces de por sí. Quería probarlas. Solía meterme una, solo una, en la boca, dejaba que mis dientes penetraran en la pulpa hasta llegar al hueso, infranqueable, y entonces el meloso jugo me impregnaba la lengua.

La cocina parecía estar llena de deseos.

—El pájaro no se va a morir —replicó Annin—. Es el pájaro de los dioses.

Morah resopló.

—No existe ningún dios.

—Si se muriera, adiós —siguió Annin—. No se podría aprovechar para ningún fin.

Morah y yo intercambiamos una mirada mientras ella secaba los platos. Era mayor que Annin y que yo, lo suficiente como para tener hijos que ya le llegaran a la altura de los hombros. Sus modales también coincidían con los de quien tiene algún niño cerca. Sus gestos eran siempre cuidadosos: a veces desviaba la mirada con cautela para asegurarse de que todo a su alrededor era seguro, de que el fuego no ardía demasiado, de que los cuchillos estaban fuera del alcance de una personita pequeña... Una vez, me la quedé mirando mientras estaba sentada en la mesa, hurgando con una mano en un cuenco de lentejas para quitar las impurezas. En el otro brazo sostenía a un bebé. Pero cuando volví a mirarla, el bebé ya no estaba.

Sabía que no debía mencionarlo. Había sido mi imaginación. Debía tener cuidado. A veces, ciertas ideas se me metían en la cabeza. Que Morah sería una buena madre, por ejemplo. Entonces la idea se volvía demasiado real. La veía claramente, como si fuera real de verdad. Le quitaba el sitio a la verdad: Morah no tenía hijos. Decía que nunca iba a tenerlos.

Ella y yo nos parecíamos en algo que nos diferenciaba de Annin: éramos buenas gestionando las expectativas. Yo porque no tenía ninguna y ella porque se imaginaba que el premio estaba más al alcance de lo que realmente estaba. Lo más probable era que Morah hubiera llegado a la conclusión de que un pájaro elíseo muerto no era tan milagroso como uno vivo. Por lo tanto, no era tan imposible que fuera ella quien se hiciera con el valioso cadáver.

—Están las plumas —dijo—. Y la carne.

También los huesos, que están huecos y, si soplas, puedes crear melodías.

Añadí la mantequilla a la harina.

—El pájaro está ahí fuera. Y nosotras aquí dentro.

Annin abrió la única ventana de la estancia, una muy estrecha. El frío entró como una ola.

Morah refunfuñó, molesta, pero yo no dije nada. Escuchar a Annin y a sus palabras llenas de esperanza me resultaba doloroso. Su tozudez me recordaba a Helin.

Annin limpió las migas de la mesa con las manos. No la miré mientras se dirigía hacia a la ventana. No podía. Tenía un nudo en la garganta. Veía cosas que no existían. Cosas que quería olvidar.

Esparció las migas por el alféizar.

—Por si acaso —dijo.

3

Se dice que el canto del pájaro elíseo te hace soñar. Se dice que esos sueños arreglan los errores del pasado, quitan las espinitas de los recuerdos, los desempolvan y luego los difuminan con un lápiz, con uno de esos de punta blanda, de los que después se pueden emborronar con el dedo. Los sueños hacen que aquello de lo que careces en la vida no parezca tan importante, porque lo que ya tienes te fascina.

Imagina que las estrellas estuvieran colgando más cerca, como carámbanos de hielo. Imagina que una manta normal y corriente, de repente, se ha vuelto extremadamente suave. ¿Cómo vas a salir de debajo de la manta si tienes la sensación de estar tocando el pelaje de algo mágico, como una criatura mítica capaz de leerte la mente y de saber quién eres incluso antes de que nazcas?

Su canto tiene la misma delicadeza que la primera sonrisa de una madre.

Es como un desconocido que, con amabilidad, te limpia el agua de la lluvia que te ha mojado la ropa.

Como una cometa sobrevolando la orilla de Islim, con el cielo asomando entre las rendijas: pequeñas dosis de ese azul tan sólido que te da la sensación de poder guardarte un trocito y llevártelo a casa.

Como sentir que la persona que tienes al lado se queda dormida porque, de repente, los brazos con los que te abraza se vuelven más pesados.

Se dice que el pájaro fue bendecido por un dios, aunque no recordamos cuál.

También que sus plumas rojas son un amuleto.

En el Distrito, donde debemos pasar toda nuestra vida, de donde no podemos salir o, más bien, de donde nunca nos dan permiso para salir, la posibilidad de vivir algo diferente bastaba para sacar a todo el mundo a la calle. También convertía a sus habitantes en cazadores y hasta destrozaba amistades.

Quería decirle a Annin que cerrara la ventana. Que no saliera. La gente estaba dispuesta a matar por este tipo de cosas.

Pero yo también quería ese pájaro.

4

Terminé de preparar el pan decorado. Cuerva se lo llevaba fuera del Distrito, a la ciudad propiamente dicha. Yo nunca la había visto. Ella había heredado el privilegio de poder vender sus mercancías en el exterior, más allá del Distrito amurallado que marcaba el centro de la ciudad, como si del hueso de una fruta se tratara. Cuerva había nacido en el barrio de los Casta Mediana y, por tanto, podía cruzar el muro e ir y venir. Muchos Medianos comerciaban con nosotras. Algunos incluso pagaban por alojarse en la taberna, pero ella era la única persona que yo conocía que había elegido vivir en nuestro Distrito. Esa elección hizo que su estatus entre los Semicasta fuera complicado. Algunos la respetaban más. Otros pensaban que estaba loca. Pero yo sabía que la verdad, aunque era un secreto que jamás podía contarle a nadie, era que había venido a vivir aquí por bondad. Había venido a ayudarnos.

Una vez le pregunté cómo era salir del Distrito, cómo era el resto de la ciudad. Me dijo que le cepillara el pelo y que me guardara mis preguntas.

—¿Por qué no puedo saberlo? Aunque sea para poder imaginármelo.

—No tienes derecho a saberlo.

—¿Por qué? ¿Por qué los Semicasta debemos permanecer en el Distrito?

—Las cosas son como son —contestó ella, que era lo que todo el mundo contestaba a las preguntas de este estilo.

Esa respuesta era como una tela raída y desgastada, tan fina que se había vuelto traslúcida.

—Te acogí —siguió. El cepillo era de metal, con las púas rígidas—. Te di un hogar. —Tenía el pelo plateado, grueso y fuerte, y se le hacían nudos con facilidad. Empecé a cepillarlo con cuidado—. Cuando llegaste, tenías que ponerle nombre a todo, incluso a las bisagras de las puertas. —Ya me había contado eso otras veces—. Era como si creyeras que las cosas que no sabías, aquellas que no podías catalogar, se iban a desvanecer si no las aprendías.

Es cierto, pensé, y me avergoncé de lo débil que había sido, de lo confundida que había estado. Antes, cuando le miraba el pelo, lo veía negro en lugar de gris, un negro tan negro como el mío, como las alas de los cuervos. Cuando era una recién llegada a la taberna, pregunté: «¿Te llaman Cuerva por tu pelo?». Ella me miró fijamente. «¿Qué sabes de mi nombre?» Acobardada, contesté: «Nada». «Exacto», dijo, «no sabes nada». Luego se calmó y me explicó que Cuerva era un apodo. Le pregunté cuál era su nombre real. Me dio un golpecito en la punta de la nariz y respondió: «"Cuerva" ya es lo suficientemente real».

—¿No estás mejor ahora que no tienes pesadillas? —preguntó—. Las tenías incluso despierta. Esos trances. Decías cosas muy raras. Ya has dejado atrás esa fase, gracias a los dioses.

No es que Cuerva creyera en los dioses más que el resto de nosotras, pero nos referíamos a ellos por mera costumbre. Si le hubieras preguntado a un Semi por qué, se habría encogido de hombros y habría dicho: «Las cosas son como son». ¿Que por qué celebrábamos una verbena en honor al dios de la luna si no creíamos en los dioses? Si alguien insinuaba esta pregunta, los demás poníamos los ojos como platos. Pensábamos: *¿Nos van a quitar esto también? ¿La única fiesta que tenemos en todo el año?*

Hice una espiral con el pelo de Cuerva y lo sujeté con horquillas. Demasiado elegante para el Distrito, ningún Semi podía llevar ese peinado.

—No necesitas saber cómo es la ciudad —me dijo—. No te servirá de nada.

Era una mujer de buen corazón. Había abierto su casa a tres huérfanas. Morah, Annin y yo habíamos pasado nuestros primeros años en el orfanato del Distrito. Sin embargo, nunca llegamos a conocernos ahí porque nos llevábamos años de diferencia. Cuerva tenía la bondad de llamarnos «perdidas», aunque había otras palabras más adecuadas para definirnos, como *no deseadas* o *bastardas*, palabras para nombrar a una persona que te avergüenza. Morah tenía el color y los rasgos de lo que llamábamos «antiguo Herrath»: pelo negro, ojos grises rasgados hacia arriba, pestañas largas, nariz chata y piel ligeramente morena. Tenía aspecto de Alta, lo cual significaba que había sido concebida fuera del matrimonio. Alguna mujer de noble cuna debió de llevarla al orfanato y la dejó en la pequeña caja ventilada y con tapa que había en la puerta.

Yo también tenía apariencia de Alta.

Conocí a Cuerva cuando tenía doce años. Por aquel entonces, ella decía que yo era «difícil», aunque seguía todas sus reglas. Cuando me ponía a llorar por las noches, se acercaba a mi cama, me acariciaba la frente y me decía que todo iba a ir bien. Después de un tiempo me cortó el pelo y me dijo: «¿A que está mejor así, limpio y aseado?». Le dije que sí, aunque mi larga melena negra hasta entonces había sido mi mayor orgullo. Helin la envidiaba. Decía que brillaba como una pared recién pintada. Cuerva me mandó peinarme y me dijo que así me aseguraría de no meterme en líos.

Las chicas del Distrito solían llevar el cabello largo. Costaba poco dar pelo como ofrenda si te arrestaba la milicia, aunque ellos tenían total libertad para elegir el diezmo que quisieran. La sangre era lo más común. Te la extraían con una aguja y una jeringuilla. La gente que salía de la cárcel hablaba de ello con alivio. La pérdida de sangre te mareaba, pero aquella sensación no duraba para siempre. No estaba tan mal. Renunciar al cabello era aún mejor. Si les pillabas de buen humor, te lo aceptaban, y luego este se cosía al pelo natural de las damas Casta Alta para que pareciera que tenían más abundancia.

Los hombres de este lado del muro llevaban el pelo corto por orgullo. Querían demostrar que no temían pagar un precio más alto. Era de los pocos orgullos que podían permitirse. La milicia podía quitarles cosas a las mujeres que no solía quitarles a los hombres.

Al cortarme el pelo, Cuerva me estaba arrebatando mi diezmo más fácil. Dijo que lo hacía porque quería mantenerme a salvo. «No confíes en que te quitarán algo fácil. Hazme caso, corderito mío. Actúa como si obedecieras todas las leyes. Haz que la milicia nunca dude de ti, pues ahora sabes la verdad: no puedes permitirte perder nada.»

Cuerva era buena conmigo en otros aspectos. Cuando vio mi primer pan decorado, no me regañó por haber hecho algo extravagante. En su lugar, se quedó callada y después dijo: «De aquí podemos sacar dinero... y otras muchas cosas».

Me dio lápices de colores y me pidió que le mostrara qué sabía hacer. Dibujé su cara.

«Te ha quedado extremadamente bien», dijo, «Esta soy yo. Veo mi cara como si me estuviera mirando en el espejo».

Puso su firma en un papel y me preguntó si podía imitarla.

Lo hice.

«Perfecto», respondió.

Me enseñó a quitar las manchas de aceite de su delantal. La primera vez que manché las sábanas de sangre y me pilló intentando lavarlas con agua caliente, me dijo: «Con agua fría, mi niña, no caliente», y me dio un bloque de jabón que hizo que las sábanas olieran a flores indi. Aquel día me dejó comerme una de las galletas que yo preparaba. La cortó y la untó con mantequilla. Ese premio fue tan inesperado… Yo esperaba un castigo. Mientras me lo comía, me preguntó si me gustaría aprender a quitar las manchas del papel. «¿Manchas de tinta?», pregunté. «Sí», contestó.

La directora del orfanato me había enseñado a leer y escribir. No todas lo aprendíamos, pero la directora vio algo en mí que hizo que quisiera dedicarme tiempo, darme un lápiz y tener paciencia. Era capaz de copiar a la perfección cada letra con solo enseñármela una vez. Nunca olvidaba cómo se escribía una palabra. Sin embargo, a veces escribía frases de las que me arrepentía. Ella me enseñó a tacharlas con una línea, o a esconderlas pintando con tinta muy oscura por encima, por si quería asegurarme de que nadie pudiera leer lo que había escrito. No sabía que había una forma de hacer desaparecer la tinta.

«Vinagre», me explicó Cuerva, «y jugo de limón».

Fue mágico ver cómo se desintegraba la tinta. Pensé: *Ojalá*. Parecía tan fácil. Todo lo hecho se deshacía.

Si no quería ver algo, tenía el poder de hacerlo desaparecer.

Le pedí que me enseñara más y, cuando ya me hubo enseñado todo lo que sabía, le pedí distintos tipos de papel y distintos tipos de tinta. Tardó un tiempo en conseguirlos. Esas cosas eran un lujo en el Distrito. Los Semicasta poseían papel y tinta solo para producir cosas que valiera la pena vender al otro lado del muro, como un libro impreso. El papel y la tinta no eran para uso privado. Pero Cuerva sonreía al dármelos y la veía asentir cuando yo me metía en la habitación a experimentar con ellos. Se me empezó a dar muy bien hacer desaparecer la tinta.

«Nirrim», me llamó un día, «lo que estás haciendo es un secreto. No puedes decírselo a nadie». «¿A quién se lo voy a decir?», respondí. Cuerva le había dejado claro a todo el Distrito que yo estaba bajo su protección, lo cual significaba que nadie me molestaba cuando iba por la calle, pero también que pocas personas estaban dispuestas a ser amigas mías.

«Nunca», dijo, «Este será nuestro secreto».

Le dije que vale. Por aquel entonces tenía doce años. Era mi día del nombre. Mi primer día del nombre fue quizá un año después de que me dejaran en el orfanato, cuando solo era un bebé recién nacido, pequeñita y con ojos grandes. No me diferenciaba en nada de los otros bebés que llegaban, crecían y a veces morían. Una fiebre. Un desvanecimiento. Algunos adelgazaban hasta quedarse en los huesos por una única razón: la negligencia. Pero vivir todo un año significaba que era terca, que tenía voluntad. Así que la directora llegó a la conclusión de que era probable que sobreviviera y, por tanto, debía ponerme el nombre que me correspondía: la persona que me abandonó colgó una nota con alfileres en mi ropa. En ella ponía: *Nirrim*.

Nirrim es una clase de nube de color rosado, con los bordes dorados y que predice buena fortuna.

«Para tu día del nombre, me gustaría enseñarte algo nuevo», dijo Cuerva. «¿El qué?», pregunté. Me gustaba que se me diera bien hacer lo que me pedía. Eso la complacía. Y a mí me hacía sentir segura.

«A callar», contestó. Estábamos solas en la cocina, sentadas a una mesa desgastada por el paso del tiempo y marcada por los cuchillos. Yo estaba chupando el terrón de azúcar que me había dado. Lo moví hacia la mejilla con la lengua para poder hablar.

Le dije que sabía estar callada. «Lo sé, mi niña», respondió. Me metió un mechón de pelo, que por aquel entonces ya me llegaba hasta la barbilla, por dentro del gorro. «Pero puedes llegar a hacerlo aún mejor. Puedes llegar a ser la mejor de todas, incluso. Y, si lo consigues, podré enseñarte más cosas.»

Le pregunté qué tipo de cosas y me contestó que aún no me lo podía decir. «¿Y qué tengo que hacer?». La dulzura del azúcar me bajó por la garganta. Los bordes afilados del terrón se disolvieron contra mis encías.

«Empezaremos con algo fácil», dijo.

«De acuerdo.»

Me pidió que pusiera la mano en el suelo con la palma hacia abajo.

Lo hice.

Tuve que ponerme a cuatro patas para que quedara como ella quería: con la palma totalmente plana y los dedos separados. El terrón de azúcar ya se había disuelto. Mi boca estaba llena de dulzura.

Se levantó de la silla. Yo no entendía nada. Pensé que me dejaría en la cocina, tal vez durante horas y horas, que la soledad sería la forma en que me enseñaría el silencio. Pero no se marchó. Colocó la silla de modo que la punta de una pata se apoyara sobre la membrana que yo tenía entre el pulgar y el índice. No me dolió, pero no tardé en adivinar que pronto sí me dolería.

«Ahora, mi niña, silencio.»

Y entonces apoyó todo su peso sobre la silla.

5

El día que el pájaro elíseo se coló en el Distrito, Cuerva me envió a hacer un recado. Me hizo meter un pan decorado en una bolsa de muselina. Annin había bordado la insignia de la taberna sobre la tela: una lámpara de aceite encendida. Cuerva me abrochó el botón superior del abrigo que llevaba, que era suyo y estaba confeccionado con una tela más fina que cualquiera de los que yo poseía, pero el color marrón oscuro de este era lo bastante discreto como para que lo llevara una Semi.

—Hoy te puedes encontrar cualquier tontería por la calle —me advirtió—, entre este viento, la verbena y ese maldito pajarraco… Mantén la cabeza fría.

—Pero Annin…

—¡Annin! Esa no tiene más que pájaros en la cabeza.

—Pero a este quiere atraparlo.

—Si la dejara ir tras él, seguro que acabaría muerta. ¿De verdad crees que la voy a perder de vista? La ataré si es necesario.

Asentí, pero me invadió una leve tristeza. Recordé cuando Annin llegó aquí por primera vez. Era muy descuidada. Se le quemaba la comida en la sartén. Una vez se le olvidó cambiarle las sábanas a un mercader Mediano que había pagado por hospedarse en la taberna. Otra vez la encontré dormida en la cocina, con la cabeza apoyada en los brazos, sobre la mesa. Al lado tenía un cuchillo, había restos de piel de cebolla en el suelo y llevaba una sandalia desatada. Le aparté el pelo rojizo de la cara. Tenía las mejillas suaves y redondas. Parecía la cara de una muñeca. Se le estaba cayendo un poco la baba. Me arrodillé a su lado y le até la sandalia.

—Tráeme algo que me haga feliz. —dijo Cuerva. Me acarició la mejilla, me dio un empujoncito y allá que fui.

Cuando pasa un viento helado por la ciudad, las flores indi que hay en las paredes de las casas se congelan y ves cómo el aire se lleva los pétalos púrpuras. Cuando la ola de frío pasa, los pétalos se derriten y caen de sus tallos. Entonces crecen nuevas flores, suaves y resistentes. Me encantan. Son tan fuertes. Lo cierto es que son una mala hierba y resultan destructivas. No resulta fácil arrancar las enredaderas que forman. Hay que cortarlas de raíz. Con el tiempo, pueden causar grietas y desperfectos en la pared. Pero para mí ese solo es un motivo más para que me encanten.

El Distrito es un laberinto de calles estrechas que solo empeoran los efectos del viento helado. Esquiva edificios altos, te mete arena en los ojos y hasta te congela los dedos y te los deja engarrotados. Se dice que los días en los que hay un viento helado se llevan a cabo más asesinatos. Quizá sea por el frío, pero yo creo que es porque el frío es temporal, entonces la gente tiene la sensación de que todo lo es y de que no habrá consecuencias para sus actos.

Me crucé con unos miembros de la milicia. Normalmente van de dos en dos. Son todo hombres que siempre andan muy erguidos y llevan unos uniformes almidonados de color rojo con una franja azul marino en el pecho para indicar que son Casta Mediana. Mantuve la cabeza gacha.

Podían arrestarme si querían.

Si querían, podían decir que había hecho algo mal. Podían olerme el aliento y acusarme de haber comido algo dulce. Podían fijarse en mi abrigo, que era casi demasiado bonito. Podían decir que llevaba la raya del pelo descentrada, o que las ondas naturales que tengo se debían a que en algún momento me había hecho trenzas, lo cual iba contra la ley. Podían decir que los había mirado de forma desafiante, que tenía las manos metidas en los bolsillos. ¿Qué más podía estar incumpliendo? Ah, las sandalias. Ese cuero estaba en demasiado buen estado, por supuesto.

Me ordenarían que los acompañara y que más adelante decidirían cuál iba a ser mi diezmo.

El miedo siempre me inundaba el pecho cuando me cruzaba con la milicia. *No eres nadie*, me decía a mí misma. *Nadie*.

Sus miradas pasaron de largo mi cara y me dejaron ahí, olvidada. *Gracias*, pensé. *No soy nadie importante. Soy insignificante. Una migaja como otra cualquiera que no merece atención.*

Unos niños pasaron corriendo por mi lado. Su aliento creaba nubes de vaho por el frío y sus lunas de hojalata titilaban tras ellos.

La milicia no me detuvo. Miraron a los niños. Luego vi cómo sus ojos se dirigían a los tejados. Ellos también se estaban preguntando adónde había ido el pájaro elíseo.

Los edificios del Distrito estaban relucientes. Los Semi habían dado una nueva capa de cal y pintura a las paredes, como era tradición hacer cada año cuando llegaba la verbena de la luna. El aroma a pintura impregnaba el ambiente. Puede que antaño los edificios del Distrito fueran hermosos. Cuerva decía que eran más antiguos que todo lo que había al otro lado del muro. Había arcos de piedra que apuntalaban las paredes, también de piedra, y que se inclinaban sobre las estrechas calles, pero no parecían ser muy funcionales. Suponía que estaban ahí por motivos arquitectónicos. Sin embargo, a veces, cuando los miraba, veía grandes toldos de tela que servían para cubrir y dar sombra a las callejuelas.

Pero me corregía a mí misma. No había ningún toldo. No estaba viendo nada. Me lo estaba imaginando.

Llegué a un ágora, una de las plazas abiertas que teníamos. Había un gran bullicio por la gente que estaba celebrando la luna llena más grande del año. Habían hecho hogueras donde cocinaban pescado en salazón y se calentaban las manos, resecas por el viento. Como siempre, vestían con colores apagados: marrón, gris y beige. El mármol blanco y negro con un patrón romboidal sobre el que andaba era resbaladizo como el jabón y, por el paso del tiempo, se había vuelto desigual. También había unos grandes agujeros repartidos por el suelo. Era como si hubieran arrancado los objetos que antes los ocupaban, pero nadie sabía cuáles habían sido esos objetos.

Los agujeros me hicieron pensar en las desapariciones. A veces la gente desaparecía del Distrito. Algunos Semi entraban en prisión y no volvían. Aunque los secuestros nocturnos eran aún peor. Nadie entendía por qué ocurrían. Recordé cuando una madre nos contaba que una noche le cantó una nana a su hijo para dormirlo. Las lágrimas recorrían su rostro hasta caer sobre una de las mesas de la taberna. «Nunca debí separarme de él», dijo. Cuerva le acariciaba el hombro mientras hablaba. Vi al niño en mi mente: mejillas suaves y regordetas, pestañas espesas que parecían pequeños abanicos de color negro. Una sombra se cernía sobre su rostro.

«¿Es mi diezmo?», se preguntó la madre entre sollozos. «Pero no he hecho nada malo. Voy siempre con cuidado. ¿Qué he hecho mal?»

Nunca hubo respuesta. De vez en cuando veía a esa mujer por el Distrito, pero siempre apartaba la mirada. Todos ahí vivíamos nuestras vidas alrededor de espacios vacíos, pero ella se había convertido en su propio vacío.

Uno de los agujeros del ágora estaba resbaladizo por el hielo. Unos muchachos patinaban sobre él, se caían y se reían mientras jugaban. Me quedé admirando cómo los niños, al menos cuando son pequeños, se las apañan con lo que tienen, por poco que sea. No se paran a pensar en lo que les falta.

Una vez, mientras cruzaba el ágora con Morah, le dije: «Me pregunto cómo era antes este sitio».

Hizo una cara extraña. «¿Qué quieres decir con cómo era antes?», preguntó, «El ágora siempre ha sido así».

Antes de ir a hacer el recado que me había mandado Cuerva, tenía que encargarme de uno mío.

Me detuve en casa de Sirah, que era demasiado mayor para asistir a la verbena, tanto si hacía frío como si no. Como me temía, no había ningún fuego que calentara su casa, por lo que estaba helada. La mujer estaba acostada bajo un montón de mantas. Abrió su único ojo. El otro se lo habían diezmado cuando era joven, tras detenerla por llevar maquillaje en los párpados.

Tuvo suerte. Podrían haberle quitado los dos.

—Duerma —le dije, y encendí un fuego en la cocina, pero cuando le llevé la taza de té calentito, estaba despierta—. Tengo algo para usted. —Saqué una pequeña barra de pan que llevaba escondida en el bolsillo del abrigo.

Sus ojos grises brillaron.

—Mi dulce Nirrim… —dijo como respuesta, y aquello me hizo sentir calorcito en el corazón—. Va a llover.

Sonreí.

—¿Cuándo?

Entrecerró los ojos. La cicatriz que cubría el ojo que le faltaba parecía la piel arrugada de un higo.

—Seis días.

—¿Habrán conseguido atrapar al pájaro para entonces?

—Niña, solo sé sobre lluvia. Nada de pájaros. Seis días. No será de noche. Mis huesos lo notan.

Nunca se equivocaba.

—Procuraré quedarme en casa, entonces. A ver si puedo prepararte otra hogaza de pan.

Al sonreír mostró los dientes que le faltaban. Sospechaba que los había perdido por la edad, no por haberlos dado como diezmo, pero quién sabe.

Una parra llena de flores congeladas colgaba sobre el portal de Aden. Al abrir, la puerta las tocó y sonaron como las campanitas esas de las tiendas que sirven para avisar cuando alguien entra. Me dedicó una sonrisa chulesca y, sin mediar palabra, tiró de la manga de mi abrigo para llevarme adentro. Lo hacíamos así por si la milicia nos vigilaba. No pensarían que éramos criminales, solo amantes que disfrutaban de un momento a solas antes de que comenzara lo fuerte de la verbena. Le devolví la sonrisa, dispuesta a darle un beso en la mejilla, pero se giró en el último momento e hizo que nuestros labios se juntaran.

—¡Aden!

Se apartó. Me sacaba una cabeza. No levanté los ojos, me quedé mirando su garganta. Su actitud juguetona se esfumó. Si levantaba la vista, vería cómo su ancha boca formaba una fina línea y sus ojos de color claro se entrecerraban. Cuando fruncía el ceño, siempre se le formaba un hueco entre las cejas. También me encontraría eso si alzaba la mirada. Entonces dijo:

—Como si no lo hubiéramos hecho antes.

Era verdad. Nos habíamos besado, y también habíamos hecho más cosas, pero yo había puesto fin a eso.

A veces no entendía las cosas y después me sentía tonta. Como que el juego de ser amantes para protegernos de miradas curiosas no fuera solo un juego para él.

—Pasa —dijo.

Normalmente, cuando había un viento helado, en el Distrito hacía casi tanto frío fuera como dentro de las casas. Nuestros edificios no estaban preparados para aguantar el frío, ya que muy rara vez hacía tanto. Aden comerciaba en el mercado negro, por lo que su casa gozaba de algunas comodidades que otras no tenían. La luz anaranjada de un brasero resplandecía sobre las paredes blancas y encaladas de la primera habitación. Los Semicasta debían mantener las paredes de su casa de ese color, al igual que debían vestir siempre con colores apagados. Aunque algunas personas del Distrito eran capaces de tallar sillas sinuosas, dar forma a preciosos sofás o elaborar mesas con dibujos hechos con incrustaciones de hueso, tales muebles se vendían a las castas superiores del otro lado del muro. Todo lo que nosotros poseíamos debía ser sencillo.

Le entregué el pan a Aden. Emitió un sonido de aprobación al ver cómo lo había decorado: con el diseño de una rapaz enseñando las garras.

—¿Esto lo has hecho tú?

Era la Cuerva la que había elegido esa imagen tan masculina, probablemente por la misma razón por la que le dije a Aden que sí: queríamos complacerlo. Necesitábamos contar con sus habilidades.

«Es importante hacer que la gente se sienta apreciada», decía Cuerva, y le daba unas cuantas monedas a Aden de vez en cuando. Apartaba el dinero de los beneficios de la taberna. «Nosotras debemos cumplir nuestra parte», me recordaba.

Le dije que quizá yo podía aprender a imprimir. «Soy buena con el papel y la tinta. Y podría sacar un poco de dinero…»

«Pero ya procuro yo darte todo lo que necesitas», me contestó. «Siempre cuidaré de ti.»

Tenía razón. Estaba agradecida. Aunque Morah, Annin y yo no ganábamos dinero trabajando para Cuerva, nunca lo habíamos necesitado.

Le dije que ojalá yo también tuviera dinero para contribuir. «Para los pasaportes. No deberías tener que pagarlo todo tú.»

Me tocó la mejilla y dijo: «No te preocupes, corazón».

—¿Tienes los heliograbados? —le pregunté a Aden.

—Ya veo que solo has venido a hablar de negocios. La pequeña Nirrim, hecha de piedra.

Se acercó el pan a la cara e inhaló su aroma dulce y a recién hecho. Mis panes decorados eran blanditos por dentro, con una textura esponjosa y que se fundía en la boca. Era arriesgado prepararlos. Era algo demasiado dulce para gente como nosotros.

Aden puso la hogaza sobre una mesa en la que había un cuenco lleno hasta arriba de semillas.

—Ay, no me digas que tú también —dije.

Las semillas seguramente las había robado en algún otro distrito, donde las señoras tenían pájaros cantarines como mascotas. Aden tenía un pasaporte de Mediano que le permitía pasar el muro del Distrito. Yo misma había falsificado el documento.

«Pero eso es mentir», objeté cuando Cuerva me propuso falsificar pasaportes que ella después entregaría a quienes más los necesitaran. Me preocupaba el riesgo que íbamos a correr, tanto ella como yo. Y no me gustaba mentir. Ya de por sí me costaba distinguir lo que era real. Las mentiras me lo ponían aún más difícil.

«Es una mentira de medianoche», respondió.

Las mentiras de medianoche son un tipo de engaño contado por el bien de la otra persona. Están entre el bien y el mal, de la misma forma que la medianoche está entre la noche y la mañana.

Se podría decir que son un tipo de mentira que, técnicamente, no es falsa. Digamos que es una verdad a medias.

—Vi cómo el pájaro se alejaba —le dije, lo cual no era del todo cierto, pero quería que pensara que el pájaro se había ido.

—Está en el Distrito, por algún lado, lo sé.

La sonrisa de Aden había vuelto. Tal y como Annin se había encargado de recordarme muchas veces, era incluso más guapo cuando sonreía. Ese simple gesto irradiaba calidez. Cuando el cielo se oscurecía, a su alrededor se formaba un aura brillante, parecía como si el sol siempre quisiera hacerle compañía un rato más. Las demás mujeres del Distrito me consideraban afortunada.

—No seas tan aguafiestas. A ver, ¿por qué no puedo intentar cazar el pájaro como hace todo el mundo?

—No se puede cazar un pájaro elíseo.

Los elíseos domesticados suelen salir de un huevo robado de alguno de los nidos que hay en los campos de caña de azúcar, a las afueras de la ciudad. Dicen que su cáscara es de un color rojo carmesí muy vivo. También dicen que, cuando la cáscara se rompe, sale un líquido que, si se ingiere, te da un año más de felicidad en tu vida.

—Ese pájaro no se puede atrapar.

—En ese caso, seré el primero en atrapar uno.

—Aunque lo hicieras… —Negué con la cabeza.

—Nadie me lo quitaría. No se atreverían. Me gustaría ver cómo lo intentan.

Se recostó contra la mesa, con sus grandes manos apoyadas en el borde. Aunque solo tenía dieciocho años, ya era todo un hombre. Aden tenía justo el tipo de cuerpo que a la Casta Alta le parecía bien que tuvieran los de nuestra especie: un cuerpo hecho para trabajar, todo músculo y fibra.

—No lo contarías —dije—. Los heliograbados, por favor.

Metió la mano en el bolsillo del pecho, sacó los finos cuadraditos de estaño y los extendió entre sus dedos como si de una minibaraja de cartas plateadas se tratara. Olían a lavanda. Solo se veía claramente la cara de la chapa superior. Era la cara de Cuerva. No estaba segura de por qué le había pedido a Aden que le hiciera un heliograbado. Ya tenía un pasaporte Mediano de nacimiento. Nunca habíamos intentado falsificar uno Alto. Aunque tuviéramos el sello del Consejo (que no era el caso), pasar por una Casta Alta sería imposible sin una gran suma de dinero. Solo el atuendo que llevaba esa gente para un día cualquiera ya costaba más de lo que yo era capaz de imaginar.

Aden me dio las chapas y las hojeé. Eran de familias con niños pequeños. Había un bebé. Los padres del bebé. Una niña con los ojos muy abiertos y cara de estar asustada. Guardé las chapas dentro de un forro secreto que tenía el cuello del abrigo. Ahí, aunque alguien notara que había algo rígido, creería que era por el cartón que se pone para que el cuello aguante erguido.

Aden me había enseñado a captar la imagen de alguien con luz y una placa de estaño recubierta de betún, y después a lavar la chapa con aceite de lavanda para que apareciera la imagen. Se le daba bien. A su madre también se le daba bien, tanto que, el día que decidió marcharse de la ciudad y abandonar a su hijo cuando ya no era un niño pero todavía no era un hombre, pensó que solo necesitaba un excelente heliograbado para que su pasaporte falso fuera convincente. Fue capturada por la milicia y condenada a muerte. A Adén ni siquiera le entregaron sus huesos para que pudiera enterrarlos. Cuando el Consejo se llevó el cuerpo, se lo llevó todo.

Esta vez, también me había hecho un heliograbado a mí:

—¿Y si nos vamos juntos al otro lado del muro —me propuso mientras me ponía la placa de estaño en la palma de la mano— y buscamos trabajo en el barrio Medio?

Pero yo no podía abandonar mi hogar. No podía dejar a Cuerva. Ella me necesitaba.

Si yo abandonaba el Distrito, ¿quién falsificaría documentos para que otros pudieran marcharse? ¿Qué harían los que veían a esa madre vagando por el Distrito en busca de su hijo secuestrado y pensaban: *Ni hablar, a mi hijo no?*

—Si consigo atrapar al pájaro —dijo Aden—, lo compartiré contigo.

Me rozó la mejilla con los dedos. Olían a lavanda. Me los pasó por la boca.

Una sensación de soledad me inundó el pecho. Era como una canción que siempre decía lo mismo.

Me besó y yo le dejé. A veces, darle a alguien lo que quiere te hace sentir casi tan bien como que te den lo que tú quieres. Su terso cuerpo desprendía calidez cuando me incliné hacia él. Su boca estaba hambrienta y fue a por mi cuello, justo debajo de donde terminaba el pelo. Fingí que yo también compartía esa hambre. Le devolví el beso y el vacío de mi interior dejó de parecerme tan grande, tan pesado.

Pensé: *Esto no está tan mal.*

Pensé: *Quizá debería volver con él.*

Pensé: *Él me quiere.*

Pero lo que hice hasta me sorprendió a mí misma. Pasé la mano por su lado y la sumergí en el cuenco de semillas. Cerré los dedos y agarré un puñado. Eran duras y diminutas. Notaba cómo brillaban.

Seguí besando a Aden y, disimuladamente, me metí las semillas en el bolsillo del abrigo. Por si acaso, también me guardé la bolsa bordada en la que había traído el pan.

6

Todos sabemos cómo acaba esto.

Cuando aún vivía en el orfanato, tras la muerte de Helin, me pasaba horas frente a una ventana. Habría quien se preguntara qué era lo que captaba mi atención durante tanto rato, ya que el paisaje no eran más que ladrillos. No miraba las vistas, sino mi reflejo. Fingía que la chica que veía era otra persona. Una amiga. Una hermana. Una chica Alta cuya vida solo era capaz de imaginar, con sus zapatillas de seda y sus zorros capturados en las playas rosas, atados con cintas y domesticados. Una chica que podía apilar terrones de azúcar hasta formar un castillo. Una chica que dormía hasta tarde. Una chica con una vida tan bonita que parecía que vivía dentro de una flor. Esta chica no le tenía miedo a nada.

A veces el reflejo parecía real.

Me daba miedo y hacía que me alejara de las ventanas, de cualquier superficie parecida a un espejo, de las cucharas, del agua estancada.

Y aunque una podría llegar a pensar que, después de lo que le había pasado a Helin, había aprendido la lección, acababa volviendo a la ventana. Y la chica del cristal me dedicaba una sonrisa.

El viento me levantaba el borde del abrigo mientras volvía a casa. En mi boca aún notaba el sabor de Aden. Las cosas habían ido demasiado lejos.

Yo lo había permitido.

Y yo era la que pensaba: *Me pasaré la vida besando a alguien a quien no quiero, viviendo en una ciudad de la que nunca podré salir.*

Y también fui yo la que vio al pájaro descansando sobre el borde de una cañería.

Pero no fui yo la que se detuvo sobre sus pies, sobre la tierra arenosa que cubría el pavimento. No fui yo la que miró a su alrededor y, por extraño e imposible que pareciera, no vio a nadie. No fui yo la que sintió cómo le crecía una necesidad dentro del pecho, como si de una fruta a punto de reventar se tratara.

Tampoco fui yo la que puso las manos y los pies en los puntales metálicos que unían el tubo del canalón a la pared del edificio. No fui yo la que empezó a trepar.

Fue la chica del reflejo de la ventana.

Qué valiente.

Qué insensata.

7

Miré hacia abajo y me pareció que el suelo se movía. El tubo metálico del canalón me helaba los dedos. Me faltaba el aliento. El pájaro, que en ese momento se encontraba sobre mí, trinó.

Me obligué a seguir subiendo. Pasé junto a unas flores indi que estaban enredadas en el canalón. Vi que sus raíces se enterraban en las grietas que había por la pared y que estas eran lo suficientemente profundas como para meter los dedos. Las grietas estaban pegajosas porque estaba todo recién pintado. A medida que subía, hacía más frío y el viento era más violento. Hizo que se me quitara la capucha. El cabello se me metió en los ojos y en la boca.

Cuando ya había escalado lo suficiente como para saber, en lo más profundo de mi cuerpo, como indicaban mis piernas temblorosas y mi garganta seca, que si caía me mataría, me detuve. Abracé con fuerza el canalón. El viento levantaba polvo y lo arrojaba contra la pared de la casa. Mi mente dio una especie de vuelco. Me patinaron las sandalias sobre la tubería. Las náuseas me subieron por la garganta y tuve la sensación de que iba a vomitar hasta las entrañas, que mi estómago saldría primero, luego mi corazón, después mis pulmones. Me imaginé estos órganos saliendo por la boca y cayendo uno a uno al suelo.

Y eso fue una estupidez enorme. No podía dejar que mi imaginación se volviera demasiado real.

Me obligué a abrir los ojos. Vi la cañería. Vi mis dedos sangrientos y cubiertos de pintura blanca. Miré al cielo. Nubes grises que parecían lana de cordero. Estaba oscureciendo.

Y, por encima del hombro, vislumbré el muro, tan ancho como lo que mide un hombre de altura. No alcancé a ver qué había detrás.

Cuerva se estaría preguntando dónde me había metido.

Sobre mí no había más que silencio. El pájaro probablemente se había ido volando hacia otra parte.

Pero pensé: *No sé lo grande que es el Distrito comparado con el resto de la ciudad.*

Pensé: *¿Qué hay de malo en querer ver el barrio Alto al otro lado del muro? Solo será un momento. Luego bajaré y volveré a ser yo misma.*

Me impulsé hacia arriba. Me dolían los brazos y la espalda, y la pierna derecha me temblaba como la aguja de la máquina de coser de Annin. Pero seguí subiendo.

Entonces volví a oír al pájaro. Su canto me invadió y sentí como si me acariciara.

Pensé que quizá el pájaro me deseaba tanto como yo a él. Que sabía que me estaba acercando, que me observaba, diminuto, con esa cresta en la cabeza ladeada y esa cola cubierta de plumas rosas, verdes y escarlatas. Me imaginé su pico corto y oscuro, sus ojitos color esmeralda. Me cantaba a mí.

Estaba confusa, pues nunca había visto un pájaro elíseo de cerca.

¿Cómo es que era capaz de imaginármelo con tanto detalle?

No parecía ser cosa de mi imaginación. Más bien sentía que aquello salía de mi memoria.

No quise levantar la vista, pero el canto me calmó y dejé de temblar. Fue como si ese sonido me apartara el pelo de los ojos, me pasara un dedo por el cuello hasta llegar a la barbilla y me la inclinara hacia arriba.

El pájaro volaba en círculos sobre mi cabeza con sus grandes alas. Se le cayó una pluma. Se balanceó en el aire hasta quedar clavada justo en el punto donde se unían el canalón y las tejas.

Entonces el pájaro desapareció por encima del tejado y salió de mi campo de visión.

8

Algo me agarró el pie. Di un respingo y me habría caído de no ser porque tenía el canalón muy bien agarrado.

—¡Quítate de en medio!

Miré hacia abajo. Se me paró el corazón. Un miliciano estaba justo debajo de mí, agarrándome el tobillo. Me sacudió la pierna.

—¡Por favor, para! —grité—. ¡Me voy a caer!

—¡El pájaro se está yendo! —Su cara brillaba por el sudor—. ¡Quítate, por los santos dioses!

Tiró de mí. Mi cuerpo resbaló hacia abajo. Mis manos no pudieron aguantar y solté el canalón. Mis dedos consiguieron engancharse en la enredadera de flores indi que lo cubría. No sé cómo, pero aguantó mi peso.

—¡Me estás bloqueando el paso! —insistió.

Cuando bajé la mirada, vi en su rostro sombrío un ansia y un empeño que indicaban que estaba dispuesto a matarme si hacía falta.

Con las manos agarrando fuerte la enredadera, le supliqué:

—¡Suéltame, por favor!

Su mano siguió agarrándome el tobillo.

—El pájaro es mío.

Su última palabra resonó entre los edificios, pero con una voz que no parecía de este mundo, más fuerte que la suya. Era el pájaro. *Mía*, cantaba.

Las raíces de la enredadera cedieron un poco, algunas se desprendieron de la pared y salieron de las grietas. El canalón crujió.

Mía, volvió a cantar el pájaro, y parecía que me cantaba a mí.

Le di una patada en la cara al hombre.

Gritó. Sentí cómo se apartaba de mí. Seguía agarrado a la tubería y esta empezó a desprenderse de la pared.

Me aferré a la enredadera, que se movía como una cuerda desde un solo punto de anclaje. Oí el fuerte ruido metálico de la tubería y el golpe que se dio él al llegar al suelo.

Vi su cuerpo retorcido, con las piernas abiertas. Agarré con más fuerza la enredadera. La sangre empezó a acumularse debajo de él.

El miedo se cernió sobre mí.

Seguro que alguien había oído el estruendo. Vendrían otros milicianos.

En el callejón reinaba un silencio estremecedor. Entonces, a lo lejos, oí gritos.

Olvídate del pájaro, me dije a mí misma.

Tenía que esconderme.

9

Trepé por la enredadera hasta llegar al tejado. No se me veía desde abajo, pero tenía que alejarme lo máximo posible. El miedo había invadido todo mi ser. Corrí por el tejado y me agaché al lado de la cisterna que había para recoger el agua de la lluvia. Casi era de noche y la cisterna estaba cubierta de una fina capa de hielo negro. Desgarré el cuello del abrigo de Cuerva. Los puntos se rompieron. Me quedé con el cuello en la mano, los heliograbados se desparramaron a mis pies. Si me atrapaban, no podía permitir que encontraran los heliograbados. Los rastrearían hasta dar con las personas que aparecían en las imágenes, irían incluso a por los niños. El precio por hacerse pasar por un miembro de una casta superior era la muerte.

Se escucharon más gritos que venían de abajo.

Rompí el hielo de la cisterna. Recogí los heliograbados y los arrojé al agua oscura. Luego corrí hacia el borde contrario del tejado.

Siempre me había negado a pensar en cosas que no iban a pasar nunca. «¿Y si estuvieras en el Consejo?», me preguntaba a veces Annin.

Eso jamás iba a suceder.

«¿Y si fueras Alta? ¿Qué harías?»

Jamás iba a serlo.

«¿No te has parado nunca a pensar en por qué las cosas son así?»

«Las cosas son como son», le contestaba, y yo misma encontraba consuelo en esa frase. Me daba una sensación de certeza. Puede que no me gustara el mundo tal como era, pero tampoco iba a cambiar.

No quería convertirme en alguien a quien no fuera capaz ni de reconocer.

Sin embargo, cuando llegué al borde del tejado, me convertí en otra persona. Era la chica que veía reflejada en la ventana. Otro yo. Alguien capaz de saltar desde ahí.

Aterricé en la azotea del edificio que había al lado. Seguí corriendo, tratando de dar con la mejor forma de sortear los huecos entre las casas y con la esperanza de que la gente de la calle estuviera demasiado distraída por el bullicio que había como para mirar hacia arriba. La luna amarilla, que esa noche alcanzaba su máximo tamaño, estaba saliendo. Si a alguien se le ocurría mirar, corría el riesgo de ser vista.

Pero nadie miró.

Cuando hube puesto suficiente distancia entre el cadáver y yo, me escondí detrás de otra cisterna. Mis pantalones eran finos y mi trasero, al entrar en contacto con la superficie de piedra, no tardó en enfriarse, por lo que acabé temblando contra la vieja madera de ese depósito de agua y tratando de que el abrigo me cubriera la mayor parte del cuerpo posible. *Debería quedarme aquí*, pensé, *hasta que acabe la verbena.* Quizá un poco antes del amanecer, cuando todo el mundo estuviera durmiendo, podría bajar por otra cañería. Al correr había sudado, y ahora esa humedad se estaba enfriando sobre mi piel. Me metí los lados del pelo por detrás de las orejas. Un mechón estaba enmarañado con pintura blanca.

Ahora veía toda la ciudad. El muro me rodeaba haciendo un círculo blanco y desigual. Al otro lado se extendían los barrios Medio y Alto, con sus torres coronadas por orbes de plata y oro. Había una especie de manchas oscuras, densas y ondulantes que no entendía qué eran hasta que, finalmente, me di cuenta de que se debía tratar de las copas de los árboles. Ambos barrios brillaban con luces de colores. Parecía haber un patrón: en algunas zonas de la ciudad brillaban ventanas de color rosa, en otras eran verdes y, en otras, azules. Quizá era algún tipo de código para diferenciar un barrio de otro. En lo alto de la colina, los tejados no eran planos como en el Distrito, sino que algunos tenían forma de torres puntiagudas con ventanas abocinadas y balcones negros de hierro forjado. Había un gran edificio con una enorme cúpula hecha de cristales rubí que se iluminaban desde el interior y, a su alrededor, tenía unas figuras fantasmales. Primero pensé que eran personas bañadas en pintura blanca.

Muy raro, imposible.

Eran estatuas, claro.

De repente, sentí un enorme cansancio y noté que el frío me estaba consumiendo. Había matado a aquel soldado. Había hecho algo terrible que nunca iba a ser capaz de deshacer, que solo demostraba que, por mucho que intentara ser de otra manera, era alguien que cometía errores. Que veía estatuas y pensaba que eran personas. Que veía un reflejo y pensaba que era otra chica en vez de solo la imagen de sí misma. Que, para salir de una situación de peligro, solo se le había ocurrido recurrir al asesinato.

Pensé que podría haberle pedido que me dejara terminar de subir, o podría haberle jurado que le dejaría perseguir al pájaro cuando llegáramos arriba.

Siempre existía una alternativa.

Me imaginé a Cuerva diciendo: *Mi niña, ¿crees que puedes ocultar lo que has hecho?*

La milicia vendrá a por ti. Te llevarán y no volveré a verte.

Te echaría tanto de menos…

Algo me revolvió por dentro.

Nadie, decía Cuerva en mi mente, *nadie puede saber lo que has hecho.*

Miré las estatuas. Eran de los dioses, seguro, pero nadie se acordaba de que estaban ahí. Quizá eso era bueno.

Mis ojos se cerraron.

«¿Tienes hambre?», recuerdo que me preguntó Helin. Era un poco más pequeña que yo, tendría unos seis años, y su mano era suave. Sostenía una manzana roja y dorada.

«¿De dónde has sacado eso?»

Se encogió de hombros. «Es para ti.»

Cogí la manzana. «¿Por qué me la das?»

«¿Quieres ser mi amiga?»

Mordí la manzana. Luego se la pasé a ella. «Te toca a ti», le dije. «Dale un mordisco tú también.»

Nos comimos la manzana así, entre las dos, hasta llegar al corazón, que también nos comimos. Las semillas se deslizaron garganta abajo, el tallo crujió al morderlo y acabamos con los dedos y la boca pegajosos.

Me acurruqué dentro del abrigo de Cuerva. Iba alternando entre observar la ciudad que tenía ante mí y recordar a Helin. Una parte de mí deseaba poder olvidarla igual que había hecho todo el mundo con los dioses.

Me invadía el frío, pero a la vez la culpa me quemaba por dentro. Sentí como si ese sentimiento se posara en mí, se apoyara contra mi corazón y se durmiera en mi regazo, como un animalito.

10

Me desperté al notar un suave cosquilleo sobre la muñeca. Di un respingo y sacudí la mano con fuerza. Pensaba que había sido descubierta, que me habían atrapado, que un soldado me estaba colocando un grillete. Pero el cosquilleo desapareció y noté un airecito en la cara. Lo que vi al abrir los ojos no fueron hombres de uniforme, sino el pájaro elíseo impulsándose desde mi muñeca. Se quedó un instante parado frente a mí antes de alejarse.

Aterrizó unos metros más allá. Pegó las alas al cuerpo y arañó el suelo de la azotea, hecha de yeso, algo más propio de una gallina que de un ave tan ostentosa. Ahora que lo tenía tan cerca, veía las vetas verdes en el vientre, las motas rosas en el pecho, el pico negro y las puntas blancas de sus alas rojas. Empezó a cantar.

—Shh —siseé, lo cual fue estúpido por mi parte.

¿Dónde se había visto un pájaro que obedeciera a una humana?

Pero el caso es que dejó de cantar. Busqué las semillas de Adén en el bolsillo. *Mía*, recordé que le había escuchado cantar. No es que aquello me hiciera sentir como que me pertenecía, sino más bien como que yo le pertenecía a él.

Esparcí las semillas por el tejado.

Se acercó hacia mí picoteando, inclinando la cabeza a derecha e izquierda, con la cola bajada y las frondosas plumas colgando por atrás como la cola de un vestido iridiscente. Con el pico partía la cáscara, se comía las semillas y después la dejaba caer sobre la azotea. La luna estaba alta y radiante. Me moría de ganas de que ese pájaro fuera mío, sin importar lo que pudiera hacer por mí, sin importar si las historias eran reales, solo quería poder verlo a plena luz del día y aprenderme los patrones y colores de su plumaje para llegar a conocerlo tan bien que fuera capaz de vislumbrar todos sus detalles con solo cerrar los ojos.

Se acercó revoloteando y se posó en mi rodilla.

Le había dicho a Aden que no se podía atrapar a un pájaro elíseo. ¿Alguien había visto alguna vez a uno comportarse así?

Quizá era porque había sido educado desde que había salido de su caparazón.

Quizá le podía el hambre.

Fuera cual fuera la razón por la que había decidido no temerme, no podía ignorar la paz que me había inundado desde que se había posado sobre mi rodilla. Una sensación me había ido bajando por la pierna y subiendo por el estómago hasta conquistarme todo el pecho. Volví a meter los dedos en el bolsillo del abrigo y le ofrecí un puñado de semillas. Dio un salto y se posó sobre mi mano. Las plumas se me enroscaron por la muñeca y me acariciaron la parte superior del brazo. Empezó a comer. El pico se me clavaba suavemente en la palma, como si fuera una aguja redondeada.

¿Qué eres?, me preguntaba mientras lo observaba. *En serio, ¿qué eres? ¿Y quién soy yo para que hayas elegido venir a mí?*

Su cuerpo era solo un poco más grande que mi mano, pero su cola era larga y se extendía de forma que la punta me quedaba casi a la altura del codo. Emitió un sonido que parecía un gorgoteo. Me dejó acariciarle la cabeza, incluso se inclinó hacia mí. Cuando volvió a cantar, le acaricié la garganta. Pude notar una ligera vibración por debajo de las plumas, como un ronroneo.

Entonces me di cuenta de algo que cualquier persona del Distrito sabía.

No podía quedarme con este pájaro.

No iba a poder ocultar un secreto como ese. Todo el mundo en la taberna se enteraría y, a partir de ahí, sería cuestión de tiempo que se enterara todo el Distrito y que más de uno empezara a preguntarse si la muerte del soldado el día que ese pájaro merodeaba por ahí tenía algo que ver conmigo. Sería solo cuestión de tiempo que la milicia supiera quién tenía el pájaro. Entonces vendrían a por mí, si no por el delito de asesinato, sería para acusarme de haber robado una mascota Alta. Si el Consejo podía condenarte a años de cárcel por vestirte como una dama de una casta superior, ¿qué no iban a hacerle a alguien del Distrito que se había quedado con un elíseo?

El pájaro husmeó entre las semillas, buscando sus favoritas: unos delgados óvalos negros.

Llegué a la conclusión de que la única manera de conservarlo era matarlo.

Si le rompía el cuello, podría vender las plumas. Podría comprobar si las historias sobre su carne eran ciertas. Ver sus huesos huecos.

Un pájaro elíseo muerto tenía mucho valor. Podía repartirse poco a poco y en secreto. Quizá eso iba a poder hacerlo sin que nadie se enterara, a diferencia de la opción de quedarme a ese ser vivo; un ser vivo que canta, que gorgotea, que necesita comida y agua, y que produce excrementos.

El pájaro me miró. *Mía*, cantó, y me sobresalté tanto que moví la mano y él levantó el vuelo, confundido. Luego volvió a posarse en mi palma.

Sería fácil romperle ese cuello tan frágil. Acababa de matar a alguien. El asesinato de un pájaro no sería nada en comparación con aquello. Y había mucho que ganar.

«Esto es un tesoro», me diría Cuerva cuando le enseñara el cadáver inerte repleto de esas plumas tan brillantes. Y a mí me diría que era su tesoro más preciado.

Quién sabe qué comodidades podríamos comprar para nuestra casa si vendiéramos al pájaro por partes.

Quién sabe a cuántos Semi seríamos capaces de salvar con el dinero que sacáramos. Nos daría para comprar suficiente material como para hacer muchos pasaportes.

Pero entonces se acurrucó sobre mi mano. Sus plumas eran como un manto cálido y se le notaba cómodo y feliz contra mi piel. Nunca había visto ni sentido nada tan hermoso, y fue entonces cuando me di cuenta de lo necesitada que estaba de belleza. Sus ojos verdes me analizaron.

Se me ocurrió una idea, pero el pensamiento vino tan despacio que me recordó a cuando Annin construía torres de naipes: la precisión, el cuidado, la delicadeza, el ligero temblor de la mano al colocar las cartas en su sitio.

El elíseo cerró los ojos y suspiró. Tenía sueño.

Si me voy del Distrito, podría quedarme con el pájaro, pensé. Si falsificaba un pasaporte para mí, si me iba al otro lado del muro, si me iba más allá de la ciudad…

Me inundó el miedo. No podía matar a ese pájaro. Pero tampoco podía dejar atrás toda mi vida.

Saqué la bolsa del pan del bolsillo.

Agarré al pájaro, que seguía dormido, de manera que sus alas siguieran pegadas contra el cuerpo y lo metí en la bolsa.

Me cercioré de que no pasara nadie por el callejón de abajo y descendí por una cañería. Llevaba la bolsa colgada de la muñeca por el cordón. No paraba de moverse y se podían escuchar los graznidos.

La luz de la luna pintaba la calle. El callejón era como un río tranquilo y resplandeciente.

Caminé hasta que vi a un par de milicianos. El miedo hacía que tuviera palpitaciones, pero no podía quedarme con el pájaro y tampoco podía matarlo. Debía devolverlo. Esperaba que estuvieran tan distraídos con el elíseo que no se les ocurriera relacionarme con el cadáver de ese otro soldado. Al fin y al cabo, seguro que la gente pensaría que había sido un mero accidente, sobre todo teniendo en cuenta que también se había caído la tubería del canalón.

—Tomen —les dije, y les tendí la bolsa.

Me vino el recuerdo de Helin ofreciéndome la manzana y pidiéndome ser mi amiga.

Uno de ellos me miró fijamente y me arrancó la bolsa de las manos.

—¿Es el elíseo?

El otro soldado me agarró del brazo.

—Pero se lo estoy entregando. —El pánico me subió por la garganta—. Para que pueda devolvérselo a su dueño. —El soldado me puso ambos brazos en la espalda—. ¡Está ileso! —insistí.

Me arrestaron igualmente.

11

Pueden quitarte cualquier cosa.

Había escuchado historias sobre cirugías, sobre cómo a veces extraían un trozo de hígado o un riñón. Las cirugías permitían a los médicos que trabajaban para el Consejo curar a los enfermos de Casta Alta.

El ojo que Sirah había perdido, por ejemplo.

Una vez vi a una mujer a la que le habían enganchado las pestañas a los párpados. En ese mismo instante supe que era porque pensaban arrancárselas para convertirlas en pestañas postizas para alguna señora Alta.

El dolor después de que te cortaran un dedo.

A veces parecía que el diezmo no tuviera nada que ver con el dolor físico, la debilidad o la vergüenza, sino más bien con el miedo. Temía que un juez decidiera que debía dar algo que yo ni siquiera me había planteado que podía perder. Quizá algo que hasta entonces no había sabido apreciar el valor que tenía.

Por resistirme a la detención («¡Pero si no me resistí!») y desobedecer al juez («No le estoy desobedeciendo. Mi intención era ayudar»), me condenaron a un mes en prisión. Por atreverme a tocar una propiedad de Casta Alta, debía pagar un diezmo de sangre: un frasco por cada día de mi condena.

—Estaba devolviendo al pájaro —protesté—. Se habría perdido de no ser por mí.

El juez se rebulló y su toga de color rojo hizo un ruido al moverse. El juzgado era una pequeña y estrecha sala donde solo estábamos él, los dos soldados que me habían detenido y yo. No se necesitaban testigos, Siempre me había preguntado si los juzgados eran muy grandes, pero aquella era una mera sala anexa a la prisión, probablemente porque se daba por hecho que cualquiera que fuera arrestado sería condenado.

—¿Se cree especial? —me preguntó el juez—. Quizá cree usted que está por encima de los de su casta. De hecho, quizá se cree que está por encima del resto del mundo. ¿Le gustaría pasar a ser una Sin Casta?

Nunca había visto a los Sin Casta, pero sabía que existían. Limpiaban las alcantarillas, trabajaban en los cañaverales a las afueras de la ciudad. Había oído que a los peores delincuentes del Distrito se les daba a elegir entre la muerte y ser Sin Casta. Sirah, que había estado encarcelada más de una vez, decía que a veces los guardias se paseaban por la prisión y escogían algunas personas al azar. Las sacaban de sus celdas y nunca las volvía a ver.

La silla en la que me habían obligado a sentarme olía a sudor. En el asiento de cuero se podía apreciar la mancha de un reguero de orina.

—No —respondí—. Sé lo que soy. No merezco nada. Por favor. Acepto la sentencia.

Intenté retorcer las manos, pero me habían atado las muñecas a la silla con unas correas tan apretadas que lo único que hice fue provocarme más dolor.

—El dueño estará agradecido por haberle devuelto su mascota —dijo el juez—, pero la ley es la ley, y su impertinencia no es de recibo.

De nuevo, intenté decirle lo que quería escuchar.

—Le agradezco que esa haya sido mi sentencia. Le agradezco su misericordia.

Sonrió.

¿Qué lo hacía tan diferente a mí, aparte de haber nacido en otro hogar? Sus ojos eran del color habitual de los herrath, grises; su piel, ni más clara ni más oscura que la mía; su nariz, estrecha y alargada, parecida a la de Cuerva; su boca, una fina línea carente de sentido del humor. No se veía cómo era su verdadero cabello, ya que aquella melena negra, espesa y abundante, en contraste con su rostro envejecido, era evidente que se trataba de una peluca hecha con el cabello de alguien como yo. Si estaba tan mal ser Semicasta, si desde mi nacimiento estaba obligada a permanecer dentro de un muro que jamás podría traspasar (ni siquiera para ir a la cárcel, ya que se encontraba en un edificio adyacente al mismo muro, como el orfanato), ¿por qué querría este juez llevar puesta una parte del cuerpo de un Semi? Quería hacer la pregunta en voz alta, pero ya sabía cuál sería la respuesta: las cosas son como son.

—Tal vez —dijo el juez— podría considerar oportuno perdonar su conducta y anular la pena si estuviera dispuesta a ayudar al Consejo y a su ciudad contándome algo que valga la pena saber.

Dudé. Sirah me había advertido de que a los prisioneros se les pedía que denunciaran a sus vecinos, que contaran los crímenes que habían cometido a cambio de un castigo más leve. Una vez le pregunté a Cuerva si le preocupaba que alguien nos denunciara por falsificar documentos que permitían a los Semi hacerse pasar por Medianos y abandonar el Distrito. Ella negó con la cabeza.

«El Distrito me adora», contestó, «Nadie se atrevería. ¿Y quién fabricaría pasaportes falsos si a nosotras nos encerrasen? Nunca muerdas la mano que te da de comer».

—¿Y bien? —insistió el juez.

«Qué fuerte es mi niña», decía a veces Cuerva cuando le entregaba las páginas falsificadas para que ella pudiera añadirlas a un librito del grosor de un panfleto y no más grande que mi mano. Era la única que me llamaba así. Me hacía querer ser como ella me veía. «Qué valiente es mi niña», decía. Lo único que quería era irme a casa. Deseé que ella estuviese ahí en ese momento. Me diría: *¡Es solo un mes! Hasta un bebé podría aguantar un mes.*

Pero ¿y si me olvidan aquí? Eso a veces pasa. ¿Y si en vez de un mes me tienen aquí más tiempo?

Yo misma iré a buscarte, me diría.

¿De veras?

Nací Media. Aún tengo contactos en ese mundo. Gente que me debe favores.

¿Y los gastarías en ayudarme a mí?

¡Pues claro, corderito mío!

Me diría: *Eres como una hija para mí.*

Me diría: *Eres la persona más leal y honesta que he conocido nunca.*

Me diría: *Me da igual lo que hiciste o quién fuiste antes de venir a mí, eso nunca me ha importado, a mí no.*

—¿Y bien? —dijo de nuevo el juez.

Podía soportar la sentencia de un mes. El diezmo no era más que un frasco de sangre al día. Algo fácil, común. Respondí:

—No sé nada.

—¿Sabía que un miliciano murió poco antes de su detención?

El miedo me subió por la garganta.

—No.

—No estaba usted muy lejos de donde yacía el cuerpo. ¿Por casualidad no recuerda haber visto algo?

—No.

—¿De verdad?

—No puedo contarle lo que no sé.

Hizo sonar una campanita. Los soldados me desataron. Cuando me volvió a llegar la sangre a las manos, noté un dolor punzante durante un rato.

—Bien, pues doy este caso por resuelto —sentenció el juez.

—Mi abrigo —le pedí al soldado que me empujó hacia la pequeña celda.

El frío atravesaba las paredes de piedra. Solo llevaba unos pantalones, una túnica fina y sandalias, la ropa que uno lleva normalmente durante todo el año y que los Semi usamos incluso cuando hay un viento helado, porque sabemos que el calor no tardará en volver y no podemos permitirnos comprar algo mejor para un período tan breve de tiempo.

—Dirás *mi* abrigo —me corrigió el soldado.

—El talle está pasado de moda —dijo el otro hombre— y es una pena que tenga el cuello rasgado, pero la tela es buena. Me sorprende que alguien como tú pudiera permitírselo, así que da gracias de que te lo hayamos quitado, muchacha, o el juez te habría condenado también por ladrona.

—Lo tomé prestado. Debo devolverlo. —¿Qué diría Cuerva? Recordé el escozor en la mejilla que me dejó su cepillo metálico después de golpearme. Ahora llevaba mucho tiempo sin tener que amedrentarme. Y yo trabajaba tan duro por ella y por nuestra causa, que no era su castigo lo que temía; era su decepción—. Ya estoy pagando un diezmo.

Tenía una gasa en la cara interna del brazo, justo por debajo del codo, donde me habían clavado una aguja para drenarme y llenar el primer frasco de sangre.

—Puedes pagar de otras maneras —dijo el soldado que estaba en la celda conmigo mientras me apretaba el hombro con la mano. Era mayor que yo, tenía edad de ser padre. Era musculado y llevaba una barba bien recortada y llena de aceite que hacía que le brillara bajo la luz del pasillo. Podía oler el aroma de ese aceite. Me lo imaginé acariciándose la barba por la mañana, recortándosela a la perfección, dándole un aire pulcro.

Me irritaría la cara por el roce. Quizá después, cuando ya hubiese acabado, me saldría un sarpullido en la mejilla.

Pero la piel acabará sanando, pensé. Además, ninguna mujer del Distrito tenía garantizado que no tuviera que pagar el tipo de diezmo del que él hablaba en algún momento de su vida.

Estaré bien, me dije.

«Qué fuerte es mi niña. Qué valiente.»

—Perdonen —dijo una voz que no era la de ninguno de los dos soldados—, es que mi celda tiene moho. No le vendría mal una buena limpieza. Quizá se podría encargar de eso uno de ustedes mientras el otro me trae un vino decente.

El soldado me aflojó un poco el hombro, sorprendido. El del pasillo se giró. Detrás de él pude ver una sombra tras los barrotes de la celda que había enfrente.

—No soy exigente —dijo la sombra—. Con que la cosecha del vino sea de hace al menos diez años, me vale. Ah, ¿y qué tal si me traen algunas de esas cerezas congeladas? Son una delicia.

—Cuidado con esos modales, maleante —dijo el guardia que estaba en el pasillo.

—No metas las narices donde no te llaman —dijo el otro, y volvió a apretarme el hombro con fuerza. El calor de su mano atravesó la fina tela de mi blusa.

—Veo veo… —dijo la sombra— una cosita dorada en el dedo de alguien. No en todos los países se tiene esa costumbre, claro está, pero aquí yo me atrevería a decir que eso es un anillo. Y diría que, aquí, un anillo como ese significa que uno está casado.

El guardia que llevaba barba hizo un ruido gutural extraño.

—Hay pocas cosas de las que me enorgullezca —siguió la sombra—, pero cuando alguien me causa cierta impresión, sea cual sea, buena o mala, nunca olvido su rostro. Me acordaré del suyo.

—¿Y crees que me importa? —contestó él—. Te vas a quedar aquí pudriéndote una buena temporada.

—No creo. Compruebe la lista de prisioneros. —Se hizo el silencio—. ¿He mencionado ya otro de mis muchos talentos? Tengo muchos recursos. ¿Creen que me resultaría difícil encontrar a la esposa de un hombre tan memorable como nuestro estimado guardia? En absoluto. Además, se me da muy bien contar historias. ¿Creen que me resultaría difícil captar la atención de la pobre mujer si empezara a contar una historia sobre una agresión que presencié en prisión? ¿Me escucharía? Yo creo que sí. ¿Le gustaría mi historia? Algo me dice que no.

El guardia de la barba me soltó el hombro y se alejó.

—Voy a comprobar la lista —le dijo al otro guardia, y salió de mi celda.

Cuando cerró el pestillo, temblé de alivio. De repente me sentía profundamente cansada. Cerré los ojos mientras oía a los soldados alejarse.

—¡Por fin! —dijo la voz—. ¡Tengo compañía!

Abrí los ojos. Ahora que los guardias no me bloqueaban la vista, podía ver un poco mejor la sombra de la celda de enfrente. La luz que emitía la lámpara de aceite del pasillo era tenue, pero aun así pude vislumbrar la silueta de un hombre joven, con el pelo muy corto, unos pantalones más ajustados de lo que yo llevaría y una chaqueta que le llegaba hasta la cintura y que tenía el cuello corto y erguido; la indumentaria típica de los hombres Medianos. Estaba recostado contra los barrotes, con una mano lánguida, de dedos finos y largos, colgando a través de ellos. Era más alto que yo, pero no mucho, y las líneas de su cuerpo se difuminaban en la oscuridad.

—Acércate —me pidió—. No te veo.

—Sí que me ves. Viste el anillo en el dedo de ese guardia.

—Bueno, pero me gustaría verte mejor.

Le estaba agradecida por haber hecho que el guardia me dejara en paz, y también sentía curiosidad por saber cómo era él, pero el hecho de sentir curiosidad me enervaba. La curiosidad se parece demasiado al deseo. Nace de un sentimiento de insatisfacción, y yo sabía muy bien el peligro que eso entrañaba.

—Es una cuestión de modales —dijo.

Volví a esconderme en las profundidades de la celda.

—Me llamo Sid, por cierto.

Era un nombre extrañamente corto, y se lo dije.

Dudó. Era la primera vez que lo veía hacer una pausa. Hasta entonces, siempre que había hablado lo había hecho a toda prisa. A duras penas la otra persona había acabado de formular una frase que él ya estaba contestando; era como si ya supiera lo que la gente iba a decir. Finalmente, habló:

—No me gusta mi nombre completo.

—¿Por qué?

—No me pega.

—¿Por qué?

—Vaya, una chica persistente. Y curiosa. ¿A que eres muy curiosa? Acércate más y así tú también me verás mejor. —Su voz era ronca pero suave, y ahora hablaba más bajito.

—Ese es un truco barato.

Había bajado el volumen hasta acabar susurrando con la intención de que me acercara a él por puro instinto.

—Pero si un truco es así de obvio, ¿se le puede llamar truco? Si sé que tú vas a saber verlo, diría que, en realidad, lo que indica es confianza. Si confío en que verás lo que se esconde detrás de mi truco, entonces es que tengo mucha fe en tu inteligencia.

—Pura lisonja.

—¡Es honestidad!

—Lisonja disfrazada de honestidad.

—La lisonja solo es un indicativo de que me caes bien.

—No me conoces. Solo estás jugando conmigo.

Hubo un silencio.

—No era mi intención. Había mucho silencio aquí hasta que has llegado. Eso no es excusa, lo sé. ¿Debería cerrar el pico? Puedo hacerlo. Aunque me va a costar.

—No. —Yo tampoco quería enfrentarme a un aterrador silencio en esa prisión.

Su voz era áspera y se notaba que era listo. Escucharla hacía desaparecer el eco vacío del pasillo. Significaba que no estaba sola.

—¿Me vas a decir cuál es tu nombre? —preguntó—. Yo ya te he dicho el mío.

En realidad, no, no me lo había dicho, pero igualmente:

—Nirrim —contesté.

—Nirrim… —repitió—. ¿No tienes apellido?

No entendí lo que me estaba diciendo.

—¿Qué es un apellido?

—Cierto, en Ethin no los usáis. Pero pareces diferente a la gente de por aquí, así que he pensado que quizá también eras diferente en otros aspectos.

No quise preguntarle por qué le había parecido diferente. No me gustaba que supiera que lo era. Me había esforzado tanto en no ser diferente después de lo de Helin.

—Nunca he oído hablar de un apellido —dije.

—En otros sitios, en algunos países, la gente tiene apellidos.

—¿Qué otros sitios?

—¿Quieres que te hable de ellos?

Me dio vergüenza tener que admitir que sabía tan poco sobre lo que había más allá del Distrito y ver que un Medio tenía muchos más conocimientos que yo sobre el mundo. Ni siquiera era Alto.

—No —contesté.

—Vale —dijo con soltura, y entonces su tono se volvió conspirador—. Oye, Nirrim, ¿qué es lo que has hecho para acabar aquí?

Ahora me tocaba a mí callar. Recordé al miliciano precipitándose contra el suelo. Recordé cómo había gritado mientras se caía.

—¿Tan malo es? —preguntó Sid.

—No —me apresuré a decir—. No es tan malo.

—Te creo.

—No soy una mala persona.

—Nirrim… —Había un deje de sorpresa en la voz de Sid. Las palabras habían salido de mi boca en un tono más alto y con más vehemencia de la que pretendía. Lentamente, dijo—: No creo ni he creído en ningún momento que seas una mala persona.

«Mi niña buena», me llamaba a veces Cuerva, y yo siempre me sentía tan orgullosa. Pensaba que quizá si era lo suficientemente buena, me adoptaría como su verdadera hija.

—No importa si no me lo quieres contar.

—Robé un pájaro.

—¿Un pájaro? —No podía verle la cara, pero supuse que estaría enarcando las cejas.

—Bueno, no robado como tal. Lo encontré y lo devolví. —Fue la mejor forma de explicarme que encontré.

—No lo comprendo —dijo él.

—Deberías. Tú también has robado.

—En eso te equivocas.

—¿Ah, sí?

—Sí. Me han acusado de robo, solo eso.

Su tono me hizo dudar de que fuera inocente.

—¿Y qué es lo que hiciste en realidad?

—¿Eres una de esas personas que se escandaliza fácilmente?

—No lo sé.

Se notaba que se lo estaba pasando bien con aquello.

—Si te escandalizo, ¿me lo dirás?

—¿Por qué te preocupa escandalizar a una Semicasta?

—Es importante para mí saberlo.

—¿Has matado a alguien?

—¡No! ¿Qué clase de persona crees que soy? —Me quedé callada ante esa pregunta—. Me llevé a la cama a una dama casada.

—Ah.

—El marido llegó a casa y nos encontró con las manos en la masa. Quería castigarme, y no lo culpo. Era bastante evidente que a ella le estaba gustando mucho más lo que yo le estaba haciendo que lo que sea que él le hacía normalmente. Ahora bien, a él no le interesaba que se corriera la voz sobre lo que había sucedido. Lo pondría en evidencia. ¿Cómo podía solventar su dilema? Pues acusándome de robo para que me metieran en prisión como castigo y así librarse de mí.

—¿Y no le contaste la verdad a la milicia?

—Jamás haría tal cosa.

—¿Para proteger el honor de la dama?

—A mí el honor me da igual.

—¿Entonces por qué?

Se quedó pensando un rato.

—Quería ver lo que hacía ella.

—Y ella tampoco dijo nada.

—Correcto.

—¿Eso te dolió?

—No —contestó, pero no me lo acababa de creer.

—¿La amabas?

—A mí el amor me da igual. Hice lo que hice con ella porque la deseaba y ella me deseaba a mí. —Reflexionó un momento—. Supongo que lo que sentí fue decepción. Podría haber escogido decir la verdad, pero no lo hizo. Pensaba que era más valiente. En fin...

—¿En fin?

—Con que sí te he escandalizado.

—Has dejado que te metan en la cárcel.

—Tampoco está tan mal. Te tengo a ti.

—No creo que seas consciente de lo grave que es tu situación.

—A decir verdad, tenía curiosidad por ver cómo era la cárcel.

La incredulidad y la rabia empezaron a hacérseme bola en el estómago.

—¿Cuál ha sido tu sentencia? ¿Y tu diezmo?

—¿Diezmo?

—La multa a pagar.

—No me han puesto ninguna multa.

No me había dado cuenta de que solo los Semicasta tenían que pagar por cometer un crimen. La bola en el estómago se endureció hasta convertirse en piedra.

—He visto cómo te sacaban sangre —dijo.

—Claro.

—¿Claro…? —repitió, alargando la palabra con tono interrogativo—. ¿A eso es a lo que te refieres con diezmo?

—He tenido suerte.

—¿Podría haber sido peor?

—Mucho peor.

Me vino a la mente el guardia que había entrado a mi celda, y puede que a Sid también, porque dijo:

—Ya veo. La ley aquí es extraña.

—Las cosas son como son.

—¿Por qué tu gente siempre dice eso? Es algo tan vacío de significado. En serio, ¿qué significa?

Tu gente. Y solo era Medio, ni siquiera Alto. Estaba harta de las diferencias que gobernaban mi vida. Estaba harta de su arrogancia, de su curiosidad, de su voz suave y desenfadada. Estaba harta de vivir en un mundo que a mí me hacía quedarme en esa celda donde todos los días tendría que dar mi sangre, mientras que él probablemente saldría en poco tiempo y sin haber perdido nada por el camino.

—¿Nirrim?

Pensé: *Que hable solo si tan aburrido está. ¿Dónde se ha visto que alguien pueda insultar a un guardia y salirse con la suya? ¿Cómo es posible que se le permita hacer tal cosa, aunque sea un Medio?*

—Te he ofendido —dijo.

No me gustaba su capacidad para leerme la mente tan fácilmente sin ni siquiera verme la cara.

—Lo siento —se disculpó.

Me arrinconé en una esquina de la celda. No había ningún jergón, solo un cubo. Me reconfortó pensar que tenía lo mismo que yo aquí. Él también tendría que hacer sus necesidades en un cubo y vivir con el hedor.

En voz baja, dijo:

—Sí que me importa el honor. Lo que pasa es que desearía que no fuera así. —¿Y a mí qué más me daba?—. Sí, a esa dama le preocupa su reputación. Sí, guardé silencio para que nadie más supiera lo que había pasado. Fue ella quien me llevó a su cama, Nirrim. Y luego nos sorprendieron y a ella le dio vergüenza. Se quedó muda. No la amaba, pero sí, me dolió.

Me rodeé las rodillas con los brazos. Evidentemente, no era de extrañar que la mujer estuviera avergonzada. Estaba casada. Y si a él lo habían metido en la cárcel por ello, bueno, tal vez le sirviese para aprender que tampoco debía desear lo que estaba fuera de su alcance.

—Sé que la cárcel no es lo mismo para ti que para mí —dijo—. Debería haberlo tenido presente y no haber actuado como si esa diferencia no tuviera importancia. Te pido perdón.

El frío se había extendido por todo mi cuerpo y me había calado hasta los huesos. Echaba de menos el abrigo. Echaba de menos a Cuerva. Pensé en Annin y en la esperanza que tenía puesta en el pájaro, y en lo que diría si le contara lo que había pasado. Pensé en sus ojos color cielo abriéndose de par en par, brillantes. Deseé estar en casa. Deseé estar a salvo.

—Estoy cansada —dije.

—Pues en ese caso deberías dormir.

Negué con la cabeza, aunque él no me veía.

—¿Y si los guardias vuelven?

—No lo harán.

—¿Porque se habrán asustado tras leer tu nombre en la lista? —pregunté con sarcasmo.

—Sí —respondió con naturalidad.

—¿Quién eres, que te crees tan importante?

Se quedó callado. Cuando empezó a hablar, pensé que iba a recordarme que, si no estuviéramos en la cárcel, me castigarían por ser tan impertinente con alguien de una casta superior. Pero lo que dijo fue:

—Te despertaré si vuelven.

—No has respondido a mi pregunta.

—Duérmete, Nirrim. Yo vigilo. No van a volver. Y, si vuelven, no te harán nada. Te despertaré de todos modos, para que veas que no te van a hacer nada.

—¿De verdad?

—Sí.

Mi mente no se lo creyó, pero mi cuerpo sí. Fue eso o que estaba tan cansada que, aunque no quisiera, iba a dar su promesa por buena igualmente. Crucé los brazos y apoyé la cabeza encima. Soñé, antes de quedarme totalmente dormida, que seguía hablando con Sid, pero no logré oír lo que estábamos diciendo.

12

Me desperté tomando una gran bocanada de aire. Me estaba ahogando. Me incorporé aterrorizada.

—¿Nirrim?

Oí un susurro procedente de la celda de Sid y sus pasos al acercarse a los barrotes. Las pisadas eran ligeras. Sonaban parecidas a las mías. Probablemente era de un tamaño parecido al mío. No sabía por qué, pero ese pensamiento me tranquilizaba.

—¿Estás bien? —preguntó.

—Sí.

—¿Una pesadilla?

—Debo haberme puesto de lado mientras dormía.

Oí unos golpecitos suaves: puede que fueran sus dedos contra los barrotes.

—¿Y eso te provoca pesadillas, dormir de lado?

Me pasaba desde que me desperté junto al cuerpo de Helin.

—Intento evitarlo, pero a veces no me doy cuenta y lo hago.

Pensé que me presionaría para que respondiera a su pregunta, ya que era evidente que le gustaba insistir, pero solo dijo:

—Estaba dudando entre si despertarte o no.

—¿He hablado en sueños?

69

—Un poco, sí, has dicho no sé qué sobre lo mucho que te gusto.

—Mentira. —Sentí cómo me ruborizaba—. Ni siquiera te he visto.

—Bueno, sí, pero ya sabes cómo son estas cosas. Te lo dice la intuición. —Entonces hizo un sonido que denotaba impaciencia y dijo—: No me hagas caso, por favor. A veces no puedo evitar hacer bromas, y me resulta muy fácil meterme contigo. No has dicho nada mientras dormías. Pero se te notaba… triste. Por el ruido que hacías.

Me abracé de nuevo las rodillas. No recordaba qué pesadilla había tenido, pero no era difícil de adivinar. Esa mejilla fría. El cuerpo rígido.

—¿Te da vergüenza? —preguntó—. No debería. Puedes decir lo que quieras y hacer lo que te plazca. No es probable que volvamos a encontrarnos fuera de esta prisión.

—Porque tú vives fuera del muro y yo dentro.

—Supongo que sí, tienes razón. Además, planeo dejar esta isla dentro de poco.

—¿De veras?

—No me malinterpretes. Me gusta. La ciudad es hermosa. Está llena de luz, como si un dios hubiera pasado su gran mano sobre el mar, hubiera recogido los reflejos del sol y luego los hubiera arrojado sobre Ethin. ¡Y las fiestas! Son tan decadentes… Algo que me ha gustado especialmente ha sido el vino ese de color rosa metálico que hace que cuentes cuáles son tus verdaderos deseos. No sé qué me gusta más: ver a la gente beberlo o bebérmelo yo.

Nunca había oído hablar de tal vino. ¿Se lo estaba inventando? Dado que no quería revelar mi ignorancia sobre la vida al otro lado del muro, dije:

—No tienes pinta de ser alguien a quien le cuesta decir lo que piensa.

—¿De verdad doy esa impresión?

—Hablas mucho.

—Y también miento mucho. Avisada estás.

—¿Entonces por qué bebes ese vino en las fiestas? ¿No te preocupa que la gente sepa tus verdades?

—Ah, solo lo tomo cuando estoy a solas.

—¿Te emborrachas a solas? ¿Y con quién hablas?

—Conmigo. Me considero una excelente compañía.

—Y si tanto te gusta esto, ¿por qué quieres irte?

—Para navegar en otro barco. Ver otras tierras.

—¿Y acostarte con otras damas?

—¿Cómo es que me conoces tan bien ya? —Puse los ojos en blanco—. Nirrim, ¿me estás poniendo los ojos en blanco en la oscuridad?

Como no quería darle ningún tipo de satisfacción, respondí:

—No sabía que los Casta Mediana podían salir del país.

—No soy de Casta Mediana.

Mi silencio inundó la estancia.

—Te he vuelto a sorprender, ¿a que sí? —Parecía encantado con la idea.

—Pero tu ropa…

—La próxima vez que te sorprenda o te escandalice, me gustaría verte la cara.

—Tu ropa —insistí— es de Casta Mediana.

—¿Te das cuenta de lo extraño que es que Herrath tenga leyes sobre quién puede llevar según qué tipo de ropa? ¿Sobre que tu casta y tu ropa deban coincidir? La palabra *casta* me resulta tan extraña… La gente la usa en vez de decir *clase* o *vecinos* o *familia* o *linaje*. Los milicianos que me arrestaron también creyeron que era Casta Mediana. Les dije que no, que, simplemente, me había gustado esta chaqueta y por eso la llevaba. No me creyeron. Al principio, al menos.

—¿Eres Casta Alta? —Me salió un gallo al pronunciar la última palabra.

—No.

Se notaba que estaba disfrutando tanto con aquello que casi me dieron ganas de decirle que acababa de matar a un hombre y que él tenía todas las papeletas para ser el siguiente.

—¿Qué crees que puedo ser?

Recordé que, antes, había utilizado la palabra *otro*. El *otro* barco. Las *otras* tierras.

—Eres... ¿eres viajante?

—Me gusta tu forma de decir esa palabra. Haces que suene a algo exótico.

—Pero no existen los viajantes. —Estaba segura de que ni siquiera había usado nunca antes esa palabra. Solo la había visto en los libros.

—Ahora sí —contestó—. Por eso Herrath es tan excepcional. Es una isla pequeña, sí, pero mi gente lleva varias generaciones surcando los mares. ¿Cómo es que Herrath no aparece en ningún mapa? ¿Cómo es que justo la descubrimos a principios de este año? Ni siquiera está tan lejos del continente.

—No lo sé.

Me froté los brazos. Sentía escalofríos, no solo por el frío, sino también por mi propia ignorancia. No tenía ni idea de que existía un continente. Había tantos lugares que nunca había visto. La ciudad al otro lado del muro, las playas, los campos de caña de azúcar. ¿Pero otros países? ¿Todo un mundo? La inmensidad de todo lo que me faltaba por conocer me hacía sentir diminuta.

—Algunos mapas antiguos marcaban esta zona como peligrosa. Como un lugar en el que ocurrían naufragios, donde desaparecían marineros.

—Y viniste en barco igualmente.

—¿Impresionada por mi valentía?

—Sorprendida por tu temeridad.

—Había rumores de que existía una isla. Quería saber la verdad. Quizá el motivo por el cual tu isla es tan difícil de encontrar esté relacionado con la razón por la que los viajantes quieren conocerla ahora —musitó.

—¿Qué quieres decir?

—Este país tiene algo que no tiene ningún otro país del mundo. Ninguno. O ninguno que sepamos, al menos.

—¿Qué es lo que tenemos?

—Bueno, tú no. Los Semicasta no.

Por supuesto que no. La frustración hizo que se me creara un nudo en la garganta. Si existía algo que merecía la pena tener en este lugar, por supuesto que no lo tendríamos nosotros. Y por supuesto que Sid lo diría como si nada. Estaba empezando a odiarle. Odiaba su alegre despreocupación. Abrí la boca para decírselo, pero justo entonces se escuchó el ruido de la puerta del pasillo abriéndose.

Era un soldado. Llevaba una jeringa en la mano y un tubito atado alrededor de la muñeca. Vino hacia mi celda.

—El brazo —ordenó.

Cuando me acerqué a los barrotes, miré por detrás del soldado y no vi a Sid. Me alegré, puesto que eso significaba que él tampoco tendría la satisfacción de verme a mí. Deslicé el brazo que no me habían pinchado el día anterior a través de los barrotes. El soldado no fue precisamente meticuloso a la hora de encontrarme la vena. Fue pinchando y murmurando para sí mismo mientras yo me estremecía, hasta que la aguja entró como debía. No veía la sangre fluir hasta el tubo, no con aquella luz tan tenue, pero sí sentía cómo salía de mi cuerpo.

Cuando el soldado se marchó, me quedé en silencio. Tuve un ligero espasmo en la mano: un signo de que me estaba a punto de dormir. Y entonces tuve una especie de sueño: la visión de una criatura resplandeciente con forma de persona, pero mucho más grande. Tenía muchas manos pequeñas por todo el cuerpo, que se abrían y cerraban con pánico.

—Nirrim, ¿estás bien?

Aparté esa visión de mi mente.

—Solo tengo sueño.

—¿Cuánta sangre te han sacado?

—Un frasco.

Hubo un momento de silencio.

—Eso no es tanto como para que te dé sueño.

—Las cosas son como son.

—Me gustaría que no volvieras a decir esa frase nunca más.

La sorpresa ante su enfado superó el sueño que tenía, pero antes de que pudiera contestar nada, dijo:

—¿Por qué hay castas? ¿Por qué algunas personas están obligadas a vivir dentro de un muro?

Busqué en mi memoria la respuesta, pero solo encontré un vacío liso y ciego, como una piedra.

—No lo sé.

—Es raro que no lo sepas.

—¿Tú crees?

—Sí. Deberías conocer la historia de tu país.

—¿Tú conoces la del tuyo?

—Sí, y muy bien. ¿Es que no quieres entender por qué vives como vives?

¿Quería? Las preguntas de Sid despertaron en mí un miedo vertiginoso y frívolo. Pensé en las veces que había hecho pasaportes para otras personas y había contemplado la posibilidad de hacerme uno yo. Pensé en cuando tomé la decisión de devolver el elíseo. Todas esas veces, sentía como si estuviera a nada de convertirme en humo. Como si, con solo dar un paso en falso, la persona que yo creía que era se fuera a evaporar y pasaría a ser alguien que no reconocería.

—Da igual. —Sid suspiró—. Duérmete.

—Espera —dije, aunque a duras penas podía mantener los ojos abiertos—. ¿Qué es lo que hay en Herrath? ¿Qué es lo que vienen a buscar los viajantes?

—Magia.

13

Cuando me desperté, pensé que tal vez había soñado lo último que había oído.

—¿Sid? —susurré, por si se había quedado dormido.

—Aquí me tienes —dijo con entusiasmo—. No me he ido a ningún lado.

—¿Has dormido algo, al menos, o ni siquiera eso?

—¿Es que tienes mal despertar, Nirrim? No hace falta ser tan gruñona.

—Vamos, que no. —Lo cierto es que sí estaba siendo algo borde.

—No, desde que has llegado tú, no.

—¿Cómo puedes aguantar tanto?

—Un truco de los valorianos.

—¿Valorianos?

—Sí, del antiguo Imperio. —Al ver que me había quedado callada, continuó—: El Imperio solía abarcar gran parte del mundo que conocemos. Fue conquistando varios territorios, pero no logró hacerse con el reino de Dacra, en oriente. Hace veintitantos años, hubo una guerra. El Imperio se desmoronó. Valoria, a día de hoy, sigue existiendo como país, pero se ha reducido mucho en tamaño.

—¿Eres de allí?

—No.

—Sid…

—Tienes una voz muy bonita, ¿lo sabías? Suave, pero con fervor. Y cálida también. Como la llama de una vela.

Ignoré ese intento de adulación. Ese hombre era capaz de coquetear hasta con los barrotes de la celda, lo único que, en esa ocasión, yo era una opción ligeramente mejor.

—Me has dicho que esta ciudad tiene magia.

—Así es.

—Como en los cuentos.

—Sí.

—¿Qué tipo de magia?

—Hasta donde yo sé, una magia que te permite crear cosas fabulosas, como relojes de bolsillo que no dan la hora, sino que te indican lo que siente la gente que está a tu alrededor. Si tuviera uno ahora, tú estarías más o menos a la altura de las doce del mediodía, y el color que saldría en ese punto del reloj me indicaría que estás experimentando una lenta pero importante y completamente comprensible atracción hacia mí. Aunque claro —continuó a pesar de mi chasquido para indicar desacuerdo—, es difícil saber de qué es capaz la magia aquí. Básicamente os centráis en la producción de juguetes y experiencias emocionantes. Me encanta.

—Y por eso estás aquí.

—Sí.

—Solo vas detrás del placer.

—¡Cuánto desprecio! Haces que suene hasta mal querer sentir placer.

Sí había oído decir que antes existía la magia en esta ciudad, pero se referían a cuando los dioses aún caminaban entre nosotros. También se decía que algunas personas tenían la gracia de los dioses, que habían sido bendecidas por aquellos seres y poseían un ápice de su poder. Eran historias poco creíbles, daba la sensación de estar hablando de un sueño de esos que, en cuanto empiezas a describirlo, notas que se te está olvidando. No sabía hasta qué punto confiar en las palabras de Sid.

Pero si tuviera tanto poder, no lo malgastaría en relojes de bolsillo.

Como si me hubiera leído el pensamiento, dijo:

—Quizá la magia debería aprovecharse para hacer cosas más nobles. Es complicado. A pesar de todas mis investigaciones, aún no he podido averiguar cómo funciona la magia aquí. Ni siquiera quién la practica. Todo parece ser un secreto muy bien guardado.

—¿Y de verdad no existe en ningún otro lugar del mundo? —pregunté, aunque no debería sorprenderme. Al fin y al cabo, la magia no existía dentro del muro tampoco.

—En ningún otro. —Luego hizo una pausa para considerar si contarme algo o no—. Bueno. Hay algunos rumores. —Descartó lo que estaba pensando—. Nada que se haya podido demostrar. Nada que yo haya visto. ¿Tú qué harías, Nirrim, si tuvieras un don especial?

—No lo sé.

Resulta difícil a veces imaginar cosas que están tan fuera de tu alcance. Sientes como si fueras a recibir un castigo solo por desear lo que nunca vas a poder tener.

—Podrías pasar al otro lado de ese muro.

Eso ya podía hacerlo ahora. Hasta donde yo sabía, ninguno de los documentos que había falsificado, con los heliograbados de Aden, había sido denegado por las autoridades. Podía fabricarme uno. Durante años, le había dado vueltas a esa posibilidad.

—Podrías irte de la ciudad —dijo—. De esta isla. Ver el mundo. Podrías ir a oriente, visitar el reino de Dacra y nadar por los canales que fluyen por su ciudad como venas de plata.

El anhelo floreció dentro de mí como una flor de pétalos finos. Pero también tenía miedo.

Me dije a mí misma que debía ignorar tanto el deseo como el miedo. Independientemente de cómo me sintiera, tanto si quería irme como si temía hacerlo, no podía. Si me iba, ¿quién falsificaría los pasaportes? Pensé en la niña que tenía unos ojos como platos, cuyo rostro había quedado plasmado en uno de los heliograbados que había escondido en la cisterna de esa azotea. ¿Quién la ayudaría a escapar y a encontrar una vida diferente al otro lado del muro, donde no correría el peligro de ser secuestrada en mitad de la noche?

—No —dije.

Se hizo el silencio.

—No me digas que te gusta esto. Nunca has visto nada fuera del Distrito a excepción de esta prisión en la que te quitan sangre a diario por el único motivo de haber hecho la buena obra de devolverle la mascota a una señora descuidada.

—Lo único que quiero es irme a casa.

—Te refieres al Distrito.

—Sí.

—El Distrito no es más grande que una ciudad pequeña.

—¿Y? —No entendía qué tenía que ver su tamaño.

—¿Es tu hogar un hogar si nunca te permite marcharte? Ahora que estás en esta celda tienes la sensación de estar encarcelada por primera vez, pero lo cierto es que has estado en una cárcel toda tu vida. Lo que pasa es que es tan grande que te olvidas de que lo es. ¿No te apetece ver qué otras cosas hay en el mundo?

—No quiero irme.

Esta vez su silencio sonó a decepción. Me dio la sensación de que él solito se había creado unas expectativas sobre cómo era yo y ahora le estaba tocando asumir que no era más que una cobarde.

Pero ¿qué más me daba lo que él pensara?

—A mí sí me gusta irme por ahí —dijo—. Es maravilloso saborear la novedad de lo que está por venir. Siento que es como mudar de piel. El despertar en un lugar y saber que es mi último día allí, comer mis platos favoritos, enterrar la cara en mis aromas predilectos... Unas empanadas cubiertas de miel. Una bahía llena de barcos. Una canción interpretada en mi idioma. Me es más fácil apreciar las cosas cuando las dejo atrás. Quizá solo soy capaz de apreciarlas entonces.

—¿Qué es un idioma?

—¿Perdón?

—Un idioma.

Hubo un silencio.

—Es lo que estamos hablando ahora. Las palabras que estamos usando. Estoy hablando en tu idioma, herrath. Hay muchos más en el mundo. Tengo un don para aprenderlos. El tuyo me resulta especialmente fácil porque se parece mucho al herrano. Tu idioma... parece una versión antigua del mío.

—Di algo en herrano.

Pronunció una secuencia de sonidos suaves, pero con énfasis en algunas partes, como si fuera un merengue lingüístico.

—¿Qué has dicho? —pregunté.

—Los renacuajos se convierten en *ranacuajos*.

—¿*Ranacuajos*?

—Así llamaba yo a las ranas cuando estaba aprendiendo a hablar. Mi madre todavía se ríe cuando lo piensa.

—Una madre. —Pensé que menos mal que no volvería a ver a Sid fuera de esa prisión, ya que cuanto más rato pasaba hablando con él, más se evidenciaba lo diferentes que éramos: un joven que provenía de un sitio que yo nunca conocería, que sabía cosas que yo no sabía, que tenía una madre…—. ¿Y cómo es ella?

—¡Es horrible! Siempre mete las narices en mis asuntos, se pasa la vida diciéndome lo que tengo que hacer.

Pensé en Cuerva.

—Tengo a alguien parecido a una madre.

—Me alegro. No me gustaría saber que estás sola en el mundo. Es bueno tener una madre a la que guardarle rencor.

Me froté los brazos desnudos. ¿Qué haría yo con una madre? De repente, anhelaba que alguien me mandara a hacer recados. O a traerle un vaso de agua. Me imaginé de pequeña apoyando una mano en su rodilla, intentando mantener el equilibrio, como había visto que hacían los bebés, buscando apoyo con los dedos bien agarrados. No logré imaginar su cara.

—¿Nirrim?

—Qué ganas de que pase el viento helado. —No me apetecía hablar de madres—. Los guardias me han robado el abrigo.

—Toma el mío.

—Pero tendrás frío.

—Yo soy de hierro. Fuerte. Impasible. No necesito el calor.

—Ni dormir.

—Exacto.

—Estoy segura de que puedes prescindir de todos los placeres y comodidades de la vida.

—Bueno, de todos los placeres tampoco.

—Vaya, déjame ver si adivino de cuáles no…

—Pero si lo sabes tan bien como yo. En fin, Nirrim, ven y ponte mi abrigo.

A la luz de la lámpara de aceite, vi la sombra del abrigo entre los barrotes. Su rostro seguía en la oscuridad, pero logré ver sus dedos largos y esbeltos aguantando el oscuro abrigo.

—No, gracias.

—Hace mucho frío como para ser tan orgullosa —respondió.

¿Y qué le iba a dar yo a cambio? Iba a arrebatarle el abrigo. Nunca más volvería a verlo y yo estaría calentita.

Sin embargo, en cuanto me acerqué a los barrotes, retiré la mano, sobresaltada. Seguía estando medio en la sombra, con las líneas del rostro difuminadas, como si estuvieran hechas con lápiz y yo hubiera pasado el dedo por encima. Sin embargo, el resplandor anaranjado de la lámpara del pasillo mostraba que había al menos una cosa en la que no me había mentido: era guapo. Esbozó una sonrisa que indicaba que sabía lo que estaba pensando. Tenía unos ojos oscuros rasgados. Unas mejillas suaves. Una boca que mostraba satisfacción. Era más alto que yo, aunque no mucho, y más delgado de lo que esperaba. Era fácil olvidar que estaba entre rejas. Y era fácil creer que podía conseguir meterse en la cama de una mujer casada. O de una mujer de cualquier tipo, en realidad.

Agarré el abrigo.

—¿Ya estás feliz?

—Siempre —contestó.

Me puse el abrigo. Me iba un poco grande, pero abrigaba. Era de un color que la Casta Mediana tenía permitido llevar: azul cobalto. Si el azul hubiese sido un poco más vivo, solo lo podría llevar la Casta Alta.

—Hueles a pan y a sudor. Y a algo verde —musitó—, como a hierba pisada. ¿Dónde has estado?

No quería recordar la escena en la que había visto caer al soldado mientras yo seguía aferrada a la enredadera de flores indi. Me abroché el abrigo. La tela olía a perfume bueno.

—Pues tú hueles a mujer.

—Menuda sorpresa.

Intenté imaginarme a la mujer con la que le habían sorprendido. Rasgos frágiles. Pelo largo y castaño. Una mujer hermosa. Sí, seguro que a él le gustaban así. Metí el último botón en su agujero.

—Mucho mejor —dijo.

Levanté la cabeza y me aparté el pelo de los ojos.

—¿El qué?

—Ahora te veo bien la cara.

Lo miré a través de la oscuridad del pasillo de la prisión. Esbozó una media sonrisa y dijo:

—Eres casi exactamente como creía.

—¿Casi?

—Algún día te diré a qué me refiero.

—¿Por qué no ahora? —quise saber.

—Estás demasiado lejos. Estas cosas hay que decirlas al oído.

—Menos mal que estás entre rejas.

Se rio y dijo:

—Qué seria estás.

Me aparté de los barrotes y de la débil luz del pasillo.

—Me gusta —aclaró.

Al oler el abrigo, me llegaba el aroma de su piel por encima del perfume. Había alcanzado a verle los brazos en la oscuridad.

—Debes de tener frío —le dije—. Que sepas que me alegro.

—¿Estás sonriendo mientras dices estas palabras?

Era como si nada de lo que yo dijera pudiera molestarle, como si estuviera recubierto de aceite. Todo le resbalaba. Me di cuenta, con una punzada de disgusto en el estómago, de que deseaba que él se hubiera quedado igual de anonadado al ver mi cara como yo al ver la suya.

Deseaba haber podido seguir mirándolo.

Quería llegar hasta la lámpara y añadir aceite, hacer que la llama ardiera más para poder ver si sus ojos eran realmente oscuros o solo parecían oscuros en la oscuridad. Quizá, si lo veía mejor, entendería por qué me fascinaba tanto.

—Me gustaría verte sonreír —dijo.

No dije nada y él también se calló, hasta que oí un ruido y lo que parecía un bostezo reprimido.

—Lo he oído —le informé.

—¡No has oído nada! ¡A mí no me afecta el cansancio!

—Mentira.

—Pues venga, cuéntame un cuento para que me duerma.

—No soy una cuentacuentos.

—Pues cuéntame algo sobre ti.

Me crucé de brazos. El abrigo estaba bien hecho. Su calidez hizo que me relajara un poco a pesar del lugar en el que me encontraba, y a pesar del inquietante prisionero que tenía al otro lado del pasillo.

—Soy panadera. —Me di cuenta de cuán insignificante sonaba aquello, de cuán insignificante debía parecerle a él.

—Cuéntame más cosas.

Soy una falsificadora, pensé, pero no dije nada.

—Dime algo que te guste —me pidió.

—Las cosas dulces. Las manzanas.

—¿Y por qué te gustan? —Me quedé en silencio—. Nirrim, lo cierto es que el cansancio sí se está apoderando de mí y me estoy muriendo de frío. Me gustaría dormirme escuchando tu bonita voz. Me reconfortaría. ¿Serías tan cruel de negarme ese consuelo? ¿A mí, que solo te deseo el bien? ¿A mí, la persona que te provee de abrigos?

—Las manzanas me recuerdan a una amiga —respondí—. La echo de menos.

—Háblame de ella, así quizá yo también la echaré de menos.

14

La forma en que las camas del orfanato estaban colocadas en el gran dormitorio comunitario hacía que parecieran una hilera de huesos bien ordenados. Cada noche, las niñas nos lavábamos la cara y las manos y entrábamos en silencio a la habitación. Llevábamos el pelo recogido en una escuálida trenza que nos colgaba por el hombro izquierdo y llevábamos todas el mismo camisón hecho de sarga rígida que había donado un generoso señor Alto y que nosotras mismas habíamos confeccionado. Le conté a Sid que los bebés tenían compañeros de cuna. A veces pasaba por delante del ala de los bebés y los veía a todos ahí amontonados como cachorritos. Me daban envidia. Me recordaban a cuando yo también dormía así. Sé que puede resultar asombroso que tenga recuerdos de cuando era tan pequeña, pero los tengo. Recordaba cómo el juguete móvil que había sobre la cuna colgaba sobre el bebé sin nombre de mi lado, al que le costaba mucho respirar. A esa niña nunca llegaron a darle un nombre. Tenía una sombra revoloteando sobre su pecho. Yo pensaba que era una especie de polilla, pero más oscura, aunque en ese momento no conocía la palabra *polilla*. Daba por hecho que en algún momento se iría. Recuerdo acercarme más a ella y buscar su piececito con la mano para agarrarla por el calcetín.

Una mañana, cuando me desperté, ya no estaba. En su lugar yacía un bebé diferente, uno que no estaba tan enfermo. Esta niña podía ponerse de pie, morder la barandilla de madera de la cuna y berrear. Ella sí sobrevivió. Dormimos juntas hasta que cumplimos cuatro años y entonces nos separaron, como siempre hacían cuando crecíamos lo suficiente como para tener nuestras propias camas. Durante ese primer año durmiendo separadas, yo intentaba juntarme con ella cuando hacíamos las labores del día. A menudo me tropezaba, pues mis pies todavía estaban aprendiendo a funcionar bien. Ninguna de nosotras aprendió a andar con facilidad. Habíamos pasado demasiados años sin salir de las cunas.

A los cuatro años nos enseñaron a limpiar. Eran todo tareas fáciles. Yo solía lavar la vajilla con agua tibia. *Taza* fue la primera palabra que aprendí. También pasaba la escoba por las esquinas de las habitaciones y nunca lloraba si me encontraba una araña. Rara vez me castigaban, e incluso cuando lo hacían, las bofetadas nunca las daban con crueldad.

A veces llamaba a mi excompañera de cuna. Me costaba pronunciar su nombre y no tenía palabras para expresar lo que quería decirle, como *amiga*, *hermana* o *amor*. Ella no me reconocía. O quizá sí y solo me estaba ignorando. A la gente se le olvidan las caras, pero a mí no. ¿Cómo es posible olvidar una cara? No tardé en comprender que el primer bebé que había estado conmigo en la cuna había muerto, porque, por mucho que busqué, nunca volví a ver su cara.

No me sentía sola. Estaba rodeada de gente a todas horas. Me mantenía ocupada, ya que, a medida que cumplíamos cinco, seis, siete años, nuestras tareas requerían más atención. Tallábamos conchas para hacer botones y aprendimos a manejar máquinas que servían para perforar objetos.

Con el tiempo, empezaron a mandarnos labores que no me gustaban tanto. Ya de más mayor, tuve que aprender a elaborar carey. Para ello había que sujetar a las tortugas vivas y arrancarles el caparazón con un cuchillo caliente. Me costaba sujetarlas porque la sangre hacía que se me resbalaran. Las pobres tortugas jadeaban y se retorcían. Recuerdo las cosas con demasiada claridad. Siempre ha sido así. Recuerdo tener que hacer el doble de trabajo cuando estaba con Helin porque ella no soportaba tener que hacer aquello y yo sí.

El carey, una vez hervido en agua salada y prensado con una plancha caliente, era precioso. Ese marrón moteado se complementaba a la perfección con el oro. Las escamas se tallaban para crear peines, botones u objetos decorativos para el hogar. Nos dijeron que debíamos estar orgullosas de lo que hacíamos. Era para la Casta Alta.

«Y nosotras somos como las tortugas», le dije a Helin en voz baja.

La institutriz se giró y le dio un azote a Helin en la palma de la mano. Protesté. «Ella no ha hecho nada malo», dije, «He sido yo. He sido yo la que ha hablado».

«Pero ella te ha escuchado», contestó la institutriz.

Cuanto más intentaba argumentar que era yo quien debía recibir el castigo, más fuerte le daba.

Cuando por fin paró y dejó que Helin volviera al trabajo, me dijo: «¿Crees que es injusto que ella reciba un castigo por algo que tú has hecho? Pues te informo que el mundo funciona así. Cuanto antes te acostumbres, mejor».

Sus ojos tenían un aspecto duro. Era Semi, como el resto de nosotras.

Le dije a Sid que así era como veía a Helin en mi mente muchas veces: con la palma de la mano izquierda levantada a la altura de la cara, la cabeza gacha y dando respingos cada vez que la institutriz le daba un golpe con el bastón.

Más tarde, con la mano envuelta contra el pecho, me dijo que aquello tenía otra explicación, y era que la estaban castigando porque yo hacía parte de sus labores: «La institutriz nos ha visto».

Creo que Helin pretendía consolarme, cargar con la culpa para que yo no creyese que ella no tenía ninguna, pero me sentí aún más culpable. Me di cuenta, por lo tensa que tenía la cara y la forma en la que me miraba, de que ella también se sentía culpable. Tal vez a eso se refería la institutriz: a que no es posible entender lo que son la justicia y la culpa cuando vives en un mundo que ha determinado una serie de reglas que no tienen sentido.

Helin decía que le gustaba que yo viera cosas que nadie más veía, pero tener esa habilidad no era algo favorable para mí, así que no compartí esa información con Sid. Había aprendido a ignorar las visiones, como la del resplandor de una fuente en el austero patio de ladrillos del orfanato. De pequeña, una vez me acerqué a la fuente y abrí la boca para probar el agua. Mi lengua solo tocó aire. Volví a mirar. Nada. No había fuente. No había chorros de agua fresca que fluían desde las puntas de unos dedos hechos de mármol hasta un estanque a los pies de la escultura. Tampoco se podía apreciar el mosaico de azulejos de colores que había en el fondo.

Me di cuenta de que las demás chicas se me habían quedado mirando. Me evitaban. Cómo no. El orfanato, aunque era sencillo, también era una estructura lo bastante grande como para albergarnos a todas y aun sobraba espacio suficiente para evitarnos las unas a las otras si así lo deseábamos.

Sin embargo, Helin gozaba de que le contara las cosas que veía. Supongo que para ella era como leer un libro. O como ir al teatro para alguien Alto. A ella, esta particularidad la atraía. La sacaba de la monotonía de las labores diarias, la fatiga y la comida insípida. Me decía que aquello era inofensivo y llegué a creérmelo porque confiaba en ella. «Son como sueños», dijo, «lo único que los tienes mientras estás despierta. Yo me encargaré de ayudarte a saber lo que es real».

Y así lo hizo siempre. Y nunca se rio de mí.

Le conté a Sid que, de repente, una enfermedad mortífera se propagó por el orfanato. El primer síntoma eran las ojeras, luego salía una erupción por todo el cuerpo y después aparecían unos puntos rojos por la cara. Cuando empezaban a mostrarse los signos, era fácil detectarla. No tardamos en descubrir lo que venía después. Mareos. Falta de apetito. Labios secos y agrietados. Ojos que sangraban. Muchas niñas murieron, sobre todo al principio, y aunque ningún médico Medio o Alto se atrevía a entrar en el orfanato por miedo a contagiarse, nos suministraban medicinas que aliviaban el dolor y a veces curaban.

Una noche, durante la cena, vislumbré unas manchitas rojas en la piel morena de Helin, justo en la parte interior del brazo. «No es nada», me dijo ella, y apartó el brazo.

Cuando ya hacía rato que deberíamos haber estado durmiendo, me acerqué a su cama y le toqué la mejilla. «Estás caliente», le dije.

«No es cierto», contestó.

Cuando le dije que iba a llamar a la enfermera, me contestó que no. «Solo estoy cansada. Acuéstate aquí conmigo.»

Se movió para hacerme sitio. Las dos éramos lo suficientemente pequeñas como para caber juntas en la cama. Lo que estábamos haciendo estaba mal. Si nos pillaban, habría consecuencias. Nos habían explicado que las chicas no deben dormir con otras chicas. Ni los chicos con otros chicos.

Sin embargo, yo no era más que una niña y todavía me acordaba de lo cómodo que era tener una compañera de cuna. Lo anhelaba. Su piel estaba ardiendo por la fiebre. Cuando se lo dije, me volvió a contestar que no era verdad. Me dijo que me estaba imaginando cosas. Me había prometido explicarme siempre lo que era real y lo que no, e insistió en que no debía preocuparme. «Quédate conmigo», me dijo, «solo quiero dormir». Me sentí tan bien, tan reconfortada al abrazarla, que me dormí incluso antes que ella.

Cuando desperté, estaba fría y tiesa. El miedo me subió desde el vientre hasta la garganta.

Se había ido. Eso fue lo que dijo la institutriz cuando vino corriendo en respuesta a mi llanto. Me sacó de la cama. Las sábanas se me enredaron entre las piernas. Me preguntó si Helin tenía fiebre el día anterior. «No lo sé», contesté. Me preguntó por qué no había llamado a alguien durante la noche. «No lo sé», volví a contestar, pero sí lo sabía. Era porque era incapaz de diferenciar la realidad de mi imaginación.

La institutriz no fue cruel. No me castigó por dormir en la cama de Helin.

Por supuesto, me tuvieron que aislar por miedo a que hubiera contraído la plaga, pero nunca llegué a enfermar.

Todo esto se lo conté a Sid, pero no le hablé de la pena que me oprimía el pecho. De cómo la soledad era una espina que tenía permanentemente clavada en la garganta. De cómo a veces recordaba la respiración entrecortada de Helin en mi cara. De cómo a menudo me preguntaba qué debía estar soñando durante ese imperdonable momento de descanso, cuando ella exhaló su último suspiro.

Pero no debía de estar soñando. De ser así, recordaría el sueño como recuerdo todo lo demás; como la recuerdo a ella.

15

Nunca le había contado a nadie lo de Helin. Se lo conté a Sid porque no iba a volver a verlo y porque echarla de menos era como llevar dentro un cuenco pesado y lleno hasta arriba. Antes temía que hablar de ella fuera una forma de derramar el contenido de ese cuenco, y no quería hacer eso. Quería conservar lo que me quedaba de ella.

Pero era tentador después de ver lo despreocupado y afortunado que era Sid. La vida le había tratado con delicadeza. Pensé que sus manos, seguramente, eran tan suaves como su voz.

¿Cómo sería sentirse un poco más ligera? ¿Ser como él?

En fin, la cosa es que se lo conté y entonces descubrí que, en cuanto vaciaba el cuenco, volvía a llenarse.

Hubo silencio durante mucho rato después de que terminara de hablar. Supuse que se había dormido.

Sentí una mezcla de resentimiento y alivio. Quizá era mejor que no me hubiera escuchado, o que solo hubiera escuchado una parte de la historia. Me acurruqué con su abrigo y me lo imaginé con los ojos cerrados, la cabeza apoyada contra la pared de piedra y la boca medio abierta mientras dormía.

—Lo siento —dijo de repente.

—Ay, pensaba que estabas durmiendo.

—Nirrim —dijo con espanto—, no sería capaz de hacer tal cosa.

—Bueno, pero por todo el cansancio…

—¿De verdad parezco así de insensible?

—Yo no he dicho que seas insensible.

—¿Entonces qué?

Pensé en su anhelo por irse de los sitios. En que le guardaba rencor a su madre por entrometerse en sus cosas. En su forma de coquetear, pues se le notaba una soltura típica de quien lo tiene por costumbre.

—Me da la sensación de que cuesta mantenerte cerca. Y de que cuesta mantener tu atención.

Tardó un momento en responder.

—Es posible que tengas razón. Pero tú sí consigues mantener mi atención.

Aunque él no iba a ver el gesto desde donde estaba sentado, moví la mano como señalando las celdas en las que estábamos.

—No es que tengas muchas alternativas ahora mismo.

—Nada me obliga a hablar contigo, o a escucharte, más allá del hecho de que quiero hacerlo.

Metí la barbilla dentro de su enorme abrigo y sentí cómo me rozaba la boca. Entonces volvió a hablar:

—Por lo que me has contado, tu amiga parece que era una persona amable. Igual que tú.

—Pero fue culpa mía.

—No fue culpa tuya que muriera. ¿Te has aferrado a esa idea desde entonces? Porque no es cierta.

—Debería haber hecho mejor las cosas.

—Eras una niña.

—No debí confiar en ella cuando me dijo que se encontraba bien.

Se le notaba frustrado.

—Confiaste en ella porque era tu amiga y hay que creer en lo que nos dicen los amigos. Confía en mí ahora, Nirrim.

Era normal que no lo entendiera. No le había hablado de mis visiones.

—Siento que hayas perdido a tu amiga —dijo—. Siento que la eches de menos. Pero quiero que confíes en mí cuando te digo que no has hecho nada malo.

—Antes me has dicho que mentías mucho —le recordé.

—No te mentiría en esto.

No le creí, pero me gustó imaginarme la posibilidad de hacerlo, así que no le contradije. No mencioné las firmas que había falsificado, los documentos legítimos cuyas palabras había hecho desaparecer para luego sobrescribirlas con nuevos nombres y nuevas descripciones físicas. No mencioné que había oído un cuerpo caer al vacío ni que había visto cómo la sangre formaba un charco rojo y espeso alrededor del cadáver. Era tan agradable aceptar, aunque solo fuera por el momento, la imagen que Sid tenía de mí. Amable. Intachable. Me gustaba tanto su percepción de mí que quería atizarla y verla crecer, como si de un pequeño fuego se tratara.

—¿Puedo contarte un secreto? —me preguntó.

—¿Y si digo que no?

—Sería inaceptable. Odio la idea de que, precisamente tú, me digas que no.

No había ventanas al exterior. No tenía ni idea de si era de noche o de día, ni sabía qué tiempo hacía, solo tenía claro que hacía frío. Pero sus susurros me hicieron imaginar que estábamos ambos fuera de prisión, juntos, tan juntos que nuestros hombros se rozaban, observando la nieve caer y cubrirlo todo poco a poco.

—Es más, no está permitido —dijo—. Tienes que decir siempre que sí.

Estaba diciendo cosas que, me apostaba lo que quisiera, a Aden le habría gustado decir también. La diferencia era que Aden las habría dicho en serio y Sid estaba de broma.

Sid me hablaba como intentando que sus palabras me resultaran fáciles de rechazar en caso de querer hacerlo. Era creído y entrometido, pero también amable. Y le gustaba reír, se reía incluso de sí mismo. No estaba de acuerdo con todo lo que decía, pero me caía bien.

—¿Y si aceptas decirme que sí solo tres veces? ¡Solo tres! A cambio, yo haré algo por ti.

Con cautela, le pregunté:

—¿El qué?

—Un favor.

—¿Un favor?

—Hago muy buenos favores.

Como no volvería a verlo fuera de esa prisión y ahí dentro tampoco había muchas cosas a las que decir que sí y que luego me fuera a arrepentir le dije:

—Vale, sí, acepto tu oferta. Eso ya cuenta como uno. Y sí, acepto que me cuentes tu secreto. Eso ya son dos.

Hizo un sonido que indicaba que estaba disfrutando con aquello.

—Será mejor que piense bien en qué gastar mi último sí. Tendré que actuar con sabiduría.

—Vamos, cuéntame tu secreto.

—Me escapé de casa.

—¿Por qué?

—Sufría mucho allí.

—¡Sufrías! Está claro que te gusta mentir. —Ese hombre no había sufrido ni un solo día de su vida.

—No tienes ni idea de lo que me gusta meterme contigo. Podría pasarme el día entero haciéndolo.

—Ves, eso sí que me lo creo.

—La cosa es que mis padres decidieron que ya era hora de que me casara. Me dijeron: «¿Cuándo vas a empezar a tomarte las cosas en serio?».

—Me atrevo a decir que la respuesta a eso es nunca.

—Exacto. «¿Cuándo vas a madurar?», lo mismo: nunca.

—¿Tienen a alguien en mente?

—Sí.

—¿Y te gusta ese alguien?

—Uf, no.

—¿Lo odias?

—No odio a nadie. Simplemente, lo del matrimonio no va conmigo.

Estuve a punto de pedirle que describiera a la mujer que sus padres querían para él, pero un sentimiento leve y desagradable me detuvo. Volví a percatarme de lo bien que olía su abrigo.

—Podrías seguir ligando con otras mujeres aunque te hubieras casado.

Suspiró.

—No sería lo mismo.

—¿Tu familia sabe dónde estás?

—Aún no. Y espero que siga así.

—Quizá deberías acceder a casarte —dije—. Para darles el gusto.

—Pero es que no puedo. —Parecía haberlo dejado perplejo—. No me digas que no entiendes por qué no puedo.

—Si yo tuviera padres, procuraría hacer lo que les hiciera felices.

—¿Te casarías con el hombre que eligieran tus padres? ¿Alguien a quien no amas ni vas a poder amar nunca?

Me encogí de hombros.

—Sí.

—Pensaba…

—¿Qué?

—Pensaba que tú y yo teníamos más en común de lo que tenemos.

—No tenemos nada en común.

—Bueno, si tú lo dices.

—Si te soy sincera, creo que tu aversión al matrimonio no es más que una excusa.

—¿Ah, sí? —Por primera vez, sonó irritado—. Por favor, ilumíname.

—Para ti todo es una aventura. Hasta estar en prisión lo es. Solo querías tener una excusa para huir.

Empezó a decir algo, pero la puerta al final del pasillo se abrió con un chirrido. Soltó un par de frases malsonantes en su idioma y en voz baja, pero guardó silencio cuando el guardia vino a por mi sangre. Me quité rápidamente el abrigo para que no se diera cuenta de que llevaba algo que no correspondía a mi casta. Le ofrecí el brazo a través de los barrotes. Clavó la aguja en el mismo lugar que la otra vez, donde ya se me había empezado a formar un hematoma.

—Sanguijuelas —murmuró Sid después de que el guardia se marchara con un frasco de mi sangre—. Y ahora te vas a dormir y no podré discutir contigo.

Efectivamente; me sentí somnolienta al instante. Temblando, volví a ponerme el abrigo.

—Mi condena es de un mes. Quizá la tuya también lo sea y podamos discutir hasta que nos dejen marchar.

—¿Un mes? ¿Te van a drenar la sangre todos los días durante un mes entero?

—Eso espero. A veces retienen a los presos más tiempo del que deberían. Algunas personas nunca salen de prisión.

Por su silencio, parecía haberse quedado atónito. Cerré los ojos. Me acurruqué y me empecé a quedar dormida.

—Quiero que entiendas que lo que mis padres me quieren obligar a hacer está mal —le oí decir.

A todos nos obligan a hacer cosas, quise decirle, pero no tenía fuerzas.

Se me ocurrió, aunque ya era tarde, que Sid había percibido que tenía ese robusto cuenco lleno de angustia dentro de mí al contarle lo de Helin. Quizá todo lo que había venido después (el tonteo, esa absurda oferta, el secreto) lo había hecho para distraerme e intentar disipar la tristeza.

Me pareció oírle llamar al guardia.

—Sé que está mal —le murmuré.

No lo decía en serio. Haría cualquier cosa por una madre o por un padre. Pero volví a decirlo. Estaba decidida a creer que estaba mal, si él me lo pedía.

16

—Nirrim, despierta.

La voz de Sid sonaba apremiante. Oí pisadas en el pasillo. Me puse en pie.

—¿Qué pasa? ¿Qué ocurre?

—Nos vamos —dijo.

No lo entendí.

—¿Nos vamos a dónde? ¿A otra parte de la prisión? —El miedo se apoderó de mí—. ¿Por qué? ¿Qué me van a hacer?

—Nada. No te asustes. Nos van a dejar en libertad.

Las pisadas se acercaban.

—Pero no puede ser. —Empecé a dudar de si estaba despierta o si era que había dormido durante casi un mes entero—. ¿Cuánto tiempo llevo aquí?

—Tres días.

—Entonces mi condena no ha terminado.

—Ahora sí. Te prometí un favor.

Un par de guardias abrieron las celdas y nos condujeron a través del laberinto de la prisión a una oficina mal iluminada. Era del tamaño de una celda grande, pero con una gruesa alfombra en el suelo que tenía un dibujo que parecían dedos entrelazados de muchos colores, y había un hombre diminuto detrás del escritorio con una lámpara de aceite que chisporroteaba. No sabía dónde mirar. Sabía que tenía a Sid detrás, tenso y lleno de energía. Detrás del hombrecillo del escritorio, había una ventana por donde entraba la luz de la luna. Era tan potente que por fin creí a Sid: realmente solo habían pasado tres días desde la noche de la fiesta para honrar al dios de la luna, uno de los pocos que esta ciudad recordaba.

El hombre revisó mi pasaporte y selló una de las páginas del cuadernillo con una *T* de Tybir, el nombre de la prisión. Sid no tenía documentos, lo cual se me hizo extraño. Nunca había conocido a nadie sin documentos. Sin embargo, había una carta que el hombre releyó varias veces. De vez en cuando, levantaba la cabeza para mirar a Sid. Finalmente, garabateó algo en la parte inferior de la página, pero no la selló. Dobló la hoja por las líneas ya arrugadas y se levantó de la silla para devolvérsela a Sid. Entonces dijo:

—Su…

—No hace falta —le interrumpió Sid—. Mi estancia aquí ha sido encantadora, se lo aseguro.

El hombre parecía nervioso. Me di cuenta de que llevaba el abrigo de Sid, pero ya era demasiado tarde. Preocupada por si me castigaban, mis ojos se turnaban entre el hombre bajito y los guardias, pero no me estaban prestando atención. Miraban fijamente a Sid. Había un aura de fascinación en el ambiente.

Sid pasó junto al escritorio hasta llegar a la puerta. La abrió. Entró un aire cálido y nocturno, con aroma a flores. El viento helado ya había pasado.

—Tú primera, Nirrim.

—¿De veras? ¿Nos vamos?

—Sí. Ya he tenido suficiente.

La puerta de la prisión se cerró detrás de nosotros. La noche era tranquila. La luna era como un gran espejo. Brillaba tanto que, cuando me subí la manga del abrigo, pude ver los moratones en la parte interna de los brazos. El muro se veía blanco como el mármol pulido bajo aquella luz, aunque sabía que de día era de granito gris. Había una puerta en el muro flanqueada por guardias, pero yo ya estaba en el Distrito, era Sid el que tenía que atravesarla para acceder al resto de la ciudad.

—¿Cómo has conseguido que me suelten antes? —le pregunté.

—¿No es más divertido adivinar que que te lo digan? —respondió, y por fin me giré para mirarlo.

Entonces vi a Sid con más claridad. Vi en qué me había equivocado.

Su rostro era aún más llamativo a la luz de la luna: pómulos marcados en un rostro inesperadamente suave, con unos labios bien delineados y unos ojos tan oscuros que estaba segura de que debían ser negros. Pelo corto de color claro, algo que nunca antes había visto, ya que ningún herrath tiene el pelo claro. En altura, me ganaba por unos pocos centímetros, excepto si me ponía de puntillas. De nuevo, me impresionó su belleza, pero no fue eso lo que me dejó sin aliento. Fue lo que vi al mirar la túnica que llevaba. Era sin mangas, lo cual ya había visto antes en prisión, y dejaba al descubierto sus brazos delgados. Lo que no había visto antes y ahora sí, era que la túnica era lo bastante ajustada como para mostrar la curva de sus pechos.

Me salió un:

—Oh.

Enarcó las cejas.

Mi mente repasó las conversaciones que habíamos tenido.

—Pensaba que… —No pude terminar la frase.

—¿Qué pensabas? —Frunció el ceño, estudiando mi cara. Luego su expresión se relajó, pero no para pasar a mostrar tranquilidad, sino más bien cansancio—. Ya comprendo —dijo—. Bueno, eso no es culpa mía.

—No he dicho que…

—Si has dado por hecho algo sin preguntar antes, la culpa es tuya. ¿Yo te he dicho en algún momento que era un hombre?

—No.

Me empezaron a arder las mejillas al repensar las cosas que había dicho.

—¿Decepcionada?

—No —me apresuré a contestar—. ¿Por qué iba a estarlo?

—Eso digo yo, por qué.

Se encogió de hombros de forma exagerada y sacudió las manos como cuando nos intentamos secar el agua después de lavárnoslas. Desvió la mirada y la fijó en el muro. Tuve la impresión de que me había desvanecido o de me había vuelto más pequeña. Sentí el impulso de disculparme, pero intuí que la disculpa iba a ser peor que el error en sí. Ella, más que ofendida, parecía estar decepcionada, como si, de repente, me hubiera vuelto mucho menos intrigante. Sentí un dolor en el pecho, leve pero agudo, como un chasquido de dedos.

No era normal sentir dolor ante nada de esto.

No era normal sentirme atraída por ella. Al menos no de esa forma.

Empecé a quitarme el abrigo.

—Toma —le dije—. Gracias.

—Quédatelo. Ahora no lo necesito.

El aire cálido de la noche era suave como el ante y salado como el mar que yo nunca había visto.

—El viento helado podría volver —repliqué.

—Me habré ido antes de que eso pase.

Luego torció la boca para mostrar una mueca de diversión, me pasó las manos por los hombros y tiró del dobladillo del abrigo para quitar las arrugas. El gesto me pareció cariñoso e indiferente a la vez.

—Te queda bien. Aunque te va un poco grande.

Me puso la palma de la mano en la mejilla. Me sobresalté. Dejó caer la mano.

Más tarde, deseé haberla llamado, haberle dicho que, en cuanto se había dado la vuelta para marcharse, ya la echaba de menos. Deseé que hubiera visto cómo me había llevado la mano a la mejilla. Al recordar esa caricia me bajó un escalofrío por la espalda.

Ese recuerdo se quedó conmigo mucho tiempo después de que ella atravesara la puerta del muro.

17

El interior de la taberna estaba más oscuro que la calle. Mis ojos tardaron un momento en adaptarse y, cuando por fin lo hicieron, vi a Annin dormida en una mesa, con el pelo desparramado sobre el brazo. Me sorprendió encontrarla allí, y me pregunté si es que había acabado demasiado cansada del trabajo como para volver a su habitación. Intenté cerrar la puerta sin hacer ruido, pero el cerrojo de hierro pesaba mucho.

Annin se revolvió. Levantó la cabeza de la mesa y se pasó la mano por la boca. Entonces me vio y se quedó mirándome fijamente.

—¿Nirrim? ¿De verdad eres tú?

—Shhh —siseé, pero ella dio un salto y vino a estrecharme entre sus brazos.

—Estábamos muy preocupadas. —Me buscó la cara con las manos—. ¿Estás bien?

—Sí.

Cuando volvió a abrazarme, noté que su cara estaba empapada por las lágrimas. ¿Estaba mal sentir un poco de placer? No sabía que le importara tanto.

—¿Qué se han llevado?

—Solo mi sangre, pero no grites. Despertarás a…

—¡Estás aquí, estás a salvo! Seguro que quieren que las avise.

Llamó a Cuerva y a Morah. Se oyó un tropiezo, el quejido de las puertas de madera. Un halo de luz flotó escaleras abajo antes de que lograra ver ningún pie. El de Morah fue el primero (descalzo, como el de Annin), luego vi las zapatillas de Cuerva.

Morah se me quedó mirando fijamente al verme.

—¿Solo tres días? Tu cara... ¿Con qué has pagado? —Parecía dispuesta a abrirme el abrigo y hurgar en mi cuerpo hasta encontrar los desperfectos que me habían dejado.

Cuerva se acercó a mí con paso pesado.

He pensado mucho en ti desde prisión, quise decirle. *Pensaba en lo asustada que debías estar.*

Pero nunca te traicionaría. Nunca le diría a nadie lo que hacemos. Que tú encuentras a gente que necesita ayuda y yo forjo su libertad.

Siempre puedes confiar en mí.

Me acercó la lámpara de aceite a la cara.

—Ni una marca —dijo.

—No. He...

—Ese abrigo... —Señaló con la lámpara la chaqueta de Sid, que yo no me había quitado a pesar del calor—. ¿Has robado un abrigo a un Casta Mediana? ¿Has infringido la ley suntuaria? Serás estúpida.

—No es eso, he...

Blandió la lámpara de aceite y me dio un fuerte golpe en la mejilla. Sentí una punzada de dolor. Alguien chilló. Me llevé una mano a la cara. Tenía la mejilla abrasada.

—¡Cómo te atreves! —gritó Cuerva—. Después de todos estos años, después de todo lo que he hecho por ti.

Me aparté de ella, el cristal crujió bajo mis sandalias.

—El abrigo no tiene nada que ver. Por favor, escúchame.

Balbuceé la historia de lo ocurrido.

—¿Atrapaste al pájaro? —la voz de Annin estaba llena de asombro.

Cuerva se volvió para mirarla a ella y a Morah.

—Volved a vuestras habitaciones —ordenó.

—Pero Nirrim… —replicó Annin—. ¡La has quemado!

—¡Ahora! —insistió Cuerva.

Annin protestó con los ojos muy abiertos, pero Morah la agarró de la mano y tiró de ella escaleras arriba.

—Ay, mi niña —dijo Cuerva una vez estuvimos solas. Se le hundieron los hombros y en su suave rostro se creó un mapa de surcos causados por la preocupación—. Lo siento mucho.

Se acercó para tocarme la mejilla. Me estremecí, no pude evitarlo, y cuando vi que sus ojos se llenaban de lágrimas, me sentí culpable. Me agaché para recoger los fragmentos de la lámpara. Ella me agarró las manos temblorosas.

—Déjalo —dijo, y sonaba tan desconsolada que empecé a llorar, le dije que era yo quien lo sentía, que por favor me perdonara—. Por supuesto que te perdono. Ven, siéntate. Te ayudaré mientras me lo cuentas todo. —Trajo un ungüento, un trapo limpio y un cuenco con agua fría—. No hay restos de cristales en la piel. Menos mal. —Me pasó el paño por la mejilla caliente. Me cayó agua en el pelo—. Ya está. Con un poco de suerte, ni siquiera te quedará cicatriz. —Me puso el ungüento sobre la quemadura. Ahogué un grito, pero sentí alivio—. ¿No les has dicho nada de los pasaportes?

—Nada —contesté—. Lo juro.

—¿Lo juras por los dioses?

—Sí.

—¿Quién era esa chica?

Me resultaba extraño oír que se referían a Sid como a una chica. No le había contado a Cuerva ni a las demás que en su momento creí que era un hombre.

Había sido un error. Me pasaba a menudo.

Suelo ver cosas que no están. Esta vez, no había visto algo que sí estaba.

Pero ella en todo momento sabía lo que yo era. Y había tonteado conmigo.

Y me había gustado.

Bajo la quemadura, noté que se me ruborizaba la mejilla. Un sentimiento confuso se agolpó en mi interior.

—No es nadie —dije—. Una extraña.

Cuerva me puso el pelo húmedo detrás de las orejas con tanta delicadeza que, de repente, me vino todo el cansancio. Lo único que me apetecía era recostar la cabeza en su regazo y dormir, pero no me atreví a hacerlo.

—Has dicho que el pájaro vino hacia ti —dijo lentamente.

—Sí —contesté, y ella guardó silencio.

Luego dijo:

—Será mejor que no le contemos el asunto del elíseo a nadie.

Claro. Solo atraería atención indeseable.

—Mi dulce niña. Estaba tan asustada. ¿Entiendes por qué he reaccionado así? Pensaba que te había perdido.

—No pasa nada.

—Te quiero tanto.

Nunca antes me había dicho eso. Sus palabras hicieron que anhelara más su amor a pesar de que acababa de ofrecérmelo, como si mis sentimientos hubieran llegado tarde, demasiado lentos para creer lo que había dicho, o como si solo ahora que tenía su amor podía permitirme sentir la necesidad de pedir más. «Tengo a alguien parecido a una madre», le había dicho a Sid. En ese momento, no estaba segura de la veracidad de mi afirmación. Pero ahora sabía que era verdad. Estaba tan agradecida.

Le dije que yo también la quería. Me llevó arriba como cuando era más pequeña. Me metió en la cama, como una madre de verdad, y chasqueó la lengua al tocarme la mejilla dolorida. Cuando perdía los estribos y me hacía daño, siempre se mostraba así de tierna después, como si yo fuera su tesoro más preciado. Me hacía sentir tan bien que el castigo casi valía la pena. ¿Acaso no corregían los padres a sus hijos para que aprendieran?

Se quedó de pie a la luz de la luna, lista para irse, con el abrigo de Sid colgando del brazo.

—Espera —dije—. El abrigo. ¿Puedo quedármelo? —Durante un segundo, su cara mostró irritación—. Por favor.

—¿Para qué? No podrás ponértelo.

—Me gusta. Quizá —tartamudeé—, quizá Annin pueda ayudarme a adaptarlo. Podemos teñirlo.

—Bueno, lo cierto es que has perdido mi abrigo. Así que se podría decir que este es el diezmo que te exijo. —Debió de ver la angustia en mi cara—. Venga, está bien. —Volvió a dejar el abrigo a los pies de la cama—. No te será fácil hacer que parezca apropiado para una Semi. Pero si es lo que quieres…

—Sí —contesté agradecida.

Me dio un beso en la frente y dijo:

—Haría cualquier cosa por ti.

Cuando se marchó, me senté en la cama, aunque al moverme me dolía la mejilla. Metí los dedos en el bolsillo interior del abrigo de Sid y saqué la pluma de color rojo y rosa que se le había caído al elíseo hacía tres días, cuando estaba subiendo al tejado. Había ido a buscarla al salir de prisión. Había vuelto a subir a la azotea a la luz de la luna y había recogido los heliograbados de dentro de la cisterna.

La pluma parecía brillar. Sus barbas eran opalescentes. Me la metí por dentro de la camiseta, justo encima del corazón. Sentí un cosquilleo en la piel.

Volví a acostarme y me tapé con el abrigo de Sid como si fuera una manta. Me preguntaba dónde debía estar. Intenté imaginar qué estaría haciendo al otro lado del muro, pero no lo logré. Recordé su voz, su cara y su aroma, aunque el abrigo ya no olía a ella.

18

—Seguro que va a quedar cicatriz —dijo Morah por la mañana mientras me vendaba la quemadura.

—No es para tanto —repliqué.

Lo sentía. Sentía que el aceite caliente me había dejado una fina raya justo debajo del pómulo.

Ella negó con la cabeza.

—Tú no te lo has visto.

No teníamos espejos en el Distrito, usábamos una placa de acero pulido o visitábamos a Terrin, que fabricaba espejos de lujo para vender al otro lado del muro. Algunos eran tan grandes que parecían láminas de agua. Era inquietante visitar esa tienda y verme reflejada. No me gustaba estar rodeada de mí misma. Cuerva no hacía muchos negocios con ella, así que solo me había enviado allí una vez para hacer un trueque por un espejo de tocador. Como era Media, Cuerva sí tenía derecho a poseer uno. Hice la oferta que ella me había dicho que hiciera: cuatro huevos de pato azul, lo cual me pareció un precio demasiado bajo. Los múltiples reflejos a mi alrededor mostraron cómo la vergüenza me enrojecía las mejillas. Terrin ni siquiera me dejó acabar la frase. Dijo que por supuesto y me dio el espejo, que era como mi mano de grande, envuelto en terciopelo verde. Se negó a aceptar nada a cambio. «A Cuerva se le da todo lo que desea», dijo Terrin, y volví a sonrojarme, esta vez de orgullo, al ver lo mucho que alguien admiraba y quería a mi ama.

Morah dijo:

—Hay una línea roja que va desde el pómulo hasta la mandíbula. La tendrás para siempre.

—Se irá desvaneciendo.

No me gustaba la mirada que tenía Morah cuando hablaba de Cuerva. La respetaba y la obedecía, pero no se preocupaba por ella. No sabía (ni Annin tampoco) que Cuerva y yo falsificábamos documentos para ayudar a los Semicasta a abandonar el Distrito, así que no podía esperar que comprendiera la reacción de Cuerva.

Me toqué el pecho por encima del corazón, donde la pluma del elíseo yacía oculta bajo mi camisa. La pluma pareció estremecerse al entrar en contacto con ella.

—Morah, ¿por qué gobierna Herrath un Protector?

Tapó el bote de bálsamo.

—¿Cómo que por qué?

—¿Por qué tenemos esta forma de gobierno?

Me miró extrañada.

—Siempre hemos tenido un Protector.

—Pero no ha sido siempre el mismo.

—Por supuesto que no. Cuando uno muere, otro lo reemplaza.

—Y lo elige el Consejo.

—Sí. Pero eso ya lo sabes. Nirrim, me estás preocupando. ¿Qué te pasó en prisión?

Pensé en las preguntas de Sid, en lo mucho que la frustraba que dijera que «las cosas son como son».

—Solo son elucubraciones mías. Debió haber un primer Protector. ¿Cómo fue elegido? ¿Y por qué *Protector*? ¿Para protegernos de qué? ¿Del resto del mundo?

Su rostro mostró confusión.

—Solo existe Herrath. Está el Distrito y la ciudad y la isla y el mar.

—Eso no es cierto. Hay otros países al otro lado del mar. Ha habido guerras.

—Guerras —dijo la palabra como si no la entendiera—. No hay ninguna guerra. Nunca ha habido una guerra. Estás haciendo que me entre dolor de cabeza.

—Pero...

La puerta de la taberna se abrió y la luz del sol iluminó el suelo.

—Veo que por fin te has levantado. —dijo Cuerva sonriendo. Llevaba dos pesadas cestas, colgadas una de cada brazo. Pensé que debía venir del mercado, lo cual solía ser tarea mía—. Ay, mi pequeña dormilona.

Me puse en pie para ayudarla.

—Lo siento.

—¡Para nada! Necesitabas descansar. Morah. —Cuerva la miró. Morah no se había movido de donde estábamos sentadas. Se notaba que a Cuerva eso no le había hecho nada de gracia, pero se limitó a decir—: No hace falta que corras a ayudar a tu vieja ama, ¿eh? Venga, ve a la cocina. Annin necesitará ayuda con el pan de hoy.

Una vez estuvimos solas, me dijo:

—Desde que te fuiste, llevamos retraso con los encargos. Ve a la imprenta. Harvers ha accedido a prestártela durante unas horas. —Me metió un papel doblado en el bolsillo—. Aquí están las instrucciones. —Me miró a la cara—. ¿Te encuentras bien? Siento tener que pedirte esto, pero debemos darnos prisa.

—Sí, quiero ir. —Me moría de ganas de sentirme útil. Siempre resultaba placentero ver los pasaportes acabados—. Quiero salir un poco.

Eso también era cierto. Al abrir la puerta para entrar, el aire fresco se había colado en la taberna como los delicados zarcillos verdes de una enredadera.

Cuerva sonrió y me levantó la barbilla.

—Esa quemadura está sanando muy bien. Pronto no sabrás ni que la tienes.

—¿Estás segura de que debo ir a la imprenta?

Cuerva apartó la cabeza. Me miró fijamente. Nunca antes había puesto en duda una de sus órdenes.

—Me refiero a que hace muy poco que me soltaron de la cárcel —me apresuré a aclarar—. ¿Y si la milicia me está vigilando?

No creía que la muerte del soldado hubiera dejado un rastro hasta mi puerta, pero estaba preocupada igualmente.

Apretó los labios.

—¿Es que tienes miedo? Recuerda: hay gente que necesita nuestra ayuda.

—Lo sé.

El recuerdo de los heliograbados que había arrojado a la cisterna la noche del elíseo y que luego recuperé me perseguía. Se los había dado a Cuerva, pero seguía viendo las caras, sobre todo las de los niños. Quería que tuvieran la oportunidad de crecer al otro lado del muro.

—El riesgo forma parte de lo que hacemos —dijo Cuerva.

Asentí. Sin embargo, al salir y sentir el solecito en la cara, una voz en mi cabeza susurró: *Ella no se arriesga. Eres tú quien lo arriesga todo.*

Pero no era mi voz. Era la de Sid.

━⁓

Harvers, el hombre que regentaba la imprenta, tenía un acuerdo con Cuerva: yo trabajaba algunas horas para él y, a cambio, podía usar sus materiales y su prensa. Siempre elogiaba mi forma de trabajar. «Qué rápida», decía mientras yo ensamblaba las diminutas letras de metal en el bastidor de la prensa. Siempre y cuando las letras de la caja no se hubieran cambiado de sitio, podía seleccionarlas y sacarlas todas sin ni siquiera mirar, por lo que solo necesitaba echar un único vistazo al final y ya podía imprimir el manuscrito o la página maquetada que Harvers me había mandado hacer.

Igual que me pasaba con los heliograbados de Aden, la imagen de cada una de esas páginas se quedaba grabada a fuego en mi mente.

El local olía a cuero, tinta y amoniaco. Lo mismo pasaba con Harvers, cuya espalda estaba siempre encorvada. No era viejo, pero una enfermedad se había apoderado de su cuerpo y hacía que le temblaran las manos. Aun así, era capaz de crear libros preciosos. Me encantaba verlos todos juntos en las estanterías: esas encuadernaciones de cuero en tonos oscuros, con broches dorados y títulos en relieve. En el interior había páginas y palabras estampadas en pan de oro. Nunca pareció importarle que los ojeara, ni siquiera que los leyera, aunque esos libros estaban destinados a ser vendidos a los Medianos, que tampoco podían quedárselos, sino que los vendían a la Casta Alta para ganar cierto margen de beneficio.

Aquel día me pidió que imprimiera un libro de poesía, uno cuya primera edición tenía siglos de antigüedad, según me dijo, y que había sido escrito por una mujer. Todos los poemas era fragmentos tan breves como un suspiro.

—Un libro obsceno —dijo Harvers guiñándome el ojo.

El hombre dormía la siesta en una silla al sol mientras yo montaba las líneas de letras. No me paraba a leer mientras trabajaba. Ordenaba las palabras como si fueran meros diseños sin significado y estampaba las páginas. «Obsceno», había dicho Harvers, pero no sucumbí a la tentación de mirar. Eso solo iba a retrasarme.

Cuando terminé con ese poemario, hice lo que realmente había venido a hacer. Harvers siempre hacía la vista gorda. Siguió durmiendo (o fingió que lo hacía) mientras yo imprimía páginas de aspecto oficial para los documentos que Cuerva necesitaba que falsificara. No tardé en acabar. Eché arena sobre las páginas para que se secara la tinta. Tenía que esperar un poco antes de irme, puesto que debía llevarme los documentos doblados y antes tenían que secarse por completo.

Las páginas del libro de la poetisa colgaban como banderas de los cordeles que había tendidos por todo el taller. El olor a tinta era fuerte y penetrante. Me di cuenta de que no había dibujos y me sorprendió, dado el tipo de libro que Harvers había dicho que era. La sorpresa actuó como un anzuelo bajo las costillas y me atrajo hacia esas páginas.

No estoy haciendo nada malo, pensé. *Nadie me vigila.*

Ya había infringido muchas leyes importantes. Había falsificado documentos ilegalmente y había matado a un hombre. En comparación con eso, leer a pesar de no ser algo apto para mi casta no era nada.

Además, estaba segura de que yo era inmune a las palabras de la poetisa. Ya había hecho lo que se tenía que hacer con Aden.

Me acerqué a las páginas impregnadas de tinta.

La luz de la ventana captaba las motas de polvo que flotaban en el aire mientras me movía entre los poemas. Eran de amor. La voz de la poetisa sonaba apenada y cruda, anhelante. Pero no entendía por qué Harvers decía que el libro era obsceno, a menos que estuviera de broma.

Después me di cuenta de que era porque los poemas iban dedicados a una mujer.

115

En mi cabeza, vi a la poetisa y a la mujer que amaba con las bocas húmedas después de darse besos y con las extremidades entrelazadas. Me ruboricé.

No estaba permitido que una mujer amara a otra mujer, al menos no en el Distrito. Era algo indigno. Ni siquiera podía imaginarme cuál sería el diezmo a pagar por ello.

El Consejo animaba a la Semicasta a casarse. «Los bebés son una bendición», nos decían. Se asignaban casas más grandes para las familias que se reproducían. Concedían raciones especiales cuando había un nacimiento. No tenía muy claro lo que hacían dos mujeres en la cama, pero sabía que de ahí no salían bebés.

Justo cuando iba a dejar de leer los poemas, me topé con una página casi totalmente en blanco, con solo unas pocas palabras en negro:

Amanecer dorado,
te ciernes sobre mí
como un ladrón.

Me pregunté cómo de idílica tenía que ser una noche para que, cuando llegase la mañana, te sintieras como si te estuvieran robando, como si te estuvieran arrebatando lo que más aprecias, como cuando pagas un diezmo de sangre.

Nunca había tenido una noche digna de ser robada.

Pensé en cómo esos poemas se iban a coser y encuadernar con pieles para luego venderlos a un Alto.

Vi la mano de Sid pasando las páginas.

Vi su abrigo colgado en mi armario.

Recordé el patrón de luces de colores que había visto en la ciudad al otro lado del muro, y lo que me había contado Sid sobre un reloj de bolsillo que mostraba las emociones de la gente en lugar de la hora. De haber tenido uno como ese ahí, habría mostrado que lo que sentía en ese momento era peligro.

Quería ver el resto de la ciudad.

Quería ver a Sid.

Volví a ponerme frente a la imprenta y, por fin, después de tantos años cuestionándome si sería capaz, empecé a forjar un pasaporte para mí.

19

speré a que todas se hubieran dormido. Me puse el
abrigo de Sid. La luz de la lámpara hacía que me
viera reflejada en la ventana del dormitorio. Observé cómo las manos iban subiendo y abotonaban el abrigo a
pesar del calor. Mi corazón pareció dudar cuando los dedos llegaron a su altura. El rostro del reflejo no era más
que una sombra oscura con el pelo cayéndole por delante.
Me lo puse detrás de las orejas y luego me arrepentí. Se me
había olvidado la quemadura que tenía en la mejilla.

En el bolsillo interior del abrigo llevaba un pasaporte.
Después de imprimir las páginas con datos falsos, como
mi nombre y mi filiación, y otros verdaderos, como mis
rasgos físicos, las había cosido en un cuadernillo delgado y
pequeño con hilo azul oscuro, típico entre la Casta Mediana, que había encontrado entre el material de Cuerva. Lo
escondía bajo una baldosa del suelo de la cocina que se levantaba suavemente al presionar el borde. La baldosa era
blanca, pero a veces me parecía ver la sombra de algo bajo
el barniz, una figura o un rostro. Cuando se lo comenté a
Cuerva la primera vez que me enseñó aquel escondite, frunció el ceño y me dijo que la baldosa era y había sido siempre
de un color blanco puro.

Con una pluma de punta fina, firmé con el nombre de
un miembro del Consejo. Me aseguré de inclinar las eles y

de puntear las íes minúsculas con un puntito alargado que más que un punto parecía un guion. A ese también le gustaba hacer una complicada filigrana debajo del nombre. Recordaba perfectamente la firma auténtica que Cuerva me había enseñado y que yo había copiado muchas veces. La calqué sobre el papel. Pegué el heliograbado que Aden me había hecho en un marco de cartulina. Este precedía a las páginas que iban a mostrar cuándo y cuántas veces había atravesado la puerta del muro o había abandonado la ciudad. Ahí estampé un puñado de fechas de los últimos años. Usé tinta azul aguada para las más antiguas y un azul más fuerte para las recientes. El sello lo había conseguido Cuerva, al igual que el resto de los materiales. No sabía cómo se las había arreglado para conseguirlos, si los había robado, comprado a escondidas o si había optado por cobrarse favores pendientes.

Por último, estampé la fina cubierta de cuero con un sello en relieve. El aspecto y el olor de las hojas era demasiado nuevo, así que pasé unas varillas por cada página para ablandar el papel y enterré el librito en un cuenco de arena para que absorbiera el olor a tinta. Guardé el cuenco debajo de la cama y me pasé el día entero preocupada por si Morah o Annin (o, peor aún, Cuerva) lo encontraban.

Si Cuerva descubría lo que estaba haciendo, le haría daño. Imaginé el dolor en sus ojos al abrir mi pasaporte. *¿Es que no soy suficiente para ti?*, diría. *¿Qué he hecho para que quieras irte?*

No es que quiera irme, le contestaría yo.

Lo único que quiero es una noche.

Quiero verlo con mis propios ojos.

Pero siempre volveré.

Sus ojos, sin embargo, se llenarían de agua. Su tristeza me inundaría como inunda la lluvia las alcantarillas. Después, su tristeza se convertiría en ira. Y me parecería comprensible. Al fin y al cabo, la habría traicionado. Sin embargo…

Una noche.

Ella nunca se enteraría.

Saqué el pasaporte del cuenco, lo sacudí para quitarle la arena y me lo metí en el bolsillo del abrigo. Estaba rígido y parecía más pesado de lo que era, pero, al mismo tiempo, también me daba la sensación de que era frágil, como de cristal. La ansiedad me ardía en el pecho. Recordé las palabras de Sid: «Has estado en una cárcel toda tu vida».

Me abroché el último botón. El abrigo cubría parte de mi monótona ropa de Semicasta y, con un poco de suerte, los guardias de la puerta no distinguirían el color de mis pantalones en la oscuridad. Mi cuerpo estaba tenso por el miedo.

Me imaginé diciéndole a Sid: *Apuesto a que tú nunca tienes miedo.*

Te fuiste de casa.

Navegaste hasta una región marcada en el mapa como zona de aguas peligrosas.

Dejaste que te encerraran en la cárcel sin protestar.

¿Sabes lo que se siente? ¿Cómo me siento yo?

Ven a buscarme, decía ella en mi mente. *Hazme esas preguntas de verdad.*

Apagué la lámpara. La oscuridad inundó la habitación. Mi reflejo en la ventana se desvaneció y, en su lugar, quedó un cristal oscuro.

—¿Nombre?

Mantuve la mirada en el suelo. El guardia del muro llevaba botas y unos pantalones que no se arrugaban, de tela rígida, color rojo y con ribetes azules.

—Laren. —Había elegido un nombre con una terminación común entre las mujeres Medianas.

—¿Oficio?

—Comerciante.

—¿De qué productos?

Saqué del bolsillo la bolsa bordada de Annin, la que había utilizado para capturar el elíseo y que ahora estaba vacía.

—Es solo una muestra. Voy con la esperanza de que pueda convencer a alguien para que me encargue más.

—Ese abrigo es de hombre.

—Es de mi hermano. Siempre se me olvida lo mucho que bajan las temperaturas por la noche. Me ha prestado el suyo.

—Míreme.

Alcé la mirada. A la luz de la lámpara, la expresión del joven se había endurecido hasta convertirse en un rostro irritado por el aburrimiento.

—Verdes —dijo con recelo.

—¿Perdón?

—Este pasaporte dice que sus ojos son de color pardo. No lo son. Son verdes.

El nerviosismo burbujeaba en mi estómago. Nunca había considerado que mis ojos fueran verdes. Los había mirado brevemente, una vez, en el espejo de mano de Cuerva. El color parecía turbio e inconsistente: no se podía decir que fueran marrones, pero tampoco tenía una palabra exacta para describir ese color. «Son ojos pardos», me dijo Morah cuando le pregunté.

Me toqué el pecho, donde la pluma del elíseo descansaba bajo el abrigo y mi camisa.

—Eso es por la luz.

Quizá fueran ciertos los mitos sobre las plumas del elíseo, porque su expresión se suavizó al levantar la luz de la lámpara para observarme más a fondo la cara.

—Bonitos ojos —dijo—. ¿Qué es esto? —Me tocó la quemadura de la mejilla. Me estremecí por el dolor—. No consta en su heliograbado.

—La quemadura es reciente. Ocurrió hace nada.

—Sí que es verdad que está fresca. —Mantuvo la mano debajo de mi barbilla.

Su rostro empezó a cambiar mientras me miraba fijamente. Me esforcé por no apartarme. Entonces preguntó:

—¿Cómo ha ocurrido?

En mi mente barajé varias posibilidades.

—Me estaba rizando el pelo. —Las leyes estipulaban que solo las mujeres Medianas y las Altas podían llevar ondas o rizos en el pelo. Normalmente, me lo alisaba lo mejor que podía, pero esta noche me había echado agua por el pelo para mostrar su ondulación natural—. Se me resbalaron las tenacillas calientes.

Me pasó una mano por el pelo. ¿Aquello era normal? ¿Todos los guardias del muro hacían esto, incluso con la Casta Mediana?

Se me erizó la piel de la nuca.

Una Semi se dejaría tocar, pero no sabía si una Mediana también.

¿*Podía* oponerse siquiera?

No lo sabía, así que fingí que disfrutaba ese contacto. Sonreí.

—Una lástima —dijo, y bajó la mano.

Me selló el pasaporte, me lo devolvió y me hizo señas para que cruzara la puerta.

Un mercadillo nocturno.

Un mar de tiendas se agolpaba en un laberinto al otro lado de la puerta. Me sentí pequeña y sabía que me iba a perder, como cuando un abalorio se cae al suelo. Las lámparas con cristales azulados, de un tono apto para la Casta Mediana, se balanceaban desde unas cuerdas que zigzagueaban por encima de la gente. Los Medianos gritaban el nombre de lo que vendían.

Las mesas estaban repletas de frutas cuyos nombres desconocía. Nunca había visto esas formas. Había una mujer cerca de mí que llevaba un vestido con encaje en las mangas. Aquello la identificaba como Mediana. Tocó una fruta amarilla y la olisqueó, así que me atreví a hacer lo mismo. Agarré una con la superficie satinada y de color púrpura que se abolló al tocarla con el pulgar. Olía a acidez.

—Limítate a mirar las cosas de tu casta —dijo el frutero.

Dejé la fruta en su sitio inmediatamente.

—Los perines no son para gente como tú —dijo—. Sabes tan bien como yo que ningún Mediano puede comérselos. A menos que trabajes para una familia del barrio Alto y tengas una cédula que demuestre que estás comprando para sus cocinas, no tienes por qué tocar esta fruta.

—Lo siento. Por favor…

—Ay, niña. —Sonrió un poco—. No te culpo por sentir curiosidad. Yo tampoco puedo comerme un perín. Mira, estas frutas de aquí están maduras y son aptas para tu casta.

Señaló la pila de frutas amarillas y oblongas a las que la mujer Mediana del vestido con encaje les había estado echando un ojo, pero yo me alejé corriendo. Había pernos de tela cuyos tonos nunca había visto, montones de alfombras cuyos intrincados diseños me abrumaban la vista. Me sentí mareada, como si fuera a desmayarme entre tanto tejido. Reconocí los productos del Distrito. Me asombró pasar por delante de un puesto cargado de juguetes de madera para infantes y ver el precio. Conocía a la mujer del Distrito que los fabricaba. Probablemente, no recibía más que una mínima parte del precio por el que se estaban vendiendo.

Al principio me preocupaba que alguien me mirara de cerca y cuestionara el abrigo que llevaba, o que de algún modo pudiera adivinar que no era de la casta correcta. Pero todo el mundo estaba centrado en vender y comprar. Me di cuenta de que las calles eran más nuevas que las del Distrito. Los adoquines no estaban tan desgastados como dentro del muro. En las afueras de la plaza del mercado, vi una hilera de edificios, más altos que cualquiera de los que había en el Distrito, con ventanas en forma de rombos, balcones rebosantes de flores y tejados hechos de tejas de cerámica roja. Mis nervios se calmaron un poco después de un rato caminando y dejándome llevar por la fascinación. Si así era el barrio Mediano, ¿cómo sería el de la Casta Alta?

La ciudad se expandía sobre las suaves colinas que había a mi alrededor. Era un denso mosaico de piedra, ladrillo y enredaderas y, a lo lejos, en el barrio Alto, había vidrios de colores caleidoscópicos y mármol que resplandecía bajo la luz que proyectaban algunos farolillos rosas.

Ethin era enorme.

Me di cuenta, entre la multitud, de que pretender encontrar a Sid ahí era absurdo. Aun así, volví sobre mis pasos hasta el frutero, que me había parecido amable.

—Ah, tú otra vez —dijo, bastante amigable—. La chica tímida con el abrigo de chico. Pensé que te había asustado.

—Me preguntaba si podría ayudarme. Estoy buscando a alguien.

Levantó las cejas.

—¿A un comerciante?

—No, creo que no.

—¿A tu amado?

Me sonrojé.

—No.

Su sonrisa se volvió sabia.

—Conozco esa expresión. Continúa. Descríbelo.

—Es una chica. —Ante su sorpresa, añadí—: Es una amiga. —Aunque me pareció que la palabra no encajaba—. Tiene mi edad, creo.

Arrugó el ceño.

—¿Es tu amiga y no sabes su edad?

—Mide más o menos lo mismo que yo, quizá es un poco más alta. Tiene los ojos grandes y negros. Lleva el pelo corto, como el de un chico, castaño claro, diría, o quizá rubio oscuro.

—Nadie tiene ese aspecto.

—Es una viajera.

Sacudió la cabeza.

—Eso son solo rumores. No existen los viajantes. No hay nada más allá del mar.

Empecé a discutir con él, pero una mujer Mediana con pantalones de color verde oscuro y una túnica verde ribeteada con encaje se acercó y sacó un papel perfumado y escrito con letras elegantes. El bolso que llevaba colgado de la muñeca era pesado. Inmediatamente, el hombre dirigió su atención hacia ella. Los dejé ahí y empecé a deambular por las calles.

—¡Sueños! —gritó alguien—. ¡Sueños en venta!

Seguí la voz hasta llegar a un puesto rodeado por un montón de gente.

—¡Sus más profundos deseos! ¿O quizá prefieren soñar que vuelan? ¡Una dulce cabezadita para los más temerosos! ¡Una pesadilla para los más valientes! Un frasco de sueño por cien coronas divinas.

—¿Quién compraría una pesadilla? —murmuré para mis adentros.

—Ellos —contestó una voz detrás de mí.

Me giré y vi a un muchacho Mediano cuya oscura cabeza apenas me llegaba al hombro. Tenía unos ojos claros que se alzaban para mirarme. Después los desvió hacia la izquierda. Seguí su mirada y vi a dos jóvenes que se acercaban al puesto.

Eran Casta Alta. Uno llevaba unos pantalones ajustados del mismo color rojo que el plumaje de los elíseos; en la mano del otro relucía un gran anillo con esmeraldas. Aunque estaba lejos, podía apreciar que en su oreja brillaban más joyas, y tenía un resplandeciente pelo negro decorado con intrincadas trenzas. Incluso si no hubiesen llevado la vestimenta propia de su casta, sus expresiones hacían que fuera obvio: el desdén con el que se abrían paso entre la multitud de Medianos, la manera en que la gente se hacía a un lado para dejarlos pasar, como si todas las personas que formaban la multitud no fueran más que uno de los muchos pliegues de un abanico que se abre y cierra rápidamente. En el rostro de los hombres Altos se dibujaba siempre una cierta expresión de disfrute.

—Te los has quedado mirando muy fijamente —dijo el muchacho entre risas.

—No van a comprar una pesadilla.

—Claro que sí. Cuando tu vida está llena de placer, un poco de peligro te parece divertido.

Pensé en Sid y en cómo se había tomado el encarcelamiento como una aventura fascinante.

—Quizá tengas razón. ¿Tú qué comprarías?

Entrecerró un solo ojo.

—Los Medianos no podemos comprar magia.

—Pero si pudieras —respondí rápidamente para evitar que pensara que no lo sabía ya de antes.

Se encogió de hombros.

—Las cosas son como son —contestó, pero en su rostro se notaba el descontento.

—Estoy buscando a alguien —le dije, y describí a Sid.

Se frotó la barbilla, exagerando un poco el gesto. Probablemente, sabía muy bien que actuar como un anciano resultaba encantador en alguien tan joven.

—¿Y qué clase de sueño compraría ella?

Resoplé.

—Su deseo más profundo. —Luego me lo volví a pensar—. En realidad, no me extrañaría que se bebiera una pesadilla y un deseo al mismo tiempo.

—¿Por qué estás buscando a alguien así?

Aquello me irritó.

—Eres muy pequeño como para ser tan metomentodo. ¿No deberías estar en la cama a estas horas?

—¿Y tú no deberías estar dentro del muro? —Se me heló la sangre. Sentí que me quedaba sin aire—. No te preocupes. No se lo contaré a nadie —dijo para tranquilizarme, pero yo me había quedado muda—. Lo prometo.

Como me quedé en silencio, insistió:

—Yo también quiero pasar al barrio Alto algún día. Encontrar una salida. Quiero tener lo que ellos tienen. —Señaló con la cabeza a los jóvenes Altos, quienes habían comprado varios frascos de sueños y se los habían guardado todos menos uno. Descorcharon ese frasco y empezaron a olfatear su contenido—. ¿Por qué no les preguntas por tu amiga? No es que se note mucho que no eres Mediana, lo que pasa es que yo tengo buen ojo.

—¿Cómo lo has adivinado?

—La próxima vez, finge que perteneces al lugar en el que estás. Miéntete a ti misma hasta que te lo creas.

¿Era capaz de hacer eso?

—Es una mentira de medianoche —dijo para reconfortarme—. Los Casta Alta son más fáciles de engañar que los Medianos, ya que nosotros nos movemos mucho por la ciudad y vemos a todo tipo de gente.

Uno de los hombres tocó el contenido del frasco con el dedo y luego se lo llevó a la lengua. Sus ojos se abrieron de par en par. Luego volvió a mostrar una expresión de aburrimiento.

—Venga —dijo el muchacho—, pregúntales.

—No sé yo…

—¿Quieres encontrar a tu amiga o no? —preguntó. Acto seguido, se giró y desapareció entre la multitud que había detrás de él.

Sí que era cierto que, de todos los presentes en ese mercadillo, los dos hombres Casta Alta eran los que más probabilidades tenían de conocer a Sid. La deferencia que le había mostrado el alcaide de la cárcel, un hombre Mediano, había dejado claro que, aunque procediera de un lugar donde no había castas, aquí se la consideraba Alta. O quizá simplemente era muy buena interpretando ese papel.

Pensé en cómo me había confundido con Sid. Había dado por hecho que era un chico únicamente por cómo llevaba el pelo, por su ropa y porque estábamos a oscuras.

Bueno, y por cómo hablaba de las mujeres.

Por cómo hablaba de mí.

Me empezaron a arder las mejillas. La quemadura palpitaba de dolor. Quizá me autoconvencí de que el muchacho tenía razón, de que la mayoría de la gente no piensa más allá de lo que cree que es verdad, sí, pero no fue eso lo que me empujó hacia los hombres Altos. No fue la osadía.

Fue la necesidad de escapar de mi propio rubor.

Hice caso omiso a mis mejillas y me dirigí hacia ellos.

—Perdonen —dije.

Al que vestía de color carmesí se le cayó el frasco que estaba sosteniendo y se hizo añicos a sus pies. Un vapor violeta surgió de entre los fragmentos y se enroscó en sus tobillos.

—¡Mi sueño de poder! —se lamentó.

—Nuestro —rectificó su compañero—. Te lo has cargado.

—Ha sido culpa de esta.

—Lo lamento —dije yo—, pero...

—¿Por qué sigue hablando?

—... estoy buscando...

—Es inconcebible.

—¿Es que ya nos hemos bebido el sueño? ¿Estoy soñando que el frasco que he comprado por cien coronas divinas de oro se acaba de romper a mis pies?

—No, idiota —dijo el hombre de carmesí—. ¿Por qué iba un sueño de poder a ir sobre una chica Mediana impertinente? Ni siquiera es bonita. Mira la quemadura que tiene en la cara. Qué desagradable.

—Quizá podemos obligarla a hacer lo que nosotros queramos. Tal vez ese sea el sueño.

Pensé en cómo Sid le daría la vuelta a la situación para mantener el control.

—Sí, este es su sueño —le dije—. La gente más poderosa es benevolente. Necesito su ayuda para encontrar a alguien. Si es usted verdaderamente poderoso, me ayudará.

—Es mentira, hermano —dijo el hombre de rojo—, pero tiene gracia. ¿Ayudarla? ¡Menudo chiste!

—Recoge esto. —El hombre de las trenzas negras dio unos golpecitos con la sandalia cerca del cristal roto.

Mientras me arrodillaba para recoger los fragmentos, empecé a describir a Sid.

—Cállate ya. Menuda charlatana —dijo el hombre de pelo negro—. Parece una mosca en verano. Y además es una necia. ¡Te he dicho que recojas esto!

—Es lo que estoy haciendo —dije sin alzar la voz—. Sid es una viajera, una amiga mía...

Se echó a reír.

—¡Absurdo! ¡Increíble!

—… a quien le gusta ir a fiestas de la Casta Alta.

—Te he dicho que recogieras esto. Este fragmento. El más grande.

Los pequeños fragmentos que tenía en la mano tintinearon al soltarlos y caer al suelo. Estiré la mano para recoger el más largo, junto a su pie.

—Exacto. Ese. Será verdad que no tiene ni dos dedos de frente. ¿No te parece demasiado estúpida incluso para ser Mediana, hermano? Ahora, mosca, hazte un corte.

Me quedé helada, con el fragmento en la mano.

—¿Qué?

—Que te hagas un corte, he dicho. En el dedo, la mano, me da igual. Este es mi sueño. Harás lo que yo te diga.

—No creo que… —empecé a replicar.

—Quiero probarla.

—Hermano. —El hombre de rojo puso los ojos en blanco—. Ya sabes que la sangre de Mediana no sirve para nada.

El otro dijo que no con el dedo.

—Lo cierto es que no, no lo sabemos. Esto es un sueño. Quizá las cosas son diferentes. Quiero tres gotas, mosquita. Directas a mi lengua. —Levantó la barbilla con orgullo—. Y después, si quieres, te ayudaré.

La esperanza se me subió a la garganta. Tres gotas de sangre era un precio fácil de pagar. Si hubiera sido un diezmo, habría sido uno de los más suaves, de los que se quitan a los niños. El hombre estaba de pie, con la cabeza echada hacia atrás y la boca abierta.

—Ojalá pudieras verte, hermano. —El hombre de rojo soltó una risita.

Me pinché el dedo. La sangre empezó a brotar. Exprimí tres gotas temblorosas en la boca de ese hombre. Se las tragó.

—¿Ahora me dirán dónde puedo encontrarla?

—¡No! —Se dobló de risa—. ¡Claro que no! ¡Mosca mierdosa! ¿Has visto, hermano, cómo la he engañado? ¡Ayudarla dice! En fin, quiero otro sueño. Dame otro. Tienes todos los frascos tú. Rápido, rápido.

Mientras meneaba la cabeza entre risas, el hombre de rojo se metió la mano en los bolsillos y frunció el ceño.

Sacó las manos. Se palpó sobre la ropa.

—Hermano...

Pero su hermano no le estaba prestando atención. Se había puesto erguido y se le había cortado la risa. No miraba a nada que yo pudiera ver y tenía el rostro rígido.

—¡Un ladrón! —El hombre de rojo empezó a dar vueltas para ver quién le había vaciado los bolsillos.

Vimos una pequeña sombra escabullirse entre la multitud y meterse por un callejón.

—¡Un ladrón! ¡Atrapadlo! —gritó, esta vez con más fuerza, y salió corriendo hacia donde se había ido el muchacho.

Su hermano permaneció donde estaba, ajeno, al parecer, a todo lo que le rodeaba.

Había caído en dos engaños. Uno, el suyo, y el otro, el del muchacho, que me había enviado a hacer el tonto para utilizarme como distracción.

Suspiré y levanté la mirada hacia el cielo. Fue entonces cuando me di cuenta de que se había empezado a aclarar porque estaba a punto de hacerse de día.

Se me revolvió el estómago. Tenía que volver. Las de la taberna no tardarían en despertarse.

Salí corriendo hacia el muro, zigzagueando entre la multitud, que cada vez era menos abundante. Los compradores nocturnos, cansados, también se dirigían a sus casas. Miré por encima del hombro. Detrás de mí, el hombre Alto permanecía inmóvil, exactamente donde lo había dejado. Lo perdí de vista mientras corría hacia la puerta.

Entonces, unos dedos invisibles me agarraron por el codo del abrigo. Grité.

—Shhh —dijo el chico, que tiró de mí hacia el callejón donde había estado escondiéndose.

—Tú —dije.

—No te enfades. Has estado de maravilla. Toma, escoge uno.

Abrió las manos. Ocho frascos descansaban sobre sus palmas.

—No quiero ninguno. —Ya me costaba lo suficiente discernir lo que era real de lo que no—. No necesito sueños.

—¡No seas aburrida! Venga.

—Seguro que te has guardado el mejor para ti.

—Eres una mosca lista —dijo con una sonrisa.

Miré las etiquetas de los frascos. *Sueño de demonios. Sueño de redentores. Sueño de burros morados. Sueño de besos...* Paré de leer. No quería besos. Ya sabía cómo eran.

Los frascos se mecían suavemente en las palmas del chico.

Sueño de algo huevo, decía una etiqueta. Hice una pausa, entonces vi que las letras estaban emborronadas. Lo había leído mal.

Sueño de algo nuevo.

—Ese.

¿Para qué me había arriesgado a pasar al otro lado del muro, si no era para buscar algo nuevo?

Me lo dio.

—Ves, tenía razón —dijo—. A la Casta Alta, lo malo le gusta incluso más que lo bueno.

Ya no pensaba en el frasco que tenía en la mano. Estaba recordando cómo el hombre se había quedado congelado, con la mirada perdida.

—Mi sangre le ha hecho algo.

El chico se encogió de hombros y se guardó los otros frascos en el bolsillo.

—No creo. Esos dos ya iban achispados.

—¿Achispados?

—Borrachos. Drogados. O ambas cosas. Seguro que han bebido o comido algo raro mucho antes de empezar a vagar por el mercado nocturno. Los Altos tienen un sinfín de cosas que sirven para atontarles el cerebro.

—Magia —dije.

—Alucinaciones —me corrigió—. Trucos para hacer que gasten más dinero. Las cosas a las que la gente se refiere como «magia» no duran. ¿Una flor que canta al abrir los pétalos? Se marchita y muere en cuestión de un día. ¿Una llave minúscula que se derrite en tu lengua y te convierte en la persona más inteligente de la sala? A las pocas horas vuelves a ser el de antes y, además, te deja con dolor de cabeza.

—Eso no significa que no sea magia.

—Dices eso porque es lo que quieres creer, como todo el mundo. Lo entiendo. Hace que la vida sea más emocionante. Y tal vez tengas razón. Pero sea lo que sea, yo opino que si dura tan poco es que no es algo bueno.

Entendía su razonamiento. No vale la pena tener algo que desaparece a menos que ya tengas mucho de todo lo demás.

Pero entonces pensé en el azúcar. Pensé en esta noche, que estaba siendo muy preciada para mí a pesar de no haber encontrado lo que buscaba, a pesar de que (alcé la vista y vi el cielo, cada vez más claro) la noche estaba a punto de terminar y quizá nunca volviera a tener otra igual.

—Tengo que irme —dije.

—Eh. Sobre lo de tu amiga. ¿Por qué es tan importante para ti encontrarla?

Quizá ya se había ido de la ciudad. Me había dicho que no volveríamos a vernos.

—Por nada. No hay ninguna razón realmente importante. Solo necesitaba una excusa para armarme de valor y pasar al otro lado del muro.

Creo que, en aquel momento, de verdad creía eso que estaba diciendo.

Las primeras luces del alba se estaban filtrando por la ventana cuando entré a escondidas en mi habitación. El cielo era de un rosa intenso mezclado con naranja almibarado. Colores de la Casta Alta.

Me quité la ropa a tientas. Metí mi pasaporte dentro de una grieta que tenía una de las vigas sobre las que se apoyaba el techo. El frasco de sueños lo metí entre las prendas del armario, pues no tenía un lugar mejor donde esconderlo.

Iba a dormir una hora, con suerte. Y después a trabajar.

El mismo trabajo de siempre, la rutina del día a día.

Excepto que yo era diferente. Sentía la diferencia por toda mi piel.

Volví al armario. Saqué el frasco de sueño de algo nuevo de su escondite. Un líquido dorado se movía en su interior. El cristal fino y curvado estaba frío al tacto. Mis dedos temblaban. Me lo llevé a la cama. Lo descorché. El líquido olía a limón y tenía burbujitas. Al estallar, me hacían cosquillas en la nariz. Parecía tan inofensivo, tan tentador, que me recordó a Sid. Incliné el frasco y me bebí el elixir.

El líquido provocó un ardor placentero por ahí donde pasaba. La almohada sobre la que tenía apoyada la mejilla se volvió suave como el terciopelo. Caí rápidamente en un sueño profundo.

20

Me encontraba en el ágora. La reconocí por el diseño del pavimento, con esos rombos blancos y negros, pero su aspecto era tan distinto del ágora por la que pasaba todos los días que al principio no presté atención al grupo de gente que se agolpaba en su soleado centro.

Las paredes de los edificios que rodeaban la plaza habían sido blancas toda mi vida. Sin embargo, en mi sueño estaban rebosantes de color. Estaba demasiado lejos para ver los diseños, pero la geometría de las líneas y formas sugería que estaban hechas con pequeños mosaicos.

No había agujeros en el suelo como el que habían usado los niños esos para patinar durante el viento helado. En su lugar, se alzaban estatuas de mármol y cristal de colores: una niña con flores cayendo en cascada de su boca; un hombre cuyos ojos se mostraban entre azules y lavanda dependiendo de la luz... Este último sostenía en alto una serpiente tallada en travertino verde. También había un cervatillo saltarín con la cara de un niño humano.

Había más estatuas de las que podía contar. Algunas relucían con chorros de agua: mitad estatua, mitad fuente.

Se oyó un grito entre la multitud. Por curiosidad, me dirigí hacia el tumulto.

—Todavía no —dijo una vocecita detrás de mí. Me giré.

Había una niña pequeña. El pelo negro le llegaba un poco por debajo de los hombros, tenía la cara ovalada, sombría y relajada, la boca finamente perfilada, como pintada con un pincel muy fino, pero apretada con firmeza a causa de la preocupación. Sus ojos eran de color verde hierba a la luz del sol.

Vaya, pensé, *pues sí que son verdes mis ojos.*

Fue entonces cuando me di cuenta de quién estaba delante de mí.

—Tú eres yo —le dije—, pero no lo entiendo. Esto es un sueño de algo nuevo. Tú formas parte del pasado.

Ella negó con la cabeza.

—Tú sí que estás pasada —replicó—. Yo no soy más que una niña.

—No, me refería a que… tú eres algo que ya ha pasado.

Se encogió de hombros.

—¿Estoy en el pasado? —pregunté.

—Sí, pero algo nuevo está a punto de suceder.

Di un paso hacia la multitud, cuyos gritos se hacían cada vez más fuertes. Vislumbré un cuchillo.

La niña me agarró la mano.

—No lo permitas —dijo—. No permitas que él te vea.

—¿Quién?

—El dios.

Estuve a punto de decirle que los dioses no existían, pero era un sueño y ella era mi yo más joven, así que me pareció inútil e incluso de mala educación insistir en lo que era real y lo que no.

Me apretó la mano.

—No permitas que te vea —insistió—. Si te ve, te reconocerá. Te llevará consigo. —Antes de que pudiera preguntarle a qué se refería, me arrastró detrás de una estatua—. Espera hasta que termine.

—*¿Qué está pasando? ¿Qué está pasando allí?*

—Un asesinato.

Un grito desgarró el aire. Me solté de la mano de la niña y salí de nuestro escondite.

Muchas personas de la multitud tenían ahora cuchillos. Alzaban las manos y los clavaban. En las hojas afiladas se apreciaban unos pequeños fuegos. Ahora veía, a través de la gente, una criatura en el centro.

Tenía una forma vagamente humana, pero le salían manos por todo el cuerpo. Se abrían en señal de dolor. Era la misma criatura con la que había soñado cuando estaba en prisión con Sid.

De repente, chilló. Intentó agarrar a la gente que la rodeaba, pero la multitud le cortó las manos y la golpeó en la garganta. De su boca y sus heridas manaba un líquido rojo intenso, pero no era sangre normal. Fluía como una llama, con una mezcla de rosa y naranja.

La sangre del dios se fue derramando sobre el suelo blanco y negro, y los gritos se fueron desvaneciendo hasta convertirse en un gemido.

—Nadie ha matado antes a un dios —dijo la niña a mi lado.

Cuando la sangre se redujo a un hilillo y luego dejó de salir, la multitud huyó. Ahora el ágora estaba vacía, salvo por el enorme cadáver mutilado.

Solo la niña y yo vimos cómo un grajo zambullía el pico en la sangre, con sus frías plumas grises temblando a los lados.

Mudó ante nuestros ojos, y de repente sus alas eran de un color rojo escarlata. Su cola delgada y tupida se convirtió en unas largas y suaves plumas rosas. Sus ojos parpadearon como brillantes esmeraldas.

—Eso es un elíseo —dije.

Ella asintió.

—El pájaro de los dioses —coincidió, y guardó silencio mientras alzaba el vuelo, con sus alas iluminadas por el sol.

Se alejó surcando el cielo de ese azul tan intenso.

—Dime, ¿he tenido una infancia feliz? —me preguntó la niña.

Me pareció que mentir estaba mal y que decir la verdad era cruel. Contesté que no todo el mundo necesita ser feliz.

Apretó los labios hasta formar una línea y dijo:

—Sí, sí que lo necesitamos.

Iba a decir que no era más que una niña y que, por tanto, no iba a entender las formas en las que el mundo se podía interponer en el camino hacia la felicidad. Iba a decir que esperar encontrar la felicidad era un acto codicioso. Debería bastar con sentirse segura.

Pero cuando empecé a hablar, me di cuenta de que ya no creía en lo que estaba diciendo.

Sin embargo, lo que yo pensara o quisiera decir daba igual, puesto que en ese momento me sacaron bruscamente del sueño.

Una mano me despertó a base de tirones y me arrancó pelo de la cabeza.

21

Grité y levanté los brazos. Agarré una muñeca fuerte y unos dedos firmes, e intenté que me soltaran el pelo.

—Ya era hora de que te despertaras. —Cuerva me dejó ir.

—Lo siento mucho —jadeé.

Me invadió la culpa. Me había descubierto. No sé cómo, pero me había visto cruzar las puertas del muro. Lo sabía todo.

—¿Dónde está?

Intenté alisarme el pelo con las manos temblorosas. Miré hacia el techo, donde mi pasaporte se escondía en la grieta que había junto a una viga.

—Yo no… no he… —Intenté dar con las palabras adecuadas para decirle la verdad a Cuerva, pero de un modo que ella pudiera entender.

Claro que estaba enfadada. La había traicionado, había tocado sus cosas sin preguntar…

—¡Habla, por los dioses! —Levantó la mano y vi cómo caían unos mechones de mi pelo—. ¿Dónde está el heliograbado?

Todas las palabras que estaba tratando de encontrar se desvanecieron.

—¿Te refieres a… mi heliograbado?

—Al mío, idiota.

Pestañeé para contener las lágrimas. Nunca me había llamado así.

—¿El tuyo? ¿El que escondí en la cisterna la noche del elíseo? Ya te los di todos.

—No. Me diste un montón de heliograbados, sí, pero no los conté y ni siquiera los miré hasta ahora, porque confiaba en ti.

El pavor se apoderó de mí.

—¿Se ha perdido?

—Tú lo has perdido.

—Pero… se puede reemplazar. —Me perturbaba su furia. No entendía por qué ese error era tan imperdonable. No pensaba con claridad. No lograba ver el verdadero problema—. Podemos hacer otro.

—¿Crees que no lo sé? No me preocupa que se haya perdido, me preocupa que alguien lo encuentre.

Se hizo un silencio sepulcral mientras ambas nos imaginábamos qué pasaría si la milicia descubría un heliograbado en el Distrito con la forma y el tamaño exactos de la imagen de un pasaporte. Buscarían a quién pertenecía esa cara. Harían preguntas. Se cobrarían diezmos.

—Debió de extraviarse cuando los saqué de la cisterna —dije con la esperanza de que fuera cierto—. Todavía debe de estar ahí.

Cuerva bajó la mano y la sacudió para librarse del resto de mis pelos sueltos.

—Ve a por él. Arregla este desastre.

Pero ahí no estaba.

Esta vez ni siquiera sentí miedo a las alturas porque ya venía con el miedo en el cuerpo. Metí las manos una y otra vez en la cisterna, pasando los dedos por el fondo viscoso.

El agua me llegaba hasta los hombros y me salpicaba la barbilla. Escudriñé el suelo de los alrededores, haciendo caso omiso de las miradas de los transeúntes, algunos de los cuales se pararon a observar boquiabiertos cuando empecé a trepar por la tubería del canalón. Había mirado detenidamente entre las ramas de la enredadera mientras trepaba. Me había paseado por todo el tejado, contemplando su superficie de yeso. Había sacado del canalón las ramas muertas y las hojas crujientes, secadas por el sol.

Nada.

Me quedé mirando la inmensa ciudad. A su alrededor centelleaba el mar de color verde azulado. Los rayos del sol caían sobre mi cabeza y embellecían las gotas de sudor de mi frente.

Quizá el heliograbado se había quedado enganchado de algún modo al abrigo que llevaba puesto. Quizá seguía dentro del cuello.

El abrigo de Cuerva.

El que me habían quitado los milicianos.

Me llevé la mano, aún mojada, a la cara.

Si me hubiera tomado la molestia de mirar, de mirar atentamente los heliograbados cuando los recogí de la cisterna, habría visto enseguida que faltaba uno. Y habría sabido enseguida cuál era.

¿Cómo pude ser tan descuidada? El heliograbado había desaparecido. Cuerva iba a ponerse echa una furia.

¿Qué haces cuando no puedes arreglar algo? ¿Cuando sabes que no te van a perdonar?

Mientes.

⁓

—¿Para eso has venido? —El ceño de Aden se arrugó. Se sentía dolido y ofendido. Me di cuenta de que necesitaba remediar la situación, pero antes de que pudiera hablar me dijo algo que yo debería haber pensado antes de plantearle mi problema—: Estaba muy preocupado por ti. Desapareciste. Luego me enteré de que habías salido de la cárcel y que llevabas dos días en la taberna. Ni siquiera pensaste en mí, ¿verdad? Ya creía que nunca vendrías.

Sentí una punzada de irritación. Podría haber venido él, ¿no?

Unos días atrás ni siquiera habría tenido ese pensamiento, solo me habría sentido culpable y habría aceptado que tenía derecho a estar decepcionado. Habría interiorizado que lo que había dicho era cierto: no había pensado en él. Para nada. Y aquello le había hecho tanto daño que yo habría dado por hecho que eso significaba que yo había hecho algo malo. Me habría disculpado al segundo.

De hecho, es lo que decidí hacer, ya que, conociéndole, de otro modo no íbamos a llegar a ninguna parte.

—Tienes razón —dije—. Lo siento.

Aquello lo enterneció.

—No debería haberme quedado esperando —dijo—. Debería haber ido yo a la taberna. Supongo que he sido demasiado orgulloso.

Eso me desconcertó. Nada más decirle lo que quería oír, su acusación se había desvanecido. ¿Significaba eso que había sido injusta al sentirme molesta?

—Quería que quisieras verme el primero —dijo—, antes que nadie. Ojalá no hubieras venido solo porque necesitas mi ayuda.

Se frotó la boca como si hubiera comido algo amargo. Una vez, tiempo atrás, yo yacía con la cabeza apoyada sobre su pecho, escuchando a su corazón latir, mientras él me rodeaba los hombros desnudos y me contaba que su madre le había revuelto el pelo el día que la vio por última vez. Le había hablado con voz alegre, sin dar ninguna pista de que pensaba abandonarlo. «Podría haberse despedido», dijo, «habría significado mucho para mí».

«Quizá no quería que lo adivinaras o que te preocuparas», dije yo, «y no te llevó con ella porque no quería arriesgar también tu vida».

«Puede ser», contestó.

—Aden, me alegra verte. —Ni siquiera era una mentira de medianoche. Se convirtió en verdad en el momento en que lo dije.

«Tú me entiendes más que nadie», me dijo una vez.

Es un placer que te digan que eres la que más entiende a alguien. Es como si fueras la única persona en el mundo que importa, como si tuvieras un poder que nadie más tiene. Yo era especial, no porque fuera diferente, sino porque era como él. Yo también anhelaba tener una madre.

Sonrió un poco.

—No puedo hacer un nuevo heliograbado sin que Cuerva se entere —dijo—. Tendría que venir y sentarse para poder hacerlo. Ya sabes que las imágenes de los rostros de las personas deben ser claras y cumplir unos parámetros. Deben mostrarse las orejas. La persona debe mirar directamente al frente. No hay forma de que pueda captar su imagen en secreto, y en cuanto le pida que se siente para un retrato, no importa qué excusa le dé, adivinará que es para ti. Es demasiado lista.

Sentí una enorme decepción.

—Sin embargo... —Su sonrisa se ensanchó—. Da la casualidad de que tengo un heliograbado suyo extra. Tomé dos imágenes cuando me lo pidió hace un tiempo. Pensé que quizá algún día me sería útil, aunque no sabía muy bien cómo. Creo que lo hice para tener algo con lo que jugar contra ella, si llegaba el momento.

—¿Contra ella?

Sus ojos claros parpadearon, sorprendidos. Habló como si lo que decía fuera algo que todo el mundo sabía:

—Puede llegar a ser muy despiadada.

—Pero si ella se dedica a ayudar a la gente del Distrito.

—Sí, bueno, a su manera.

—También se porta bien conmigo.

Su mirada recorrió mi rostro. Pareció estar a punto de decir algo, pero se lo pensó dos veces.

—Bueno, quizá sea buena contigo.

Cuando le estaba preguntando qué quería decir con eso exactamente, me apartó el pelo suelto de delante de los ojos y me lo colocó con cariño detrás de la oreja.

—Es fácil ser bueno contigo. —Bajó la mano por mi cuello y me rozó la clavícula, sin llegar a tocarme el pecho, pero casi—. Pero debes tener cuidado con Cuerva.

Era cierto: a la mínima se enfadaba conmigo. Pero ¿acaso no me lo merecía? Mira lo descuidada que había sido con el heliograbado.

—Pregúntale a Morah —dijo Aden—. Ella lo sabe mejor que nadie.

—Nunca le ha caído bien a Morah.

—No me extraña.

Levantó la mano para indicarme que me quedara donde estaba y salió de la habitación. Oí ruidos de que estaba rebuscando algo y luego sus pasos acercándose cuando lo hubo encontrado. Me tendió una pequeña chapa cuadrada.

—No es exactamente igual que el que te di el otro día, pero no creo que note la diferencia, ya que ella no llegó a ver el que perdiste, ¿verdad?

Me inundó un inmenso sentimiento de gratitud. Me guardé el heliograbado. Ese cuadradito de bordes afilados era mi salvación.

Aden me agarró de la mano y me acercó a él con suavidad. Mi mirada quedó a la altura de su cuello. Le vi tragar saliva. Su aliento me rozó la frente cuando dijo:

—Te he echado de menos.

Sus manos se deslizaron por mi espalda.

Sabía lo que quería, aunque no me lo había pedido, pero me pareció que se lo merecía, así que se lo di.

En el camino de vuelta a casa, por las calles del Distrito, no me saqué la mano del bolsillo en ningún momento y fui acariciando los bordes de la imagen de Cuerva con los dedos. Aunque me había limpiado la cara, la boca y las manos, me sentía cubierta de algo pegajoso. A veces la gente desea tanto algo que sientes que es tu obligación dárselo. Sabía que estaba mal, pero aun así me había acostado con Aden, como si estuviera construyendo mi propia trampa. Ahora él iba a esperar más de mí. Una sensación de malestar y preocupación se instaló en mi estómago. La culpa era de Aden. No, la culpa era mía. No estaba segura de quién tenía realmente la culpa.

Una serpiente salió por una grieta del suelo. Era de color verde veronese, parecía hecha de hierba, y se percató de mi presencia, pero era de una de esas especies que, en vez de morder, se esconde, así que se alejó rápidamente. La envidié. Una serpiente no se queda en un sitio solo para complacerte. No hace nada que no quiera hacer.

Me compadezco de quien era entonces: una chica desgarrada por el error que había cometido, permanentemente en deuda con las necesidades de los demás y entrenada para restarle importancia a las propias. Era una serpiente que aún no había aprendido a atacar.

Cuerva se limitó a asentir cuando le di el heliograbado.

—Es una suerte que lo hayas encontrado —dijo después.

Los secretos estaban empezando a acumularse, y eso me preocupaba. El heliograbado. Que no compartía los sentimientos de Aden. El miliciano muerto. Mi pasaporte. Haber pasado al otro lado del muro. Sid.

Seguramente, en algún momento, uno de esos secretos acabaría por salir a la luz.

Lo descubrirían.

Me descubrirían.

Pero Cuerva apenas echó un vistazo a la chapa y aceptó sin rechistar que la había pasado por alto la noche en que había recuperado las demás.

Me toqué la pluma roja de elíseo oculta bajo la camisa. Por ahora estaba a salvo.

—Ve a la cocina —dijo Cuerva—. Llegas tarde para preparar el pan. Annin ha tenido que empezar sin ti y además se ha tenido que encargar ella de servir a una clienta que ha llegado esta mañana, una importante, además. Necesito poder contar contigo, Nirrim.

Me sentí mal por haberla engañado y extrañamente agradecida de que siguiera sin estar contenta conmigo. Si me hubiera mostrado amabilidad, me habría sentido peor por la mentira. Me prometí que no volvería a defraudarla.

En la cocina, los ojos de Annin se agrandaron al verme.

—Alguien ha venido a tomarse el desayuno. ¡Y muy temprano!

—Sí, lo sé. Perdón por…

—Nunca había servido a alguien así. Me he puesto muy nerviosa.

Annin se ponía nerviosa con facilidad, sobre todo bajo la atenta mirada de Cuerva, así que no le di importancia. Entonces dijo:

—Era Casta Alta.

—¿De verdad? —Sentí el pulso en las sienes—. ¿Quién era?

—Cuerva ha tratado de aparentar tranquilidad, pero incluso ella estaba asombrada, me he dado cuenta. La Casta Alta casi nunca viene al Distrito. Aunque eso ya lo sabes, claro. Se creen que son demasiado buenos para nosotros. Pero esta ha sido agradable. Se me ha derramado un poco de té y no me ha reprendido, sino que —su voz se redujo a un susurro de asombro— me ha ayudado a limpiarlo. ¿Te lo puedes creer? Gracias a los dioses Cuerva no lo ha visto.

Odiaba sentir tanta esperanza, pero no podía evitarlo.

—¿Qué aspecto tenía?

—Seguro que ya lo sabes. —La expresión de Annin se volvió conspirativa y curiosa—. Preguntó por ti.

—¿De veras?

—¿De qué la conoces? ¿Le has vendido algo? ¿Crees que accedería a contratarte como doncella? Quizá te den un permiso especial para trabajar en el barrio Alto. ¿Es eso posible? Quizá sí. Quizá tenga contactos en el Consejo. No me extrañaría. Se la veía tan segura de sí misma. ¡Sus ropas eran tan finas! Seda granate, sandalias enjoyadas y un reloj de bolsillo que tenía forma de solecito. Nirrim, podrías dejar la taberna. ¡Podrías vivir al otro lado del muro! ¿Nos vas a dejar a todas aquí?

—Por favor, te estás precipitando. No has respondido a mi pregunta.

Sacó una nota doblada de entre sus faldas grises. Tenía un sello negro estampado con una insignia que no reconocí: un par de ojos cerrados con una pequeña marca redonda donde estaría la frente.

—Le he preguntado por qué no se lo daba a mi ama para que te lo diera a ti, pero no ha terminado de gustarle la idea. Me ha dicho que confiaba en mí y que este sería nuestro secreto.

Con dedos ansiosos, despegué el sello y abrí la nota. Mis ojos se posaron en la primera línea.

«He oído que andas buscándome.»

22

Deslicé mi mano fría por la barandilla de madera con rayas de color miel. Los candelabros iluminaban las sinuosas escaleras de piedra por las que iba subiendo y veía partes del barrio Mediano a través de las ventanas con forma de diamante que había en cada planta.

Veía los colores de las tiendas del mercadillo nocturno, un jardín detrás de una casa, arbustos y árboles difuminados en la oscuridad y deformados por un defecto en el cristal de la ventana; las casas casi idénticas, con las mismas baldosas de cerámica de color teja y las mismas puertas pintadas de color verde salvia. Así era también la puerta de la dirección que me había dado Sid.

Había tardado una eternidad en encontrar la casa. No me había dado ningún mapa ni instrucciones. Había pasado gran parte de la noche deambulando, guiándome por la señalización de las calles, sin atreverme a preguntar a nadie. *Supongo que, si fuiste capaz de colarte en el barrio Mediano una vez, serás capaz de volver a hacerlo*, decía la nota. Nadie respondió cuando llamé a la puerta de esa casa tan alta. Incluso en la oscuridad resultaba intimidante por lo nueva que era. Las paredes exteriores estaban hechas de ladrillos rojos con un matiz azulado, las contraventanas estaban cubiertas de una pintura brillante y de las jardineras colgaban unas flores bien cuidadas de pétalos amarillo azufre y blanco jabonoso. La luz parpadeante de la farola de aceite que había detrás de mí se reflejaba sobre la puerta. Volví a llamar. Como nadie respondió, intenté abrir la puerta con el pulso desbocado. No me costó, se abrió con el suave suspiro de unas bisagras bien engrasadas.

Una brisa cálida me empujó desde atrás y agitó mis faldas marrones. En la habitación que había al entrar no vi a nadie. Resplandecía con la luz de unas pequeñas lámparas que mostraban las paredes pintadas de color azul claro y una repisa de piedra con una campanita de latón. En la chimenea había cenizas, señal de que quienquiera que viviera aquí (¿era Sid?) había disfrutado de la comodidad de una hoguera durante el viento helado. Había una ventana abierta. Se oían los gritos apagados de unas gaviotas en la lejanía. En una mesita ovalada había una botella de vino descorchada y dos copas. Una de ellas tenía el fondo manchado de rojo. También había una silla con rayas rosas que parecía tener la tapicería arrugada, como si alguien hubiera estado sentado ahí hacía poco. Toqué la seda. Estaba ligeramente caliente.

Un golpe sordo, extrañamente musical, entró por la puerta que había en el otro extremo de la habitación. Seguí el sonido.

Sid estaba tumbada en el suelo, debajo de un piano, hurgando con un pequeño cuchillo en algo que desde mi posición no veía.

El suelo de madera crujió bajo mis pasos, así que debió de percatarse de que estaba allí, pero continuó con su labor. Solo veía su rostro de perfil; tenía las cejas fruncidas, la barbilla levantada y se mordía el labio, concentrada.

—No sabía que eras de las que llegan tarde —dijo.

—Y yo no sabía que tú eras tan descortés. Ni siquiera me has abierto la puerta.

—Estaba ocupada.

—¿Qué estás haciendo?

—Empezar sin ti.

Salió de debajo del piano y se levantó, sacudiéndose la ropa. Iba vestida con ropas de Casta Mediana, aunque no con una combinación que una mujer Mediana de verdad llevaría en la vida real. Los pantalones eran ajustados, pensados para un hombre, y aunque la túnica azul oscuro tenía un corte femenino que se ceñía a la cintura, carecía de los sencillos bordados de los que normalmente harían alarde las Medianas como signo de su estatus. Bajo la luz amarilla de la lámpara, pude ver detalles que no había visto a la luz de la luna el día que salimos de prisión: lo mullidos que eran sus labios; que tenía una peca debajo del ojo; que su postura denotaba orgullo; que su piel era unos tonos más clara que la mía; que tenía las pestañas sorprendentemente espesas y negras, en contraste con su cabello rubio. Me di cuenta de que, aunque hubiéramos tenido buena luz, podría haber cometido el mismo error que cometí en la oscuridad. No hubiera sido de extrañar que la hubiera tomado por un chico si solo le hubiera echado un vistazo rápido. Pero me costaba creer que hubiera alguien capaz de mirarla solo una vez.

Ella sonrió satisfecha.

—Te has quedado embobada.

Esa actitud no se parecía a la arrogancia amistosa que mostraba en la cárcel. Parecía estar enfadada conmigo, aunque yo no hubiera hecho nada para merecerlo.

Deslizó su larga mano por dentro de la caja del piano, tanteando el interior. Las cuerdas zumbaban y tintineaban.

—¿Tocas el piano? —pregunté.

En el Distrito solo nos permitían tener pequeñas flautas de madera para tocar melodías sencillas. Yo sabía lo que era un piano porque había leído sobre ellos en los libros de la imprenta de Harvers, pero no era lo habitual.

Sid se estremeció.

—Ni aunque me estuvieran apuntando con un arma.

Se atusó el pelo y siguió mirando el instrumento con el ceño fruncido.

—Supongo que no se te da bien —dije—, y te cuesta disfrutar con algo en lo que no tienes la oportunidad de lucirte.

Levantó la mirada. Sus ojos negros se entrecerraron.

—No he venido aquí para que me ignoren —seguí. No estaba segura de qué me estaba dando la valentía para verbalizar el resentimiento que hervía en mi pecho. Normalmente no sería capaz, con nadie—. Me he arriesgado a recibir un castigo al atravesar el muro para encontrarme contigo. He vagado durante horas tratando de encontrar este lugar porque no te dignaste a dejar indicaciones. Así que dime por qué estoy aquí y qué es lo que estás haciendo o me iré.

Su expresión cambió al darse cuenta de que había metido la pata. Cerró los ojos y se tapó la cara con la mano.

—Indicaciones… ¿No te di indicaciones?

—Ninguna.

—Pensé que reconocerías la dirección. Pensé que solías venir al barrio Mediano a menudo.

—La última vez fue mi primera vez.

—Soy idiota.

—Así es —convine.

Deslizó la mano por su cara.

—Lo siento. Te he estado esperando mucho rato. He dado por hecho que no vendrías. Y eso me ha molestado —dijo sus últimas palabras lentamente, como si estuviera considerando si decirlas o no mientras hablaba.

—Todo es más seguro para ti que para mí.

—Tienes razón. Debería haber pensado en eso. He pensado demasiado en mí. En cómo me sentía. —Bajó la mirada hacia el piano.

Mi curiosidad pudo más que mi ira.

—¿Qué buscas?

—Un libro de oraciones.

—No existe tal cosa. —Le analicé la cara para ver si estaba de broma o se lo estaba inventando—. Nadie adora a los dioses. No existen.

—Antes existían libros así. Es un libro antiguo. Y, según me han dicho, está escondido en este piano.

—Entonces este no es tu piano.

—No.

—¿Es esta tu casa?

—No.

—¿Tienes permiso para estar aquí al menos?

—No —dijo alegremente—, por eso debo darme prisa. Si quieres marcharte, lo entenderé. Yo me quedaré aquí hasta que encuentre el libro.

Pero no quería irme. Apoyé las manos en las caderas.

—Así que resulta que sí eres una maleante.

—Soy muchas cosas. Pero por el momento, sí, tienes razón. Nirrim… ¿te apetece ser una maleante conmigo? —Volvió a inspeccionar el piano y a golpear la madera lacada en negro.

—¿Has probado a tocar el piano?

Me lanzó una mirada de indignación fingida.

—Ya hemos hablado de mi capacidad para tocar… o más bien la ausencia de ella.

—Quiero decir: ¿has probado a tocar cada una de las teclas? Si hay un libro escondido dentro, quizá obstruya alguna y haga que no suene. Mira a ver si hay una o varias notas que no suenen.

—Ah. Chica lista —Pasó los dedos por las teclas y empezó a tocar desde las más graves.

—¿Para qué quieres un libro de oraciones?

—Información. ¿Te das cuenta de que, aunque en tu ciudad hay bibliotecas en el barrio Alto, no hay libros de historia? ¿Por qué no hay libros de historia? —Llegó a las notas medias y cambió de mano para tocarlas solo con el pulgar y el meñique—. Y no hay libros sobre los dioses, aunque la gente haga vagas referencias a su existencia, aunque haya estatuas dedicadas a ellos en el barrio Alto. —Pulsó una tecla que, en vez de emitir el sonido de una nota, emitió un sonido amortiguado. Era una nota fantasma. Me sonrió—. Muy inteligente por tu parte, Nirrim.

Metió la mano y jugueteó con las clavijas de afinación hasta que encontró algo. Tiró de la tabla que sujetaba las clavijas.

—Vas a romperlo.

—Me da lo mismo —contestó ella—. Está entorpeciendo mi camino hacia lo que quiero conseguir.

La tabla se levantó. Las cuerdas chirriaron. Las clavijas se rompieron, una cayó al suelo y las otras dentro del piano. Sid rebuscó en el interior y sacó un pequeño libro rojo encuadernado en cuero, con los bordes de las páginas dorados. Hizo un ruido de satisfacción.

—¿Qué tiene de especial ese libro? —pregunté.

—Quiero saber si los dioses de Herrath son los mismos que adora mi pueblo. Cómo son. Cuáles son sus supuestos poderes.

Pensé en cómo había expresado sus palabras.

—Así que tu pueblo los adora… ¿Tú también?

—Pfff, son meras supersticiones. Cuentos y fábulas. Al menos eso es lo que siempre he pensado. —Cerró el libro—. Pero algo está pasando en esta ciudad, y quiero entenderlo. Me gustaría que me ayudaras.

—¿Yo?

—Tengo una propuesta. Ayúdame a encontrar de dónde viene la magia, o lo que sea que hace que las cosas parezcan mágicas, y yo te ayudaré a salir de esta isla.

—Pero es que yo no quiero irme. Este es mi hogar.

Sid exhaló con impaciencia.

—Si te gusta la jaula en la que vives, supongo que no puedo obligarte a salir. ¿Qué es lo que quieres tú, Nirrim? ¿Por qué me buscabas?

Solo me apetecía verte, pensé, pero me pareció infantil decirlo en voz alta.

—¿Quién te ha dicho que te estaba buscando? ¿El frutero, el muchacho o los hermanos Altos?

Sonrió.

—¿Quién te dice a ti que no han sido todo ellos a la vez? Tengo muchos amigos. Muchos admiradores. No eres la primera, ni mucho menos.

Resoplé, molesta, aunque me alivió que hubiera vuelto a usar el tono burlón que había empleado tan a menudo en prisión, ese coqueteo inofensivo que parecía nato en ella.

—¿Por qué tienes tantas ganas de averiguar de dónde viene la magia? —Pensé en los frascos de sueños—. ¿Quieres llevar productos mágicos a tu país?

—No exactamente. Quiero sacarle provecho. Imaginemos que esta magia o lo que sea que hagan se puede embotellar. Una vez descubra de dónde sale, podré llevármela a casa. Entonces podré negociar con mis padres. Para una mujer, casarse implica lo mismo aquí que en mi tierra: convivir con un hombre, dormir con él. No pienso hacerlo. He intentado explicárselo a mis padres, pero no quieren escuchar. Ni siquiera me dejan terminar. Tienen demasiado que ganar. Así que nunca podré volver a casa… a menos que pueda ofrecerles algo lo suficientemente valioso como para asegurar mi libertad. Algo que compense el costo que tendrán si no me caso.

Oí el chasquido sordo del pestillo de la puerta principal. Una ráfaga de viento entró en la habitación.

—¿Por qué está la puerta abierta? —dijo alguien desde la otra habitación.

Sid se metió el librito en el bolsillo trasero del pantalón. Me agarró la mano.

—Rápido. —Tiró de mí hacia unas puertas de cristal y me empujó a través de ellas hasta un balcón que daba a un jardín oscuro que olía a flores. El viento meneaba los árboles—. Tenemos que saltar —dijo en voz baja. Miré hacia el jardín y sentí que se me hacía un nudo en el estómago—. No está tan alto —susurró.

Oí un grito que provenía del interior de la habitación que acabábamos de abandonar.

—¡Vamos! —dijo Sid.

Mi pulso latía con fuerza contra la mano caliente de Sid. Me toqué la camisa y pensé en la pluma de elíseo que tenía oculta debajo. Saltamos.

Caí entre arbustos, sentí cómo las ramitas me arañaban la cara.

Sid tiró de mi mano. Oí gritos desde el balcón mientras me arrastraba por el jardín hacia la puerta dc la verja. El pomo no se giró cuando intentó abrir. Se arrodilló y, en la oscuridad, utilizó un pequeño cuchillo para abrir la cerradura mientras yo sentía que me estaba a punto de estallar el corazón en el pecho. La cerradura hizo clic. Salimos corriendo.

No aminoramos la marcha hasta que nos metimos entre la multitud que había en el mercadillo nocturno. Se volvió hacia mí. Los ojos negros le brillaban y tenía la boca entreabierta por el júbilo.

—Te gusta demasiado el peligro —le dije.

Inclinó ligeramente la cabeza como para indicar que estaba de acuerdo. La luz de la farola se reflejaba en su pelo dorado.

—Lo sé. Es un defecto que tengo.

Durante un breve instante, me pregunté si el pelo corto de su nuca tendría la misma textura que el terciopelo.

Me imaginé cómo se sentiría rozarla con la mejilla.

Pensé en la noche anterior, cuando me bebí el sueño de algo nuevo, en la sensación que tuve en la lengua al notar las burbujitas. A pesar de que ese sueño fue igual de irreal que los que tenía habitualmente, y a pesar de que estuvo repleto de sucesos inconcebibles, como todos los sueños, me había parecido tan vívido. Recordé ese grajo bebiendo la sangre del dios y transformándose en el elíseo. Por primera vez, mientras miraba la boca de Sid, sentí un cosquilleo de incerteza, de ansia de exploración, de dudas… ¿Era especial ese pájaro? ¿Era el pájaro de los dioses?

¿La pluma oculta bajo mi camisa me otorgaba algún poder que hacía que Sid me mirara como me estaba mirando?

¿Como si fuera cautivadora?

—Volviendo al acuerdo de antes —dijo ella—: ¿me vas a ayudar?

—Sí —respondí.

—Bien. ¿Qué quieres a cambio?

—No lo sé.

Hizo un sonido que indicaba que se estaba divirtiendo.

—Cuando lo descubras, dímelo.

—¿Y si no puedes dármelo?

Esbozó una amplia sonrisa.

—¿Tengo pinta de ser alguien capaz de decepcionarte?

—No si es algo fácil de obtener.

—Eso me suena a reto. ¡Y a crítica! ¿Crees que no voy a poder darte algo difícil? ¿Qué crees que haré en ese caso?

—Huir.

—¿Yo?

—Tú.

—¡Cierto! Por suerte para las dos, ya sé lo que quieres.

—¿Ah, sí? Ilústrame.

—Solo quieres desear algo. Quieres tener la sensación de deseo.

Aquello no me estaba gustando. Me hacía sentir demasiado expuesta.

—Quizá desee dinero.

—Eso te lo puedo dar. Aunque, sinceramente, qué aburrimiento.

—O vivir entre la Casta Alta.

Agitó una mano lánguida.

—Hecho. Si eso es lo que realmente deseas.

El aire hizo un ruido parecido a un suspiro al pasar entre las ramas de un árbol que había encima de nosotras. Sid vio cómo miraba hacia arriba y me preguntó:

—¿Qué pasa? ¿Por qué te has asustado?

—Es mi primer árbol —dije. El árbol se movía en el cielo gris—. Nunca había visto uno, no tan de cerca. No hay árboles en el Distrito.

—¿Por qué?

—No lo sé.

—Habrá que averiguarlo. No me gusta que nunca hayas visto un árbol. Es como decir que nunca has visto el cielo, o el sol.

Aparté la mirada de las hojas y la clavé en los ojos negros de Sid. Ella desvió la suya. Estaba mirándome la quemadura. Inmediatamente, me la cubrí.

—Fue un accidente —le dije—. Es horrible, lo sé.

Abrió la boca, luego la cerró y apretó los labios.

—Tiene pinta de doler.

—No —dije, aunque sí me dolía.

Avergonzada ante su mirada incrédula, le dije que tenía que irme. Pronto saldría el sol.

Pensé que quizá estaba decepcionada, y no estaba segura de si era porque sabía que mentía sobre la quemadura y no le gustaba, o porque me creía y se preguntaba cómo podía ser tan torpe.

Tal vez estaba dudando sobre el acuerdo al que habíamos llegado. Entonces dijo:

—Reúnete conmigo aquí mañana por la noche. Piensa en lo que quieres de mí. Mientras tanto, puedo darte lo que viniste a buscar al mercadillo nocturno la otra noche.

Me crucé de brazos.

—¿Y qué es?

—Aventuras.

23

Al día siguiente hacía tanto calor que las hormigas plateadas salieron a la superficie y las veías subir y bajar por las paredes blancas del Distrito, formando unas líneas brillantes que parecían oropel. Estas muerden. Es mejor no cruzarse en su camino.

—Si no abrimos las ventanas y nos quedamos dentro, el calor debería ser tolerable —dijo Cuerva cuando entró en la cocina.

Las paredes de los edificios del Distrito son gruesas, hechas con losas de piedra cortada de una cantera que yo nunca había llegado a ver. Aguantaban el frío de la noche.

Yo estaba amasando el pan de la mañana, con el sudor humedeciéndome el pelo de la nuca. Me sentía bien trabajando la masa. Me ayudaba a no pensar demasiado en la noche anterior. Y en lo que podría pasar esa noche, después de que todas en la taberna se hubieran dormido y yo me colara en el barrio Mediano.

Golpeé la masa de pan contra la mesa. La hice rodar con la base de mi mano. Llevar un ritmo disipaba mi nerviosismo.

¿O era excitación?

—Al mediodía no se verá ni un alma por el Distrito —dijo Cuerva.

Casi había olvidado que ella también estaba en la habitación. Annin cortó un melón cantalupo en finas rodajas de color naranja y las echó en un cuenco que contenía vino blanco. Con un suspiro, dijo:

—Será tan aburrido no tener clientes.

Morah no dijo nada. Estaba cascando huevos en un cuenco con una sola mano. Todos los golpes que daba con los huevos al borde del cuenco eran precisos y sorprendentemente ruidosos. Observaba a Cuerva mientras lo hacía. La observaba como se observa a las hormigas plateadas, para ver en qué dirección quieren ir y así poder apartarse de su camino.

—Vamos, chicas —dijo Cuerva con un tono alegre—, una nunca se aburre si hay cosas que hacer. Y hay recados por hacer en el Distrito.

—Creía que habías dicho que nos teníamos que quedar en casa —dijo Morah.

—¡Y así debería ser! No me imagino teniendo que poner un pie en la calle con ese sol, sobre todo teniendo en cuenta que estos días no me he encontrado muy bien.

—Nirrim tampoco —dijo Annin. —Levanté la mirada, sorprendida—. Solo hay que verla. ¡Menudas ojeras trae! Parece que lleve un delineador de esos que usan las damas Altas, pero emborronado.

Dos noches sin dormir me estaban pasando factura. No me había dado cuenta de que Annin se había percatado.

Cuerva se acercó y levantó la cabeza. En los últimos dos años, había crecido hasta ser algo más alta que ella. Me puso un mechón de pelo húmedo detrás de la oreja. Era tan reconfortante sentir su ternura. Era cierto que a veces perdía los estribos con facilidad, pero ¿acaso hay alguien que sepa controlar sus sentimientos en todo momento? Y después siempre volvía a ser amable.

—Corderito mío —me dijo—, ¿has dormido mal?

—No.

Por la expresión de su cara, me di cuenta de que se estaba acordando de cuando llegué a la taberna años atrás, recién salida del orfanato. Me despertaba por las noches llorando y balbuceando cosas que ella me aseguraba que no eran reales (excepto la muerte de Helin, que a veces esperaba que no fuera más que otra de las mentiras en las que creía).

—No es por eso —le dije.

Sonrió con evidente alivio. Cuando ves alivio en la cara de alguien a quien quieres, también ves la preocupación que había estado ocultando. Su preocupación me hizo sentir querida. Yo era su niña. Su corderito.

—Me encuentro bien —le aseguré.

—Annin, está fresca como una rosa. Lo único que… —Volvió a tocarme el pelo, pero esta vez dejó que sus dedos se deslizaran y después se frotó las yemas mientras hacía una mueca—. Estás ardiendo. Querida, ¡estás empapada en sudor!

Morah cascó otro huevo. El círculo amarillo de la yema y la clara resbaladiza y transparente cayeron de la cáscara al cuenco. Me dirigió una mirada que no entendí.

—Me encargaré yo misma de los recados, entonces —dijo Cuerva—. En fin, ¿para qué he bajado aquí? Ah, sí. Quería una cesta.

—Ya voy yo —dije—. No me importa. Igualmente tengo calor.

—Todas tenemos calor —dijo Morah.

—¿De veras quieres ir tú? —preguntó Cuerva—. Apuesto a que no tendrás nada de calor si te presto mi sombrilla.

—Las sombrillas son para la Casta Mediana —replicó Morah—. Ella no puede usarlas.

—Es cierto. Se me había olvidado. Quizá es mejor que no vayas, querida.

—Pero quiero ir —insistí—. La masa puede reposar mientras estoy fuera.

Me desaté el delantal.

—¿Estás segura?

Si yo tuviera una madre, ¿la dejaría salir con este calor, sobre todo sabiendo que se encuentra mal?

—Por supuesto que sí.

Al salir de la cocina, con la cesta colgando de un brazo y las instrucciones anotadas en un papelito, oí que Morah le decía a Cuerva:

—No sé por qué la obligas a hacerlo todo.

Sentí un ramalazo de duda.

Pero Cuerva no me había obligado. Yo me había ofrecido.

Me sacudí el malestar y salí al sol. El Distrito era de un blanco resplandeciente y las paredes brillaban como el glaseado de un pastel.

—Es suficiente —gritó Rinah desde la sombra de su casa.

Levanté la vista de mi escarda. Me limpié el sudor que tenía alrededor de la boca.

—Pero no he terminado.

—Ni siquiera llevas sombrero, niña. Caerás muerta de una insolación. ¿Qué hará entonces tu ama? No va a poder aprovechar tu cadáver, créeme. Entra, bebe un poco de agua y llévate lo que has venido a buscar.

Guardé mi navaja de jardinería en el bolsillo y entré con ella. La oscuridad fría y repentina me dio la sensación de estar sumergiéndome en un pozo. Estaba mareada y más cansada de lo que pensaba. Acepté agradecida el vaso de agua que Rinah me ofreció con una mano, la otra la tenía apoyada en su barriga de embarazada. Luego agarró mi cesta y la llenó de enormes verduras. Eran de su huerto. Todo lo que plantaba siempre daba sus frutos.

—Te pongo algo extra —dijo, y metió un poco de cuero curtido—. Hemos sacrificado a una de las cabras. —Rinah y su familia tenían una de las pocas casas con terreno. Tenía un gallinero y unas cuantas cabras: recompensas del Consejo por parir tantos hijos—. Sé que Cuerva necesita el cuero —añadió—.

Ese cuero íbamos a teñirlo de azul Mediano para después cortarlo del tamaño pertinente para fabricar pasaportes.

—Guárdate las espaldas —me dijo. Es lo que solíamos decirnos los Semi para advertir a los demás contra la milicia.

—¿Por qué?

—Un soldado murió la noche de la verbena. Cayó desde un tejado.

De repente sentí frío a pesar del calor. Con la mayor despreocupación posible, dije:

—Debía ir detrás del pájaro.

—Bueno, sí, eso es lo que todos pensaron al principio, pero la milicia ha dicho que han encontrado mechones de pelo negro pegados a la pintura fresca en las paredes cercanas a donde se cayó. Y el pelo no es suyo. La milicia cree que tal vez no fue un accidente. Los soldados han estado husmeando y haciendo preguntas.

Me sentí mareada, pero pensé en cómo actuaría Sid en esta situación.

—Pues les deseo suerte. —Me obligué a encogerme de hombros—. Mucha gente del Distrito tiene el pelo negro. Yo misma, por ejemplo.

—Así es —coincidió. Su rostro se contrajo por una repentina molestia. Se frotó el vientre con la mano y vi el bultito de un pie que pataleaba—. Otro bebé. Por los dioses. Y eso que ya tengo cinco hijos. Sigo teniendo uno detrás de otro, como quiere el Consejo.

Podía resultar extraño que el Consejo animara a la Semicasta a tener muchos hijos cuando la superpoblación en el Distrito era un motivo de preocupación. Por otra parte, tenían formas de mantener a raya a la población. Estaban las desapariciones. Y los arrestos. Como había tanta gente que entraba en prisión y nunca volvía, suponíamos que estaban muertos o que se habían convertido en Sin Casta.

Rinah debía de estar pensando en algo parecido. Su malestar y su frustración se convirtieron en preocupación.

—¿No quieres el bebé? —pregunté, y luego me sentí fatal por hacer una pregunta que quizá no tuviera buena respuesta.

Tenía el recuerdo del día que me había despertado dentro de la caja ventilada que había en el exterior del orfanato para bebés no deseados. Estaba todo oscuro con solo unas pizcas de luz. La caja estaba fría. Tal vez había soplado un viento helado. Creo que sí, pero no puedo estar segura porque me habían metido en la caja mientras dormía y, por tanto, no había visto nada del mundo exterior ni de la persona que me había llevado al orfanato. Acababa de nacer. Solo había conocido el calor de los brazos humanos y la quietud de las estancias interiores. El frío era algo nuevo y aterrador. Me habían envuelto en una manta, pero yo me había destapado a patadas. Gemí. Extendí las manos en busca de la suavidad que tanto apreciaba, del olor que me resultaba familiar, de su voz. Pero no había nada que tocar. Su rostro estaba borroso en mi mente. Años después de aquel momento en la caja, seguía preguntándome por qué no recordaba bien la cara de mi madre, hasta que aprendí que los bebés no ven con claridad. Pero mientras lloraba en la caja pensaba en su rostro impreciso, en sus mechones de pelo negro, en su dulce leche, en el collar de oro del que colgaba una luna creciente que se balanceaba suavemente cuando se inclinaba para alzarme en brazos. La caja olía mal. Tenía las piernas empapadas de orina. Primero me dio calor, pero después se enfrió.

La expresión de Rinah se volvió tierna y triste.

—Sí —dijo—, quiero el bebé.

Me pregunté por qué no le había pedido un pasaporte a Cuerva, pero era evidente: su familia era numerosa. Se necesitaba mucho tiempo y esfuerzo para fabricar un solo pasaporte con elementos auténticos (o que lo parecieran). Cuerva hacía trueques por los elementos necesarios, como el cuero, o se hacía cargo de su coste. Y, por supuesto, si eras un grupo grande de personas, era mucho más arriesgado intentar salir del Distrito a la vez.

«Con que atrapen a uno, solo uno de ellos, con un pasaporte falso, podrían atraparnos a nosotras», me dijo Cuerva una vez, «y si nos atrapan, ¿quién ayudará a los demás?»

—Debo volver a la taberna —dije—. Quizá Cuerva me necesita.

—Tiene suerte de tenerte.

Aquel cumplido me hizo sentir bien mientras caminaba bajo ese insoportable calor. Si no hubiera sido por Cuerva, nunca habría conocido los cuidados de una madre. Mi propia madre no me había querido.

Las paredes del Distrito eran espejos sin reflejo. Me pregunté qué estaría haciendo Sid. ¿Estaría durmiendo a pesar del calor? Me la imaginé acurrucada como un gato. Sentí una oleada de impaciencia. Me moría de ganas de que cayera la noche. Me moría de ganas de ver cómo la fría oscuridad se adentraba en el cielo.

Vamos, que te mueres de ganas de verme, dijo la voz socarrona de Sid.

Pero no había nada malo en ello. Tenía sentido, ¿no? Todo lo que la envolvía era una novedad. Las cosas nuevas son emocionantes. Todo el mundo lo sabe.

La palabra *nuevo* no dejaba de rondarme por la cabeza. Pensé en el sueño de algo nuevo que había bebido de ese frasco.

Disminuí el paso.

Pensé en Rinah, que quería a su bebé.

Pensé en mi yo recién nacido, chillando dentro de la caja del orfanato.

Eché un vistazo a las tranquilas, blancas y desiertas calles, y recordé que en mi sueño las paredes estaban pintadas con exuberantes colores.

Era solo un sueño, por supuesto. Pero mientras mis pies se detenían y el sudor me recorría la espalda, pensé en cómo Sid me hizo cuestionar lo que creía saber. Pensé que, aunque durante años había creído que mi madre no me quería, no podía saberlo con certeza. Quizá algo o alguien la había obligado a abandonarme.

Pensé que nunca me había preguntado por qué todos los años, con motivo de la fiesta de la luna, los hombres pintaban las paredes de blanco.

¿Cuántas capas de pintura había en esas paredes?

¿Siempre habían sido blancas?

¿Y si mi sueño había sido, de algún modo, real?

Normalmente, este último pensamiento me habría hecho huir hacia casa para alejar la idea, porque era el tipo de pensamiento que siempre me había traído confusión y dolor. De pequeña me costaba tanto distinguir lo real de lo irreal. Ahora se suponía que ya había aprendido a hacerlo.

Necesitaba que Helin me dijera lo que era real. Necesitaba a Cuerva.

O siempre puedes tratar de averiguar tú solita qué es real, dijo la voz de Sid.

Miré a mi alrededor. El aire estaba espeso por el calor. No había nadie.

Nada se movía excepto las hormigas plateadas.

Saqué la navaja de jardinería del bolsillo y la abrí. Me acerqué a la pared más cercana y a su lisa extensión de cal blanca. Raspé la pintura con el cuchillo. Las escamas blancas se empezaron a desprender y a pegarse al cuchillo y a mi piel sudorosa. Unas hormigas plateadas vinieron a ver lo que hacía. Treparon por el cuchillo y me mordieron en la muñeca mientras trataba de quitármelas de encima.

No estoy segura de cuánto tiempo estuve cavando años de pintura hasta que, finalmente, justo cuando creía que me había vuelto loca otra vez, como cuando era pequeña y creía cosas imposibles que nadie más veía, mi cuchillo arrancó una última capa. Bajo el blanco había pintura de color rojo sangre.

Me imagino el aspecto que debía tener cuando entré en la taberna. Tierra y estiércol por la cara, ojeras enormes bajo los ojos, ropa sudada, pelo sudado, una cadena de picaduras de hormiga que me subía por el brazo hasta llegar incluso al cuello y la cara, suciedad y pintura blanca bajo las uñas… Y una cara de asombro que probablemente fue a más cuando vi quién me esperaba en una de las mesas de la taberna.

Sid levantó la vista de su plato con rodajas de melón. Me vio y se rio. Su piel estaba limpia e impecable, y su fino vestido de seda color granada caía en elegantes pliegues.

Annin, que se había quedado inmóvil mientras le servía agua fresca con limón, me miró de arriba abajo.

—¡Nirrim, tienes un aspecto horrible!

—La verdad es que sí —coincidió Sid—. ¿Qué has estado haciendo? ¿Revolcándote en un rosal? ¿Qué son todas esas marcas rojas? A ver cuenta.

Me ruboricé.

—No, prefiero no hacerlo.

—Ay, venga.

—Acabas de decir que tengo un aspecto horrible.

—No, eso lo ha dicho ella. —Sid señalo vagamente con la mano a Annin, que alternaba la mirada entre nosotras dos—. Yo me he limitado a estar de acuerdo. ¿Te has… peleado con unas ardillas? ¿Unas ardillas que iban muy sucias? ¿Unas bastante vengativas?

—Cállate.

Annin ahogó un grito.

—¡Nirrim! ¡Es una dama Alta!

—¿Qué haces aquí? —le pregunté.

La risa de Sid fue desvaneciéndose hasta quedarse con una media sonrisa.

—Me he cansado de esperarte.

24

Raven entró a la sala con una bandeja cargada de todas las delicias de las que disponíamos: un panecillo de azúcar que yo había preparado, un tarrito de cristal con confitura de cerezas heladas, té frío de flores indi y flan de leche de cabra con una cobertura de caramelo glaseado. Solo tenía ojos para Sid.

—¡Mi señora, nos sentimos muy honradas! En esta humilde casa no le faltará de nada, se lo aseguro. Me encargaré yo misma de servirle. Annin, ¿qué haces ahí plantada? —Cuerva, que evidentemente no se había percatado de mi presencia, miró por fin en mi dirección. Sus ojos se abrieron de par en par y apretó los labios—. ¡Nirrim! Tienes un aspecto deplorable. ¿Cómo te atreves a avergonzarme delante de nuestra invitada?

—No sabía que estaba aquí —contesté.

—¡Eso no es excusa!

—¿Cómo que no? —interrumpió Sid—. Tiene pinta de haber estado trabajando al sol. Con el calor que hace, no me sorprende que haya acabado así, lo que sí me desconcierta es que alguien le haya permitido… ¿qué? ¿Salir a plantar flores en un jardín a pleno sol?

—Fue ella quien insistió —dijo Cuerva—. Yo intenté disuadirla. Nirrim, no seas idiota. Cierra la puerta. Estás dejando entrar el calor.

La sonrisa de Sid se desvaneció. Cuando cerré la puerta, vi que su rostro se había ensombrecido y le brillaban los ojos.

—Discúlpate —le dijo a Cuerva.

—Por supuesto, mi señora. No tenía ni idea de que una de mis sirvientas tuviera tan malos modales. Perdóneme, por favor. No volverá a suceder.

—No a mí —dijo Sid—, a ella.

Al principio, vi que Cuerva no entendía lo que Sid había dicho. Se quedó parpadeando un momento hasta que dijo:

—Nirrim, querida, ¿por qué no vas a darte un baño con agua fría? Puedes usar uno de mis jabones. Pobrecita, tienes pinta de estar agotada.

Sid insistió:

—Eso no es una disculpa.

Cuerva lanzó una mirada de sorpresa en dirección a Sid antes de volver a mirarme.

—Nirrim, lo siento. Ya sabes que siempre siento perder los nervios.

La primera vez que me llamó *idiota*, que fue cuando descubrió que había perdido su heliograbado, me dolió, pero esta vez aún más, porque me había autoconvencido de que no volvería a hacerlo, y ahora acababa de volver a pasar delante de alguien a quien yo quería causar una buena impresión. Tragué saliva y dije:

—No pasa nada. No debería haber dejado la puerta abierta.

Cuerva asintió satisfecha. Sid, inexplicablemente, parecía estar aún más enfadada.

En realidad, Cuerva no pensaba que yo fuera una idiota. Había hecho una idiotez. La había humillado delante de una invitada importante. Su reacción me pareció que era comprensible.

—Estás atolondrada por el calor —me dijo con tono amable. La sensación de inseguridad en mi interior se aplacó—. ¡Y yo tengo tanto calor y estoy tan irritable! No he sido yo misma…

—Me quedaré aquí tres noches —la interrumpió Sid con brusquedad, casi como si hubiera estado a punto de taparle la boca a Cuerva con la mano—. Necesito una doncella que me atienda. Pagaré extra por el servicio, por supuesto.

Cuerva empezó a decir:

—Annin…

—Quiero a Nirrim.

Cuerva observó fijamente a Sid. Su expresión no era de sospecha, exactamente, sino más bien de una curiosidad que iba en aumento.

—También me servirá de guía por el Distrito —dijo Sid—. Soy una viajera que viene de lejos.

—No existen los viajantes.

—Tienes una delante. —Ignoró las miradas de Cuerva y de Annin—. De donde yo vengo, no tenemos nada parecido al Distrito. Me gustaría visitarlo antes de dejar esta isla.

Sid abrió su bolso y sacó un puñado de monedas de oro. Dejó que cayeran de su palma a la mesa.

—Nirrim la servirá en cualquier cosa que necesite —dijo Cuerva—. ¿Verdad que sí, mi niña?

⁓

—¿De qué la conoces? —preguntó Annin en voz baja mientras caminaba junto a mí hacia la cocina, desde donde yo iba a pasar al baño de la habitación contigua.

—¿A quién? —Morah levantó la vista del mortero sin dejar de moler especias.

—A la dama.

—¿Por qué está aquí? —preguntó Morah—. La Casta Alta nunca viene al Distrito.

—Pero ella no es una Alta de verdad —dijo Annin, y luego se apresuró a rectificar, como si hubiera dicho algo ofensivo por lo que pudiera meterse en problemas—. Quiero decir que es diferente. Pero en su país debe ser lo equivalente a una Casta Alta.

—Quizá está fingiendo —dijo Morah—. ¿Cómo sabemos que tiene ese estatus en el sitio de donde viene? Que actúe como si lo fuera no significa que lo sea. ¿Cómo sabemos siquiera que es una viajera? Por la isla de Herrath solo han pasado las gentes de Herrath. Los viajantes solo existen en las historias.

—No parece de Herrath —dijo Annin—. No se parece a nadie que yo haya visto.

Morah resopló.

—En eso tienes razón.

—Es tan elegante. ¿Has visto el vestido que lleva? Mataría por tener algo así. Es preciosa.

—Lo sería —asintió Morah— si no llevara el pelo tan corto.

—Supongo que eso es lo que se lleva allá de donde viene, pero es una pena. ¡Tiene un color de pelo tan bonito!

—¿Qué tiene de malo el pelo corto? —pregunté—. Yo misma lo llevo corto.

—Sí, pero no tanto —replicó Annin.

—Si Cuerva te lo permitiera, seguro que te lo dejarías largo —dijo Morah.

—¡Parece como si hubiera tenido que pagar un diezmo! —añadió Annin.

—Parece la cabeza de un niño —comentó Morah.

—Pues a mí me gusta —dije yo.

Me miraron sorprendidas. Agarré una toalla grande y una pastilla de jabón de las de Cuerva. El enojo se había apoderado de mi pecho. Desde que Annin había dicho que era *preciosa*, algo me había pellizcado el corazón. No sabía a quién iba más dirigido mi enfado, si a Annin y Morah por armar tanto alboroto por algo que no tenía nada que ver con ellas, o a mí por permitir que una simple palabra me afectara tanto.

Annin y Morah parecieron percatarse de mi enfado. Se callaron, pero de una forma en que se notaba que ellas también estaban molestas, y es que no veían por qué motivo me había enfadado tanto.

Yo sí lo veía, y menos mal que era la única.

—¿Qué haces aquí? —pregunté en cuanto cerré la puerta de la habitación de Sid.

Estaba de espaldas a mí, sentada ante una mesita, escribiendo lo que tal vez fuera una carta en su idioma. La página estaba cubierta de una escritura para mí desconocida.

—Se suponía que nos íbamos a encontrar en el barrio Mediano.

Dejó a un lado la pluma, pero no se dio la vuelta.

—Lo prefiero así.

—¿Por qué?

—Quería ver de dónde vienes. —Se dio la vuelta. Sus ojos centellaron al posarse sobre mí—. Estás chorreando —dijo—, por el baño.

Hice caso omiso.

—No sé de dónde vengo.

Su atención, que parecía haberse desviado, volvió.

—¿Qué quieres decir?

—Me abandonaron en la caja para bebés de un orfanato justo después de nacer. No sé quién me dejó allí.

—¿*Caja para bebés*?

—Sí, una caja metálica para los que no son deseados. Hay dos cajas, en realidad, una a cada lado del muro, para que cualquier persona, sea de la casta que sea, pueda dejar un bebé allí.

Su rostro parecía feroz a la luz de la lámpara, sus ojos negros eran casi salvajes.

—Eso es una barbaridad.

—No te preocupes. Hay agujeros para que el bebé respire, y una matrona se encarga de comprobar la caja una vez cada hora, excepto por la noche.

—Qué reconfortante.

—El Consejo dice que es la mejor manera de proteger a los bebés no deseados.

—Claro, y si el Consejo lo dice, será verdad.

Su sarcasmo me pareció injusto.

—Si los padres no tuvieran una forma de abandonar a los bebés en secreto, quizá los matarían.

—¿Así que te criaste pensando que, si no te hubieran dejado en una caja de metal, tu madre te habría matado? ¿Que si Cuerva no te hubiera acogido, habrías vivido en el orfanato para siempre?

—No para siempre. Cuando cumples los dieciocho, si no muestras indicios de tener futuro como artesana ni has trabajado como aprendiz para algún vendedor, pasas a ser Sin Casta y te llevan fuera de la ciudad.

Sid tenía los labios apretados formando una fina línea.

—Hablas del tema como si no fuera nada.

—He tenido suerte. Le debo mucho a Cuerva.

Me miró fijamente. Luego sacudió la cabeza en un gesto como de antipatía e impotencia. Me molestó, puesto que yo no había hecho nada para ganármelo. Le dije:

—¿Ahora crees que estoy aún más por debajo de ti de lo que suponías?

—Creo que tu vida ha sido muy diferente a la mía —contestó, lo cual era una forma más educada de decir que sí. Luego dijo—: Podría ayudarte a averiguar de dónde vienes.

Negué con la cabeza.

—Imposible.

—Se me da bien descubrir cosas. Quiero hacer algo por ti. Dime qué puedo hacer.

No quería decírselo. No quería elegir aún cuál era mi recompensa por ayudarla. Había vivido con tan pocas opciones dentro del muro que era como si nunca hubiera salido de la caja para bebés. Me gustaba esa indecisión. Me gustaba que Sid aún no me hubiera obligado a decidir.

—Empieza por explicarme qué se supone que hace una doncella —dije—. Yo no tengo ni idea.

Ladeó una ceja con expresión coqueta.

—Siempre puedes ayudarme a quitarme la ropa.

Me sobresalté por su atrevimiento. Pero era solo una broma, y la había hecho por el placer de verme sufrir. Se rio.

—No necesito que hagas nada. He pedido que seas mi doncella para que podamos hablar en privado. Aunque, para ser sincera, los vestidos realmente son un coñazo. Todos esos cierres en la espalda…

—Nunca te había visto llevar uno hasta ahora. No pareces tú misma.

Miró su vestido de ese color rojo intenso.

—Tiene demasiada tela y ocupa demasiado espacio. Pero está bien.

No parecía que estuviera bien.

—Vaya, que no te gusta.

Encogió los hombros.

—Es lo que la gente espera. Pero me recuerda a mi antigua vida. Cuando los llevo me siento…

Pensé en la palabra que había usado Annin: *preciosa*.

—¿Como un premio al mejor postor? —dije en su lugar.

—Bueno, a decir verdad, lo soy. ¿Mañana me enseñarás el Distrito?

Pensé en cómo sería pasear las dos por el Distrito. Todo el mundo la miraría a ella. Yo parecería un trapo a su lado.

—¿Qué te pasa? —Aunque seguía de espaldas a mí, sentada en la silla, su cuerpo se había curvado hacia mí y me miraba con la cabeza inclinada hacia arriba, estudiándome—. ¿Te preocupa tu jefa? Te dejará venir. Le he pagado una buena suma. —Su boca se curvó hasta formar una mueca de repugnancia—. Esa haría cualquier cosa por dinero.

Me puse a la defensiva.

—Pues claro, es lo normal cuando eres pobre.

—Supongo que tienes razón —dijo Sid despacio, quizá porque se había percatado de que me estaba enfadando.

Era imposible que entendiera cómo era la vida de Cuerva. O la mía.

—Yo tampoco tengo dinero —dije.

—Eso no influye en lo que pienso sobre ti. No es ese el motivo por el que no me gusta Cuerva. Es porque no es una persona amable.

—Sí que lo es.

—Te ha insultado.

—Porque me he dejado la puerta abierta.

—¿Y qué?

—Estaba nerviosa porque quería impresionarte.

—¿Por qué la defiendes? —Sus ojos se entrecerraron—. Espera. ¿Es esta la mujer que mencionaste en prisión? ¿La que dijiste que era algo parecido a una madre?

No me gustó el asco que transmitía su tono al hablar. Me sentía como una niña a la que habían descubierto fingiendo que una muñeca de trapo era una princesa. Y odié aún más la forma en que la expresión de Sid se transformó en lástima.

—No hay excusa para cómo se ha comportado contigo —dijo Sid—. No creo que estés viendo las cosas con claridad.

Ese había sido exactamente mi problema desde siempre, aunque después de encontrar restos de pintura roja bajo las múltiples capas blancas de las paredes del Distrito, empezaba a preguntarme si realmente mi juicio era tan malo como pensaba.

—Mi vida no es de tu incumbencia —dije con firmeza—. Tú y yo hemos hecho un trato. Te ayudaré y cuando tengas lo que quieres te irás. Ni siquiera recordarás esta conversación.

—Claro que la recordaré.

Negué con la cabeza. ¿Cuántas veces había olvidado la gente una conversación que yo recordaba perfectamente?

—Te llevaré a cualquier lugar del Distrito al que quieras ir, pero hay algo importante que quiero enseñarte. —Le hablé de la pintura roja bajo las paredes encaladas—. Lo soñé después de beberme un frasco que vendían en el mercadillo nocturno.

Me pidió que le hablara sobre ese sueño, y eso hice. Quería olvidar que ella se acabaría marchando y volvería a su antigua vida. No quería volver a oírla decir que, cuando estuviera de vuelta a ese lugar lejano que yo ni siquiera podía imaginar, se acordaría de mí. Le conté todo el sueño, excepto la parte sobre que había tenido una conversación con mi yo de niña. Me pareció que era algo demasiado íntimo (y demasiado extraño) para compartirlo.

Se levantó y fue a por un precioso bolso rosa con el forro de color azul. Cuando metió la mano dentro, parecía que estaba desapareciendo detrás de un cielo de verano. Sacó el libro de oraciones y me lo dio.

—Mira a ver si encuentras a la criatura que asesinaban en tu sueño.

Me senté al borde de la cama y hojeé el libro. No tenía ni idea de que la gente creyera en tantos dioses. El dios de los ecos. De los túneles. De las palabras no dichas. De las mentiras. De los juegos. Del viento. De los perdidos.

Tenía ilustraciones y, cuando encontré la que buscaba, me la quedé mirando un momento y luego continué leyendo. Con echar un vistazo a cada página durante un momento tenía suficiente para grabar la imagen en mi mente.

—Lees rápido —dijo mientras se sentaba conmigo al borde de la cama.

La manga acampanada de su vestido me rozó el brazo. Un escalofrío me recorrió la nuca. Me aparté un poco hacia un lado.

—En realidad no estoy leyendo. —Le devolví el libro—. Fue el dios del descubrimiento.

Si le molestó que me alejara de ella, supo disimularlo.

—Me pregunto qué se necesita para matar a un dios.

—Los dioses no existen.

—¿Y si existían pero los mataron a todos? O quizá existen pero han huido.

—Pensé que tú tampoco creías en ellos.

—Mis padres me enseñaron que debo considerar siempre todas las posibilidades.

—¿Porque ellos creen en los dioses?

Ahora parecía estar incómoda.

—Tiene más que ver con la estrategia.

—¿A qué te refieres?

—La gente a veces se niega a ver una posibilidad. Ya sea porque no quieren que suceda, porque nunca se les llega a ocurrir o incluso porque les resulta directamente horrorosa.

Pero, cuando uno no contempla todas las posibilidades, toma malas decisiones. La gente puede llegar a conclusiones erróneas si no comprende todas las cuestiones posibles.

—¿Tus padres son eruditos? —pregunté. Sid abrió los ojos con expresión divertida, así que volví a intentarlo—: ¿Mercaderes?

—Bueno, está claro que conmigo sí que querían hacer negocio. —Se frotó la nuca y tiró del cierre de la parte trasera del vestido—. No te tomes demasiado a pecho lo que he dicho sobre la estrategia. Estar abierta a todas las posibilidades también tiene un defecto.

—¿Cuál?

—Puede hacerte dudar de lo que sabes. —Entonces se puso a imitar la voz de otra persona, alguien que hablaba de un modo demasiado elegante—. «¿Pero cómo puedes estar segura, Sidarine, si nunca te has dignado siquiera a mirar a un hombre? ¿Cómo puedes saberlo, si ni siquiera has besado a uno?»

Su rostro era inmutable. Tenía las manos cruzadas sobre la rodilla. Las líneas de sus brazos eran tan finas, tan femeninas, que veía una versión de Sid distinta de la que se había metido a hurgar en un piano y me había hecho saltar por un balcón.

—Sidarine me parece un nombre bonito.

Empezó a jugar con la manga de seda del vestido.

—Es como este vestido. —Luego me dirigió una mirada desafiante pero juguetona—. No me llames así nunca jamás o se acabó nuestra amistad.

¿Amistad? ¿Eso era lo que teníamos? Sentí una fuerte y repentina determinación: no me iba a dejar intimidar por Sid. Era evidente que disfrutaba intimidando a la gente. «La próxima vez que te sorprenda o te escandalice», me había dicho en la cárcel, «me gustaría verte la cara».

—Date la vuelta —le pedí.

Sus ojos negros se abrieron de par en par. Vi que iba a formular una pregunta, pero, para mi sorpresa, se calló e hizo exactamente lo que le había dicho. Se giró sin levantarse del borde de la cama de forma que se quedó enseñándome la nuca, el cuello y la perfecta postura de sus hombros. A la espalda del vestido, estaban los tres corchetes que debía desabrochar. Con cuidado, fui de uno en uno.

—Ya que te cuesta quitártelo sola —le dije—. Y ya que se supone que soy tu doncella…

Estaba callada. La seda roja del vestido yacía abierta sobre sus hombros, y dejaba al descubierto la piel de su espalda hasta la altura de la cintura. Decidí que era mejor evitar mirarle la espalda. Pero justo entonces una gota de agua cayó entre sus omóplatos. Por un momento, no entendí de dónde había salido. Pensé que quizá se trataba de una ilusión.

Pero lo cierto es que venía de mi cabello. La gota de agua había resbalado desde las puntas, que seguían mojadas después de darme el baño. Vi cómo se le erizaba la piel. La gota siguió deslizándose por su columna vertebral hasta desaparecer en la seda de su cintura.

Me levanté, le di las buenas noches y cerré la puerta tras de mí.

No creo que ella supiera que mi corazón se había desbocado como el de un animal ciego.

Tampoco creo que supiera que había aguantado la respiración mientras le desabrochaba el vestido.

No sabía que, al salir de ahí, me había ido a mi habitación y me había metido en la cama, preocupada por lo atrevida que había sido.

Cualquiera habría creído que, simplemente, yo era una doncella que estaba llevando a cabo sus labores, por las cuales ella había pagado una buena suma.

Pero yo sabía lo que había sido en realidad.

Me gustaba demasiado Sid. Me gustaba ver su espalda desnuda. Me habían entrado ganas de seguir la gota de agua con la punta del dedo.

En mi cama, en la oscuridad, toqué la pluma de elíseo que llevaba contra el pecho. Me pregunté si había sido la pluma la que había hecho que deseara a Sid. Y me pregunté si también sería capaz de hacer que fuera ella la que me deseara a mí.

25

Tal vez si hubiera podido quedarme con el pájaro
elíseo, la gente del Distrito me habría mirado
igual que miraba a Sid: con incredulidad y asombro. El calor seguía siendo tan intenso como el día anterior,
pero la gente había salido a la calle al oír los chismes sobre
la visita de una dama Alta. Veían la viyela bordada en oro
del vestido que llevaba, uno sencillo; veían la postura que
tenía, tan perfecta que hacía que todos los demás parecieran encorvados; y veían cómo la luz del sol se reflejaba en
su pelo corto. Sid se negaba a llevar sombrilla.

—Te vas a quemar —le advertí. Su piel era demasiado
pálida.

—Bueno, no veo que tú lleves sombrilla tampoco.

—Soy más morena que tú. Y, de todos modos, no se le
permite a la gente de mi casta.

Me miró mientras andábamos. Me gustaba tener una
excusa para mirarla yo también.

—Quiero tener las manos libres —dijo.

Hizo una mueca como para representar que tener una
sombrilla en la mano sería una carga, incluso la idea por sí
sola le provocaba picazón en la piel. Hablaba como si fuera
una persona que siempre necesita usar las manos para trabajar. Y sí que es verdad que sus manos no parecían las de
una dama: no llevaba anillos, tenía las uñas muy cortas y

pequeñas cicatrices en los dedos. En el dorso de la mano derecha tenía una cicatriz larga y estrecha.

—¿Cómo te hiciste eso? —pregunté.

—¿Esto? Luchando contra un tigre.

—Me gustaría que me respondieras la verdad.

—Me lo hizo una chica que se enfadó porque no correspondía su amor.

—Sid.

—Fue en un duelo a muerte. Gané yo, claro está.

—¿Eres capaz de contar alguna historia en la que tú no seas la heroína?

—¿Prefieres que te cuente una mentira aburrida?

—Prefiero que me cuentes la verdad.

—No —dijo como quien no quiere la cosa—, no creo que lo prefieras realmente. —Pasó la mano por una pared blanca mientras caminábamos hacia los talleres artesanales—. ¿Así que todo el Distrito está pintado de blanco? Enséñame el sitio ese que has encontrado con la pintura roja debajo.

Negué con la cabeza.

—Más tarde. No quiero que nadie nos vea hacerlo. Todo el mundo está pendiente de ti.

Levantó las cejas.

—Y de ti.

Nunca había tenido tantos ojos puestos en mí. Intenté hacer lo que solía hacer normalmente, que era fingir que toda la gente de la calle no podía verme, pero descubrí que no era capaz, quizá porque yo misma era muy consciente de mi presencia y de mi cuerpo en ese momento. El sol me daba en la cara, la distancia que me separaba de Sid era estrecha, su vestido se movía de una forma muy determinada, las sandalias me rozaban y la gente no solo la miraba a ella y a su extraña belleza, también me miraba a mí, a la pequeña sombra que caminaba a su lado. Éramos ella y yo, juntas, lo que captaba su atención. Las miradas iban de su cara a la mía.

Le enseñé a Sid los talleres de los artesanos del Distrito. Examinó cada objeto con aprecio, elogiando al fabricante, pero la leve arruga de su entrecejo hizo que me diera cuenta de que estaba decepcionada, de que ese joyero tallado con un compartimento secreto no le interesaba realmente, de que ese jarrón rosa de vidrio soplado, que según ella era precioso, en realidad no servía para nada. Aunque expresaba su admiración a todos los artesanos, que parecían sentirse muy halagados por sus palabras, sabía que no había encontrado lo que esperaba.

Me preocupaba que no fuera fácil de complacer, a pesar de que sus palabras dijeran lo contrario. Me preocupaba estar demasiado en sintonía con lo que ella quería.

Cerró la tapa de un espejo de bolsillo. Estábamos en la tienda de Terrin. Nuestros cuerpos se reflejaban por todas partes como facetas de una enorme joya hueca. Vi la insatisfacción en la cara de Sid.

—¿Qué te pasa? ¿Qué es lo que estás buscando?

Tiró de mí suavemente en dirección a la puerta para salir a la calle. Vi su mano sobre la mía desde todos los ángulos mientras andábamos. Los ojos de Terrin se abrieron de par en par ante ese gesto tan inesperado, incluso escandaloso, entre alguien de la casta de Sid y la mía. Me pregunté qué debía expresar mi rostro mientras mis dedos apretaban su mano, la que tenía la larga cicatriz.

—Todo es… normal —dijo una vez estuvimos fuera de la tienda. Se había levantado viento, pero hacía tanto calor que parecía más bien el aliento de un perro—. Hay espejos de bolsillo como ese al otro lado del muro, pero una mitad te muestra a ti misma y la otra muestra cómo desearías ser. Si te quedas mirando esa mitad un buen rato, tu cara acaba cambiando para coincidir con lo que ves, al menos durante una hora o así. Pero no hay nada inusual en los espejos de Terrin, ni en ningún otro objeto del Distrito. Son inertes. Están muertos. Si hay magia, aquí no está.

Algo se marchitó en mi interior.

—¿Eso significa que te vas a ir?

Pero no llegó a contestar porque un hombre me llamó. Al oír mi nombre, me soltó la mano.

Era Aden que venía hacia nosotras.

26

—Nirrim, te necesito —dijo Aden.

—¿La *necesitas*? —Sid esbozó una media sonrisa.

—Discúlpenos —le dijo con la cortesía justa y una expresión que delataba frustración por tener que ser cortés con ella—. Nirrim, ahora.

La cara de Sid mostraba incredulidad, pero también una mirada cómplice que yo no entendía y que no me estaba gustando.

—Será solo un momento —le dije a Sid, y tiré de Aden hacia el otro lado de la calle—. ¿Qué demonios te pasa? —pregunté nerviosa.

—¿¡A mí!? ¿Qué haces tú con ella?

—Estoy trabajando.

—Estás paseándote por el Distrito como si fueras la mascota de esa señora. —Sus ojos azules mostraban el desprecio que sentía—. La gente habla.

—Solo estoy trabajando. Soy su doncella.

—Me da igual cómo vaya vestida. No es Casta Alta. Ni siquiera es de Herrath. Una viajera, dicen. Puede que sea verdad, puede que existan otros países más allá del mar, pero si ella es de uno de esos sitios, lo único que significa es que puede contar las mentiras que quiera sin que sus compatriotas estén aquí para contradecirla

—Nos ha pagado —dije—. En monedas de oro.

—¿Y qué? Mucha gente finge ser de la casta que no es. Tú lo sabes. Tú les ayudas a hacerlo. Tener monedas de oro, un vestido elegante y una actitud altiva no significa nada.

—¿Por qué estás tan enfadado? Esto no tiene nada que ver contigo.

—No me gustan las pintas que tiene.

—De la misma forma que nosotros no podemos evitar haber nacido Semicasta, ella no puede evitar haber nacido Casta Alta.

Resopló.

—Si no te das cuenta de a qué me refiero, entonces quizá sea lo mejor.

Pero sí sabía a lo que se refería. Quizá lo que quería decir era que se le notaba que era forastera, pero había otro posible significado detrás de sus palabras. Era consciente de todas las veces que Sid había mencionado haber estado con mujeres. Yo ya sabía lo que era. ¿Acaso Aden también se había percatado?

¿Era algo que se podía adivinar con solo verle la cara a una persona?

Sentí que me ruborizaba.

—¿Has venido a por mí solo porque la gente del Distrito está cotilleando y te apetecía darme un sermón sobre una forastera que se aburre y quiere gastar dinero?

—He venido aquí por ti. He venido porque me importas.

Me agarró los hombros con sus grandes manos.

Di un paso atrás.

—Nirrim, ¿intentaste cazar el elíseo la noche que te arrestaron?

Cuerva me había dicho que debíamos mantener en secreto lo ocurrido con el elíseo.

—No, claro que no.

—Un soldado murió esa noche.

El pavor me recorrió el cuerpo.

—¿Y?

—La milicia cree que no fue un accidente. Creen que fue un asesinato.

Miré al otro lado de la calle, donde Sid esperaba con la mano derecha reposada en la cintura.

—Eso no tiene nada que ver conmigo —repliqué.

—Ya, lástima que Annin me haya dicho que atrapaste al pájaro y lo entregaste.

—¿Por qué me haces una pregunta si ya sabes la respuesta?

—¿Por qué mientes? Me has mentido, Nirrim.

Su expresión mostraba que se sentía herido. Me sentí culpable al instante, pero también estaba enfadada. Él quería que me sintiera culpable, y su pregunta no había sido una pregunta. Había sido una prueba.

—Mi amigo Darin vio a una chica subiendo a un tejado para atrapar al pájaro. El soldado trepó tras ella.

A pesar del calor, sentí que se me helaba la sangre.

—Me la describió —siguió explicando—. Dijo que eras tú.

—No era yo —susurré.

—Le dio patadas al soldado hasta hacerlo caer.

—Yo no hice eso.

—La milicia encontró cabellos negros pegados a la pintura fresca del edificio. Como los tuyos.

Recordé cómo, aquella noche, un mechón de pelo se me había quedado apelmazado por la pintura.

—Mucha gente tiene el pelo negro. Es muy común. —dije con la voz temblorosa.

Aden me tocó la mejilla. Sus manos volvieron a caer sobre mis hombros, y esta vez lo permití. No tenía elección. Dejé que me estrechara entre sus brazos.

—Me has mentido porque tienes miedo —dijo.

Claro que tenía miedo. Tenía miedo de él. Podía arruinarme la vida si quería.

—No tienes por qué tenerlo. Le dije a Darin que no le contara a nadie lo que había visto. Yo te protegeré. —Levanté la vista hacia él. Me apartó el pelo de la cara—. Te quiero, Nirrim.

Se acercó y besó mis fríos labios.

—Yo también te quiero —contesté.

No sabía qué otra cosa decir.

Entonces me soltó. Estaba más tranquilo y la ansiedad que desprendía al llegar se había convertido en satisfacción. Miró a Sid al otro lado de la calle con algo parecido al desdén, o al desinterés, o a la lástima, antes de volver a darme un beso apasionado. Antes de marcharse, prometió pasarse por la taberna en cuanto pudiera.

Cuando me acerqué a Sid, vi que tenía la mano sobre la empuñadura de un gran cuchillo en el que no me había fijado antes. Lo llevaba escondido debajo del vestido, atado con una correa alrededor de su cuerpo, y la empuñadura asomaba por un bolsillo lateral. Movió la mano y el puñal volvió a desaparecer bajo la tela. Su expresión era neutra pero severa. Todo se me estaba haciendo un mundo. Quería explicarle lo que había pasado con Aden. Quería escupirlo todo como una confesión, como cuando metes leche en una jarra rota. Pero entonces recordé que Aden me había dicho que sospechaba que Sid estaba mintiendo sobre su casta, y aunque no es que me importara mucho si estaba fingiendo, de repente me di cuenta de lo poco que sabía sobre ella.

A Aden, al menos, lo conocía. Podía confiar en él.

¿Qué pensaría Sid si supiera que había matado a alguien? ¿Qué haría?

—Supongo que ese es tu amorcito. —Su voz sonaba fría.

—No.

—Ay, Nirrim. Nunca es buena idea contar una mentira si nadie te va a creer.

27

—¿Por qué no me llevas a ver la pintura roja que encontraste debajo del blanco? —preguntó Sid.

Su voz sonaba amistosa, pero quizá demasiado calibrada para ser genuina. Estuvo así todo el camino hasta llegar al edificio. Iba comentando el sorprendente encanto que tenía el Distrito.

—No está mal para ser una jaula —dijo.

Miré a mi alrededor.

—Es muy monótono. Seguro que estás acostumbrada a cosas mejores.

—Lo han hecho parecer monótono adrede. —Justo estábamos pasando por el ágora—. ¿Ves ese templo?

—No es un templo. Es un almacén para los cereales.

—Mira las cornisas que hay en la parte de arriba. Tiene pinta de que las decoraciones han sido cinceladas. ¿Y allí? —Señaló los agujeros en el suelo de la plaza—. ¿Qué había allí? ¿Estatuas, tal vez? Por el tamaño de los agujeros diría que sí.

Pensé en las visiones que había tenido del ágora. Me daba vértigo oír a Sid sugerir, sin saberlo, que lo que había visto era real. Durante mucho tiempo, había creído que esas visiones eran señales de mi inestabilidad mental. Me inquietaba estar preguntándome si Sid tenía razón; si yo llevaba todos estos años teniendo razón. No estaba segura de lo que implicaba que la tuviéramos.

Repetí lo que Morah me había dicho una vez.

—El ágora siempre ha sido así. Las cosas son como son.

Sid cerró la boca. El cielo se iba oscureciendo mientras andábamos. Las flores indi que crecían por las paredes se mecían a causa del viento cálido. Las hormigas plateadas brillaban y desaparecían entre las grietas. El calor no iba a durar mucho más.

—¿Por qué llevas un arma? —le pregunté.

—Ah, ¿eso?

—Tenías pinta de estar dispuesta a usarla.

—Estaba preocupada por ti. Aunque, al parecer, no tenía por qué.

—Conozco a Aden desde hace años. Es inofensivo.

—Si tú lo dices.

—Nunca me haría daño.

—Qué razón tan convincente para estar con alguien —respondió con sequedad.

Pero sí que era una buena razón, y si a ella le parecía motivo de burla era porque su vida había sido muy fácil.

—Ni que a ti te hiciera falta tener una razón. No pareces necesitar ninguna para meterte en la cama de cualquier mujer.

—Me ofendes, Nirrim. —Se puso una mano sobre el corazón—. No lo hago con cualquier mujer. Tengo unos estándares. Deben ser hermosas. Adorables. —Enumeraba los criterios con los dedos—. Deben dejarme salirme con la mía. Y nunca deben quedarse más de una noche.

—Qué romántico.

—Ah, sí. Igual que ese héroe tuyo. ¡Qué espalda tan ancha! Y esa mandíbula… Me encanta su mandíbula. Podría usarla como pala para cavar en la tierra, si quisiera.

No me apetecía hablar de Aden. Sonaba como si se estuviera burlando de él, pero en realidad se estaba burlando de mí.

—No has contestado a mi pregunta sobre el cuchillo.

—Es una daga.

—¿Por qué lo llevas debajo del vestido?

—Siempre lo llevo encima.

—¿Pero por qué lo ocultas?

Dio una manotada en el aire, como para apartar algo. El viento arreciaba. El cielo se había vuelto de un gris oscuro, como el de la pizarra.

—Aquí no tenéis la costumbre de llevar un arma a la vista.

—¿De donde tú vienes sí es costumbre?

—Para ciertas personas, sí.

—¿Qué tipo de personas?

—Nirrim, ¿por qué me estás interrogando sobre mi daga?

Frustrada, le dije:

—Porque sigues esquivando mis preguntas.

—No. Las he contestado todas. ¿Cuánto falta para llegar a esa pared tuya? ¿Eso ha sido un trueno?

Aquel débil estruendo había sido un trueno, sí. Iba a llover, tal y como Sirah me había advertido. Como siempre, había acertado con precisión la llegada de la lluvia. Me alegré de que hubiera una tormenta. La gente del Distrito iba entrando en sus casas, lo que significaba que Sid y yo pronto seríamos las únicas que quedaríamos en la calle.

—Quiero respuestas claras y directas.

—Muy bien. Te daré respuestas claras y directas si tú haces lo mismo con mi pregunta.

—¿Cuál es?

—No te precipites, Nirrim. Todo a su debido tiempo. —Hizo una pausa—. Si de verdad quieres saberlo, llevo

esa daga porque es valoriana, y eso es lo que hacen los valorianos.

—¿Valoria es el antiguo Imperio? ¿El que conquistó tantos países?

—El mismo.

—Dijiste que eras herrana.

—Soy ambas cosas. Hubo algunos matrimonios mixtos
tras la última guerra, la que acabó con el régimen valoriano.

—¿De verdad? ¿A pesar de que los dos pueblos habían
sido enemigos?

—Sí. El rey y la reina de Herran son una pareja mixta, y
el suyo es un amor eterno, celebrado en canciones y leyen-
das. Se han convertido en un modelo para el pueblo. El
matrimonio mixto no es común, pero está aceptado. Más o
menos.

—Así que tus padres son como el rey y la reina.

—Se podría decir que sí.

—¿Hay mucha gente como tú en tu tierra?

—No, no hay nadie como yo —respondió—. Soy in-
comparable.

—Sid…

Su paso se ralentizó. Sentí que me caía una gota de lluvia encima.

—¿Qué quieres decir exactamente? —preguntó—. ¿Si
hay más gente mestiza o si hay más mujeres a las que les
gustan las mujeres?

Me sorprendió lo fácil que le resultaba hablar de algo
que, al menos en el Distrito, era un escándalo.

—Más gente mestiza.

—No. No mucha. Algunos usan palabras poco amables
para referirse a la gente que es mitad herrana, mitad valoriana.

—Pero tú eres Casta Alta. Nadie se atrevería a llamarte
algo desagradable.

Agrandó sus ojos negros.

—Por supuesto que sí.

—Pero si el rey y la reina…

—La gente los adora, pero eso no significa que me adoren a mí. Vivo en Herran, y la mayoría de la gente tiene muy malos recuerdos de lo que hicieron los valorianos. Mi aspecto se lo recuerda. Tengo unas facciones muy valorianas.

Había torcido la boca con algo parecido a la tristeza al decir *adora*. Le pregunté:

—¿A ti no te caen en gracia los gobernantes herranos?

Se encogió de hombros.

—Son un problema. Tuvieron la oportunidad de rehacer el mundo y lo único que hicieron fue restablecer la monarquía Herrani y nombrarse a ellos mismos como gobernantes.

—¿Cómo son?

—Bueno, no los conozco muy bien. —Retumbó otro trueno, esta vez más fuerte. Miró hacia arriba y pareció dirigir sus palabras al cielo—. Son inteligentes. Temibles. Benévolos, supongo. Amables con su gente. Pero te aseguro que es mejor no cruzarte en su camino.

—Suena como si los conocieras.

—Bueno —dijo de mala gana—, trabajé para la reina.

—¿De verdad? ¿Y qué hacías?

—Un poco de esto y lo otro aquí y allá.

—Respuestas claras y directas, Sid.

—Le hacía los recados.

—No tienes pinta de ser una chica de los recados.

—Y, sin embargo, así fue —contestó—. Los deseos de la reina eran órdenes para mí.

—¿Disfrutaste trabajando para ella?

—Fue un trabajo interesante. Un buen puesto para alguien como yo. —Noté cierta tensión en cómo lo dijo.

—¿Tus padres te obligaron a hacerlo?

—Sí. —Sonrió, un poco triste—. Así fue, exactamente. Ahora me toca a mí preguntar y a ti responder. Dime, ¿le has dicho ya a ese joven tuyo que lo amas?

Me quedé inmóvil.

—¿Por qué te paras?

—Ya hemos llegado. —Me agaché junto a la pared blanca que el día anterior había arañado. Ya no se veía la pintura roja.

—Respuestas claras y directas, Nirrim. Como hemos acordado.

Pasé una mano por la pared. Era totalmente blanca y lisa. ¿Me lo había imaginado? ¿Realmente había rascado la pared en algún momento? Estaba muy confusa y Sid esperaba una respuesta que yo no quería darle.

—Es complicado —dije.

—Sí o no.

Quería decirle que a veces no se puede explicar una cosa sin explicarlo todo. A veces hay preguntas que no se pueden responder con solo sí o no. A veces la verdad se pierde aunque digas la verdad.

—Sí —contesté—, pero…

—Lo suponía.

Los truenos retumbaron en el cielo. La lluvia empezó a caer con fuerza. Impactaba sobre mi cabeza y mis hombros. Parecían piedras. Me arrodillé ante la pared blanca. Me olvidé de Aden. El pánico iba en aumento mientras buscaba el lugar donde había raspado la pintura. No lo encontraba, había desaparecido.

—Nirrim, ¿qué haces?

—Estaba aquí. —Elevé la voz—. La pintura roja. —Intenté cavar en la pared con las uñas mojadas.

—No hagas eso —dijo Sid—. Te vas a hacer daño.

—Juro que estaba aquí. —La lluvia caía con más fuerza y me nublaba la vista—. No me lo estoy inventando.

—Te creo.

—Préstame tu daga. Te la enseñaré. La pintura roja está aquí.

—No hace falta que me lo enseñes.

Levanté la vista hacia ella. Le caían gotas de las pestañas. También de sus carnosos labios. Su elegante vestido estaba empapado y se había oscurecido. Se adivinaba claramente su figura, la pequeña hendidura del ombligo, el rígido contorno de la daga y su cinturón de cuero bajo la seda mojada. Tiró de mí para ponerme en pie. Me pilló desprevenida, o tal vez es que tiró más fuerte de lo que pretendía, la cuestión es que perdí el equilibrio. Me tambaleé demasiado cerca de ella, de su boca mojada por la lluvia. Me agarré de su hombro. No quería hacerlo. Fue instintivo, quería recuperar el equilibrio. Por un momento, se quedó quieta, permitiendo ese contacto. Luego retrocedió. Mi mano resbaló por la manga de seda empapada y arrugada hasta caer a mi lado.

Había recuperado el equilibrio, pero por dentro seguía inestable. Mis dedos tenían vida propia, era como si hubieran rozado algo áspero y notaba los pinchazos en la piel con un punto de placer. Cerré la mano en un puño. La lluvia ayudó a que la sensación desapareciera.

Sus ojos se entrecerraron en lo que parecía una expresión de cautela. Se estaba esforzando por mantener una clara distancia entre nosotras. Se pasó la mano por la cara para apartar un poco el agua y dijo:

—Si dices que lo has visto, es que está ahí.

—¿No crees que me lo estoy imaginado? ¿No crees que estoy loca?

—No. Creo que el Distrito oculta algo.

28

Dejó de llover y el sol volvió a salir. La luz se reflejó en la pared blanca y esta resplandeció como una perla mojada. Volvimos sobre nuestros pasos hasta la taberna. Todo parecía nuevo. Las callejuelas olían a barro fresco. El cielo estaba despejado. El agua goteaba de las fragantes flores indi.

—Alguien ha pintado la pared —dijo Sid—. Alguien que no quiere que se sepa el pasado del Distrito. ¿Cuándo se construyó?

—No lo sé.

—He visto todos los barrios de Ethin. El Distrito es la parte más antigua. Es el corazón del resto de la ciudad, que ha crecido a su alrededor como los anillos que se forman en los troncos de los árboles. ¿Por qué se construyó el muro?

Pensé que al menos esa respuesta era obvia.

—Para mantener a la Semicasta donde le corresponde.

—¿Pero por qué?

—Siempre ha sido así.

—Eso es imposible. Pero da igual, supongo. —Se encogió de hombros—. A veces es mejor dejar que la gente y las ciudades guarden sus secretos. Lleva mucho tiempo descubrirlos.

Eso me preocupó. Tenía la voz distante y lánguida. Sus palabras me decían que ya se estaba aburriendo, y solo llevaba un día en el Distrito.

Llegamos a la taberna. Sabía que, en cuanto entráramos, alguien pondría el grito al cielo al ver nuestro aspecto. Sid se había quemado por el sol y su vestido se había echado a perder. Apenas me miraba, así que no pude leer ninguna pista en sus ojos sobre qué aspecto tenía yo, pero supuse que no debía de ser bueno, ya que llevaba el vestido pegado a la piel y los pies y las sandalias sucios y húmedos.

Antes de abrir la puerta de la taberna, le pregunté:

—¿Vas a necesitar ayuda? Con el vestido, me refiero. Para quitártelo. Porque está mojado.

No sé por qué me pareció una pregunta descarada. No sé por qué se me trabó la lengua al formularla. Me había contratado para ser su doncella y la había escuchado quejarse de los cierres de ese vestido. Ya la había ayudado a desabrochárselo una vez. Me había pagado para que llevara a cabo una labor. Solo me estaba ofreciendo a cumplirla.

Su rostro se tensó.

—No —contestó—, no será necesario.

Abrió la puerta. El interior de la taberna parecía una boca hacia la oscuridad en contraste con el sol suave y pálido del exterior. Dio un paso y se adentró en esa boca de sombras.

Cuerva no estaba en el salón principal de la taberna, solo estaba Annin atendiendo a los comerciantes Medianos que habían venido al Distrito para hacer negocios con los artesanos Semi y se habían quedado atrapados por la lluvia. Fui directamente a la cocina porque, aunque nadie me lo había ordenado, sabía que Morah agradecería la ayuda y Sid se comportaba con una cortesía tan impenetrable que era evidente que no quería mi compañía.

—Vas con retraso —me dijo Morah mientras ataba un lomo para asarlo—. Nuestra ama me ha pedido que te recuerde que no debes dejar que se te suba a la cabeza el honor de ser doncella durante unos días. Debes llevar a cabo tus tareas como siempre, además de cumplir con el nuevo trabajo. Por tanto, será mejor que empieces con el pan y las tartas.

Ya había perdido muchas horas de trabajo en la taberna. Los pies me pesaban y me dolían de haber andado por todo el Distrito. Si tenía que hornear un lote de panes con decoraciones para que Cuerva fuera a venderlos al otro lado del muro y, además, preparar postres para la taberna, seguro que me iba a tener que quedar despierta hasta tarde y al día siguiente estaría agotada. Más me valía ponerme en marcha. Metí el pelo mojado y harapiento dentro de una gorra, me até un delantal y me lavé las manos. Me apresuré a entrar a la despensa y saqué botes de harina y levadura.

—Mírate —dijo Morah mientras yo medía harina en un cuenco.

—Lo sé. —Me avergonzaban las pintas que llevaba, aunque no por lo que Morah pudiera pensar. Deseé, por un momento, poder tener un aspecto tan impresionante como el de Sid, que se mantenía incluso cuando vestía con ropa de hombre Mediano. Es más, diría que entonces era cuando más impresionante estaba. Me toqué la pluma de elíseo a la altura del corazón—. Debo parecer una rata atropellada.

Morah cortó el cordel.

—Me refiero a lo mucho que te encanta obedecer.

Una cantidad demasiado grande de harina cayó de golpe en el cuenco. Se formó una nube blanca. Me puse tensa.

—¿Crees que debo eludir mis obligaciones?

—No.

—La señora Alta se marchará dentro de dos días, y entonces mi vida volverá a ser exactamente como antes.

—Lo sé.

Me tragué el nudo en la garganta.

—Así que, mientras tanto, ¿qué? ¿Se supone que debo ignorar las tareas que ayudan a Cuerva a ganar el dinero que nos da de comer? ¿Se supone que debo dejar que Annin y tú hagáis el doble de trabajo para compensar?

Lentamente, respondió:

—Sé que la quieres.

Mi pecho se agitó con un miedo repentino. Abrí la boca, dispuesta a negarlo. No quería a Sid. Apenas la conocía. ¿Qué había visto Morah, qué podía haber visto para decir eso? Era atracción, nada más. Además, era comprensible. Seguro que lo era. Sid representaba mucho de lo que alguien como yo anhelaba tener: riqueza, comodidad, estatus, confianza. Era eso lo que me atraía. Por supuesto que sí. No el amor. El amor no era posible entre mujeres. Y aunque por la forma en que Sid hablaba sabía que otras cosas sí eran posibles, no era mi caso.

Pero cuando vi la sorpresa en la cara de Morah después de ver mi expresión de ahogo, me di cuenta de lo que había querido decir en realidad. El miedo desapareció.

—Claro que quiero a Cuerva. Claro que estoy dispuesta a trabajar duro por ella. Ella trabaja duro por nosotras.

—¿Ah, sí? ¿Tú crees? —Morah ladeó la cabeza—. ¿Dónde está ahora?

—Haciendo recados, supongo, al otro lado del muro.

—Eso es lo que ella dice.

—Entonces debe ser verdad. No es una mentirosa.

—Tú no lavas su ropa. Yo sí.

No veía qué tenía que ver eso.

—¿Y?

—A veces vuelve con las faldas llenas de purpurina y me encuentro bolsas de polvo del placer vacías en los bolsillos.

—No sé lo que es el polvo del placer.

—No sabes nada. —Metió el lomo atado en una bandeja—. Cuerva os ha mantenido inocentes a Annin y a ti. Aprendió la lección después de lo que pasó conmigo.

«Debes tener cuidado con Cuerva», me había dicho Aden. «Pregúntale a Morah. Ella lo sabe mejor que nadie.»

—Te ha dado un hogar —le dije a Morah—. Ha sido como una madre para nosotras.

Morah se limpió las manos manchadas de sangre y restos de carne en el delantal. Aunque la ventana de la cocina era pequeña, la luz del sol que entraba era intensa. Iluminaba toda la estancia.

—Si piensas eso es únicamente porque no sabes lo que significa ser madre.

—¿Por qué no te cae bien? —La pregunta me salió sin pensar. Noté que había sonado como a la defensiva.

—Nirrim, la odio.

—¿Por qué? —En cuanto formulé la pregunta, deseé no haberlo hecho.

De repente temía la respuesta.

—Me quitó algo.

—Bueno —dije con alivio. Me parecía una razón muy nimia—, ¿y si le pides que te lo devuelva? Si le explicas lo mucho que significa para ti, te lo devolverá. Así te sentirás mejor.

—No lo entiendes.

—Probablemente ni siquiera sabía que era tuyo.

—Otra vez igual —espetó Morah—. Siempre estás inventando excusas para justificar su comportamiento. Incluso cuando te rompe una lámpara en la cara y te deja una cicatriz de por vida.

—No quería hacerme daño.

—Pero te lo hizo. —Las manos de Morah, aún ensangrentadas, se cerraron en puños—. También me hizo daño a mí. Es una ladrona.

—Pero te ha dado tanto… Comida, un hogar, un buen trabajo, una familia.

Negó con la cabeza.

—Nunca quise decir nada porque sabía lo importante que es todo eso para ti. Estabas tan perdida cuando llegaste aquí. Tenías trece años, pero parecías mucho más joven. Tus manos nunca estaban vacías. Tenías que tener algo bien agarrado siempre, lo abrazabas y te lo llevabas al pecho. Tenías un trapito, ¿te acuerdas?

Sí, pero no quería pensar en eso. Era un trozo del vestido de Helin. En el orfanato solo teníamos dos conjuntos de ropa: un vestido para trabajar y un camisón. Se habían llevado el cuerpo de Helin en camisón. Por la noche, encontré su otro vestido colgado junto al mío en el armario. Con las manos temblorosas, corté un trozo. Por la noche me lo enrollaba en la mano. Me ayudaba a dormir. Había sido mi única amiga.

—Cuerva lo quemó —dijo Morah.

Recordé el dolor que sentí en el pecho cuando lo perdí y no lograba encontrarlo. No podía parar de llorar y Cuerva me consoló diciendo que me ayudaría a encontrarlo. «No estés de morros», me dijo, «No es más que un trapo viejo y sucio. ¿Para qué quieres eso?».

—No —repliqué—. Lo buscó por todas partes.

—Vi con mis propios ojos cómo lo quemaba en este mismo horno.

Me sentí como si estuviera buscando a tientas cosas que me resultaban familiares en medio de una oscuridad que no me resultaba nada familiar.

—Bueno —dije—, si lo hizo fue porque no sabía lo que era.

—Claro que lo sabía. Igual que yo. Era un trocito de tela gris.

—Pues quizá no sabía lo que significaba para mí.

—Lo hizo precisamente porque sabía lo que significaba para ti. Por eso también se llevó a mi bebé.

Recordé la visión que había tenido en la que veía a un bebé en brazos de Morah. Después pasó a ser un niño que se quedaba de pie junto a ella. Iba creciendo con el paso de los años hasta que mis ojos se negaron a verlo. Eso fue antes de que lograra enterrar la mayoría de las visiones que me afligían.

El rostro de Morah era impenetrable; tenía la expresión fija, como si se la hubieran inmovilizado con alfileres para que no se moviera del sitio.

—Nirrim, conmigo intentó hacer lo mismo que contigo. Me decía que hacía las cosas por mi bien, que se preocupaba por mí, que era como una hija para ella, que cuidaba de mí incluso cuando yo no era consciente de ello. Me dijo que quedarme con el bebé no me iba a hacer ningún bien. El padre ya no estaba. Era tan joven... Intentó saltar el muro. Al principio del embarazo, yo estuve muy enferma. No podía parar de vomitar. Me escondía de Cuerva para que no lo viera, y escondí también mi creciente barriga. Mi chico pensó que en el barrio Mediano habría medicinas para mí. Intentó escalar el muro durante la noche, pero se cayó y murió. Así que se lo conté todo a Cuerva porque, como tú, creía en ella. Pensé que se preocupaba por mí. Y, al principio, eso parecía. Me daba comida de la mejor calidad. Me sujetaba el pelo mientras vomitaba. Nunca llegó a dejarme tomar un descanso del trabajo, pero la creía cuando decía que era por mi propio bien, que el trabajo me distraía y me mantenía en forma para cuando llegara el bebé. Y cuando llegó mi bebé… Era tan dulce. Su naricita, su boquita y sus deditos eran tan pequeños, tenía el pelo tan oscuro… Echaba de menos a su padre, pero estaba convencida de que era lo bastante fuerte como para criar a mi bebé en un hogar digno, sola, porque realmente no estaba sola. Tenía a alguien que me quería como a una hija. Alguien que querría a mi hijo como a un nieto. Pero un día se lo llevó mientras yo dormía.

Una emoción me invadió como el vértigo. No tenía nombre para lo que sentía. La falta de nombre me recordó a cuando era un bebé y no entendía lo que decía la gente, cuando sus voces resonaban como aceite espeso, cuando los sonidos caían de sus bocas como piedras, como el silbido de una corriente de aire a través de una ventana, cuando yo ni siquiera sabía lo que era el aceite ni una piedra ni una ventana.

Pero cuando los ojos de Morah se llenaron de lágrimas, comprendí lo que era ese escalofrío enfermizo que me recorría la piel y me estaba invadiendo el estómago. Era el sentimiento de pérdida. Lo que sentía no era la pérdida de Morah, aunque podía verla claramente en su rostro.

Era la mía propia.

—¿Por qué te molesta tanto que la quiera? —espeté—. Tienes celos de que yo sea su favorita. Me cuentas mentiras para interponerte entre nosotras. —Pero yo había visto el fantasma de aquel muchacho rondándola. Vacilante, dije—: Si es verdad, ¿dónde está tu hijo?

Miró directamente a la luz que entraba por la ventana. Con esa intensidad, tenía que estar haciéndole daño en los ojos seguro. Ahora comprendía esa costumbre suya, que tantas veces le había visto hacer. Era un truco para no llorar. O para que, si se derramaban lágrimas, pareciera que eran provocadas por la luz.

—No lo sé —contestó—. Cuerva me prometió que le había encontrado un buen hogar. Dijo que no me serviría de nada saber dónde. La creí porque estaba desesperada por creerla. Ahora creo lo que me negué a creer entonces: que ella lo llevó al orfanato de niños, donde murió de hambre o de enfermedad o creció hasta convertirse en un Sin Casta o llegó a ser aprendiz de alguien en el Distrito. Si vive, ya casi ha dejado atrás su niñez, es casi un hombre. Lo busco cuando voy andando por el Distrito. Antes esperaba encontrarlo. Ahora sé que ya ha debido de cambiar demasiado y que no lo reconocería ni aunque lo tuviera enfrente.

—Pero si esto es cierto, ¿cómo pudiste seguir trabajando para ella? ¿Cómo pudiste quedarte en vez de irte?

Se encogió de hombros.

—Cuerva tiene mucho poder en el Distrito. Tú lo sabes. Nadie me contrataría si la dejara. Me convertiría en una Sin Casta.

—Quieres hacerme daño. Quieres quitarme a la única persona que se preocupa por mí.

Me agarró la mano y la apretó contra la mesa.

—*Yo* me preocupo por ti.

No pude aguantar más las lágrimas. Los ojos de Morah permanecían secos.

—No te creo —dije, pero en realidad sí la creía. Lo había visto con mis propios ojos: ella abrazando a un bebé fantasma, ella manteniendo los cuchillos fuera del alcance de un niño fantasma—. Quizá tenía razón. Debías de ser muy joven. Quizá solo estaba tratando de ayudarte.

—Era mi hijo. —Su mano estaba firme sobre la mía—. No tenía ningún derecho.

—¿Por qué me cuentas esto? Quieres que la odie.

—Sí. Quiero que la odies, por tu propio bien.

—No te entiendo.

—Tienes la oportunidad de irte. Debes tomarla. No debes quedarte aquí, esperando a que Cuerva te quiera como a una hija. Nunca lo hará.

—¿Qué oportunidad? —pregunté, pero ya sabía lo que iba a responder.

—Esa dama. Se ha interesado por ti.

—Como su sirvienta.

Morah negó con la cabeza.

—¿Por qué te enseñó a leer la institutriz del orfanato? Conmigo no hizo lo mismo. ¿Por qué Cuerva te mantiene atada en corto? ¿Por qué has conquistado tú el corazón de Aden, a pesar de que todas las chicas del Distrito lo desean? Hay algo especial en ti. Una luz. Cuando la gente la ve, la desea. A esa dama Alta le pasa lo mismo. Si te ofrece salir del Distrito, debes aceptar. Prométemelo.

Pero daba igual lo que le fuera a prometerle a Morah, porque Annin entró en la cocina con la noticia de que Lady Sidarine abandonaba el Distrito. Quería que Annin empacara sus cosas, no yo. Cuando le pregunté a Annin si me necesitaba me dijo que la señora le había dicho que no.

Sid se iba del Distrito incluso antes de lo que había planeado. Resultó que había acertado con ella, se dejaba fascinar fácilmente por la novedad: una idea nueva, una ciudad nueva, una persona nueva. Quizá yo había conseguido captar su atención en un principio, pero ya no. Había acertado con ella, igual que había acertado con el niño fantasma que había visto junto a Morah, con la pintura de colores bajo las paredes blancas, con las estatuas que una vez estuvieron en el ágora… De repente, estaba segura de que también había acertado con todas las visiones que había tenido, todas las que había descartado por considerarlas irreales o como signos de inestabilidad mental.

Había acertado en todo, incluso en que Sid me iba a abandonar.

29

Yo no era una persona valiente.

Simplemente, no tenía ese instinto. Es evidente.

Quizá ya hayas podido imaginarte que, llegados a cierto punto, dentro de la caja para bebés, después de que el cálido pis empapara el pañal y se enfriara por las bajas temperaturas para más tarde volver a calentarse con el calor de mi cuerpecito, me llegué a acostumbrar a estar allí y hasta me gustaba. Los orificios de ventilación pasaron a ser estrellas en un cielo oscuro. Dejé de llorar. Me metí el puño en la boca. Succioné. Giré la cara hacia la esquina de metal. Quizá ya sepas que no volví a llorar hasta que alguien abrió la caja. De repente, me inundó la luz. Entonces sí que lloré. No quería que esas manos me sacaran de ahí.

Quizá, como me compadeces, dirás:

Pero trepaste para subir a un tejado a pesar de que te daba miedo caerte.

No confesaste ante el juez. No traicionaste a nadie. Guardaste tus secretos.

Te las arreglaste para pasar al otro lado del muro. ¿Te parece poco?

Fueron excepciones.

En el fondo era una cobarde.

En el fondo, cuando más a gusto estaba era cuando estaba rodeada de lo conocido, de las cosas que me hacían sentir segura: las piedras, el pan calientito, la madera vieja y, sí, también el muro; lo alto que era, lo pequeña que me hacía sentir, como si estuviera siempre en el fondo de un gran cuenco. El muro evitaba que pudiera salir, pero también evitaba que se acercara lo desconocido.

Fue otra yo la que le dijo a Annin que desobedeciera a Sid y que no se moviera de donde estaba.

Creo que fue como una infección en la sangre. Una necesidad que se amotinó en mi corazón.

Era algo que se había colado en mi interior sin que yo lo supiera: un parásito, un nemertino que había que sacar haciendo un pequeño corte en la piel y tirando de él poco a poco, porque estaba empeñado en permanecer en mis carnes, obligándome a hacer cosas que normalmente nunca haría.

Como dejar a medias la tarea que me habían asignado.

Como escabullirme por la taberna, tratando de que Cuerva no me viera.

Como llamar a la puerta de Sid y, al no contestar, entrar sin más.

30

Un baúl yacía abierto en el suelo. Sid estaba sentada en el escritorio, escribiendo. No se volvió a mirarme. El vestido empapado yacía en el suelo; un trozo de tela translúcido como la piel que desprende una serpiente. Llevaba ropa de hombre Mediano: una túnica ajustada y unos pantalones finos de color negro. Su cuerpo parecía estar afilado, con las rodillas y los codos puntiagudos.

—Tú no. —No se giró ni dejó de escribir—. He pedido que me ayude Annin.

—Llévame contigo —le pedí.

Su risa no fue más que un suspiro. Dejó a un lado la pluma, se puso de pie y me miró. Su expresión era tensa, pero no logré adivinar lo que pensaba. Tampoco es que transmitiera crueldad, pero sí era lo bastante severa como para hacerme recordar que iba armada con aquella daga, aunque no la tuviera a ojos vistas. Llegué a la conclusión de que el aburrimiento que había detectado antes aquel día no era más que una tapadera, una máscara que ocultaba algo más intenso.

—No —dijo—. Ahora vete.

El corazón me latía con fuerza contra las costillas. Quería volver a pedirle que me llevara con ella, pero me estaba costando mantener la respiración. Pensé que si volvía a negarse me pondría aún más en evidencia y que igual hasta me pondría a llorar. Cerré los puños.

—¿Qué estabas escribiendo?

Me miró de reojo.

—Una carta.

—¿Para quién?

—Para nadie importante.

—¿Cómo vas a enviarla? ¿Por barco?

—No la enviaré.

Fruncí el ceño.

—¿Por qué escribes algo que no vas a enviar?

—Tenía razón cuando te conocí. Desde luego, eres persistente. Tenaz. Pero supongo que es necesario ser así para sobrevivir en un lugar como este. —Me miró con frialdad—. Estoy escribiendo una carta que no enviaré porque escribir me ayuda y sería imprudente que la persona para quien la escribo la leyera. Ahora ya he respondido a tu pregunta. Ve a decirle a Annin que empaque mis cosas.

—No.

—¿No? —Levantó las cejas—. Tienes la obligación de obedecer a quien ha contratado tus servicios.

—Estás siendo muy desagradable.

—A veces soy desagradable. Lo único que, como casi no me conoces, todavía no te habías dado cuenta.

—Pero tenemos un acuerdo pendiente.

—¿Te refieres a esa tontería de trato que hicimos sobre ir en busca de la magia?

Se me empezaron a llenar los ojos de lágrimas.

—No es una tontería.

—Nací en el año de la diosa de los juegos.

—No entiendo lo que quieres decir.

—Me gustan los juegos. —Levantó los hombros y extendió las manos, como si yo la hubiera acusado de algo y ella estuviera dispuesta a defenderse—. Me gusta llevar ropa de hombre y me gusta que eso espante a la gente, y luego, aunque odie los vestidos, disfruto poniéndome uno para demostrar que, cuando ya te habías hecho a la idea de que yo era de una forma, puedo volver a cambiar para que tengas que volver a replanteártelo todo. Me gusta desaparecer y aparecer cuando menos se me espera. Me gusta fingir. A veces me olvido de quién soy y caigo en mi propio juego.

Empezó a sacar su ropa del armario y a guardarla ella misma en el baúl, con gracia y doblando la ropa a la perfección. Aquello me hizo dudar sobre si lo que acababa de decir sobre que le gustaba fingir significaba exactamente lo que Aden me había advertido: que había estado fingiendo su condición de Casta Alta. Al fin y al cabo, ¿qué dama noble sabía cómo doblar ropa? O, aunque supiera cómo, ¿qué dama noble estaría dispuesta a hacerlo en vez de esperar que otro lo hiciera por ella?

—Me da igual lo que seas —dije.

Se rio un poco.

—Ya, lo sé.

—No me importa que finjas ser Alta.

Hizo una pausa a medio doblar una prenda y luego continuó. No estaba segura de si esa pausa se debía a que había dado en el clavo o a que se había pensado que me refería a otra cosa cuando dije que me daba igual lo que fuera. Antes de que pudiera preguntar, dijo:

—Tú eres mi juego, Nirrim. Esta ciudad es mi juego. El Distrito también.

Colocó un pañuelo de blonda en el baúl. No estaba hecho para abrigar; poca ropa en esta ciudad lo estaba. Tenía un entramado de encaje color rosa. Parecía la decoración de un pastel. Era difícil imaginar a Sid llevándolo. Lo miró sorprendida, como si hubiera olvidado que estaba entre sus prendas. Entonces comprendí que aquella coraza que me estaba mostrando estaba hecha únicamente de rabia. Se agrietó hasta sacar a la luz una sensación de cansancio, o algo parecido.

—Aquí no hay nada para mí —dijo—. Solo ha sido una excusa más para retrasar mi vuelta a casa.

—Pero tenías un plan. Crees que la ciudad está ocultando algo. Me lo dijiste.

—Todo y todos escondemos algo.

—Pero la pared blanca. La pintura. Los espejos de bolsillo en el barrio Alto que te cambian la cara.

—Sí, sí. —Hizo un gesto despectivo con la mano—. Pero el hecho de que esta ciudad tenga un secreto no es prueba de que exista magia, y lo que parece magia podría no ser más que ciencia, algo que no entendemos.

—No importa si es magia o ciencia, mientras descubras cómo funciona.

—¿Y cuánto tiempo crees que me llevaría descubrirlo? ¿Qué se supone que tengo que hacer? ¿Quedarme aquí hasta hacerme vieja y morir?

—Apenas lo has intentado. Te… —me costaba formular las palabras—… te estás rindiendo tan rápido… —Le brillaron los ojos, pero no dijo nada—. Es magia. Sé que lo es. Puedo demostrarlo —añadí, aunque no creía del todo lo que acababa de decir.

—La palabra *magia* de por sí suena infantil —contestó ella—. Ilusoria. Fue una tontería venir aquí. No quiero sentirme como una tonta.

—¿No tienes curiosidad? ¿No quieres llegar al fondo del asunto? ¿Cómo vas a rendirte ahora e irte a casa sin la moneda de cambio que querías tener preparada para ofrecerles a tus padres?

—Ah, no, no me voy a ir a casa todavía.

—¿A dónde vas a ir?

Se encogió de hombros.

—A otro sitio. De todas formas, tengo los días contados en esta ciudad.

—¿Qué quieres decir?

—Moví algunos hilos para sacarnos de prisión. Alguien va a querer cobrarse ese favor en algún momento —dijo mientras torcía el gesto.

—¿Alguien peligroso?

—Podría decirse que sí.

—¿Así que vas a huir?

—Lo dices como si te hubiera dado la impresión de ser el tipo de persona que se queda en los sitios mucho tiempo.

—No es eso —dije, exasperada—, pero pensé que…

—¿Qué? —Se enderezó y me miró a los ojos—. ¿Qué es lo que pensaste?

Le solté:

—Que eras el tipo de persona que, cuando quiere algo, no para hasta conseguirlo.

—Eso solo es cierto si hablamos de mujeres, querida Nirrim.

Sus palabras me hicieron arder de vergüenza porque me di cuenta de que, si hubiera querido tenerme, lo habría conseguido. Pero supuse que no se le habría pasado por la cabeza siquiera.

Sin embargo, por la mía sí se había pasado.

—¿No me vas a preguntar por qué quiero irme contigo?

Se acercó a mí. Me miró y me recorrió la cara con esos ojos negros. Me llegaba el aroma de su perfume. Olía a cítricos guardados en un vaso de metal frío y luego vertidos sobre madera quemada.

—¿Por qué quieres venir conmigo?

—Soy especial.

Me arrepentí nada más pronunciar esas palabras. Parecían ser el peor tipo de mentira: la que hace que la gente se ría de ti.

Sin embargo, no se rio. Dijo:

—Lo sé.

—Tengo magia.

Arrugó el ceño.

—¿Qué quieres decir?

—Veo cosas que nadie más ve. Cosas que son verdad. Cosas del pasado.

—¿Cómo qué?

—Como ese sueño sobre la gente del Distrito matando al dios del descubrimiento hace mucho tiempo.

—¿Cómo sabes que es verdad?

—Encontré la pintura roja debajo de la blanca. Si eso es cierto, entonces tal vez el resto del sueño también lo sea.

—Eso no es que sea una lógica muy aplastante. Y la pintura roja no estaba ahí.

—Dijiste que me creías. Que creías que estaba ahí. Que alguien había pintado por encima.

Lentamente, contestó:

—Y así es, pero bebiste una sustancia extraña. Una droga, probablemente. No puedes confiar en que todo lo que soñaste es verdad solo porque una parte lo es. En cuanto a la pintura roja, tal vez oíste o leíste que el Distrito tenía paredes de colores. Luego olvidaste que lo sabías y, cuando te dormiste, el sueño, o la droga, recuperó ese recuerdo.

—Pero Morah...

Le describí aquello de lo que acababa de enterarme en la cocina.

Sid vaciló, pero su respuesta fue:

—De nuevo, puede que años atrás escucharas algún rumor. Una parte de ti quizá se quedó con esa información, luego te imaginaste la visión de un bebé y olvidaste la fuente de donde había salido. El funcionamiento de la memoria puede llegar a ser muy peculiar.

—Nunca olvido nada.

—Todo el mundo olvida cosas.

—No. Yo no. Recuerdo el día en que nací. Recuerdo la presión. Cómo todo mi cuerpo se comprimió para salir por aquel lugar tan apretado. Sentía que la cabeza me iba a estallar. El mundo se abrió. Hacía mucho frío. El aire raspaba mis pulmones. En ese momento ni siquiera sabía que aquello era aire.

—¿Has presenciado un parto alguna vez?

—Sí, pero...

Abrió la mano e hizo un gesto como si lo que iba a decir a continuación fuera algo extremadamente evidente.

—Ahí lo tienes. Has presenciado un nacimiento. Has imaginado el tuyo. La imaginación ocupa el papel de la memoria.

Sid hablaba como lo hacía Helin en el orfanato: encontraba explicaciones razonables que me hacían parecer una persona normal y corriente. Sin embargo, las palabras de Helin me habían reconfortado; las de Sid, en cambio, desataron una sensación de desesperación. Me hizo sentir que realmente me lo estaba inventando todo. Me hizo sentir como si estuviera rogándole que se creyera algo que ni yo misma creía del todo.

¿Quién era yo para afirmar que mi peculiaridad era magia?

Una huérfana.

Una panadera.

Una delincuente.

Una donnadie.

Pero miré los ojos oscuros de Sid, negros como la tinta, con esas mejillas rosadas, quemadas por el sol, que hacían que pareciera que estaba sonrojada, aunque no me la imaginaba sonrojándose nunca por nada del mundo. No me la imaginaba avergonzada, o con miedo a reclamar lo que era suyo... o incluso lo que no lo era.

Sabía que si se iba de la taberna no la volvería a ver.

—Mi memoria es perfecta —dije—. Puedo probarlo. ¿Dónde está ese libro de oraciones que robaste?

Sin pronunciar palabra, lo sacó del bolsillo del pantalón y lo levantó entre dos dedos.

—Me viste leerlo —dije.

—Te vi mirar las páginas —corrigió ella.

—Pregúntame algo sobre cualquier dios.

—Muy bien. —Abrió el libro por una página que yo no podía ver—. Háblame del dios de la pereza.

Así que le conté que la hiedra crecía sobre el dios de la pereza de lo reacio que era a moverse; la única forma de enfadarlo era despertarlo, y se tragaba a quien osara hacerlo, sin masticar, claro, pues era demasiado perezoso para hacer tal esfuerzo. Me preguntó por el dios del deseo. Yo recité la página que había leído, incluida la plegaria dedicada a él, y mantuve la mirada fija en la clavícula de Sid, incapaz de mirarla a la cara, notando el calor en mis mejillas. Casi la odiaba por haber elegido justo aquel dios. Seguro que lo sabía. Seguro que estaba jugando conmigo y le divertía oír cómo pronunciaba palabras que nunca me atrevería a decir por mí misma.

—La diosa de los juegos —dijo a continuación.

La diosa de los juegos: no es rencorosa, tampoco fiel; es escurridiza, astuta y dulce, con un corazón de mentirosa y un don para saber exactamente lo que quieres y estás dispuesto a perder, para así poder quitártelo todo. Es la diosa que nunca pierde una apuesta, que tiene tanta maña para robar que le ganó la luna al cielo, el espejo al dios de los fantasmas y el corazón a la diosa de la guerra.

Sid cerró el libro. Dejé de recitar.

—Puedo recitar todo el libro —insistí—, de principio a fin.

—Ya veo que puedes. ¿Habías leído este libro antes de que lo encontrara en el piano?

—No.

—Quizá ya conocías a los dioses mucho más de lo que me diste a entender.

—No.

—Quizá me estás mintiendo.

—No. Dame tu carta.

—¿Mi carta?

—La que acabas de escribir.

—Está en mi idioma. No lo vas a entender.

—Eso da igual.

Con desgana, levantó la carta del escritorio. Era una sola hoja de papel, más una nota que una carta. Mientras volvía a acercarse, flotaba en su mano como el ala de un pájaro blanco. Se la cogí, aunque sus dedos sujetaban la hoja con fuerza. Le eché un vistazo y la doblé. Contemplando la imagen de la página en mi mente, pronuncié lo mejor que pude las palabras extranjeras, agradecida de que la escritura de su idioma se pareciera bastante a la mía. Las sílabas que pronuncié eran melódicas. El sonido brotaba de mis labios. No entendía nada de lo que decía.

Hizo una mueca de dolor. Me detuve.

—¿Qué?

—Lo estás pronunciando mal.

—Ah. Perdón —dije, y me quedé en silencio.

—No, perdona, no debería haber dicho eso. Estoy actuando como si la pronunciación fuera la razón por la que no me gusta oírte pronunciar las palabras que he escrito, y eso no es justo. Recuerdas todas las palabras. Recuerdas su orden exacto. Recuerdas dónde debes hacer una pausa y durante cuánto tiempo. Recuerdas dónde están los signos de puntuación. Pero esa carta no se ha escrito para ser leída.

—No entiendo lo que pone.

—Lo sé. Lo que pasa es que… —Hizo otra mueca de dolor—. Es duro escucharte decirlo en voz alta.

—¿Pero ahora me crees?

—Sí, Nirrim, te creo. Tu memoria es perfecta. Pero ya había oído hablar de esto: hay personas que son capaces de recordar la página de un libro como si estuviera impresa en su mente.

Bajé la mano con la que sostenía la página doblada.

—Nirrim, ¿qué es exactamente lo que quieres que haga contigo?

La pregunta se quedó flotando en el aire, suave, densa y peligrosa.

Tragué saliva. ¿Un cobarde siempre tiene que ser cobarde? ¿Tan malo era desear algo, lo mereciera o no? Dije:

—Quiero que te quedes un mes aquí, en la ciudad.

—¿Por qué?

Porque si te vas te echaré de menos. Porque no estoy lista para dejarte ir.

—Porque creo que te estás rindiendo demasiado rápido —dije.

—¿Pero un mes entero? No me parece que sea buena idea.

—Quiero que me contrates como tu criada durante ese mes. Me haré pasar por Mediana. Quiero que me lleves al barrio Alto. Tal vez no sea mágica, pero puedo ser útil. Tengo una habilidad que tú no tienes. Incluso si tienes razón en eso de que todo lo que recuerdo del pasado tiene una explicación razonable, tener a alguien con esta memoria te podría servir de ayuda. Puede que recuerde más cosas. Tú misma dijiste que no hay magia en el Distrito. Está toda al otro lado del muro, y se concentra sobre todo en el barrio Alto. Así que llévame allí y te ayudaré a encontrar lo que necesitas, como acordamos.

—¿Y luego qué?

—Te vas a casa con tu baza. Tal como planeaste.

Se dio unos golpecitos en el labio con un dedo, pensativa.

—¿Y tú?

—Yo también volveré a casa.

—A casa —repitió.

—Aquí —dije yo.

Hizo una mueca.

—Así que lo que quieres es… un mes de vacaciones en el barrio Alto.

—Una aventura —le recordé.

—Y luego volverás aquí y prepararás pan para tu ama y besarás a ese hombre tan alto al que tanto amas —dijo con sorna—. Como si nada hubiera pasado, sea lo que sea lo que pase.

—Solo será un mes —dije a la defensiva, sin saber qué más argumentar—. Me has preguntado lo que quería y te he respondido.

—¿Y por qué lo quieres?

La respuesta era demasiado grande y aterradora para explicarla, incluso a mí misma.

—Porque sí, sin más.

—Bueno, lo cierto es me gusta dar a las mujeres lo que quieren.

—¿Eso es un sí?

Dejó escapar un suspiro entre dientes.

—Sí, eso es un sí. Que los dioses me amparen.

—Gracias —dije, y ella se rio.

—Eres muy primorosa para ser también alguien tan exigente. Y ahora quiero eso de vuelta —dijo señalando la carta.

Aparté mi brazo y con él la hoja.

—Ahora es mía.

—Eso sí que no. —Empezó a mover el dedo índice—. No, no, no.

—Dijiste que tampoco tenías pensado enviarla. Y no entiendo el idioma. No debería suponerte ningún problema.

Ella frunció el ceño.

—¿Por qué quieres quedarte con una carta que no sabes leer?

Porque está escrita por ti, quise decir. *Porque será un pedazo de ti que podré conservar cuando finalmente te vayas.*

—Porque has sido muy desagradable conmigo y este es el precio que quiero que pagues por ello.

—¿Desagradable? —Hizo una mueca—. Más bien diría que he sido mala directamente.

—Muy mala.

—¡Malísima!

—Una reina cruel y despiadada.

—Un rey, querida Nirrim.

—Jamás te lo voy a perdonar.

Me agarró la mano que tenía libre.

—Por favor. —Ahora hablaba en serio—. Perdóname. Estaba enfadada.

Me apretó un poco demasiado la mano, pero me gustó. La agarré yo también con mis dedos. Eso estaba bien. Una mujer podía ir de la mano de otra mujer. En el Distrito, las amigas hacían eso a cada rato y nadie las miraba con reproche. La piel de Sid era suave, su mano más cálida que la mía. Mirando nuestros dedos entrelazados, le pregunté:

—¿Por qué estabas enfadada?

—Estaba enfadada conmigo misma.

—Eso no es una respuesta.

—Es la única respuesta que te voy a dar.

Me abrió la mano y estudió mi palma. La recorrió con el pulgar. Sentí el eco de su tacto subiendo por mi espalda. Se llevó mi mano a la boca. Me dio un beso en la palma y luego cerró la mano alrededor del fantasma de su beso, que retumbó en mis dedos cerrados. El placer me llegó hasta la muñeca.

Me soltó la mano.

—Es una costumbre en mi país —dijo como si nada—. Es una forma de dar las gracias cuando alguien te perdona.

Parecía creíble. ¿Qué sabía yo de su país, salvo lo que ella me había contado? Pero algo me hizo decir:

—Eso es mentira, ¿verdad?

—Quizá —contestó—. ¿Me ayudas a poner mis cosas en el baúl?

Y eso hice. Juntas acomodamos su preciosa ropa como una madre mete a su bebé en la cama: arropándola con cariño. Me alegré de tener algo que hacer con las manos. Necesitaba ignorar la sensación que aquel beso me había dejado en la piel. Necesitaba ignorarlo porque no significaba nada, o nada más que lo que Sid me había dicho.

Pero lo importante era que se iba a quedar en la ciudad. Me iba a llevar a los barrios superiores únicamente con la premisa de que quizá le podía ser útil.

31

—¿Quieres abandonarme? —Las lágrimas brotaron de los ojos de Cuerva.

—No —le dije—, claro que no. Es solo por un mes. Luego volveré a casa.

—¿Es que no me quieres? ¿Cómo puedes dejarme sola?

Me arrodillé junto a su silla. Sid, que había insistido en estar presente cuando se lo contara a Cuerva, nos observaba atentamente. Le agarré las manos, que estaban apoyadas sin fuerza sobre su regazo. Me las llevé a la mejilla. Me invadió un espeso sentimiento de culpa. Recordé lo que Morah me había contado sobre su bebé, pero tal vez Morah no comprendía a Cuerva como yo, no veía cuánta emoción llevaba dentro esa mujer, lo importante que era para ella tener a sus tres chicas cerca, como si fueran sus hijas. Cometía errores, pero nadie debía dudar de su afecto, no cuando las lágrimas resbalaban por su rostro y la soledad envejecía su cara.

—Te quiero mucho —le dije—. No estarás sola. Tienes a Morah y a Annin.

—Ellas no son tú.

Sus palabras me llenaron de luz. Sabía que era egoísta alegrarme tanto de ser su favorita. Y estaba mal (eso también lo sabía), pero no podía evitar pensar que lo que le había hecho a Morah a mí nunca me lo haría. Yo era la niña de sus ojos. Cuando levanté la cabeza para mirarla, vi ese rostro ajado que tanto adoraba y el brillo de una cadena dorada en su garganta, medio oculta por el vestido. Me recordó al collar que llevaba mi madre. A veces vislumbraba la delicada cadena de Cuerva y me la imaginaba desabrochándose el botón superior del vestido para mostrarme el colgante en forma de media luna. Me imaginaba que era mi madre. Cuerva siempre había prometido protegerme, cuidarme y asegurarse de que no me faltara de nada.

—Volveré, Ama —dije usando la palabra en el sentido de *madre*—, te lo prometo.

La mano de Cuerva me agarró con fuerza la barbilla. Me obligó a levantar la cara para poder mirarme a los ojos. Su pulgar me estaba haciendo daño en la mandíbula y en el cuello, pero no dije nada porque solo lo hacía porque le importaba mucho y tenía miedo de perderme.

—Me llamas *Ama*, pero no lo dices en serio. ¿Cómo vas a decirlo en serio si eres capaz de abandonarme tan fácilmente?

Oí a Sid dar un paso.

—Suéltala —dijo—. Le estás haciendo daño.

Cuerva me soltó, con sus ojos azules destellando tristeza y rabia.

—¿Y nuestro proyecto? —me preguntó, mirando con cautela a Sid. Se me encogió el corazón. Había elegido con cuidado sus palabras para ocultarle a Sid su verdadero significado—. Aunque yo no te importe nada, ¿cómo puedes abandonar a todos los que dependen de ti?

Eso era cierto. Sin mí, Cuerva no se atrevería a falsificar pasaportes. Podía rastrear las firmas de los oficiales, tal vez, pero no iba a ser capaz de recordar los detalles de su caligrafía igual que yo, no iba a ser capaz de recordar las peculiaridades que se debían incluir en las partes donde había más texto, las secciones que describían a la familia, los antecedentes y el aspecto del portador.

—Sabes tan bien como yo —siguió diciendo— que, si te vas, arruinarás muchas vidas.

—¿Arruinará muchas vidas? —La voz de Sid sonaba fría e incrédula—. ¿Por abandonar el Distrito durante un mes? ¿Qué pones en tus panes y pasteles, Nirrim, para que el destino y la felicidad de tantos dependa de ellos?

Cuerva me lanzó una dura mirada de advertencia. Su mano tembló. Tragué saliva.

—Cuando vuelva —dije con cuidado—, hornearé el doble.

—El triple —replicó—, para recuperar el tiempo perdido.

—¿Así que me dejas ir?

—Yo no he dicho eso. ¿Dejar que me abandones? Ay, mi niña… —Regresaron las lágrimas. Se las secó con el dobladillo del delantal—. Eres cruel.

—Qué tontería. —El tono de Sid sonaba crispado—. Nada puede ser tan importante como para que una panadera no pueda dejar su lugar de trabajo durante un mes sin que la gente languidezca.

—Tú no lo entiendes —le repliqué.

Cuerva me dedicó una sonrisa de satisfacción. Su sonrisa me reconfortó y me alivió un poco los nervios. Aún era capaz de ganarme su aprobación, aunque fuera lo bastante egoísta como para dejarla sola con la tarea de ayudar a los Semi que necesitaban salir del Distrito.

—Sí —le dijo a Sid—, usted no sabe lo que es pasar penurias para buscarse la vida. Arreglárselas con tan poco. No sabe lo que es llevar un negocio, lo duro que trabajo por mis chicas. Estas manos. —Levantó una. Estaba nudosa y suave—. Estas manos han trabajado hasta la extenuación. ¿Qué voy a hacer sin mi chica, la mejor trabajadora de todas?

Sid puso los ojos en blanco.

Su desprecio me enfureció. Fuera como fuera su vida, había crecido siendo muy mimada. Una madre, un padre, un baúl de ropa lujosa, un suministro aparentemente interminable de oro. No podía comprender ni de lejos la situación de Cuerva.

—Dale a Cuerva mis ganancias —le dije.

A Sid eso no le gustó.

—No hemos acordado nada en lo referente al dinero —contestó.

—Bueno, pues vamos a acordarlo ahora.

—Está bien. Si alguien presta un servicio merece que se le pague justamente. Pero yo te he contratado a ti, no a tu señora.

—Es lo mismo. Se lo voy a dar todo a Cuerva de todos modos.

Cuerva me dedicó una pequeña sonrisa de orgullo. Sid parecía furiosa. Sus ojos eran fuego negro. Se metió la mano en la chaqueta, sacó un pequeño monedero de cuero de un bolsillo interior y se lo entregó a Cuerva. Cuando lo abrió, pude ver el resplandor del oro que asomaba. Su rostro se relajó por un momento y, casi al instante, volvió a tensarse y mostrar preocupación.

—¿Eso es todo? —dijo—. ¿Por todo un mes?

—Te daré el doble —respondió Sid—. Recibirás la segunda mitad a su regreso.

—Ah, ya sé cómo va a ir esto —murmuró Cuerva a mi lado—. Te pondrá en mi contra. Nunca volverás a casa. Sé cómo se las gasta esta mujer. Sé lo que busca. Te querrá solo para ella.

—No haré tal cosa. —Sid parecía indignada.

—Cuando llegue el día en que me muera —me dijo Cuerva—, te acordarás de esto. Tú nunca olvidas nada. Recordarás que me abandonaste a pesar de mis súplicas.

—Ay, por favor… —dijo Sid.

—No tienes corazón —le repliqué.

—Y doy gracias a los dioses por ello. —Sacó más oro—. Toma. Para curar tus penas.

Cuerva se guardó el dinero con rapidez, probablemente porque la avergonzaba tener que aceptar la oferta, pero lo necesitaba.

—En fin. —Cuerva me dedicó una sonrisita valiente—. Supongo que no tengo elección, ¿verdad?

—Será poco tiempo —le prometí.

Cuerva asintió lentamente para sí misma con la barbilla temblando. La vi tan mayor. Se puso en pie con dificultad, me acarició la mejilla y salió arrastrando los pies de la habitación. Una vez se hubo marchado, Sid me miró a la cara y dijo con impaciencia:

—Por el amor de los dioses, ni que se fuera a morir sin ti.

—Le resulta difícil renunciar a mí. Me quiere.

—Te ha vendido —soltó Sid.

No respondí nada, porque estaba claro que ni lo entendía ni quería entenderlo.

—Me das tanta envidia —dijo Annin.

Había irrumpido en mi habitación alegando que quería ayudarme a hacer la maleta, luego miró mi ropa y me dijo que si me llevaba eso me iba a cortar la cabeza. Eran prendas pobres, horrendas, carentes de vida y alegría.

—Es lo que llevo todos los días —respondí.

—¡Pues ni un día más! No puedes llevar esto por el barrio Alto. Parecerías un ratón muerto. O un reyezuelo enfermo. ¡O una anciana! O Sirah, la que predice la lluvia. Por favor, Nirrim. Hazlo por mí. Prométeme que usarás

228

ropa hermosa y pensarás en mí. Tu señora te la proporcionará, seguro. Es tan amable…

—¿Tú crees? —pregunté en voz alta, recordando lo fría que había sido con Cuerva.

—¡Claro! Mira. —Annin se sacó del bolsillo el pañuelo de blonda rosa que había visto antes en el baúl de Sid.

—Vaya.

—¿No te parece precioso?

Sid apenas conocía a Annin y, sin embargo, le había hecho un regalo perfecto para complacerla. Sentí una desagradable punzada de celos. Miré el rostro ansioso y bonito de Annin.

—No puedes ponértelo —le dije—. Es Alto.

Vi en su cara cómo le decaían un poco los ánimos, pero se limitó a acariciar el pañuelo y decir:

—Puedo ponérmelo en mi habitación.

—¿Qué sentido tiene si nadie te va a ver?

—Yo lo veré.

—No tienes espejo.

—Pero sabré que lo llevo puesto —insistió, aferrándose al pañuelo. Me recordó al trapo que, tiempo atrás, tanto había apreciado, el del vestido de Helin. Aparté un mechón suelto de la cara de Annin.

—Tienes razón —dije—. Además, ese color es ideal para ti.

Ella sonrió.

—¿A que sí?

Saqué dos vestidos de mi armario, uno sin mangas para cuando hacía calor y otro para cuando hacía frío, por si venía un viento helado. Ambos estaban hechos con una tela resistente y de buena calidad. Un poco áspera, eso sí, y en tonos gris y marrón oscuros. No eran perfectos, pero ya estaba acostumbrada a llevarlos y no quería tener que pedirle nada a Sid.

—Nirrim, no. ¡Hacen que parezca que estás hecha de arcilla!

—Me van bien.

Los doblé y los metí en una gran bolsa. Ella soltó un suspiro melancólico.

—Ojalá fuera yo la que se va.

Levanté la vista sorprendida, aunque no debería haberme sorprendido, porque siempre había sabido que, de todas las que trabajábamos en la taberna, ella era la que más deseaba lo imposible. Quizá lo que me sorprendía realmente era que había acabado siendo yo. Yo también deseaba lo imposible (visitar el barrio Alto) y lo había conseguido. Y no era lo único imposible que deseaba. Quizá lo que me hizo detenerme fue darme cuenta de que querer una cosa imposible y conseguirla solo te aporta un poco de satisfacción, pero luego te incita a querer más. Toqué la pluma del elíseo escondida a la altura de mi corazón. Recordé mis dudas sobre si la pluma me había llevado a mí hacia Sid, o había llevado a Sid hacia mí.

—Hay algo que quiero regalarte —le dije a Annin, y saqué la pluma de mi vestido.

Ella ahogó un grito.

—¿Eso es...?

—Toma. —La pluma, entre mis dedos, parecía una llama ondulante.

—No puedo. Es tan bella. ¿Cómo eres capaz siquiera de tocarla?

Se la acomodé en el pelo, detrás de la oreja. Levantó la mano con cautela hasta tocarla con la punta de los dedos.

Le dije:

—No quiero que pienses que una desconocida, solo por ser Alta, puede hacerte mejores regalos que una hermana.

—¿Una hermana? —Sus ojos se abrieron de par en par—. ¿De verdad?

—De verdad.

—Te echaré de menos.

Esas palabras me hicieron sentir culpable, no porque yo no fuera a echarla de menos, sino porque ella no sabía que le había dado la pluma por un motivo, y era que, más que hacerle un regalo, lo que quería era deshacerme de ella. Una parte de mí estaba convencida de que tenía algún tipo de poder que había atraído a Sid hacia mí. ¿Por qué si no había accedido a mi petición?

En aquel momento, creí que le daba la pluma a Annin para que librarme de su efecto, si es que lo tenía. Así ya no afectaría a Sid. Ella sería mi señora y yo su sirvienta, y juntas colaboraríamos para llegar al fondo de nuestra misión. Nunca anhelaría nada más allá de eso sin esa pluma de fuego sobre mi corazón.

Ahora sé que era más complicado que eso. Le regalé la pluma porque quería ver si a Sid le iba a gustar igual sin ella. Quería que me deseara por quien yo era.

32

—¿Lista? —preguntó Sid.

Su enorme baúl estaba dentro de la taberna, esperando a que un par de hombres que había contratado lo recogieran y lo transportaran hasta pasar el muro. Nos quedamos de pie frente a la puerta. La calle tenía un pavimento irregular y la lluvia había disipado parte del calor, lo suficiente para que no se te pegara el sudor a la piel como una capa de mugre. El cielo estaba jaspeado de nubes claras. Una brisa fresca jugaba con mi pelo. Me lo metí detrás de las orejas.

—Aún no —respondí—. Primero tengo que ir a ver a alguien.

Su boca se curvó.

—¿Alguien especial?

—No puedo irme sin decir adiós.

—Yo lo hago a menudo.

—Pero yo no soy como tú.

—Pues nada, ve a obtener tu besito. —Su tono era burlón pero aburrido.

Me invadió un sentimiento de decepción. Sabía lo suficiente de lo que sentía por Sid para entender que su indiferencia hacia Aden era un rechazo hacia mí.

—Hay una cosa que no entiendo —dijo—. ¿Qué tiene de atractivo el beso de un chico? ¿Es por cómo rasca su barba incipiente?

Podría haber respondido: *A veces es reconfortante*. Podría haber dicho: *Al principio, besarlo me parecía una habilidad que debía aprender*. Me gustaba aprender cosas. Y uno de los beneficios de tener buena memoria era que recordaba exactamente cómo le gustaban los besos a Aden. ¿Qué tenía de malo disfrutar de mi capacidad para hacer tal cosa? Solía ser agradable besarle. Me hacía sentir arropada y segura. Podría haber dicho: *Besarlo es mejor que lidiar con su dolor si no lo hago*.

Podría haber dicho: *Tengo miedo de hacerle daño*.

Podría haber confesado que había matado a un hombre y haberle explicado que Aden lo sabía, y que tal vez dejaría de protegerme si no me consideraba suya.

Podría haber dicho: *Necesito que siga creyendo que soy suya*.

En vez de eso dije:

—Nos vemos en el muro dentro de un rato.

—No me hagas esperar mucho —me pidió, y se alejó, silbando una melodía que no conocía.

———

—No lo entiendo —dijo Aden cuando le aparté las manos. Se le habían iluminado los ojos al verme en la puerta. Me había metido en la oscuridad de su casa para refugiarme del calor de la calle—. ¿Por qué eres siempre tan fría? Lo único que quiero es demostrarte cuánto te quiero. Te echo de menos cuando no te veo.

—He venido a decirte algo.

Empezó a llevarme hacia su dormitorio.

—Puedes decírmelo más tarde.

—No —repliqué—. No quiero.

Me soltó de malas maneras. Levantó las manos dramáticamente y abrió los dedos como para mostrar que no llevaba armas.

—Por los dioses, Nirrim. Actúas como si te estuviera obligando. ¿Sabes qué me gustaría? —añadió con amargura— Que algún día fueras tú la que me buscaras a mí.

Imaginé que acercaba mi boca a la de Sid. El calor se apoderó de mis mejillas. Aden me tocó la cara. Su ira se convirtió en afecto.

—Estás muy guapa cuando te ruborizas —dijo—. Entiendo que a veces te dé vergüenza. Sé que a las chicas les pasa. Hay hombres que se aprovechan, pero yo nunca lo haré.

Pero si es lo que estás haciendo, quise decir. *Aprovechas que sabes cosas sobre mí para mantenerme en mi sitio, a tu lado. Ni siquiera eres consciente de que estás haciendo eso y yo le tengo demasiado miedo a tu reacción como para decírtelo.*

—No puedo evitar sentir deseo por ti —se excusó—, y me dejo llevar, sí, pero es solo porque te quiero, ¿me oyes? Nirrim, quiero casarme contigo.

Mi cuerpo se quedó inmóvil. Solo me salió preguntar:

—¿De veras?

Sonrió.

—¿No me crees?

El pavor se empezó a desenrollar en mi vientre, como si de un ovillo se tratara.

—Somos demasiado jóvenes.

—¡Tienes diecinueve años! La mitad del Distrito ya está comprometida o casada a estas alturas.

—Pero… —Busqué una razón que lograra convencerlo de que no debía desearme—. No quiero tener hijos.

—No hace falta que tengamos hijos enseguida. Además, estás tomando anys —dijo refiriéndose a las hierbas que Cuerva me daba mensualmente para prevenir el embarazo.

Eran ilegales en el Distrito, donde la prevención o interrupción del embarazo conllevaban cárcel, pero yo no podía imaginarme tener un hijo, sobre todo teniendo en cuenta que podían raptarlo cualquier noche.

—¿Y si nunca quiero tener uno? —le pregunté.

Hizo un gesto con la mano como para quitarle importancia.

—Todas las mujeres quieren tener hijos en algún momento. Serás una madre maravillosa. Nuestros bebés tendrán tus ojos verdes.

—Aden, he venido a decirte que me voy del Distrito.

Se lo expliqué rápidamente. Para ello, alcé la voz como si intentara hablar por encima de él, pero en realidad estaba en silencio, con el rostro pétreo por el disgusto.

—Un mes —repitió—. En el barrio Alto. Con esa mujer de no sé dónde.

—Es la oportunidad de mi vida.

Negó con la cabeza mientras miraba por la ventana.

—Ya crees que eres demasiado buena para mí.

—¿Qué se supone que significa eso?

—Acabo de pedirte que te cases conmigo y es como si no hubiera dicho nada. ¿Tienes idea de cómo me hace sentir eso? Por los dioses, Nirrim, ¿por qué no puedes pensar en alguien que no seas tú por una vez en la vida?

Me parecía injusto, pero no podía explicar por qué, sobre todo porque su acusación sonaba razonable. Sentí una punzada de culpabilidad. Sabía lo que era querer a alguien que no me correspondía. Si yo fuera él, me sentiría tan herida, tan diminuta.

—Lo siento —dije, e iba en serio.

—¿Te lo has pensado bien antes de tomar esta decisión? Piensa que estarás completamente a merced de esa mujer.

—Ni que fuera un monstruo. Solo necesita una sirvienta.

—Y de toda la gente de esta ciudad, te elige a ti. ¿No te parece raro?

Sentí que mi mandíbula se tensaba y me empezaba a obstinar.

—No.

—Piensa, Nirrim. Podría enviarte a prisión con solo una palabra.

Pues igual que tú, pensé.

Aden siguió:

—¿Qué crees que va a pasar cuando intente obligarte a hacer algo que no quieres?

—No sé a qué te refieres —contesté, aunque sabía exactamente a qué se refería.

—He visto cómo te mira.

Mi cara volvió a sonrojarse, esta vez de vergüenza por lo mucho que deseaba que tuviera razón.

—Te estás confundiendo.

—Los Altos no tienen principios. Lo único que les interesa es la decadencia. Lo único que les importa es conseguir lo que quieren. Espera y verás. Va a intentar aprovecharse de ti.

Es que quiero que lo haga, estuve a punto de decir. Entonces vi, tan claro como si fuera una profecía, lo que ocurriría después. Su mirada de horror, tal vez incluso de odio. Las palabras de asco que saldrían de su boca. Vi cómo me vería él y cómo me verían los demás. Me invadió el miedo. Me acerqué a él y le di un beso intenso y apasionado, con las manos entre su pelo y el pecho pegado al suyo.

—No te preocupes —murmuré en su boca.

—Claro que me preocupo. —Me apartó el pelo de la cara—. No tendrás a nadie que te proteja en el barrio Alto. Si te pasas de la raya con esa mujer… Nirrim, aunque solo sea una tontería como hacerle un lazo torcido o lanzarle una mirada desobediente, esa mujer puede hacer que te castiguen de formas que ni te imaginas.

Era cierto, podía mandarme a la cárcel con solo levantar un dedo. Sid, la persona que evadía mis preguntas como si quisiera evitar revelar un enorme secreto. Sid, la persona que ya me había demostrado que podía ser cruel, como lo había sido con Cuerva. Ningún soldado, ningún juez creería a una Semi por encima de alguien de su estatus. La preocupación se apoderó de mí.

Aden debió de notarlo. Su expresión se volvió reconfortante. Me tocó los labios con un dedo.

—Tengo una idea.

Me soltó y se fue a otra habitación. Regresó con una bolsita en la mano.

—¿Qué es eso? —pregunté.

—Veneno.

Me puse pálida de repente.

—No voy a darle eso.

—No es agresivo. Quien lo toma cae en un largo sueño del que nunca despierta.

—Aden, no lo quiero. No será necesario. Ella no es ninguna amenaza. Actúas como si fuera la villana de una historia.

—¿Y qué hay del resto de los Casta Alta? ¿Crees que estarás a salvo entre ellos? ¿Entre *todos* ellos? Llévatelo, por favor. Hazlo por mí, así sabré que tienes algo que te protege a pesar de no poder estar ahí.

Inquieta, me metí la bolsita en el bolsillo del vestido.

—Tal vez sea bueno que desaparezcas del Distrito durante un mes —dijo—. Si no estás aquí, la milicia no podrá interrogarte. Siguen yendo de puerta en puerta, preguntando por la noche de la verbena y por el asesinato de ese soldado. —Vio cómo me estremecí al oír la palabra *asesinato*—. No te preocupes, Nirrim. Todo esto se olvidará. No hay pruebas de que el hombre no cayera por accidente.

—Excepto el testimonio de tu amigo.

—Yo me encargo de él. —Me besó de nuevo—. Nirrim, quiero que me eches de menos.

Tomé aire.

—Te echaré de menos. Y volveré con dinero suficiente para que empecemos una vida juntos.

Esbozó una gran sonrisa.

—¿Eso es un sí? ¿Estás diciendo que sí, que te casarás conmigo?

Tragué saliva. Sid se iba a ir y yo me quedaría aquí. Era tan fácil decepcionar a Cuerva. ¿Y si se cansaba de mí? ¿Qué hogar tendría entonces? Aden estaba dispuesto a pasar una eternidad conmigo.

—Sí —dije, y lo dije en serio.

Las demás chicas pensaban que no había ningún chico más guapo que él en el Distrito. Yo pensaba que no tenía mejor opción que él en el mundo.

Me levantó en brazos y dimos vueltas de alegría por la habitación.

~

Cuando me estaba acercando a Sid, que estaba frente a la puerta del barrio Mediano, sacó un pequeño reloj de oro del bolsillo con un gesto teatral. Era un reloj de hombre, a juego con su ropa. Lo abrió y puso los ojos como platos de una forma muy cómica, como para indicar que no daba crédito de la hora que era. Entrecerró los ojos, me miró, volvió a mirar el reloj y abrió la boca en señal de indignación.

—Lo sé, lo sé —dije.

—Te has tomado tu tiempo —contestó ella.

—Venga, vamos.

—Pero ¿cómo ha ido? ¿Has podido tener tu dulce despedida? —Me apartó un mechón de pelo del cuello y vio la marca que habían dejado los besos de Aden—. Ah, ya veo que sí.

Le aparté la mano.

—Vaya, vaya, estás irritable. —Me miró de arriba abajo y se fijó en la mochila que llevaba—. ¿Solo llevas eso?

—No todas necesitamos un armario entero lleno de ropa de mujer y de hombre.

—¿Puedo echar un vistazo? —Hizo ademán de agarrar la mochila.

—No. —La aparté para que no pudiera alcanzarla.

—¿Qué hay ahí?

Dos vestidos. Un juego de herramientas para forjar. La carta de Sid escrita en su idioma. Y una bolsita con veneno.

—¿No quieres decírmelo? Pues nada, puedes seguir guardando tus secretos, querida Nirrim.

Cerró el reloj de bolsillo con un rápido apretón de mano, pero no antes de que yo vislumbrara que la esfera del reloj tenía un aspecto extraño, pues no contenía números, sino palabras. Aunque cerró el reloj demasiado rápido como para leer lo que ponía, pude ver el reloj en mi mente, y me di cuenta con asombro (que rápidamente pasó a ser vergüenza) de que no había mentido cuando estábamos en la cárcel. Existía un reloj que podía leer el corazón de las personas. En vez de señalar la hora, señalaba palabras que describían diferentes emociones. La palabra que se iluminó cuando la manecilla del reloj me señaló fue *deseo*.

—Debe de ser alguien muy especial para ti —dijo Sid, y yo no supe cómo corregir su error sin decirle la verdad.

¿Y si adivinaba que lo que sentía por ella era cada día más fuerte? ¿Que mi deseo lo despertaba ella y no Aden?

Quizá se iba a reír de mí, como hacía con todo lo demás.

Me adelanté y emprendí el camino hacia la puerta. Ella iba pisándome los talones, andando con una calma deliberada.

—¿Conoces el camino? —preguntó.

—¿Hacia la puerta que hay justo delante de nuestras narices? Sí, creo que sí. —Busqué mi pasaporte en el bolsillo del vestido.

—Hmm… Bueno, la puerta serviría si fuéramos al barrio Mediano.

Me detuve en seco.

—¿No hay que pasar por el barrio Mediano para llegar al Alto?

—Algunas personas tienen que hacerlo, sí.

—¿Y las demás personas?

—Las demás personas, las personas, digamos, muy importantes, pueden tomar el atajo. Será mejor que vaya yo primero.

Hice un gesto exagerado con la mano para indicarle que me adelantara. Se acercó al guardia y le mostró una pequeña llave dorada que llevaba en la mano. Apenas le echó un vistazo a mi pasaporte, se apartó a un lado e hizo un gesto hacia la pared blanca de piedra que tenía detrás. Observé con asombro mientras aparecía la silueta resplandeciente de una puerta. Después se abrió hacia un lado y reveló el túnel que había detrás.

El muro, que parecía tan grueso por fuera, estaba hueco por dentro.

Las puertas que daban al barrio Mediano ocultaban otra puerta. Estaba la puerta que atravesaba el muro y la puerta que se introducía en el muro.

Sid me miró por encima del hombro y sonrió.

—Vas a tener que dejar de hacer eso —dije.

Ella puso ojos de cachorrito.

—¿Dejar de qué?

—De ser tan engreída.

—¿Por qué iba a hacer eso? Si sabes que te encanta —dijo justo antes de desaparecer en el túnel.

Di un paso al frente y la seguí.

33

Aunque al principio el túnel parecía estar casi completamente a oscuras, había un líquido azul verdoso delante de nosotras que brillaba en el suelo y fluía hacia la oscuridad como si fueran unas aguas residuales de una cloaca, pero en versión bonita.

—Tienes que caminar por el río —dijo Sid—. ¿Eres escrupulosa? ¿Te asustas fácilmente? Quizá deberías agarrarme la mano.

Le lancé una mirada asesina y me desabroché las sandalias. Me metí de lleno en ese riachuelo luminoso con ellas a cuestas y sin probarlo antes con la punta del pie.

Casi me caigo. En cuanto mis pies se hundieron en el agua (si es que eso era agua) un frío placer me recorrió las pantorrillas y se coló por debajo del vestido. Oí la risa de Sid, pero no le vi la cara, ya que el río me estaba llevando con su corriente hacia delante sin que yo tuviera que dar ni un solo paso. El líquido fluía alrededor de mis tobillos y me daba la sensación de estar rodeada de terciopelo.

—¿Te gusta? —Escuché a Sid preguntarme mientras el río nos llevaba a través de la oscuridad. El líquido me acariciaba los pies y me hacía cosquillas en los dedos. Olía a flores, aunque no a ninguna flor que yo conociera—. No bebas de esta agua. Algunas personas lo hacen y se quedan vagando por el túnel durante días, borrachas, mareadas y cantando.

No veía a Sid, pero noté su roce en mi cadera. Sentí un calor que nada tenía que ver con el río. Le pregunté:

—¿La has probado?

—Por supuesto.

La corriente se hacía más fuerte a medida que nos íbamos adentrando en el túnel. Sus dedos se enroscaron en los míos.

—No quiero que nos separemos —dijo.

El agua cada vez hacía más estruendo. Estuve a punto de perder el equilibrio. Me aferré con más fuerza a Sid.

—Aquí —dijo, y tiró de mí hacia una puerta cuya silueta brillaba a nuestra derecha. La abrió de un tirón y traspasamos hacia la luz del sol.

Entonces me caí, cegada por la repentina claridad. Sid cayó conmigo, nuestras extremidades se enredaron, noté su peso sobre mí, la empuñadura de su daga clavándose en mi costado. Se deslizó a mi lado sobre el césped que teníamos debajo, con una pierna aún atrapada entre las faldas empapadas de mi vestido, riendo, tumbada de espaldas, con los ojos cerrados pero la cara inclinada hacia el sol, deleitándose con la luz.

Me temblaba el pulso, pero no podía apartarme de ella. Odiaba lo fácil que le resultaba todo, cómo podía tumbarse tan cerca de mí, con su pierna entre las mías, y no mostrar ningún signo de que fuera consciente de ello. O de que había gente. Me di cuenta de que había personas haciendo picnics a nuestro alrededor. Estaban sentadas sobre manteles de seda de colores vivos, con sombrillas de encaje para mantener los rostros a la sombra y sosteniendo copas de cristal llenas de un líquido verde y espumoso. También tenían bandejas de plata adornadas con unos exquisitos pastelitos que parecían joyas. Toda aquella gente estaba murmurando mientras nos miraba.

—Nos están mirando. —No podían oírnos, pero lo dije en voz baja igualmente.

Sid abrió los ojos.

—Déjalos que miren.

Se puso de lado y se apoyó en el codo para poder hacer contacto visual. Estaba esperando, quizá, a que me diera cuenta de que su pierna seguía entre las mías. Como no dije nada, le cambió la expresión. Empezó a escrutar mi rostro en busca de algo.

—¿No nos… meteremos en problemas? —pregunté.

—¿Por hacer qué? —Alejé mi cuerpo del suyo—. Ah, por eso. —Se levantó bruscamente y me ofreció una mano para ayudarme a levantarme. Entramos en contacto de nuevo durante un breve instante—. No tienes por qué preocuparte. Sale gente disparada de esta puerta cada dos por tres. Es entretenido de ver. Los Altos nos miran porque les divierte la torpeza de nuestra caída.

—¿Eso es todo?

—Bueno, y por cómo vas vestida. —Miré mi ropa de color tierra—. Muchos de ellos nunca han visto una Semi. Probablemente ni siquiera creerán que eres una. Lo más seguro es que piensen que te has disfrazado por diversión. Aquí la gente a veces lo hace.

—¿Por qué iba alguien a querer parecer pobre por diversión?

Sid se encogió de hombros.

—Se aburren de ser ricos.

Negué con la cabeza. No porque Sid estuviera equivocada, sino porque su respuesta hizo que me diera cuenta de cuál era realmente la explicación.

—Vestirse de alguien como yo les hace sentir aún más ricos —dije—, porque saben que no son yo.

El canto de los pájaros flotaba sobre el césped. Las copas de cristal tintineaban. Alguien soltó una risita, suavizada por el viento. Había árboles por todas partes: inmensas nubes de flores rosas, hojas con rayas verdes y amarillas, ramas frondosas y flores de hiedra que parecían velos blancos. Sabía que los árboles eran objetos comunes, pero solo había visto uno antes, y ver en ese momento tantos me resultó abrumador. Clamaban por mi atención. Eran un magnífico estruendo de color.

Miré detrás en busca de esa gran pared blanca que me era tan familiar. Ahí estaba el muro. Eso me tranquilizó. Su altura y su longitud me reconfortaban. El muro era mi hogar. Luché contra el impulso de tocarlo, de apoyar la palma de la mano en su sólida calidez. La luz del sol lo habría temperado. Pero me daba miedo que Sid se burlara de mí... o peor aún, que se compadeciera de mí.

Me volví hacia el parque, donde se encontraban las damas y los señores. Una niña jugaba tirando de la hierba, con sus faldas de tul color lavanda y su pelo oscuro formando largos bucles.

Ya no nos estaba mirando nadie.

Sid inclinó la barbilla en dirección a la colina.

—Vamos. Quiero que veas algo antes de llevarte a mi casa.

—Me refería a otra cosa. —Los nervios me recorrieron el pecho—. Cuando he preguntado si nos íbamos a meter en problemas, me refería a otra cosa.

Levantó las cejas fingiendo sorpresa.

—¿Te preocupaba que estuviéramos dando una imagen... inapropiada?

—En el Distrito me habría metido en problemas. Quizá hasta hubiera tenido que pagar un diezmo. —Al escuchar eso, dejó de sonreír—. Va contra la ley.

—Entiendo —dijo lentamente—. Pero ¿por qué?

—Porque está mal.

Ella parpadeó.

—¿Está mal?

—No es que yo lo crea.

—Vaya, qué alivio —dijo con sequedad—. Sería un poco tarde para decidir que soy inmoral. ¿Hemos terminado de hablar de mí? Porque quiero enseñarte algo.

—Pero necesito conocer las reglas.

—¿Reglas? —Abrió los ojos. Entre risas, dijo—: ¿Me estás pidiendo un manual sobre cómo seducir a mujeres? Es un arte, Nirrim, no una ciencia. Ay, qué poca gracia te ha hecho esto. ¡No frunzas tanto el ceño! ¿Vas a ponerte a patalear?

—Te lo tomas todo a broma.

—Prefiero tomarme las cosas a broma que demasiado en serio.

—No te estoy preguntando qué técnicas utilizas para que las mujeres se enamoren de ti.

—¿Quién ha hablado de enamorarse?

—Lo que necesito es conocer las reglas del barrio Alto. Si es que son diferentes de las que tenemos en el Distrito. Todas las reglas.

—Bueno, todas las reglas es mucho pedir. Empecemos por la que tanto te cuesta preguntar. Parece que tengas miedo de ofenderme, pero te aseguro que no lo vas a hacer, a menos que decidas que soy una desviada, cosa que algunas personas piensan, aunque nadie de cuya compañía me duela prescindir. En el barrio Alto no es ilegal que una mujer esté con otra mujer o que un hombre esté con otro hombre. Nadie va a la cárcel por ello. No estoy segura de por qué es diferente en el Distrito, lo único que se me ocurre es que sea porque el Consejo quiere que los Semi se reproduzcan. Para aumentar la mano de obra, imagino. Aquí, a este lado del muro, la Casta Alta se preocupa por obtener riqueza para su familia, lo que significa tener uno o, como mucho, dos hijos. Y a los Altos lo que más les importa es el placer, así que no les quita el sueño lo que los demás hagan para encontrarlo. ¿Que algunos igualmente me miran con desagrado? Sí. ¿Pero se interpondrán en mi camino? Más les vale que no. Incluso al señor que hizo que me arrestaran por ladrona probablemente le importó menos que yo fuera una mujer que el hecho de que su esposa lo hubiera tomado por tonto. Dicho esto, ¿están claras las reglas? ¿Tienes alguna pregunta más sobre la gente que me odia? —Su tono era despreocupado, pero su mirada era dura y se había ensombrecido—. Podemos seguir hablando de esto, si quieres, pero es un tema muy feo para un día tan bonito.

—No. —Me dolía pensar que alguien pudiera odiarla—. Quiero ir a ver eso que querías enseñarme.

Era un árbol que estaba apartado de los demás, más pequeño, rugoso y, curiosamente, con unas manchas doradas en el tronco. Caminé descalza por el césped hasta llegar a él, con las sandalias aún colgando de la mano.

Césped. Apreté los dedos de los pies contra el suelo. Me picaba en los talones. Nunca había visto tanta hierba junta, solo pequeños manojos que salían de la tierra entre los adoquines del Distrito. Ese césped era fresco y mullido. El verde era intenso y uniforme. Olía como si fuera el hermano de la lluvia. Quería enterrar la cara en él.

El viento agitaba las hojas del árbol. Las manchas doradas del tronco resplandecían con los cambios de luz.

—Este árbol —dijo Sid— te mostrará el futuro.

La miré a la cara para ver si estaba de broma, pero su expresión era seria. Estaba envuelta por las sombras errantes de las hojas, con la piel moteada por la luz del sol.

—Así que sí existe la magia —dije—. Como en el túnel.

—No estoy segura. Ese río no deja de ser como un licor potente. Toda esta gente que está haciendo un picnic está bebiendo una versión de ese mismo licor. Altera su percepción de la realidad. ¿Un río mágico que te lleva sin necesidad de arrastrarte? —Levantó una mano, con la palma hacia arriba—. ¿O... —siguió diciendo mientras levantaba la otra— una cinta transportadora operada por una maquinaria oculta, con la superficie cubierta de un líquido embriagador que, aunque no lo bebas, te afecta igualmente? Por ejemplo, este árbol. Quizá hay por ahí algún artista... ¿O se dice horticultor? En fin, alguien que escribe las predicciones en la corteza y después las vuelve a pegar en el tronco. ¿Quieres que un árbol te lea el futuro? Arranca un trozo de corteza.

Dudé.

—¿Le haré daño?

Sonrió un poco.

—Ay, la dulce Nirrim. No te preocupes, es solo la corteza. El árbol está sano. Sus hojas son abundantes. Y, como ves, un jardinero ha puesto oro sobre los parches de corteza que faltan. La Casta Alta no soporta ver nada feo y roñoso, ni siquiera un árbol.

Me acerqué y la curiosidad pesó más que las dudas. Encontré una grieta en la corteza y desprendí una estrecha tira. La sostuve sobre la palma, fina como el papel, y al instante se enroscó como una pequeña serpiente. La desenrosqué y miré la piel de su interior. Mi estómago se convirtió en piedra.

—¿Qué pone? —preguntó Sid—. Venga, dímelo.

—¿Tú también consultaste tu futuro?

—Sí.

—¿Y se ha hecho realidad?

—Todavía no lo sé —contestó.

—Dime la tuya y yo te diré la mía —le ofrecí.

Ella movió el dedo para decir que no.

—Secretos a repartir —dijo con una sonrisa— y sin verdades que compartir.

Me indicó el camino para salir del parque y me dijo que no estábamos lejos del centro del barrio Alto y del lugar donde se alojaba. Aproveché un momento en el que no me estaba mirando para aplastar la corteza con la mano y dejé que los restos fueran cayendo sobre el césped. No iba a necesitar volver a mirar lo que ponía. Estaba grabado en mi mente.

«Vas a perderla», decía.

34

El parque daba a unas escaleras esculpidas en la ladera, las cuales daban a un sendero. Un músico vestido de azul Mediano tocaba un instrumento que reconocí por haberlo visto en los libros de Harvers: un laúd de muchas cuerdas que se apoyaba en el regazo. Junto al hombre, pasaban unas burbujas de jabón provenientes de una fuente que no alcanzaba a ver. Daba la sensación de que se estuviesen tragando las notas mientras las tocaba; sus esferas iridiscentes silenciaban de repente partes de la melodía. Vi una flotando delante de nosotras, hacia un hombre y una mujer que caminaban agarrados del brazo. La sombrilla de encaje que llevaba ella era tan fina como un hilo de caramelo. Su rostro perfecto, inclinado hacia el de él, enmarcaba unos labios color coral que sonreían mientras el hombre alargaba la mano para reventar una de las silenciosas burbujas. Oí a lo lejos cómo estallaba y liberaba unas cuantas notas robadas.

El sendero se abría a una enorme ágora. Unas cuantas personas vestidas con ropas lujosas estaban sentadas al borde de la fuente, donde se podían apreciar aguas de diferentes colores. Pasó un concejal con su túnica roja. Nunca había visto a uno en persona. Me habían hablado de ellos en el orfanato, de su importancia a la hora de decretar y supervisar las leyes, y de asesorar al Protector.

Sid siguió la dirección de mis ojos.

—Deberíamos mantenernos alejadas del Consejo —dijo—. No creo que aprecien mi plan de descubrir el secreto mágico de su país para luego llevármelo a otro sitio y usarlo para mi beneficio personal. —Sid entornó los ojos al mirar hacia el ágora—. Tiene demasiada luz este sitio. De veras, me duelen los ojos.

En lugar de piedras, el ágora estaba pavimentada con baldosas de cristal translúcido dispuestas en patrones de colores. Primaban el rosa, el rojo y el verde (los colores del pájaro elíseo). Me quedé mirando las baldosas.

—Sé quién ha hecho estas baldosas —dije—. Es un artesano del Distrito. Las he visto amontonadas en cestas en su taller de soplado de vidrio, pero nunca imaginé que se hicieran para caminar sobre ellas. Es tan poco práctico. ¿La gente no se resbala?

—Aquí nadie anda muy deprisa —respondió Sid—. Dan pasos muy delicados. O los Medianos se encargan de llevarlos en palanquines.

Pisé las baldosas. Se iluminaron bajo mi peso. Mi piel se bañó en luz verde. Sid caminaba a mi lado, con la piel coloreada por distintos tonos que iban cambiando. Veía sus mejillas rosadas, su boca verde, sus manos rojas. Suspiró, mirándose las manos color carmesí.

—La primera vez hace gracia.

—Qué sorpresa saber que te aburres con facilidad.

Hizo una pausa, con la cara y el cuello de un azul salpicado de oro.

—Los juegos acaban por aburrirme. Me resulta demasiado fácil aprender a dominarlos, por eso necesito constantemente otros nuevos. Las personas son diferentes. La gente siempre me fascina. O, por lo menos, tú me fascinas.

—¿Yo?

—Siempre quiero saber lo que piensas. ¿Qué piensas de esto? —dijo haciendo un barrido con la mano para señalar el ágora.

Al pensar mi respuesta, noté como si el corazón se me endureciera y prendiera en llamas por el resentimiento.

—Creo que debe haber costado una fortuna. Creo que no es justo que los Altos tengan tanta belleza mientras que nosotros tenemos tan poca.

—Suena revolucionario viniendo de ti, Nirrim.

—Los azulejos que se fabrican y usan en el Distrito son bonitos, pero... son normales. No brillan. Creo que alguien compra las cosas ahí a un precio reducido y... luego las mejora de alguna manera.

—Una idea interesante. Merece la pena investigarla. Pero tu cabeza está en un lugar muy diferente del mío. Ahora mismo, lo que estoy pensando es que ese tono de luz te sienta bien, pero prefiero tu belleza sin él.

—Seguro que en realidad no estás pensando eso.

—Sí que lo estoy pensando.

Aunque alguien le robara la voz, encontraría la forma de coquetear en silencio con quien estuviera más cerca.

—Supongo que no se me cree ni siquiera cuando digo la verdad —dijo Sid—. Es la maldición de quien miente tanto.

Por mucho que afirmara ser una mentirosa, no lograba recordar ni una sola mentira que me hubiera contado, lo cual significaba que, al menos a mí, nunca me había engañado. Era eso o que... sí me había mentido, pero yo aún no lo sabía.

Dejamos atrás las luces de colores del ágora. El camino se fue estrechando hasta acabar en una calle cubierta de pétalos rosas y blancos. Las ramas de los árboles cargadas de flores se arqueaban sobre nosotras. Mientras caminábamos, los capullos se abrían y florecían en suaves estallidos, los pétalos caían en cascada, flotaban sobre los hombros de Sid y se enredaban en mi pelo. Al instante, en las ramas volvían a crecer capullos nuevos e igual de tupidos. También florecían y se desprendían sus pétalos. Mis sandalias se hundieron en los pétalos hasta la altura de los tobillos. Su fragancia me invadió. Más pétalos cayeron como si fueran nieve.

—¿Por qué? —pregunté—. ¿Por qué te fascino?

—Quiero saber cómo alguien que tiene tan poco puede ser tan valiente —respondió.

Pensé en lo mucho que me gustaba su forma de andar, con las manos en los bolsillos pero sin encorvarse, los hombros rectos. Pensé en lo que me había gustado tener su pierna enredada entre las mías. Notar su peso sobre mí. Pensé también en el miedo que me daba admitir algo de esto.

—No soy valiente.

—Y, sin embargo, estás aquí, conmigo, y con un pasaporte de Mediana falsificado. No creas que no me he dado cuenta. ¿De dónde has sacado eso?

Sonrió ante mi silencio.

Pensé que una persona que permitía a otra guardar sus secretos sin insistir era alguien especial, gentil.

O era el tipo de persona que tenía sus propios secretos.

⌣

La mayoría de las casas del barrio Alto parecían palacios en miniatura separados por franjas de césped y bajos muros de mármol. Pero Sid me condujo a una plaza en lo alto de una colina, donde había una casa elegante pero estrecha, mucho más pequeña que las demás. Los aleros tenían adornos que parecían igual de frágiles que los carámbanos. Los ventanales eran de color rosa y tenían vidrieras. Los balcones habían sido forjados con un reluciente metal de color verde que se enroscaba como si estuviera vivo. Tenía también unos remates que giraban en espiral sobre sí mismos, parecían hojas de helecho recién salidas del agua como las que había visto en uno de los libros de botánica de Harvers. El crepúsculo se cernía sobre su tejado. Se escuchaban los grajos, cada uno con un canto diferente. Recordé al instante cada uno de ellos y, mientras surcaban el sedoso cielo de color rosa, en mi mente podía ver su posición como en un mapa. Sabía dónde se encontraba cada uno en todo momento.

Sid metió la llave en la cerradura de la puerta.

—No había muchas casas disponibles para arrendar, pero esta se adapta bastante bien a mi rango. Además, me gustan las vistas.

—¿Cuál es exactamente tu rango?

Abrió la puerta.

—Bueno, dejémoslo en que no soy la persona más importante de Herran. La más encantadora quizá sí.

El interior de la casa estaba oscuro y silencioso y olía a rosas.

—¿Dónde están los sirvientes? —pregunté.

—No hay sirvientes.

—¿Solo yo? —me chirrió la voz al preguntar—. ¿Esperas que me ocupe yo sola de toda una casa?

—No, Nirrim. —Mis ojos se habían adaptado a la oscuridad, y pude ver gracias a la luz mortecina que entraba por las ventanas que Sid se sentía insultada—. No eres mi sirvienta. Eres alguien con quien hago negocios.

—Pero… ¿Quién va a limpiar?

—Yo.

—¿Quién te prepara la comida?

—Yo.

—No lo comprendo. Todo el mundo piensa que eres una dama de alta alcurnia. ¿Qué eres exactamente?

Se encogió de hombros.

—Alguien a quien le gusta ser autosuficiente.

—Pero me has contratado.

—Ah. —Hizo un gesto con la mano—. Toda esa historia de pagar por tus servicios era solo para librarte de las garras de esa horrible mujer.

—No es horrible.

—Eres demasiado amable y leal para verlo.

—Es la única persona que ha cuidado de mí.

Sid hizo una pausa y dijo en voz más baja:

—Lo siento. Quizá me equivoque. —Me hizo un gesto hacia las escaleras—. Vamos, antes de que se vaya la luz.

No encendió ninguna lámpara por el camino, así que la casa no era más que un montón de sombras a nuestro alrededor. Las escaleras no hacían ruido bajo mis pies. Nunca había subido por unas escaleras que no crujieran. Al llegar al rellano, abrió la puerta que daba a un pequeño dormitorio. Olía a ella, a su perfume, a su piel. Y a agua de mar. Las puertas acristaladas que daban al balcón estaban inundadas por el cielo rosa. Sid las abrió y el aroma del mar entró con fuerza. La seguí hasta el balcón. El mar se extendía ante mí. Se agitaba oscuro contra la costa. El sol se ahogaba en el agua. Se oían los graznidos de las gaviotas a lo lejos. Y no se veía el muro por ningún lado.

Nunca había visto el mar.

Nunca había visto un paisaje sin el muro de fondo.

—¿Te gusta? —preguntó Sid.

—Creo que pensaba que el mar no era real —contesté—. Quiero decir, aceptaba que existía aunque no pudiera verlo, pero ahora que lo veo me doy cuenta de que, en realidad, no sabía lo que era. Solo fingía creerlo. Pero hasta ahora no sabía que estaba fingiendo.

Ella asintió.

—Creo que te entiendo, aunque es un poco lioso. El mar es uno de mis primeros recuerdos. De pequeña, me escapaba para ir al puerto cada vez que tenía ocasión. Los marineros me arrastraban de vuelta a casa de mis padres.

Me miró rodeada de esa luz rosada. Levantó la mano para acariciarme el pelo. Me sobresalté, puesto que no me lo esperaba.

—Solo es un pétalo —dijo mientras me sacaba un pétalo blanco del cabello.

Se enroscó en sus dedos.

—Ah. —Intenté ignorar los latidos desbocados en el pecho—. Gracias.

Su actitud desenfadada se transformó en diversión.

—Exacto, haces bien en darme las gracias; no cualquiera llevaría a cabo una tarea tan ardua y desagradable como quitarte un pétalo del pelo.

—No —repliqué—. Te doy las gracias por todo. Por esto.

—Soy un regalo de los dioses, pero confieso que yo no creé el mar.

—Deja de hacer eso.

La luz se atenuaba. Sus ojos no eran más que sombras.

—¿Hacer qué?

—Elogiarte a ti misma.

Ella retrocedió un poco.

—¿Me consideras arrogante?

—No —respondí, aunque la verdad era que, hasta ese mismo instante, sí lo creía—. Puede parecer que presumes, pero en realidad solo te estás riendo de ti misma.

Abrió la boca y la volvió a cerrar.

Le pregunté:

—¿Por qué lo haces?

—Quizá —dijo lentamente— para evitar que seas tú la que se ríe de mí primero.

—Nunca haría eso.

—Entonces no lo volveré a hacer —dijo—, si te molesta. —Frotó el pétalo entre el índice y el pulgar—. Quédate esta habitación. Tiene las mejores vistas. Yo estaré en la de al lado.

—Pero esta es tu habitación. —Me miró fijamente—. Huele a ti —aclaré.

Torció el gesto.

—Quizá no se me dé tan bien limpiar. Ya que hemos decidido que voy a ser más honesta y no presumir de habilidades y atributos que no tengo, te lo confieso. ¿Quieres la otra habitación? Es posible que no tenga tanto, eh… aroma. No se ha usado, aunque… puede que esté un poco polvorienta.

—Prefiero quedarme con esta. —Esperaba que no me preguntara por qué.

Ella asintió.

—Hay una llave de repuesto en la mesilla, así puedes entrar y salir de casa cuando quieras. —Debió de ver la sorpresa en mi cara—. ¿Qué? ¿Pensabas que te iba a mantener prisionera aquí? Ya has tenido bastante con vivir en una jaula.

Se dispuso a salir de la habitación, pero se detuvo con la mano en la puerta.

—No me des las gracias todavía, Nirrim. Espero que cumplas tu parte del trato. Mañana por la noche tengo planeado ir a investigar un poco en una fiesta. Tendremos que estar despiertas hasta el amanecer, así que descansa.

Esperé a que se cerrara la puerta para hacer lo que quería: meterme en la cama. Me tapé con la sábana, la tela era tan fina que parecía aire. La brisa del mar empujaba las cortinas. A esa altura, en la ciudad, hacía fresco por la noche.

Apreté la cara contra la almohada. Olía a Sid.

Se había llevado el pétalo. Me había fijado. Lo tenía entre sus dedos, fino y blanco, al salir de la habitación.

No podía dormir. Me imaginaba a Sid durmiendo en esa cama, que era más blanda de lo que creía que podían ser las camas. Solo el hecho de estar tumbada en ella ya daba la sensación de estar durmiendo, era como estar en un sueño, uno mullido y agradable. Pero mi cuerpo estaba totalmente despierto. Se imaginaba cómo sería estar debajo del cuerpo de Sid. Se imaginaba cómo se sentiría ser ese pétalo blanco entre sus dedos. Era como si mi mente no tuviera nada que ver con mi imaginación, como si no fuera mi cerebro el que se estuviera imaginando su boca sobre la mía ni el que recordara la forma exacta de sus manos. Eran mi piel y mis huesos presos por el deseo. Era mi corazón, latiendo demasiado rápido

Piensa en otra cosa.

Piensa en algo que no sea como ella.

Algo que te haga sentir segura.

Pensé en el muro.

Pero la almohada olía a ella. Las sábanas olían a ella. Pensar en el muro no era suficiente para calmarme. Necesitaba verlo. Me puse las sandalias, agarré la llave y salí de esa oscura casa.

La ciudad estaba llena de vida, las ventanas estaban iluminadas en todas las habitaciones de esas enormes casas. La gente se desparramaba, riendo, por los sombríos jardines. En el ágora, hombres y mujeres gritaban y arruinaban sus ropas en las fuentes, bebían de copas de cristal que después lanzaban contra las baldosas de vidrio, cuya luz de colores surgía vertiginosa aun en la noche. Me mantuve en las sombras. Volví sobre mis pasos hacia el muro, siguiendo el mapa en mi mente.

Solo iba a mirar el muro un rato. A apoyar un momento la mano en él. Eso me tranquilizaría.

Pero no fue eso lo que hice, porque primero vi el árbol que leía el futuro.

El trozo de corteza que faltaba ahí donde yo lo había arrancado ya estaba pintado de dorado. Toqué la superficie dorada y resbaladiza. Toqué la corteza rugosa. Pensé en lo que me había dicho sobre mi futuro, que no era ninguna novedad. «Vas a perderla». Y, sin embargo, hasta que no vi aquellas tenues palabras de color ámbar, como si estuvieran escritas con la sangre del árbol, no supe lo mucho que deseaba que nunca se hicieran realidad.

Los árboles son asombrosos. Tienen tantas partes que nunca llegamos a ver. Las raíces: toda una vida secreta que se extiende bajo la tierra y bebe de fuentes desconocidas. El núcleo: donde se esconde el árbol joven que una vez existió, revestido por las capas que cada año han ido creciendo.

¿Sabe un árbol hasta dónde llegan sus raíces? ¿Puede localizar dónde se encuentra la semilla de la que creció?

Pensé en que todas las semillas, inevitablemente, se perdían, se dejaban caer y se abandonaban.

Este árbol me resultaba familiar. Se parecía a mí.

Había sido despojado de algunas de sus partes, como yo, como cualquiera que hubiera sido diezmado alguna vez. La diferencia era que alguien se había preocupado de cubrir sus heridas con oro. Yo había tenido más suerte que muchos otros en el Distrito. Solo había tenido que dar sangre. Pero no me movía por el mundo igual que Sid, como si fuera dueña de mi cuerpo. Siempre tenía miedo. Nunca sabía qué me quitarían ni cuándo, y aunque no siempre pensaba en eso ni sentía plenamente ese miedo, formaba parte de mí tanto como mi piel tostada o mis manos fuertes.

Era agotador vivir con miedo.

Así que decidí que ya no lo tendría. No iba a acercarme al muro ni iba a tocarlo como hacen los niños con sus madres. Decidí que daba igual si tenía miedo a las alturas. Decidí que ya no lo tenía.

Empecé a trepar por el árbol. Ignoré cómo me sudaban las manos, cómo la respiración pasaba forzosa por la garganta, cómo se me secaba la boca. No me atreví a mirar hacia abajo.

Llegué tan alto como pude, abriéndome paso entre las ramas, y luego me acomodé en un recodo que me resultó casi cómodo, aunque me dolía la retaguardia y al final se me durmió la pierna.

El suelo se extendía debajo. El suelo parece muy seguro… hasta que te pones demasiado por encima de él.

Pero las hojas se movían y jugaban a mi alrededor. Mi respiración se calmó. Me quedé escuchando las hojas. Casi entendía lo que decían sus susurros. Me di cuenta de que aquel era un pensamiento extraño, uno de esos que te avisan de que ya viene el sueño, pero para cuando me di cuenta de que se acercaba, ya prácticamente había llegado.

No sé cuánto tiempo pasó, pero de repente me desperté en la oscuridad.

Oí cómo alguien se acercaba andando sobre la hierba. El sonido se hizo cada vez más fuerte y, a continuación, se oyó el chapoteo de una gran cantidad de agua que salía de un cubo metálico.

Alguien estaba regando el árbol.

Con cuidado, tan silenciosamente como pude, me moví para mirar hacia abajo a través de las ramas.

El hombre vació la regadera de hojalata. Mientras se alejaba, esta le iba golpeando el muslo. Dejó un fuerte aroma a tierra mojada en el aire. Su túnica roja se arrastraba por el suelo tras él.

Era un concejal.

35

—Hmm… —dijo Sid al día siguiente mientras mojaba una fina rebanada de pan tostado con mantequilla en la yema de un huevo.

Había llamado a mi puerta antes de entrar con una bandeja y el desayuno para las dos: huevos pasados por agua envueltos en cáscaras de color azul pálido, pastas de color rosa entre obleas cubiertas de nata, tortitas esponjosas con algunos agujeros y empapadas de mantequilla, un plato de mermelada de color amatista y una olla de color amarillo lirio llena hasta arriba de un líquido negro humeante que me escaldó la lengua y me aceleró el corazón.

—Un concejal. —Sid entrecerró los ojos mientras miraba, desde la mesita del balcón en la que nos habíamos sentado, hacia el mar.

Me había quedado durmiendo hasta el mediodía. El sol estaba alto. Pintaba la piel de Sid de un color miel y hacía que la peca que tenía bajo el ojo resaltara como una estrella. Con esta luz, pude ver que tenía otras pecas más tenues en los pómulos, e incluso una cerca del labio superior. Dio un sorbo de la bebida negra y caliente. El sol brillaba a través de su taza de porcelana de color azul pavo real.

Me sorprendió mirándola y me tendió la taza para que bebiera, a pesar de que la mía seguía llena e intacta tras mi primer sorbo. Dije que no.

—¿No te gusta?

—Es muy amarga.

—Es café, importado del este. Siempre viajo con mi propio suministro. Lo adoro. El té me sabe a agua, y el café de cualquier otra parte del mundo es inferior. Toma. —Destapó un tarrito con forma de pájaro elíseo anidando sobre unos huevos dorados. La espalda del pájaro era una tapa que, al abrirla, mostraba que contenía terrones de azúcar en forma de corazón. Nunca había visto tanto azúcar. Resistí la tentación de meterme el tarro entero en el bolsillo. Sid dejó caer un corazón de azúcar en su taza, luego me miró, pensativa, y dejó caer dos más. Volvió a ofrecérmela—. Dijiste que te gustaban las cosas dulces.

Me sorprendió que se acordara. No creía que existiera suficiente cantidad de azúcar como para lograr que me gustara el café, pero quería beber de la taza de Sid. Quería poner mi boca donde había estado la suya. Volví a probar el café e hice una mueca.

—¿Todavía te parece demasiado amargo? —preguntó.

Le devolví la taza, pero la rechazó.

—Ahora está demasiado dulce para mí. —Arrojó el contenido de la taza por el balcón. Se rio al ver mi cara de espanto.

—No deberías hacer eso así como así —dije—. Podrías haber quemado a alguien que pasaba por abajo.

—No he oído ningún grito. —Estaba pícaramente encantada con mi indignación moral.

—Sid.

—Debajo hay un jardín. Por ahí no pasa nadie. De todos modos, todo el barrio Alto sigue durmiendo. Solo es mediodía.

—Lo has desperdiciado.

—Tú no lo querías y yo tampoco. —Escondió media sonrisa al verme negar con la cabeza—. Está bien, no volveré a hacerlo. Vamos a ver si encontramos algo que sí te guste. Tenemos que alimentarte. Ya que has dormido en un árbol... Prueba una tortita con mermelada.

—No he dormido en un árbol. Al menos, no a propósito. Estaba...

—¿Espiando?

Extendió la mano por encima de la mesa para untar una tortita con la mermelada morada y luego la colocó en mi plato. Estaba demasiado sorprendida como para impedírselo. Todo este desayuno era surrealista. Nunca nadie me había servido nada antes.

—No entiendo por qué un concejal se molestaría en regar un árbol —dijo—. Los Casta Mediana que tienen permisos especiales para servir a los Altos son quienes se ocupan de los jardines. Y de limpiar y de hacer recados y, en general, de hacer todas las cosas que nadie quiere hacer.

—Por eso me parece tan interesante. —Le di un mordisco a la tortita con mermelada. La deliciosa viscosidad de la mermelada y el sabor de la mantequilla inundaron mi boca—. ¿Qué es esto?

—Mermelada de perín.

—Perín —dije mientras bajaba la mano en la que tenía el tenedor—. No puedo comer perines. No son aptos para mi casta.

—Sí que puedes.

Sonreí.

—Tienes razón. —Me puse más mermelada.

—Mírala, una mujer que toma lo que desea. Una actitud muy de Alta por tu parte. —Hice un ruido de incredulidad—. ¿Qué? —preguntó.

Recordaba perfectamente la última vez que había visto mi reflejo. Fue en uno de los espejos de Terrin. No me paré a mirarme bien, es cierto, pero aun así logré ver lo descolorido que tenía el rostro, la expresión adusta de mi boca, la melena negra enmarañada que llevaba. La idea de que algo de mí pudiera ser considerado Alto parecía otra de sus bromas. Ignoré la pregunta.

—Creo que en la regadera de ese concejal había algo más que agua —dije—. Algo que no puede confiarle a un jardinero de Casta Mediana. Algo que hace que ese árbol prediga el futuro.

Se quedó pensando y asintiendo con la cabeza, no para indicar que estaba de acuerdo conmigo, sino como reconocimiento de que aquella era una posible interpretación de los hechos.

—¿Habrá concejales en la fiesta de esta noche? —pregunté.

—Lo dudo. Ellos sirven al Protector. Son demasiado formales para las fiestas. Deberíamos ir de todos modos. Quiero saber qué te parecen los espectáculos nocturnos. —Luego vaciló, y dio un repaso con la mirada—. ¿Te gusta lo que llevas puesto?

Miré mi vestido marrón pálido con el dobladillo deshilachado.

—No lo sé.

—¿Cómo puedes no saberlo? —Parecía realmente sorprendida, lo cual era comprensible dada la importancia que ella le daba a su vestimenta. Era evidente, solo hacía falta ver la calidad y el talle perfecto de sus pantalones y de su túnica sin mangas. Era una tela lo bastante fina como para soportar el calor y estaba tan bien cosida que no se veían las costuras. Eran ropas de hombre, aunque mucho más sencillas que las bordadas y enjoyadas que llevaban aquellos hermanos Altos en el mercado—. La ropa es importante —me dijo.

—Para ti.

—¿Para ti no?

Me lo pensé.

—Es importante para ti porque tienes muchas opciones —dije finalmente—, y lo que te pones muestra lo que quieres. Oculta tu cuerpo, pero también te muestra a ti misma. Yo no tengo muchas opciones. Da igual si me visto de *beige*, marrón o gris. Todos los colores son parecidos. Da lo mismo si llevo vestido o pantalón, lo único que importa es llevar lo que me resulte más cómodo para trabajar. Es muy diferente para mí.

—No se trata solo de cómo me veo. Se trata de cómo me siento.

—¿Acaso tu aspecto no influye en cómo te sientes?

Sid miró hacia el mar.

—Sí —contestó.

—No puedo ir a la fiesta vestida así. Es eso, ¿verdad?

—Sí que puedes. Puedes ponerte lo que quieras.

—No sé lo que quiero. Incluso si lo supiera, podría morir por llevarlo. Si llevo esto y descubren que soy Semi, me castigarán por tener un documento falsificado y traspasar el muro.

—Como te dije, la gente aquí piensa que vas disfrazada por diversión. Que no es más que un juego. Una broma.

A pesar de sus palabras, noté que vacilaba y supe que la cosa no se quedaba ahí.

—Pero esta noche sería extraño, ¿no? Se me quedarían mirando.

—Sí.

—¿Y eso te avergonzaría?

—No.

—Tengo un pasaporte Mediano. Podría vestirme de Mediana y hacer el papel de tu sirvienta.

—No eres mi sirvienta.

—¿No?

—No. —Se quedó callada un segundo y luego, lentamente, dijo—: No me gusta esa opción.

—No tengo buenas opciones. Podría llevar un vestido de Alta, pero si comprueban mi pasaporte y ven que pone que soy Casta Mediana, me castigarán por infringir la ley suntuaria. No sé qué consecuencias tendría una Mediana por eso. Y si mi pasaporte no pasa la inspección y se descubre que es falso, entonces volvería a donde estábamos: primero me encerrarían en la cárcel y después me ejecutarían.

—Nadie comprueba los pasaportes en las fiestas. Arruinaría el ambiente.

—Entonces tal vez lo mejor sea llevar ropa de Alta, si es que crees que así podré pasar desapercibida.

Sid abrió los ojos, incrédula.

—¿Qué? —pregunté.

—La idea de que pases desapercibida…

—¿Crees que mis modales no irán acordes con mi forma de vestir y me descubrirán igualmente?

—No…

Me estaba empezando a enfadar.

—¿O es que crees que nada de lo que me ponga me va a quedar tan bien como te queda a ti la ropa?

—¡No! —Ahora ella también estaba enfadada.

—¿Entonces qué es?

Soltó las palabras de golpe:

—Es difícil apartar la mirada de ti. Al menos yo no soy capaz de hacerlo. No me imagino cómo alguien podría hacer tal cosa.

Aquello no era otro de sus coqueteos. Su voz no tenía el tono despreocupado que usaba normalmente. Sonaba alterada. No parecía ella.

Me toqué la quemadura de la mejilla. Ya no dolía, al menos no en la piel. Me pasé el pelo revuelto por detrás de las orejas. Me sentía hueca, como las cáscaras de huevo del plato de Sid. Ella vio el gesto, frunció el ceño y empezó a decir algo, pero la corté:

—¿Pero tú qué piensas?

Se revolvió el pelo.

—Creo que esta conversación me incomoda.

—Quiero saber qué crees que debería hacer.

—La ropa Alta sería la opción más segura. Eso no significa que sea la mejor.

—Quiero sentirme segura esta noche.

Sacó una tarjeta del bolsillo del pantalón y me la pasó. El anverso mostraba un símbolo que ya le había visto a ella: la cara de un hombre con los ojos cerrados y una marca en la frente. En el reverso de la tarjeta había un mapa dibujado a mano por ella.

—Si vas a la tienda de la modista marcada en ese pequeño mapa, Madame Mere se encargará de que te atiendan. Compra lo que quieras. Esta no será la última gala a la que asistamos, así que necesitarás prendas suficientes como para llenar un armario. Mientras eliges lo que quieres, veré si puedo entrar en el Salón de los Guardianes y averiguar por qué uno de sus miembros se dedica a ser jardinero por las noches. —Le devolví la tarjeta—. ¿Qué haces? Vas a necesitarla.

—Recuerdo el mapa.

—Necesitarás esta insignia. —Puso un dedo sobre el rostro de ojos cerrados—. Así la modista tiene la garantía de que cubriré cualquier gasto.

—¿Qué es exactamente esta imagen?

Sid cambio de postura, incómoda. Volvió a mirar al mar. El puerto estaba a la vista. Los barcos mostraban sus mástiles, que eran del tamaño de un palillo desde esa distancia, y las velas recogidas.

—Se la tomé prestada a la reina de Herran.

—¿Se la robaste?

—Algo así.

—Sid, ¿estás mirando tu barco en el puerto?

—Es posible.

—¿Piensas acumular un cierto número de facturas a nombre de la reina de tu país para luego zarpar en cuanto se descubra que ese crédito no tiene fondos porque es falso?

—¡No! Me gusta mirar mi barco, nada más. Me gusta saber que está ahí. Y será mejor que mi tripulación también lo esté, o habrá consecuencias.

—No te creo.

—Créeme, las habrá.

Exasperada ante su deliberada malinterpretación de mis palabras, le dije:

—¿Has robado esta casa?

—Yo solo robo corazones.

—Tenemos un acuerdo. Tenemos un acuerdo sobre lo de la fanfarronería.

—Pero eso no ha sido fanfarronería. Es la verdad.

Agarré la cafetera amarilla y vertí todo el contenido por el balcón.

—Eso ha sido cruel, Nirrim.

—Responde a mis preguntas, aunque solo sea a algunas.

—Escucha. —Se puso seria—. Siempre pago mis deudas. Tengo mucho dinero. A mi familia le sobra. Esta tarjeta… me sirve para que me den el respeto que me merezco. ¿Tengo derecho a poseerla? Es discutible. ¿Tengo derecho a usarla? Absolutamente no, y hacerlo me pasará factura. Pero el dinero no lo es todo aquí. Ya lo sabes. Importa más de qué clase eres. El oro no nos va a dar acceso a la fiesta de esta noche. El prestigio sí. Mi asociación con la reina es la clave.

—Dijiste que trabajas para ella.

—Trabajaba.

—¿Qué hacías?

—Si te lo cuento, ¿confiarás en mí y dejarás de pensar que soy una persona horrible que quiere estafar a la gente honrada?

—¿Cómo sabré que dices la verdad?

—Tendrás que confiar en mí.

—Me pides que confíe en ti para poder confiar en ti.

—Te pido que confíes en ti misma. Que escuches a tu instinto. ¿Crees que soy una persona horrible?

La miré fijamente: su piel era ámbar a la luz del sol, se le marcaban unas pocas pecas, los ojos transmitían preocupación de una forma que no le había visto antes. Me di cuenta de que era importante para ella saber lo que yo pensaba sobre su persona. Miré el desayuno, todas las cosas dulces que no había tocado, que había cocinado o ido a buscar mientras yo dormía, y que debían de ser solo para mí.

—No —contesté—. Creo que tienes buen corazón.

—Bueno, tampoco te pases.

—Dime lo que hacías cuando trabajabas para ella y te creeré. Por ahora.

—Pensaba que quería que confiaras en mí, pero te confieso que ahora estoy encantada con esta nueva faceta tuya tan desconfiada. Me hace sentir que más me vale estar a la altura de lo que esperas de mí o me meteré en un buen lío.

—Sid.

—Nirrim, yo era su espía. —Me quedé perpleja—. ¿Por qué te sorprende tanto? Los reyes y las reinas tienen espías. Todo el mundo lo sabe. ¿De qué otra forma puede uno dirigir un país?

—No creo que los espías vayan por ahí diciendo que lo son.

—Es que ya no lo soy.

—No creo que los espías vayan por ahí revelando la identidad de sus jefes.

—Bueno, en realidad, ¿quién iba a ser si no? El rey es demasiado noble. La reina, sin embargo, está muy dispuesta a ensuciarse las manos. Todo el mundo sabe que ella es quien dirige la monarquía. Es un secreto conocido por el pueblo. En realidad, la reina quiere que su pueblo y los dignatarios extranjeros sepan exactamente cómo es. Eso hace que la teman.

—Me dijiste que hacías recados para ella.

—Cosa que, en cierto modo, es muy cierta. Y dio la casualidad de que, mientras llevaba a cabo uno de esos recados, oí rumores sobre una isla mágica. Decidí indagar un poco en los archivos. Encontré relatos de hace cientos de años que describían esta región del mar como tristemente célebre por la desaparición de barcos. Me pareció que valía la pena investigar.

—Así que fuiste navegando hacia una zona conocida por los naufragios.

—Sí.

—Después de dejar de trabajar para la reina.

—Para ser honesta, una no deja de ser su espía como quien deja cualquier trabajo.

—Y robaste una insignia que representa su autoridad.

—Sí.

—No veo cómo puede acabar bien esto.

—¿Qué gracia tendría hacer las cosas si desde un principio sabemos que van a acabar bien?

36

Madame Mere era una mujer Alta prototípica, con ojos grises tormenta y pelo negro entretejido en una serie de trenzas entrelazadas. Tenía algunos mechones rosas entremezclados con los negros. Debía de tener unos veinte años más que yo; se le marcaban unas delicadas arrugas en el rabillo del ojo al sonreír. Su vestido de seda color zafiro era aparentemente sencillo (Annin habría llorado ante tanta belleza) y contrastaba con las elaboradas alas de alambre y tul que asomaban por su espalda. Las mariposas abrían y cerraban sus alas iridiscentes con manchitas color rosa mientras revoloteaban a su alrededor y se posaban en su pelo o sobre sus hombros. Exhalaban un perfume floral a su paso. Extendí la mano. Una mariposa me atravesó los dedos.

—Es una ilusión. —Madame Mere sonrió ante mi asombro. La pared que había detrás de ella estaba repleta de rollos de tela, clasificados por colores y estampado. Detrás de ella había una mesa de ébano, una madera que recogían los Sin Casta en los trópicos de la isla, o al menos eso había leído en los libros de Harvers. Sobre ella, había una tetera de cristal con té rosa del que se tomaba frío—. Por favor, dígame que no va a ir al baile de máscaras de la duquesa vestida de Semicasta —dijo—. Eso es muy del año pasado.

Le entregué la tarjeta que me había dado Sid. Su expresión se volvió socarrona.

—Ya veo. ¿Y debo vestirla para el gusto y placer de Lady Sidarine?

—¿Qué es ese símbolo que aparece en la tarjeta?

—La insignia de la familia real de Herran.

Me alivió saber que Sid me había dicho la verdad.

—¿Qué tipo de conexión tiene ella con esa familia?

—Nadie lo sabe. Se rumorea que es una aristócrata herrana. Sinceramente, nadie había oído hablar de Herran hasta que llegó ella. Ya había pasado por aquí algún que otro viajante antes, pero nadie como ella. —Entonces bajó la voz y su tono se volvió conspiranoico—. Creo que le está sacando mucho partido al aire de misterio que la rodea. Las preguntas son mucho más deseables que las respuestas.

Se sirvió una taza de té y bebió un sorbo mientras permanecía de pie, con el platillo sobre la palma de la mano y los ojos sonriéndome por encima del borde de la taza de cristal.

—¿Por qué? —sentí que el calor me subía a las mejillas—. ¿Qué más se dice de ella?

—Que es tan mala como un hombre.

Me llevó ante un espejo alto y festoneado. Lo reconocí; lo había fabricado Terrin en el Distrito. Madame Mere me colocó frente a él y se colocó un poco por detrás de mí, mirando nuestro reflejo por encima de mi hombro. Al principio, estaba demasiado distraída por sus palabras para verme de verdad. Me calentaban la piel. Llegaban hasta lo más profundo de mi ser y me acariciaban el corazón.

Y entonces me distrajeron las alas de la modista. Se movían detrás de nosotras dos y parecía que también eran mías.

Pero, finalmente, mis ojos se posaron en mi reflejo.

Ojos grandes. Boca pequeña. Pelo salvaje. Una quemadura casi curada que probablemente nunca se iría del todo. Mi vestido que parecía un saco.

Madame Merle agarró un trozo de tela y la frotó entre sus dedos.

—No estoy segura de quién le hizo esta prenda —dijo—, pero tiene un aspecto tan auténtico que resulta impresionante.

Mi mirada se desvió hacia su cara, para ver si había algún indicio de que sospechara. Pero su rostro parecía plácido... demasiado plácido. Sin líneas de expresión diría incluso. Me aparté del espejo para mirarla frente a frente. Las arrugas que había visto antes en sus facciones habían desaparecido de algún modo.

—Dime lo que quiere y yo lo haré realidad —me dijo.

Quiero a esa pequeña mentirosa, pensé.

Quiero su boca.

Quiero que su perfume se me pegue a la piel como se pega la hierba cuando te sientas encima.

Una burbuja de deseo me subió por la garganta.

—Quiero ser guapa.

—Por supuesto —dijo la modista—. ¿No es eso lo que queremos todas?

37

Unos chicos Medianos encendían las farolas mientras yo volvía a casa de Sid, cargada con una gran caja rosa que contenía mi vestido para la fiesta. Madame Mere me había dicho que me enviaría el resto del vestuario más adelante, aunque insistió en que me pusiera un vestido cian con mangas cortas y acampanadas antes de salir de su tienda, y me alisó y rizó el pelo alborotado mientras tomaba su té rosa, sorprendentemente insípido. Me recogió el pelo con horquillas del mismo color verde brillante que tenían los escarabajos. Me puso crema en las mejillas.

—No me gusta que nadie salga de mi tienda con un aspecto que no sea glamuroso.

No le gustó saber que iba a ser yo quien iba a llevar mi propia caja a cuestas.

—Me parece que está usted llevando lo de ser Semi demasiado lejos, querida —dijo.

Me asombraba que las suposiciones de la gente pasaran por encima de lo obvio, aunque yo no era quien para juzgar a nadie por no ver las cosas como realmente eran.

Mientras subía por la calle cuesta arriba, con la caja del vestido bajo el brazo, pensé en Helin y en su intento por protegerme de mi extrañeza. En cómo había prometido ser mi guía y encargarse de explicarme qué era real y qué no.

Aún la echaba de menos. Seguía sintiendo tristeza, pero era una tristeza más suave, porque la culpa que tanto me oprimía había disminuido. Esa noche, no comprendí lo enferma que estaba Helin. La creí cuando dijo que estaba bien, porque me había entrenado para creerla a ella y para desconfiar de mí misma.

Pero incluso si no hubiera estado plagada de visiones que no comprendía, si hubiera sido normal, podría haber cometido el mismo error. Mi problema, mi maldición, era la incapacidad de ver con claridad. Pero quizá todo el mundo tenía la misma.

Los faroleros levantaban sus largas varas, estrechas y negras como la pata de una garza, para prender fuego a las mechas de las lámparas. Estas empezaron a brillar, una a una, contra el cielo lavanda.

Eché un vistazo a la tranquila calle y me pregunté si podía obligarme a mí misma a ver una de esas visiones que siempre había intentado ignorar. Cuanto más pensaba en las imágenes que había visto en mi cabeza cuando todavía estaba en el Distrito, más me preguntaba si aquello no sería realmente un recuerdo almacenado en mi perfecta memoria.

También recordaba la memoria de la ciudad.

Durante años había intentado resistirme a las visiones. Me resultaba incómodo fomentarlas. Pero me imaginaba a mí misma tierna y vulnerable: un polluelo fuera del huevo.

Y por un momento, no vi ante mí una calle iluminada por farolas, sino una colina vacía y cubierta de hierba, con el viento agitando todo lo verde.

Miré detrás de mí, hacia el muro.

No había ningún muro. Solo estaba el Distrito, indefenso, rodeado de nada más que colinas y cielo.

—Hola —dijo una voz.

Me giré y la visión desapareció.

—Tú —dije.

Era el muchacho de pelo castaño que me había encontrado en el barrio Mediano, el que había robado los frascos de sueños. Llevaba un poste para encender farolas sobre su hombro.

Silbó.

—Estás muy elegante. Casi no te reconozco. Has progresado en la vida, ¿verdad?

Di un paso atrás con recelo.

—¿Vas a chivarte?

—¿Yo? No. Por el código de honor entre ladrones y todo eso.

—No soy una ladrona.

Entrecerró un ojo y se quedó mirándome.

—¿Acaso no estás robando un lugar en la sociedad que no te corresponde? Aunque, créeme, en cuanto tenga oportunidad, yo haré lo mismo.

—¿Entonces qué quieres de mí?

—He venido a darte un mensaje. Tu amiga la forastera dice que llegará tarde, así que os encontraréis directamente en la fiesta. —Me entregó un trozo de papel con un mapa—. Dice que debes usar la tarjeta con la insignia para entrar.

—Conque fuiste tú quien le dijo que la buscaba en el barrio Mediano.

—No hace falta que actúes como si te hubiera traicionado. En ningún momento me pediste que no se lo contara. Si ella me da un poco de oro a cambio de historias interesantes, ¿quién soy yo para decir que no?

Después de aquello, se alejó sujetando la caña al hombro de mala gana, como si fuera a pescar. Las farolas brillaban en la oscuridad y las sombras errantes de los otros chicos Medianos danzaron hasta desaparecer en la noche.

El mapa me llevó a una casa tan cubierta de hiedra y flores que no podía ver la pared que se escondía detrás. Los pequeños colibríes entraban y salían de las flores, que eran grandes como puños. En el patio había un tumulto de gente esperando a entrar. Vestían ropas extravagantes y de diseño. Había quien llevaba aros dorados alrededor de la cintura y un encaje transparente debajo que dejaba a la vista las piernas desnudas. Otra persona vestía pétalos de alambre y satén que florecían alrededor del tallo verde en el que se había convertido su cuerpo. También había plumas de aves salvajes, brazaletes de serpientes que se deslizaban por el brazo… En definitiva, los invitados no parecían humanos, más bien criaturas extrañas (mitad pájaro, mitad serpiente, mitad flor) o dioses. Las mujeres llevaban un cabello largo e increíblemente frondoso, que dejaban caer en gruesas capas alrededor de los hombros, o se recogían en imponentes maravillas arquitectónicas. Un hombre que miraba hacia mi dirección lucía unas pestañas azules bordeadas de pétalos verde lima.

Sid estaba en las sombras del patio. Llevaba una chaqueta negra de hombre abotonada sobre una camisa de cuello blanco, la cadena del reloj colgando del bolsillo y el pelo dorado peinado hacia atrás. Las comisuras de sus ojos rasgados se arrugaron al sonreír por algo que le había susurrado una mujer de pelo lila. Ella llevaba los labios decorados con purpurina y los mantenía a escasos milímetros de la oreja de Sid.

Los nervios y el asombro dieron paso a unos celos enfermizos.

Me acerqué a ellas en silencio. Sid se metió las manos en los bolsillos. La mujer le tocó el cuello blanco de la camisa y luego apoyó la mano en su hombro, como para mantener el equilibrio. Sid torció la boca y dijo algo que parecía una confesión. Luego levantó la vista y me vio. Su rostro se quedó inmóvil. Murmuró algo a la mujer, que frunció el ceño mientras me acercaba.

Sid le dio un rápido beso en la mejilla.

—Discúlpame —le dijo—. Mi compañera está aquí.

La mujer de pelo lila se alejó con altivez. A su paso, el rastro de plumas que colgaba de su vestido iba dejando notas de cantos de pájaros que se desvanecían a medida que se adentraba en aquella casa rodeada de flores.

—Vaya, menuda sorpresa que, para ti, llegar tarde a una fiesta signifique que vas a llegar a tiempo para poder empezar antes a ligar con la chica que te llevarás a la cama esa noche.

Sid fue a replicar, pero se detuvo y se quedó mirándome fijamente.

—Nirrim, ¿qué te has hecho en la cara? —Me tocó la mejilla con la mano.

Me molestó que me gustara notar su tacto.

—No me toques.

Dejó caer la mano. Parecía avergonzada.

—Lo siento. No era mi intención. Es que… la quemadura de tu mejilla ha desaparecido.

Me toqué la mejilla. Ahí donde hasta hace poco notaba la piel sensible y nueva, ahora no había nada.

—¿Cómo es eso posible?

—¿No lo sabes?

—Madame Mere me untado una crema por la cara… tal vez fuera cosmética. ¿O su espejo? Tal vez fuera mágico. —Recordé cómo había mirado mi propio reflejo. Eso era lo malo de tener una memoria perfecta: era imposible olvidar cómo me había fijado en todos y cada uno de mis defectos, en cómo me había sentido llena de deseo—. No debería haberlo hecho. —Estaba enfadada con la modista por cambiarme sin mi permiso, enfadada con Sid, enfadada conmigo misma.

Todo aquello era en vano: el vestido plateado que llevaba, la cortina de cuentas de cristal que flotaba sobre mis brazos desnudos como si fueran pequeñas burbujas.

Sid seguía con el ceño fruncido.

—No voy a acostarme con Lillin.

—Creo que ella no estaría de acuerdo con esa afirmación.

—Bueno, me acosté con ella una vez. Pero fue hace mucho tiempo. —Hice un sonido de repulsión—. ¿Estás…? —Se detuvo. Lentamente, reformuló la frase—: No pensé que te molestaría que hablara con ella.

—No me molesta.

—Si tú lo dices.

—¿No crees que está mal darle esperanzas?

—¿Por eso te pones así? He sido bastante clara con ella, sabe que no estoy interesada.

—Le has dado un beso.

—Solo ha sido un besito.

—¿En qué mundo eso es una muestra de falta de interés?

—Ha sido un beso fraternal. Un beso de despedida.

—Contigo es imposible razonar.

—Podría decir lo mismo de ti.

El número de asistentes en el patio había disminuido. Casi todos habían entrado.

Sid se frotó la nuca, estudiándome. Luego se metió las manos en los bolsillos y encorvó los hombros. Entonces, en voz baja, dijo:

—De todas las personas con las que es imposible razonar, tú eres mi favorita.

—¿Yo? —dije vacilante.

—Eres la única con la que quiero estar.

—Esta noche. —No sabía qué era peor: que hubiera presenciado mi ataque de celos, que estuviera tratando de aplacarlos o que yo tuviera la certeza (igual que la debería haber tenido Lillin o cualquier mujer que hubiera pasado por la cama de Sid) que no podía confiar en nada de lo que me dijera porque, con ella, todo era pasajero.

—Cualquier noche. —Me ofreció el brazo como lo haría un hombre—. ¿Quieres entrar conmigo?

Se lo agarré. La tela de su chaqueta rozó mi piel. Quería girarme hacia ella, apretar mi cara contra su cuello.

—Pareceremos una pareja —dije.

—¿Es eso lo que quieres?

La verdad exige mucha valentía. No me sentía valiente. No habría sido valiente si su pregunta no hubiera sonado un poco esperanzadora. Sí, quería que todos pensaran que ella estaba conmigo, que yo estaba con ella. Sí, aunque solo fuera por una noche. Con un hilo de voz, contesté:

—Sí.

Mi respuesta la tomó por sorpresa y su boca se quedó paralizada, pero luego se curvó como muestra de ese placer inquisitivo tan propio de ella y que a mí tanto me encantaba. Quizá para ella solo era un juego, pero me sentía tan bien siendo su juguete.

—Nirrim —dijo—, mis más sinceras disculpas por *no* haber llegado tarde. ¿Quieres que te enumere todas las cosas que tengo pensado hacer para ganarme tu perdón?

Sonreí mientras entrábamos en la casa.

38

El comedor estaba repleto de ramas. Se enroscaban alrededor de las lámparas de aceite con llamas verdes. El suelo estaba blando y cubierto de tierra. Me di cuenta de que no era que la casa estuviera cubierta de vegetación, sino que las ramas, las flores y las hojas eran la casa en sí.

—¿Alguien ha cultivado todo esto? —pregunté—. ¿Quién?

—Nadie lo sabe. Creció de la noche a la mañana. —Giramos por un pasillo pavimentado con bellotas—. Pronto se marchitará y se desvanecerá. La magia nunca dura.

—Así que crees que es magia.

—Creo que «magia» es una palabra conveniente para referirnos a un misterio que todavía no hemos resuelto.

—¿Cómo es que al final no has llegado tarde a la fiesta?

—No he podido entrar en el Salón de los Guardianes. Había demasiada vigilancia y, por alguna razón, mis encantos no han funcionado con nadie. Así que no he tardado tanto como tenía previsto. Pero el hermano de Lillin es concejal y cree que puede conseguirme mapas del edificio. Ahora ya sabes por qué he tenido que ser amable con ella.

—Claro, será por eso.

Sid sonrió.

—Amable hasta cierto límite, por supuesto.

Pasamos por delante de una habitación que tenía forma de nido de pájaro, como los que hacen las gallinas australianas, esféricos y totalmente cerrados, con una entrada ovalada. Oí un grito de júbilo, acompañado del rugido de una multitud. Me asomé para ver qué había dentro. Todas las paredes interiores de la habitación redonda estaban cubiertas con miles de pequeñas ramitas entretejidas. Una mesa de barro endurecido ocupaba el centro de la sala. Una mujer con dibujos de mariposas en la piel recogía una pila de oro mientras las demás personas que había en la mesa tiraban las cartas que tenían en la mano con rabia. Los espectadores vitoreaban.

—Están jugando una partida de cartas —le dije a Sid.

—¿Sí? —preguntó, interesada. Echó un vistazo al interior de la habitación—. Ah, sí —dijo de nuevo, esta vez sin interés—. Están jugando al Panteón. Ese ya me lo sé.

—¿Cómo se juega?

—Hay cien cartas, una por cada dios. Cada carta tiene un valor, siendo el de la Muerte el más alto y el de la Costurera el más bajo, ya que era mortal antes de que la Muerte la convirtiera en diosa. La diosa de los juegos invierte el orden de tirada. El dios de los ladrones es una buena carta también. Y luego están las cartas blancas. No sé qué representan. Nadie lo sabe, o si lo saben no me lo han querido decir. El crupier decide cuántas cartas blancas incluir en la baraja. No tienen valor por sí mismas, pero pueden aumentar el poder de tu mano o disminuir el de tu oponente si sabes usarlas.

Sid continuó, describiendo las mejores combinaciones de cartas y las líneas de estrategia más eficaces.

—¿Quieres jugar? —pregunté.

Negó con la cabeza.

—Demasiado aburrido. Siempre gano.

Con delicadeza, me guio por el pasillo hacia el salón de baile, donde los músicos Medianos tocaban y la Casta Alta se arremolinaba por la pista, bailando en parejas.

El salón de baile estaba cubierto con corteza de abedul. Había unas ranas arbóreas que se aferraban a la lámpara de araña hecha con zarzas y canturreaban al ritmo de la música. El techo sobre la lámpara era una niebla gris. Dos hombres estaban juntos, de pie, en un rincón del salón. Uno acariciaba la boca del otro con el dedo.

Qué fácil.

Nadie los miraba. A nadie le importaba. La única que miraba era yo.

Sid siguió mi mirada. Empezó a decir algo, pero justo entonces apareció una sirvienta Mediana para darme una copa de cristal llena de un líquido espumoso, casi del mismo color que la niebla, pero ligeramente más rosado. La mujer se apresuró a marcharse antes de que pudiera darle las gracias. Cuando estaba a punto de dar un trago, Sid puso la palma de la mano sobre la copa.

—Eso es de mala educación —protesté.

—Es vino de plata —dijo ella—. Te hará decir la verdad.

—Ah.

—No quiero que digas nada que no quieras decir.

—Siempre podemos compartirlo —la reté.

Sid tomó con cautela la copa por el borde, pellizcándola con los dedos, como si contuviera algo peligroso, y, lentamente, la dejó sobre una mesa de corteza de abedul que teníamos cerca, luego retrocedió poco a poco, de forma teatral.

—Vaya, qué prudente —dije—. Suerte que estás tú para protegernos.

—Soy un héroe.

—Y, sin embargo, llevas ese reloj de bolsillo.

Sid enrolló un dedo alrededor de la cadena.

—¿Esto?

—No es más que otra versión del vino de plata, ¿no te parece?

—El reloj ya no funciona. Lo llevo porque me gusta el estilo. Mira, sigue atascado en la misma palabra que marcó la última vez que lo usé.

Deseo.

Se oyó un trueno. Miré hacia arriba. La niebla acumulada en el techo se había condensado en un oscuro puño de nubes. Caían relámpagos. Los truenos volvieron a retumbar. Empezó a llover a cántaros. La música se detuvo. Las ranas chillaron. Quienes estaban bailando empezaron a gritar y reír y salieron corriendo de la sala. Sid y yo los seguimos, ya que la alternativa era acabar pisoteadas.

Nos abrimos paso entre los Altos que se amontonaban en el pasillo con sus ropas empapadas. Algunos reían, otros se quejaban porque se habían estropeado sus trajes.

Las pestañas de Sid estaban mojadas por la lluvia. Su boca también. Su camisa blanca estaba empapada y se le pegaba a la piel. Podía ver cómo la clavícula sobresalía a través de la tela.

—Tu pelo —dijo distraída— se riza cuando está mojado.

Me apartó un mechón que tenía pegado a la cara. En un arranque de locura, apoyé mi cara en su mano, tan cálida y firme.

—¿Cansada? —me preguntó mientras me acariciaba el pómulo con el pulgar.

Un escalofrío me recorrió la espalda.

—No.

Sus ojos buscaron los míos.

—¿Echas en falta a tu gente?

A quien echaba en falta era a ella, a pesar de que la tenía delante. Me preocupaba que, si decía que no, dejaría de tocarme, y que, si decía que sí, le daría pena.

—Tengo frío —contesté, lo cual era verdad, pero una de esas verdades que se usan para mentir.

Bajó la mano. Su expresión era imperturbable. Asintió con la cabeza, no en respuesta a mi mentira de medianoche, sino como si estuviera pensando en algo. Miró a un lado y otro del pasillo, que se estaba vaciando de gente, y dijo:

—Quizá haya una manta de musgo en alguna parte. O, no sé... un abrigo de plumas en el armario de un árbol hueco.

Añoraba su mano. Me avergonzaba añorarla, igual que me avergonzaba haber escogido la respuesta incorrecta. Volví a estremecerme, esta vez de frío, tanto por dentro como por fuera. Empecé a desabrochar los diminutos botones de cristal que recorrían la parte delantera de mi vestido mojado.

La atención de Sid volvió a centrarse en mí rápidamente.

—¿Te estás... quitando la ropa? No sabía que habíamos llegado a ese punto de nuestra relación.

—Es la gracia del vestido —dije, contenta de que volviera a burlarse de mí—. Son varios vestidos en uno.

—Pero me gusta este. Parece que te envuelve la luz de las estrellas.

—Está mojado. —Me quité el vestido plateado, que dio paso a otro con una falda plisada de color carmesí.

—Guau —dijo Sid—. Quiero ver los demás.

—Siempre quieres ir demasiado rápido.

—En realidad, creo que muestro mucha moderación contigo.

—Una más. Esta capa también está húmeda —concedí.

—Espera. Detente ahí.

El vestido era ahora de satén color esmeralda ceñido, sencillo y con caída. Estaba deshaciendo los lazos, pero me detuve.

—Por favor —dijo.

—¿Este es tu favorito?

—Tus ojos —dijo ella, en voz baja. Luego su tono se volvió más firme—. Quiero que te dejes este, y me debes un sí.

—Injustamente obtenido de mí cuando estábamos en la cárcel.

—Si no recuerdo mal, supiste arreglártelas muy hábilmente para evadir los otros dos síes, así que creo que uno es más que razonable.

—¿Quieres desperdiciarlo en un vestido?

—¿En verte llevando este vestido toda la noche? Vale la pena.

Desapareció la sensación de frío.

—Quédate con tu sí. Te lo concederé en otra ocasión. Quiero llevar este vestido, si es el que más te gusta. —Miré la cadena de oro del reloj de bolsillo—. Quiero una cosa más.

—Solo tienes que decirme cuál.

—Jugar contigo al Panteón.

—Mala idea.

—¿Tienes miedo?

—Sí, de ti después de vencerte.

—¿Eso de hablar mucho y hacer poco es típico de tu país o solo de ti?

—Después no me digas que no te lo advertí —contestó ella.

39

Nos sentamos a la mesa de barro que había en el nido de pájaros, donde ya estaban jugando varios Altos. Algunos mojaban los dedos en cuencos de carey llenos de un polvo gris brillante y se los llevaban a los labios entre ronda y ronda.

—Polvo del placer —me murmuró Sid al oído—. Esos jugadores lo harán mejor de lo que deberían al principio, pero no por mucho tiempo.

Había un montón de oro y plata sobre la mesa, pero también cosas al azar, como pendientes de nácar, una caja esmaltada abierta con la figura de un minúsculo gato en su interior y un pequeño frasco metálico con tapón. Me saqué una peineta verde del pelo y la añadí al montón como apuesta. Sid echó una moneda.

Mientras jugábamos, Sid estaba más callada que de costumbre, inquietantemente serena, sacando mano ganadora tras mano ganadora. Varios jugadores abandonaron. Añadí más peinetas verdes al montón y las perdí. Al principio no jugaba para ganar, sino para observar cuándo Sid se tiraba un farol y cuándo no, lo cual era bastante fácil de adivinar, no porque cambiara su comportamiento, sino por el simple hecho de que yo recordaba dónde estaba cada carta y quién tenía qué. A veces no sabía qué cartas tenía exactamente porque aún no se había repartido toda la baraja de cien más cuatro blancas, pero sabía más o menos qué mano tenía cuando se retiraba, aunque sus cartas estuvieran boca abajo y solo viera los relucientes dorsos dorados y negros.

Luego, poco a poco, empecé a ganar. A medida que la baraja iba bajando, se me hacía cada vez más fácil. La primera vez, Sid me felicitó dulcemente. Cuando ya llevaba tres, levantó una ceja con recelo. Me sorprendió lo fácil que le resultaba a la gente olvidar lo que sabía, ya que a Sid no pareció ocurrírsele que yo hubiera memorizado la distribución de la baraja, tan empeñada estaba en ganar (y tan confiada, probablemente, por su historial de dominio del juego).

Poco después, todos habían abandonado menos nosotras. Yo tenía una enorme pila de ganancias. Sid repartió el resto de la baraja.

Eché un vistazo a mis cartas y supe al instante lo que ella tenía. Empujé mis ganancias hacia el centro.

—Lo apuesto todo.

—Yo que tú no lo haría —dijo, y no era un mal consejo, ya que ella tenía al dios de la muerte.

—Iguálame la apuesta —Cuando suspiró y metió la mano en la chaqueta en busca de oro, le dije—: No. Quiero el reloj.

Pasó un dedo por la cadena. Pensativa, sacó el reloj del bolsillo y lo sopesó en la palma de la mano.

—¿Esto? —preguntó—. ¿Por qué?

Me ruboricé. En cierto modo, ya había mostrado mi mano.

—¿Te retiras?

Pasó el reloj entre sus dedos, inspeccionándolo, pero no lo abrió. De repente, lo comprendió. Vi el momento exacto reflejado en su rostro.

—No está roto, ¿verdad? —dijo—. De hecho —siguió mientras lo arrojaba sobre la pila— creo que funciona perfectamente bien.

Enseñó sus cartas y sonrió.

Enseñé yo las mías. No tenía casi nada… excepto el dios de los ladrones y una carta blanca, que era tan buena como tener dos dioses de la muerte.

—¡Noooo!

Sid escondió la cara entre las manos. Soltó un gemido amortiguado por las palmas. Cuando levantó el rostro, vi que se había dado cuenta de lo que debería haber tenido en cuenta sobre mí durante toda la partida. Se inclinó sobre la mesa para ponerme el reloj en la mano. Su suave mejilla rozó la mía.

—Has hecho trampas —dijo en un susurro.

—He ganado —la corregí, y dejé caer el reloj al suelo para aplastarlo con el talón.

Habíamos metido mis ganancias dentro de uno de los vestidos húmedos que me había sacado, retorciendo la tela para formar un saco improvisado. Íbamos andando por el pasillo de las bellotas cuando estalló una pelea. Un hombre que bebía vino plateado arrojó el contenido de su copa a la cara de su amigo, que se la devolvió con un puñetazo, dejando caer su propia copa. En la trifulca, uno empujó al otro contra la pared de tierra, y esta soltó un polvo marrón que cubrió por completo a una mujer que estaba cerca.

Los hombres traspasaron la pared y cayeron al otro lado. La mujer, con el rostro cubierto de tierra, empezó a gritarles. Su lucha, acompañada de golpes y chillidos, se fue alejando.

La mujer, cubierta de suciedad, miró su vestido mugriento y rompió a llorar.

—No seas tonta, no es para tanto —le dijo una mujer que llevaba unas alas de alambre.

—¡Me encantaba este vestido!

—¿Qué más da? Nadie se pone el mismo vestido dos veces.

Todo el regocijo que sentía por haber ganado al Panteón abandonó mi cuerpo. Miré a los Altos en el pasillo y en el atrio de delante, sus pestañas de colores y sus montones de pelo, y me di cuenta de que incluso yo, que lo recordaba todo, era capaz de ignorar lo que sabía.

El pelo y las pestañas eran falsos. Eran diezmos. Se los habían quitado a los Semi.

El cuenco de carey lleno de polvo del placer había sido fabricado por huérfanos.

Las alas de la mujer, al igual que las de las de Madame Mere, no eran de seda, sino de piel. Sentí un escalofrío por todo el cuerpo.

—¿Qué pasa? —preguntó Sid.

—No es justo. —Sentí que estaba a punto de llorar.

—¿El qué? Cuéntame.

Pensé en los hombres que se acariciaban en el salón de baile, en cómo había sentido celos y a la vez miedo por ellos. Había temido por si a alguien se le ocurría golpearles, porque nadie en el Distrito podía hacer lo que ellos hacían.

Pensé en Annin, que tanto anhelaba un poco de belleza.

Pensé en Morah, que ni siquiera había podido quedarse con su propio hijo, y en Cuerva, que tenía que vivir con la culpa de haberle quitado el bebé a Morah porque en su día pensó que era lo mejor, porque el Distrito no era lugar para criar a un niño.

Pensé en todos los que fueron a la cárcel y nunca volvieron. En todos los padres cuyos hijos habían desaparecido.

Pensé en mí, tan acostumbrada a estar atrapada que tenía miedo de ser libre.

En mí, feliz con mi vestido que era varios vestidos en uno, encantada ante todo lo que nunca había tenido.

—¿Quieres irte? —su voz sonaba angustiada.

Asentí.

Salimos a empujones al patio. Las estrellas se estaban desvaneciendo. El alba asomaba por el cielo.

—Me tienes preocupada —dijo Sid—. Por favor, dime algo.

—Lo tienen todo.

Su rostro se serenó.

—Así es —coincidió.

—Quiero quitárselo.

—No me extraña.

—Voy a quitárselo. Prométeme que me ayudarás.

Sid hizo una pausa.

—No sabemos qué es exactamente lo que hay que quitarles.

—No me importa si es magia o ciencia. Dijiste que, si te ayudaba a encontrar su secreto, me darías lo que quisiera. Quiero que me ayudes a quitárselo a la Casta Alta y dárselo a la gente del Distrito. ¿Lo harás o no?

—Sí.

—Prométemelo.

—Te lo juro por los dioses.

—No crees en los dioses.

—Pero sí creo que jurar por ellos tiene un cierto significado.

—No es suficiente.

—¿Por qué quieres que jure entonces?

—Por tus padres. Júralo por sus vidas.

La cara de Sid se tensó. Negó con la cabeza.

—Lo juro por mí misma.

40

Una mañana fresca antes de un día caluroso tiene una dulzura especial. El amanecer cedió ante la llegada del sol mientras caminábamos hacia casa, el suave viento me movía el pelo, que me acariciaba la piel como si fuera agua. El rosa animaba el cielo. Algo me decía que aquel iba a ser un día abrasador, y la brisa, como una amiga, me daba todo lo que podía de sí.

Estaba muy cansada. Me dolían los pies. Apoyé la cabeza en el hombro de Sid mientras caminábamos, medio dormida. Sentí, a pesar de mi somnolencia, que ella estaba totalmente despierta. Fuera lo que fuera lo que pensaba, parecía retumbar en su interior. Me permití sentirme segura, sin importarme si más tarde descubría que ese sentimiento había sido un error. La piel de su garganta era suave al tacto contra mi mejilla, y me gustaba sentir su brazo alrededor de mí. Pensé que no me estaría abrazando así si no sintiese al menos parte de lo que yo sentía. No habría sonreído al darse cuenta de que su reloj siempre había funcionado, de que despertaba deseo en mí. No le habría encantado mi vestido verde, ni me habría tocado la mejilla, ni me habría besado la palma de la mano y fingido que era una disculpa, ni se habría vuelto repentinamente distante y fría cuando le dije que quería a Aden. No me habría hecho una promesa. Mis recuerdos eran claros, y lo que antes no entendía en ese momento me parecía obvio.

Sabía que me abandonaría. Había dejado claro que lo haría desde un principio.

Lo que sentía por mí, fuera lo que fuera, no duraría. Pero quería aprovecharlo mientras durara.

Metió la llave en la puerta de entrada de la casa. Subimos las escaleras insonoras, con esos escalones tan silenciosos que parecía que dormían bajo nuestros pies.

Sid abrió de un empujón la puerta de mi dormitorio. Una corriente de aire abrió las puertas del balcón, que no había cerrado bien. Los cristales traquetearon en sus marcos. El viento levantó y agitó las cortinas. Una brisa rozó la cama y agitó las pequeñas borlas de la colcha color crema. Me di la vuelta y cerré la puerta. El viento amainó.

Sid estaba de espaldas. Posé los dedos sobre el cuello desabrochado de su camisa blanca y los deslicé hacia abajo, hasta que mi palma quedó apoyada justo donde su pecho se empezaba a elevar bajo la rígida chaqueta. Su piel estaba caliente al tacto. Notaba su pulso acelerado contra mi palma.

—Estás medio dormida —dijo.

—Estoy despierta.

Levantó la mano para posarla sobre la mía y apretarla contra su pecho.

—Te debo un sí —le recordé.

Su mirada se ensombreció. Subí con la mano hasta que las puntas de los dedos quedaron a la altura de su garganta, con la palma de la mano aplastada bajo la suya, firme. Entonces dije:

—Pídeme que te bese.

Se lanzó y me besó ella. Su boca estaba hambrienta. Pasó de mis labios a mi cuello mientras enredaba las manos en mi pelo. Le quité la chaqueta y descubrí el saliente de sus costillas bajo la camisa, el perfil de su vientre, el cinturón de cuero donde guardaba su daga. Saboreé su boca. El corazón me latía con fuerza y estaba ávido de ella. Me encantaba escucharla jadear, notar sus dientes en mi labio inferior, su muslo duro entre los míos. Tiré del cinturón para acercarla aún más a mí. Quería ir a la cama; quería sentir su peso encima de mí.

—Espera —murmuró—. Vamos demasiado rápido.

Me sentía como si mi cuerpo entero estuviera sonrojado.

—A ti te gustan las cosas rápidas.

—No así.

Se apartó. Tenía el pelo alborotado y los labios hinchados. Me miró a mí, luego a su camisa medio desabrochada. Se frotó los ojos con una mano.

—Sid. —Mi voz estaba llena de deseo.

Se puso bien la camisa y se la metió por dentro del pantalón.

—Tú tienes una vida aquí. Una que quieres conservar. Una que no me incluye a mí.

—Ahora sí te incluye.

—No de esta manera.

—¿Pero por qué? —Se me quebró la voz.

—Te arrepentirás.

—No, no lo haré.

—Yo sí —dijo.

Se dio la vuelta y se fue. Cerró la puerta suavemente tras de sí y me dejó ahí, sola, con la respiración acelerada y el incipiente dolor que se abría paso como la luz del día.

41

Cuando me desperté, la luz del sol era como una cuchilla ardiente sobre la cama. Era tarde y la ausencia de aire hacía que tuviera la piel húmeda. Me había destapado mientras dormía.

Se escuchaba a alguien llevando a cabo algún tipo de tarea en la planta de abajo. Se percibía el olor a quemado de aquella asquerosa bebida oriental que tanto le gustaba a Sid.

Aplasté la cara contra la almohada. Ya no olía a Sid. Olía a mí, y me alegré, porque ya era bastante doloroso desearla, bastante doloroso recordar exactamente la forma de su boca bajo mi lengua, sin tener el olor específico de su perfume y su piel presionándome la cara.

¿Cuál era la palabra que habría hecho que se quedase la noche anterior? ¿Existía siquiera?

Podría haber dicho: *Ya sé que no es para siempre.*

Podría haber dicho: *Quiero esto, aunque después se desintegre como el azúcar en mi lengua, lo quiero igual.*

Pero no dije nada. Puede que, aunque hubiera dicho algo, el resultado hubiese sido el mismo.

La segunda vez que abrí los ojos, la casa estaba inmersa en un silencio vacío. Sentí alivio.

Revisé lo que había ganado jugando al Panteón y lo arrojé todo sobre la cama. Puse todo el dinero a un lado para dárselo más adelante a Cuerva, las joyas y la caja con el gatito que maullaba iban a ser para Annin, y a Morah le daría un pequeño cuchillo, sobre todo porque me recordaba a ella. Tenía una hoja fuerte y sencilla, con un filo nada despreciable, y una empuñadura de oro sobre acero tan intrincada que resultaba difícil seguir la trayectoria del dibujo. Descorché el pequeño frasco de metal. El líquido que contenía hizo un ruido al abrirlo. Lo olfateé. Olía a agua. No entendía por qué alguien se habría tomado la molestia de poner una cantidad tan pequeña de agua en un frasco. No era una cantimplora ni una petaca. Me cabía en la palma de la mano. Después de encontrarme con vino plateado y polvo del placer en la fiesta, no iba a probar nada que no supiera identificar. Lo llevé al baño y dejé caer un poco del líquido del frasco en el lavabo. Era de un color rosa tenue.

Recordé dónde había visto algo así antes.

Me miré en el espejo. La quemadura de la mejilla había vuelto. No había sido una crema ni el espejo de la modista lo que la había hecho desaparecer durante una noche. Había sido el té rosa de Madame Mere.

⁓

—¿Y bien? —dijo cuando entré en su tienda—. ¿Triunfó? ¿Qué vestido le gustó más? ¿Fue el vestido final, la última capa?

Le tendí el frasquito de metal.

—¿Es suyo?

Ella lo miró y luego me miró con curiosidad.

—No.

—¿Lo que contiene es suyo? ¿Qué es este líquido?

Agarró el frasco, lo abrió y lo olió.

—Ah, eso —dijo, y sonrió.

—¿Por qué sonríe?

—Porque hasta ahora tenía dudas sobre si era usted Semicasta, pero me lo acaba de confirmar.

Mi corazón se saltó un latido. Mi rostro debió traicionarme. Madame Mere siguió hablando:

—Solo alguien criado dentro del muro o una viajera como Lady Sidarine preguntarían por este elixir.

—¿Lo sabías? —Me invadió el miedo—. ¿Por qué fingiste que no?

—Ay, querida. Tengo un negocio que mantener.

—¿Quiere decir que guardó silencio para no perder a Sid como clienta?

—No. Tengo muchos clientes. Rechazo a muchos y visto solo a los que me intrigan.

—¿Pretende chantajearme? No tengo nada que darle.

—Sé que no. Por eso no he dicho nada, ni lo voy a hacer. ¿No se ha dado cuenta de que la mayoría de los Altos no trabajan y yo sí?

Me sentí tonta por haber pensado que no se daría cuenta de lo obvio (que yo era Semi). Era yo quien no había visto lo que tenía delante de las narices.

—Trabajo porque lo disfruto —siguió—. Todo el mundo ama la belleza, pero lo que más me gusta es crearla. Me gusta plasmar los deseos de alguien en un patrón y una tela. Me gusta coser las diferentes partes. Y si algunos de mis parientes piensan que es extraño que lo haga, eligen pasar por alto mi extrañeza por el privilegio de llevar mi ropa. Usted, querida, quiere más de lo que la vida le ha dado. ¿Qué hay de malo en ello? Es también lo que yo quiero. Es lo que quiere todo el mundo.

—¿Entonces no se lo dirá a la milicia?

—Ese sería un resultado muy aburrido para su inusual situación.

No estaba para nada tranquila a pesar de sus palabras.

—Esa no me parece razón suficiente para confiar en usted.

—Discrepo. Ya ha asistido a una de nuestras fiestas. Seguro que ha visto cómo, debajo de todas las galas, todo el mundo está ávido de algo diferente, de algo nuevo. Y eso es exactamente lo que es usted, querida. ¿Por qué iba yo a renunciar a ello?

—Así que para usted soy… entretenimiento.

—Usted es una historia cuyo final llegaría demasiado pronto si fuera a la cárcel. —Se afanó en servirnos té rosa—. ¿Quiere un poco? No puedo decirle lo que hace el elixir de ese frasco porque no lo sé seguro. Si usted tampoco lo sabe, lo mejor que puede hacer es tirarlo. Podría ser capaz de hacerla llorar lágrimas de oro, o de hacer que lo que imagina cobre vida, aunque normalmente esas cosas solo duran un breve espacio de tiempo. Mi elixir, en cambio, es muy beneficioso. Cura. Repara cicatrices, como ya ha podido comprobar. Rellena las grietas que deja la edad.

Me di cuenta de que nunca había visto una persona Alta vieja, o con aspecto de serlo, al menos. Si me hubiera fijado, probablemente habría supuesto que era una coincidencia, que había ido a sitios que solo frecuentaban los jóvenes, pero, al parecer, aquí nadie quería aparentar su edad.

Rechacé el té. La quemadura iba a reaparecer de todos modos. Ese elixir no me había parecido curativo, sino un respiro de la verdad adictivo.

—¿El elixir lo hace usted?

Dio un sorbo a su taza.

—No. Lo suministra el Consejo. Hay muchas variedades. El precio es alto, pero la mayoría está dispuesta a pagarlo, ya sea con oro o con ofrendas.

—¿Ofrendas?

—Sí. Muchos padres ofrecen a uno de sus hijos al servicio del Consejo, que siempre está buscando nuevos miembros. Pocas personas desean servir activamente al Protector, aunque siempre hay quien disfruta de la emoción de estar cerca del centro del poder y se incorpora voluntariamente al Salón de los Guardianes.

—¿Por qué se llama así?

Se encogió de hombros con delicadeza.

—Supongo que porque guardan y controlan el suministro de elixires. Y mantienen el orden en la ciudad. Supervisan a la milicia, que son Casta Mediana, y nombran jueces de entre los miembros del Consejo. Pero, en realidad, no sé por qué el edificio se llama así. Siempre se ha llamado así.

Me sorprendió oír esas palabras de boca de una Alta, pronunciadas en el mismo tono inexpresivo que había oído utilizar a Morah, a Annin e incluso a mí misma. Siempre había supuesto que solo la gente de dentro del muro hablaba así, y que todos los que vivían al otro lado tenían las respuestas a todas nuestras preguntas, igual que tenían todo lo demás, incluso la capacidad de desafiar a la edad.

—Las cosas son como son —dijo Madame Mere, depositando su taza vacía en el platillo.

Pero nada es como es. Todo proviene de algo. No hay nada ni nadie sin pasado. Pensé en el árbol adivino. No siempre había sido un árbol. Una vez fue un brote verde y joven que salía de la tierra. Una vez fue una semilla.

—No la creo —le dije a Madame Mere, no porque pensara que mentía, sino porque dudaba que hubiera alguien en Ethin que supiera la verdad.

Sid parecía cansada cuando volví a casa. Llevaba un vestido de seda color caléndula mientras se afanaba en la cocina. No se había puesto nada para proteger la delicada tela del aceite que estaba untando en un jarrete de cordero, o de las especias que iba esparciendo generosamente por encima, o de las grosellas rojas frescas que iba arrancando de sus frágiles tallos. Era como si, indirectamente (o más bien muy directamente), quisiera estropear el vestido. Su rostro estaba demacrado y triste, sus ojos evitaban los míos.

—¿Dónde has estado? —preguntó.

—Cumpliendo mi parte del trato.

—Ah. —Miró sus manos aceitadas y el desorden sobre la mesa.

—Saliste de casa antes que yo —señalé, ya que parecía inexplicablemente insatisfecha con mi respuesta—. ¿Por qué llevas eso puesto?

Miró el vestido manchado. Su boca se curvó con desagrado.

—Pensé que debía ponérmelo.

—¿Por qué?

—¿Por qué? —repitió ella—. No estás haciendo ninguna de las preguntas que pensé que me harías.

Pero no quería hablar de la noche anterior. No quería hablar de cómo la única forma que había encontrado para poder dormir había sido poniendo las manos debajo de la almohada, para no caer en la tentación de tocarme, lo cual solo me habría recordado lo mucho que quería que aquellas fueran sus manos, no las mías.

—Llevo este vestido porque pensé que sería la elección apropiada, ya que quería intentar utilizar mi estatus para entrar al Salón de los Guardianes.

—No ha funcionado —adiviné, basándome en su estado de ánimo general.

—No. —Volvió a mirar la carne sazonada—. Solo he hecho para una persona.

Afrentada, le dije:

—No espero que cocines para mí.

—Me refiero a que tendremos que compartir. —Me miró—. Pensaba que no ibas a volver. He encontrado la casa vacía al regresar. Pensaba que te habías ido para siempre.

—No voy a hacer eso.

—Pero yo sí.

—Lo sé.

Se quedó muy callada.

—No me gustó la idea de que te hubieras ido. Temía que te hubieras visto obligada a marcharte por mi culpa.

—Pero estoy aquí —dije—. Y tú también.

—Por ahora.

—Todo es por ahora —concluí, y no supe cómo explicarle ese sentimiento con el que siempre había vivido, tan antiguo como el recuerdo de la fría caja del orfanato: que me podían arrebatar todo lo que tenía en cualquier momento—. Las dos buscamos lo mismo.

—¿Eso crees?

—Buscamos respuestas —dije, porque era cierto, pero también porque quería desviar la conversación hacia la razón principal por la que estábamos juntas en esa casa, y así alejarla de la noche anterior y de su rechazo, que ella parecía querer explicar, con una torpeza impropia de ella, y que yo no creía que necesitara más explicaciones.

Las cosas estaban claras. Dijo que si me llevaba a la cama se iba a arrepentir. Lo que quería explicarme era que si pasaba algo entre nosotras acabaría haciéndome daño, que ella no era el tipo de persona que se queda mucho tiempo en el mismo sitio. También que se preocupaba por mí, un amargo consuelo que podía apreciar con solo verle la cara de preocupación. No quería que estuviera preocupada. Puse mi mano sobre la suya, llena de aceite y sangre y con restos de especias y sal que hacían el efecto de estar tocando arena.

—No he cambiado de opinión —dije. Ella me miró y yo vacilé, porque no quería que se repitiera lo de anoche, volver a pedirle lo que no estaba dispuesta a darme o volver a pensar en cómo sus labios húmedos me habían rozado el cuello. Me aclaré la garganta y repetí—: No he cambiado de opinión sobre nuestro plan.

Ella asintió.

—Está bien.

—Y he descubierto algo de información.

Levantó una ceja. Ya parecía más ella misma.

—¿Ah, sí?

—¿No te avergüenza descubrir que una humilde subordinada ha descubierto algo que no había descubierto antes una espía de la reina?

—Tú no eres una humilde subordinada.

—Ya veo, esquivando la pregunta como siempre. Eso debe significar que tengo razón.

—Te equivocas. No estoy avergonzada. —Sid giró la mano, que yacía bajo la mía, y entrelazó los dedos con los míos—. Estoy impresionada, aunque no sorprendida.

—¿Por qué no te sorprende?

—Eres ingeniosa. Fuerte.

—Ingeniosa... —repetí—. Puede, ¿pero fuerte? —Negué con la cabeza—. A veces echo de menos el muro. Echo de menos estar dentro de él.

Sabía que estar ahí no era seguro, pero era mi hogar. A veces, hasta un hogar inseguro puede darnos sensación de seguridad.

—Pero ahora no estás ahí dentro —dijo ella—. Estás aquí, poniéndote en peligro, mucho más que yo, y, sin embargo, sigues arriesgándote. Ojalá pudieras verte como te veo yo.

—¿Cómo me ves?

—Eres como esas flores que crecen por las paredes. Las flores indi. Las que se congelan y vuelven a la vida. Se cuelan por cualquier grieta, por pequeña que sea.

—Son destructivas.

—Sí. Y preciosas.

Aparté mi mano de la suya. No me gustaba lo bien que me hacían sentir sus palabras ni cómo me daba la sensación, de nuevo, de que eran un amargo consuelo, como una herida y un bálsamo a la vez. Intentaba consolarme después de haberme rechazado, igual que había hecho yo con Aden la primera vez que rompí con él: le dije que era guapo, ingenioso y que tenía talento, que se le daba tan bien capturar corazones como capturar imágenes en placas de estaño. Muchas chicas del barrio lo adoraban, pero no era el adecuado para mí.

—Tu cicatriz ha vuelto. —Levantó un dedo, pero se frenó antes de llegar a tocarme la quemadura—. ¿Cómo te la hiciste? Nunca me lo has contado. No la tenías cuando nos conocimos.

—Un accidente —respondí—. Déjame contarte lo que he descubierto hoy.

—No soy la única que esquiva preguntas —dijo, pero no me presionó.

Escuchó atentamente lo que me había dicho la modista y dijo:

—Necesitamos infiltrarnos en el Consejo.

—Tu estatus te ha abierto muchas puertas. Nos sacó de prisión, te permite vivir aquí y ser invitada a las fiestas de la Casta Alta, te garantiza que te hagan vestidos… ¿Cómo es que no te permite acceder al Salón de los Guardianes?

Negó con la cabeza.

—En este caso, mi cercanía a la reina herrana hace que sean más reacios a darme acceso a un lugar que podría albergar lo que parece ser un secreto de estado. Y no puedo colarme, ya que soy una de las pocas forasteras que han pisado esta isla y todo el mundo me reconoce. Tampoco tengo los documentos adecuados. Los miembros del Consejo tienen una página extra en sus pasaportes que tiene un sello especial para mostrar su estatus.

—Quizá yo puedo colarme. Tengo aspecto de Alta.

—No. No quiero que te arriesgues. Y seguiríamos teniendo el problema de la documentación.

—Bueno —dije—, en realidad no.

Me miró de reojo.

—¿Crees que la persona que falsificó tu pasaporte para que pusiera que eras Casta Mediana te puede dar acceso a un sello del Consejo?

—Esa persona… soy yo.

—Tú —repitió.

Le expliqué cómo utilizaba mi habilidad con la memoria para falsificar pasaportes. Se quedó mirándome fijamente.

—¿Sorprendida? —le pregunté.

—Sí, de lo ciega que he estado. ¿Por qué no me lo habías contado antes?

—No confiaba en ti.

—¿Y ahora sí?

Pensé en la noche anterior. Lo preocupada que había estado hacía un momento de que me hubiera ido para siempre. Su rechazo rotundo a la idea de que me colara en el Salón de los Guardianes.

—Confío en que no me denunciarás a la milicia. Confío en que no quieres que me hagan daño.

—Claro que no quiero —dijo ella—. Me dolería que te hicieran daño.

—Eres más amable de lo que a veces he pensado que eras.

—Ah, sí. Una vez me acusaste de no tener corazón.
—Me estudió y luego dijo lentamente—: ¿Todo esto… está
relacionado con Cuerva de alguna forma? Se la veía demasiado afectada por no tenerte durante un mes. Comentas-
teis algo de un proyecto en el que estabais trabajando. ¿Era
esto? Pensé que solo estaba siendo manipuladora. Que estaba inventando excusas para controlarte y mantenerte a
su lado.

—No es manipuladora. Le preocupaba la cantidad de
gente que iba a tener que esperar para conseguir su pasaporte porque yo me iba. Ambas trabajamos para dar pasaportes falsos a la gente que los necesita. Tiene buen
corazón. Ha ayudado a mucha gente. Aden también.

—Ah. —Su expresión se cerró—. Claro. Tu amado.

—Si supieras cuánto bien hacen Cuerva y Aden, no serías tan fría con ellos.

—Puede que hayas llegado a la conclusión de que soy
lo bastante buena persona como para confiarme tu secreto,
Nirrim, y supongo que lo soy, pero no esperes que me en-
cariñe de repente con tu joven y apuesto enamorado.

—Si consigo ver el pasaporte auténtico de un concejal,
podría falsificar un documento que me permitiera entrar
en el Salón de los Guardianes.

—No —dijo rotundamente—, porque entonces querrás
usarlo.

—Si no recuerdo mal, me prometiste aventuras.

—No quiero que te pongas en peligro.

—Un poco tarde para eso.

Sid insistió en que no hacía falta entrar en el edificio
para descubrir cómo fabricaba el Consejo aquel elixir, que
podíamos seguir asistiendo a fiestas para recoger pistas,
como yo había hecho con el frasco que contenía ese líquido.

—El Consejo organiza un desfile dentro de dos semanas —dijo.

Dos semanas. Pensé en lo corto que era un mes, en el poco tiempo que me quedaba con Sid, en lo rápido que se iba a acabar aquello.

⁓

Las fiestas a las que asistíamos, al menos al principio, solo eran muestras de derroche. Un baile de máscaras en el que, al filo de la medianoche, la gente se comía las máscaras de azúcar de sus amantes mientras yo miraba incómoda, con Sid de pie a mi lado, rígida y con la máscara aún sobre su rostro inescrutable. Supuse que, para poder ignorar mejor el hecho de que todo el mundo a nuestro alrededor estaba lamiéndose los labios azucarados mutuamente, Sid decidió no quedarse ahí quieta y se fue a robarle el pasaporte a un Alto para después dármelo a mí. Lo hojeé rápidamente, memorizando cada una de sus partes. Después, Sid se lo devolvió a su dueño, que pensaba que se le había caído, con una ligera reverencia. Más tarde, en su casa, tallé un bloque de madera para recrear un sello de Casta Alta, cuidando de que dejara sobre el papel una impresión exactamente igual que la que había visto. Sid me trajo tintes y trozos de cuero. Recorté el heliograbado de mi pasaporte Mediano y lo introduje en el nuevo. No tenía el sello correcto que me permitiría entrar en el Salón de los Guardianes, pero tener un pasaporte Alto era un comienzo.

El nuevo pasaporte me dio una sensación de seguridad, aunque Sid tenía razón: nadie en las fiestas exigía ver mi documentación. Bastaba con que estuviera con Sid y vistiera de la manera adecuada. Los Altos estaban centrados en su propio placer, seguros de que nadie podía ni se atrevería a infiltrarse en su barrio.

Hubo una fiesta de fuentes. Fue en una casa en la que el agua brotaba del suelo en momentos y lugares inesperados con la intención de atrapar a esas personas vestidas con tanto glamour y empaparles la ropa hasta dejarla completamente translúcida. A veces veía muebles o decoración que se habían fabricado en el Distrito y eso despertaba mi añoranza. Una vez, encontré toda una biblioteca llena de libros que llevaban una marca en el lomo que indicaba que habían sido hechos por Harvers, y sentí nostalgia. Echaba de menos su taller y el olor a tinta.

De vez en cuando, miraba las baratijas que había guardado para Morah y Annin: el cuchillo, la caja con el gato, las joyas. Echaba de menos las burdas muestras de cariño de Morah y la dulzura de Annin, y deseaba poder contarles todo lo que estaba ocurriendo. Pero el montón de oro y plata que había reservado para Cuerva me hacía sentir un incómodo alivio a pesar de estar lejos de ella. Su amor era tan delicado, no hacía falta mucho para que se volviera agrio. Nunca sabía cuándo iba a hacerla enfadar. Cuando estaba en la taberna, tenía que vigilarla tan de cerca como vigilaba a la milicia, por miedo a hacer algo que no tocaba. Descubrí que no la echaba de menos, que evitaba pensar en ella. Eso me hacía sentir culpable y me hacía recordar todo lo que había hecho por mí, y lo desagradecida que estaba siendo con ella. Entonces sí que la echaba de menos, y recordaba su voz llamándome «corderito» y «mi niña».

Sid me llevó a una fiesta al aire libre en la que había un intrincado laberinto de flores que me resultó muy fácil de resolver, ya que fui trazando mentalmente los giros y callejones sin salida, así nunca cometía dos veces el mismo error. Cuando fui a por el premio que había en el centro del laberinto (un simple brazalete de oro sobre un pedestal), se abrió una trampilla debajo de mí que me arrojó a una cuba de polvo del placer. Empecé a escupir para tratar de sacármelo de la boca, pero el sabor, fuerte y salvaje, se me quedó pegado a la lengua. El polvo brillaba sobre mi piel incluso después de que Sid me ayudara a salir de la trampa. Los demás asistentes se rieron, y rieron más cuando ella me sacudió la ropa y el polvo acabó impregnado en su piel. Sus ojos negros se abrieron de par en par y se volvieron muy brillantes, y fue entonces cuando supe que también le había entrado en la boca.

Aquella fue una noche dura. Yo me sentía libre como el mar, enamorada de todo, de la vida, de cada roce, que, por leve que fuera, se convertía en una intensa caricia. Tenía la risa floja e, incluso cuando Sid me arrastró hasta una fuente para limpiarnos, no podía parar de reír a carcajadas. El agua no sirvió para quitarme ese sabor que tenía en la boca.

—Eres preciosa —le dije.

Los chorros de las fuentes burbujeaban a nuestro alrededor.

—No estás en plenas facultades —contestó ella.

—A veces tú también te quedas embobada mirándome. Veo cómo me lanzas miradas furtivas. —Más tarde, cuando volví a estar sobria, el recuerdo de esta conversación me hizo sentir vergüenza ajena.

—No es cierto.

—Estás mintiendo. Eres una mentirosa. Me dijiste que lo eras. ¡Pero! —Un nuevo pensamiento me cruzó por la mente—. Si una mentirosa dice que es una mentirosa y realmente es una mentirosa de verdad, entonces acaba de decir la verdad. Lo cual hace que no sea una mentirosa. O no siempre.

—Por favor —dijo Sid—, sigue bebiendo agua. Te despejará la mente.

Sonaba tan angustiada que le hice caso, pero luego empezó a pesarme el cuerpo y lo único que me apetecía era arrastrarme hasta casa.

—Lo siento mucho —dije cuando ya volvía a tener frío y el mundo había dejado de brillar.

—No lo sientas. No ha sido culpa tuya. No eras tú misma.

—Tú también te has tragado un poco.

—Sí. —Suspiró.

—Y has estado normal.

—No me he sentido normal.

—Pero has sido capaz de actuar como si lo estuvieras.

—Quizá estoy mejorando en esto de aprender a controlarme —dijo.

Tuve escalofríos durante todo el camino a casa. Empecé a despreciar las fiestas, cómo me atraían con su belleza y luego me empachaban hasta tener malestar, como si me hubiera atiborrado. Estaba dispuesta, con o sin la ayuda de Sid, a encontrar el pasaporte de un concejal para falsificar el acceso al Salón de los Guardianes. Entonces, por fin, una fiesta tuvo algo diferente a las demás. Reconocí a un invitado, alguien que me había quitado algo y me debía una explicación.

42

Estábamos en una casa llamada el Inversa, que era totalmente subterránea. Entramos por una trampilla que había en el césped y accedimos a un elegante vestíbulo con paredes de mármol donde todo estaba al revés. En el suelo había una lámpara de araña con brillantes lágrimas de cristal que formaban una especie de diadema. Las velas estaban encendidas y alumbraban los delicados zapatos de la gente. La cera goteaba hacia arriba y se elevaba hacia el techo, donde había muebles sujetos cerca de una chimenea que, a pesar del calor que hacía aquella noche, crepitaba en una esquina con llamas verdes y púrpuras. En el piso de abajo, que estaba posicionado donde estaría el piso de arriba, había balcones que se asomaban a cavidades vacías de tierra e inquietantemente iluminadas con luciérnagas verdes. Fue ahí donde un sirviente Mediano nos ofreció unas copas de cristal que contenían lo que parecía ser el té rosa de Madame Mere. No sabía si beberlo, recién salida de mi experiencia con el polvo del placer y consciente de la advertencia de la modista de no beber el elixir si no sabía con qué finalidad lo habían preparado.

—Una podría pensar —murmuré, mirando la copa que tenía en la mano— que las distintas versiones del elixir tendrían un aspecto también diferente.

Observamos a los invitados que nos rodeaban dar sorbos a sus bebidas. Entonces oímos cómo una mujer ahogaba un grito y, acto seguido, empezó a flotar hacia el techo (que en realidad era un suelo y, además, tenía unas baldosas que recordaban a una pista de baile). Se le cayó la copa por la sorpresa, y esta la siguió y se precipitó hacia el techo, donde se rompió y se esparció, pero sin llegar a caer.

—¿Quieres beber? —Sid me miró por encima de su copa, que tenía ya a la altura de los labios.

—La gente está volando —dije asombrada.

—¿Estás segura? ¿O es que hemos tomado una droga que altera nuestra percepción de la realidad? Tal vez ya hayamos bebido un sorbo del elixir, nos haya hecho efecto y creamos que las copas están completamente llenas.

Miré con desconfianza mi copa llena de líquido rosa. Dejé caer un poco. Fluyó hacia arriba, donde los demás invitados habían empezado a buscar pareja de baile.

Sid dijo:

—Supongo que no quieres arriesgarte a que se repita el incidente del polvo del placer.

—Definitivamente no.

Un hombre que llevaba el pelo de color azul glacial y recogido en unas trenzas pasó flotando junto a nosotras. Había cambiado de peinado, pero lo reconocí al instante.

—Ese hombre… Ese es el que probó mi sangre en el mercado nocturno —le dije a Sid— y después se quedó ahí plantado.

—¿El que te hizo qué?

Me bebí la copa hasta el fondo.

—Nirrim, espera.

Pero yo ya estaba flotando hacia el techo entre quienes se habían animado a bailar.

43

Al mirar lo que tenía debajo de mis pies flotantes me dio tanto vértigo que me entraron náuseas. Sid cada vez se veía más pequeña. Vi cómo se bebía toda la copa de un trago y supe que vendría detrás, y entonces tuve que dejar de mirar, porque al acercarme al techo mi cuerpo giró, mis zapatos de baile se pegaron al techo, mi cabeza quedo en dirección al suelo donde hasta hace unos segundos estaba con Sid.

El mundo se invirtió. Mi cuerpo estaba del revés, pero todo parecía estar derecho, así que ya no me sentía del revés.

—Qué aburrimiento —dijo el hombre de pelo azul que había tomado mi sangre—. Debo decírselo a mi hermano.

—Necesito preguntarte algo —dije.

—La parte de volar ha estado bien, pero este salón de baile es muy soso. No he venido aquí a sentirme normal.

—¿Te acuerdas de mí?

Me miró entrecerrando los ojos.

—¿Nos hemos acostado? ¿Fue en la playa de Illim, ese día que hicimos volar cometas hasta que se enredaron y después todos dormimos en un enorme castillo de arena mágico con pequeños cangrejos que nos pellizcaban los pies y nos hacían gritar pero que, a la vez, nos hacían sentir bien?

—No. Cuando me conociste, iba disfrazada de Mediana.

—Conque ibas de barriobajera, ¿eh? —Sonrió—. Vaya, vaya —añadió, pero sus ojos seguían vacíos.

No me conocía, y probablemente ni se acordaría de mí la mañana siguiente.

—Te pregunté si sabías dónde podía encontrar a Lady Sidarine.

Su mirada se desvió de mi cara y pasó a algo que tenía detrás. Se le abrieron los ojos de par en par.

—Eso sí que es magia de la buena. ¡La has invocado y ha aparecido! ¿Es una ilusión o es real? ¿Puedo probar tu elixir? Yo también quiero hacer que la gente venga a mí. ¡Esta fiesta es una basura! Deberíamos poder flotar más rato.

Sid justo acababa de ponerse a mi lado.

—Tú sí que sabes con quién ir para pasarlo bien —me dijo con complicidad—. ¡La mujer que viste de hombre y viene del país que nadie conoce! Es capaz de pasarse días despierta, tomar polvo del placer hasta el amanecer. Sabe cómo engatusar a cualquiera hasta acabar debajo de las sábanas. ¡Su lista de conquistas es impresionante! ¡Tan larga como mi brazo!

—Está exagerando —me dijo Sid.

—¿Viste la pelea que tuvo con Lord Tibrin? Le clavó un cuchillo.

—Una daga —corrigió Sid.

—Acabó con él.

—Solo le hice un rasguño de nada —aclaró, de nuevo, Sid—. Está sano y salvo.

—He escuchado por ahí que es prima del rey herrano.

—Eso no es cierto —protestó Sid—. Son todo habladurías.

—¿Incluida la parte sobre tus conquistas? —le pregunté.

—Bueno, supongo que todo rumor está salpicado por la verdad. —Vio la cara que hacía y se apresuró a decir—: ¡Es broma! Más o menos. Me gusta complacer a las mujeres. ¿Qué tiene eso de malo?

Me giré hacia el hombre, que estaba enrollando una de las trenzas azules alrededor de un dedo con cara de entusiasmo.

—Nos conocimos en el mercado nocturno del barrio Mediano —dije—. Yo iba disfrazada de Casta Mediana. Para divertirme. Para hacer un descanso de tanto aburrimiento y tanto lujo.

Asintió, comprensivo. Seguí:

—Probaste mi sangre.

—Ah. —Soltó la trenza. Se desenrolló del dedo—. Eso no fue divertido. Nada divertido. ¿Por qué me hiciste eso? —Sus ojos se llenaron de lágrimas.

—Fuiste tú quien insistió. Dijiste que me ayudarías si te daba tres gotas de sangre.

—Mi hermano me dijo que era culpa mía. Él es miembro del Consejo, un hombre sensato. Siempre me dice que no debo probar nunca sangre de extraños. Pero ese día pensamos que no me haría nada.

—¿Por qué no? —pregunté—. ¿Qué te hizo?

—Porque creíamos que eras Mediana. ¡Pero en realidad eres Alta! Aunque eso tampoco es una explicación. Ay, es todo tan confuso…

Sid intervino:

—No estás respondiendo a sus preguntas.

—No me mires así. Yo también sé luchar, ¿eh? Me enseñaron a usar una espada en la finca que mi familia tiene a las afueras de la ciudad, donde crece la caña de azúcar. Yo cortaba la caña con mi pequeña espada así y asá, y todos los demás chicos Altos temblaban ante mis habilidades, y los Sin Casta que había por el campo ni siquiera se atrevían a mirarme. Era como un pequeño dios.

—¿Pero qué te hizo la sangre? —insistí—. Después de probarla te quedaste ahí parado, con una actitud extraña, como si fueras de piedra.

—Me hizo recordar —respondió.

—¿Recordar qué? —preguntó Sid.

—No te lo pienso decir, maleducada. Son mis recuerdos. Pero este lo había olvidado hasta que la sucia sangre de esta lo arruinó todo. No quería recordarlo. Ella me obligó. —Se desplomó sobre el suelo y empezó a llorar entre sus manos—. ¿Dónde está mi hermano? ¿Por qué no pueden venir los concejales a las fiestas? Esta fiesta es horrible. No me queda más polvo y lo de flotar ha durado tan poco y vosotras dos sois malas y estáis haciendo que me ponga triste y no sé cómo bajar de aquí… —Su última palabra terminó en un sollozo.

—Tiene razón en eso —me dijo Sid—. Estamos atrapadas en el techo hasta que se pase el efecto del elixir y, sinceramente, no sé qué pasará después.

—¿Nos caeremos? —pregunté.

—¡Yo quiero flotar! —se lamentó el hombre de pelo azul.

—Normalmente, estas fiestas terminan sin peligro —dijo Sid.

—¿Normalmente? —repetí.

Se agachó junto al hombre que lloraba y le pellizcó la oreja.

—¡Ay!

—Presta atención. Deja de llorar. Responde a sus preguntas.

Se secó las lágrimas.

—No fue un recuerdo normal. Fue como si estuviera allí otra vez. Los olores. Los sabores. Todo fue tan real, como si estuviera en el aquí y ahora. Por favor, no me hagas decir lo que era.

—Está bien —dije, aunque Sid me dirigió una mirada de desaprobación.

—Ese recuerdo me duele —dijo el hombre.

Una sensación de malestar había ido creciendo en mi interior. Repasé sus palabras en mi mente.

—Has dicho que la sangre Mediana no hace nada, y que tampoco tenía sentido que te lo provocara la Alta. La sacáis de los diezmos, ¿verdad? De los prisioneros Semicasta. ¿Qué hace la sangre de los Semi? ¿Cómo funciona?

—Quizá tres gotas fueron demasiado —dijo como toda respuesta.

Entonces me di cuenta de algo. Miré a Sid.

—El elixir no es té rosa. Es sangre rebajada con agua.

44

—Quiero que la pruebes —le dije a Sid cuando volvimos a su casa después de que acabara la fiesta.

Unos sirvientes Medianos llenaron el suelo de almohadas de terciopelo. Una invitada que estaba bailando se desprendió del techo como un pétalo y fue cayendo hasta aterrizar en las almohadas con un golpe sordo. Al final, nosotras hicimos lo mismo, al igual que el hombre de las trenzas azules, que había seguido llorando hasta quedarse dormido después de nuestra conversación, y siguió durmiendo la siesta al llegar a las almohadas, con una mano debajo de la mejilla.

—No —contestó Sid.

Subió las escaleras hasta su habitación y cerró la puerta tras de sí. La seguí y abrí la puerta de un empujón.

—No tienes derecho a enfadarte. A ti no te han hecho nada. El Consejo tomó mi sangre. La mía. Han estado aprovechándose de la gente del Distrito. Quieren nuestro pelo para fabricar pelucas, nuestros órganos para practicar cirugías y nuestra sangre para hacer magia. Se han llegado a llevar hasta a niños, y ni siquiera sé por qué. Yo tengo derecho a estar enfadada, tú no.

—Está bien —dijo—. No tengo derecho a estar enfadada, pues. —Pero parecía furiosa—. Ahora déjame en paz. Vete. No voy a probar tu sangre.

—¿Es porque nos ha dicho que el recuerdo fue doloroso?

—No. —Sus ojos oscuros estaban muy abiertos, su rostro más pálido que de costumbre, la peca bajo el ojo se le marcaba aún más.

—No es propio de ti tener miedo.

—No tienes ni idea de quién soy en realidad.

Frustrada, le dije:

—Solo sé lo que tú me permites saber.

—Sí, tengo miedo —espetó—, pero no es por eso por lo que no quiero hacerlo. Quizá no tenga derecho a estar enfadada, no como tú, pero lo estoy igual. Estoy enfadada por lo que te han hecho. Estoy enfadada porque te han quitado tanto y me pides que te quite aún más.

—Pero yo quiero que lo hagas. Necesito saber qué sucede.

—Pregúntale a otra persona. Pregúntale a tu novio.

—Quiero que seas tú. Es en ti en quien confío.

Su rostro dibujó una mirada derrotada y llena de preocupación. Se sentó al borde de la cama, que era más sencilla y estrecha que la mía, y estaba impecablemente bien hecha. Se sacó la parte inferior de la túnica de dentro de los pantalones, dejando al descubierto la daga, y la sacó de su funda. Me ofreció la empuñadura.

—Procuro que siempre esté muy afilada.

Cuando me senté a su lado, se dejó caer de espaldas contra el colchón con un suspiro ahogado de frustración.

—No sé cómo he acabado metiéndome en esto —dijo—. Se suponía que este viaje iba a ser divertido. La gracia de huir es poder escapar de las responsabilidades. —Cerró los ojos—. Venga, hazlo. Deprisa. No quiero ver cómo te haces daño.

La empuñadura de la daga estaba labrada en oro. Ahora que podía ver el arma de cerca, me di cuenta de que su intrincada decoración incluía, en el pomo de la daga, el mismo signo que aparecía en la tarjeta que Sid le había quitado a su reina.

—¿También robaste esto?

Soltó un gruñido.

—Por favor, acaba de una vez.

Me hice un corte en el dedo con el filo de la daga. La sangre brotó al instante. Ella abrió los ojos.

—Dioses… —exclamó.

—Solo una gota. —Le tendí la mano.

Se apoyó sobre los codos, con la cabeza inclinada hacia atrás y el pelo corto brillando bajo la luz del sol naciente. Me agarró la muñeca, acercó la cara a mi mano y me lamió el dedo. Un escalofrío me recorrió la espalda. El corte me escocía, pero me encantaba sentir su lengua sobre mí. No podía apartar la mirada de sus ojos oscuros, de su boca en mi mano. Entonces sus ojos se vidriaron. Sus dedos aflojaron el agarre de mi muñeca. Volvió a dejarse caer, pesada como la madera, rígida y con la mirada perdida.

Permaneció así durante mucho tiempo, lo suficiente como para preocuparme. Me decía a mí misma que el hombre de pelo azul había probado mi sangre y había sobrevivido, y que su cerebro parecía haberse adormecido mucho más rápido que el de Sid.

El pecho le subía y bajaba con respiraciones constantes. Su labio inferior estaba rosado por la sangre.

Me acurruqué junto a ella en la cama. Esperé. Aspiré el aroma de su perfume ahumado. Cerré los ojos.

Finalmente, la sentí moverse a mi lado. Hizo un ruido suave y gutural. Extendió la mano y me tocó el muslo. Tiró de mí y se puso de lado para mirarme, con los ojos muy abiertos y parpadeando rápidamente. Luego se acurrucó entre mis brazos y me apoyó la cara húmeda contra el cuello.

—¿Estás bien? —pregunté.

Ella asintió. Sentí que una lágrima se deslizaba por mi cuello.

—¿Te ha dolido?

—Sí —susurró.

—Lo siento mucho. ¿Qué puedo hacer? Dime qué tengo que hacer.

Ella negó con la cabeza.

—Nada. Me duele por dentro. Es porque he recordado algo que ya no tengo.

—¿Pero era real?

—Sí —dijo—. Era real. Antes.

—¿Puedes contarme qué era?

—No quiero que me veas así —dijo, y empezó a alejarse.

—No te muevas.

Se relajó un poco, pero siguió con la cara pegada a mí.

—Ha sido como nos ha contado ese hombre. No ha sido un recuerdo normal. He vivido en el pasado. Ni siquiera sabía que lo había olvidado. —Hablaba en voz baja, sus palabras no eran más que pequeñas respiraciones contra mi piel—. He recordado a mi madre abrazándome. He notado el olor de los cipreses. Estábamos en el césped que hay fuera de mi casa. Había un pájaro irrielle. El viento hacía brillar la hierba. Yo era pequeña y me tambaleaba. Entonces no sabía que casi había matado a mi madre al nacer. Mi padre se enfureció con los médicos. Prácticamente se volvió loco de miedo. No sabía, cuando era un bebé, que sería la única descendiente que tendrían mis padres. No sabía que todos sus planes recaerían sobre mí. No sabía lo que eran los planes. Me caí sobre el césped. Mi madre me levantó en brazos. Tenemos un pelo parecido, pero el suyo era mucho más largo. Se lo aparté a un lado y dije «Fuera», para poder apoyar mi mejilla contra la suave piel de su pecho, justo por encima del corazón. Y en ese momento tuve la certeza de que me quería más que a nada ni a nadie en el mundo.

—Pero… ese es un buen recuerdo —dije.

—Sí.

—Pero te duele igual.

—Sí.

Estaba confundida. No entendía cómo un recuerdo tan lleno de amor podía dolerle. Creía que sus padres seguían vivos.

—¿Ella… murió?

—No, pero las cosas entre nosotras son muy diferentes ahora.

—¿Por qué?

—Quizá era más fácil amarme entonces.

—No creo que sea eso.

—Es duro recordar algo que ya no tienes —contestó—. Mi madre me sorprendió con una chica cuando tenía dieciséis años. Al vernos, se puso a llorar.

—¿Por qué? ¿Va contra la ley de tu país estar con una mujer?

—No.

—Pero no le pareció bien.

—No es eso, exactamente… —Sid hizo una pausa, reflexionando, y cuando habló vi que, si era capaz de hablar con claridad, era porque llevaba años pensando en ello—. Tiene amigas como yo. No creo que le importara que me gustasen las mujeres si no fuera porque interfiere en sus planes. Lloró porque sabía que iba a obligarme a seguir su plan igualmente, y estaba triste por lo que iba a tener que hacerme, se sentía culpable.

—¿Y tu padre?

—Creo que espera que el problema se resuelva solo. —Se quedó callada—. No quiero ser un problema.

Le acaricié el pelo.

—No lo eres.

—No quiero casarme.

—No lo harás.

—Él es igual que ella. Solo que más pasivo.

—No entiendo por qué es tan importante para ellos que te cases.

Se encogió de hombros.

—Es lo que se espera que haga. Quieren nietos. Quieren que me case con el hijo de unos amigos suyos. Toda esa familia se enfadará si digo que no.

—¿Prefieren perderte a ti que a sus amigos?

—Digamos que esperan conseguir todo lo que quieren.

—Pero se arriesgan a perder todo lo que tienen.

—Supongo que no les quita el sueño esa posibilidad.

Mi ira, que no había parado de aumentar, salió en tromba.

—Los odio. —Sid me miró—. Son unos egoístas.

—Quieren lo que creen que es mejor para mí.

—Pero no lo es.

—No —dijo en voz baja—, no lo es.

Negué con la cabeza.

—¿Y qué hay de esa chica?

Sid se incorporó. Se pasó una mano por el pelo, tratando de acomodárselo. Se levantó, se acercó a la ventana y la abrió. Entró el aire salado del puerto. El sol naciente se abría paso junto al amanecer. El cielo era de un azul tenue, con un brillo como metálico.

—Ya es mayor —dijo Sid—. Lo último que supe es que se había prometido con un hombre.

—¿Y eso te molesta?

Se encogió de hombros.

—Tampoco es que fuera el amor de mi vida.

—Seguro que desearía seguir estando contigo.

—Bueno —Sonrió, pero su corazón no la acompañó—. ¿Y quién no?

—Si yo fuera ella, lo haría.

Lentamente, dijo:

—¿Es eso lo que quieres?

—¿Qué quieres decir?

—¿Quieres pensar en mí mientras estás en la cama con ese chico? —Me quedé mirándola—. La gente tiene unos deseos muy peculiares. Querer estar con una persona mientras te imaginas a otra no sería el más extraño que he oído.

Me levanté de la cama y me acerqué a ella.

—No quiero estar con él.

—¿No?

—No. No le quiero. Le dije que sí, pero porque él esperaba eso de mí, y me preocupaba lo que iba a hacer si no se lo daba.

Apoyó un hombro en la pared y me miró con el ceño fruncido y las manos metidas en los bolsillos.

—Te deseo a ti.

Su expresión cambió. Se volvió más decidida. Su boca esbozó una leve sonrisa. Casi daba la impresión de estar burlándose de sí misma.

—¿Estás segura?

—Sí.

—Nirrim, no soy buena para ti.

—Pues entonces sé mala.

Con las manos aún en los bolsillos, se inclinó para rozarme el cuello. Me besó la garganta. El calor de su boca estaba en todas partes menos en la mía, su cuerpo me empujaba contra la pared. Su lengua encontró mi pulso acelerado.

—Tócame —susurré.

—Aún no.

Su boca recorrió mi fino vestido de seda, que quedó húmedo allá por donde pasaba su lengua. Noté sus dientes.

—Bésame —le pedí.

—Aún no.

Le toqué la mejilla. Ella giró la cara para pasar la boca sobre mis dedos.

—Por favor —supliqué, y tiré de ella hacia mí, con la boca ansiosa por volver a probar la suya.

La besé. Sus labios se abrieron junto a los míos. Emitió un sonido grave y gutural y luego sus manos se posaron en mí, recorriendo la forma de mi cuerpo, acariciando las zonas sensibles, las zonas que la reclamaban. Me desabrochó el botón superior del vestido y pasó lentamente al siguiente. Impaciente, empecé a desabrochármelos yo también. Ella me agarró las manos y me detuvo.

—Déjame a mí —dijo.

Entonces su lengua rozó ligeramente mi labio inferior, y supe que iba a dejar que me hiciera lo que quisiera.

Desabrochó todos los botones, sumergió los dedos bajo la seda, despacio, para tocarme la piel, hasta que el vestido cayó de mis hombros y se deslizó hasta el suelo.

—No estoy segura —dije, y sus manos se inmovilizaron. Se apartó un poco, con ojos vacilantes, y vi que no me había entendido—. No estoy segura de… cómo —aclaré.

Ella sonrió.

—Tranquila, yo sí.

Se arrodilló ante mí, con sus labios y su lengua en mi vientre.

—Por favor, no pares —le pedí.

Su boca fue descendiendo.

Le agarré el pelo con las manos.

45

doro esta cama, pensé al despertar.

Adoraba lo estrecha que era, lo cerca de Sid que el escaso espacio me obligaba a estar. Ella seguía durmiendo, con nuestras extremidades enredadas, la boca relajada, los labios hinchados, aquellas pestañas tan negras y la piel húmeda por el calor.

Adoraba la almohada, cómo se adaptaba al peso de su cabeza, el contraste de su pelo rubio despeinado contra el algodón.

Adoraba las sábanas que se habían deslizado desde su hombro desnudo.

Adoraba ver cómo avanzaba el día, saber que pronto el sol derramaría miel sobre todas las cosas, que la luz se doraría justo antes de atenuarse.

Cuando me moví, Sid tiró de mí hacia ella.

—Quédate —murmuró, y siguió durmiendo.

Adoraba que mi boca aún supiera a ella.

Había tantas cosas que eran mías en ese instante. Empecé a hacer un recuento de todo lo que tenía y de todo lo que se me permitía amar.

Esto no era como el poema del libro de Harvers, donde el amanecer se cernía sobre el poeta como un ladrón. No me había robado nada. Quizá nunca llegaría a robármelo.

Sid suspiró en sueños. Los ojos me volvieron a pesar. Me acurruqué en todo lo que era mío. Dejé que me cubriera como un manto de plumas y fingí creer que siempre sería así.

Cuando me desperté de nuevo, la luz tenía el resplandor de la tarde. Sid seguía durmiendo. Recordé mi último pensamiento antes de dormirme: el poema del libro que había impreso en el taller de Harvers. Recordé haber visto su sello en un libro de la biblioteca de un Alto. Pensé en eso, en el Distrito, en la taberna. Pensé, con desgana, en Aden.

Empecé a deslizarme para poder levantarme de la cama.

—No —gimió Sid con los ojos aún cerrados—. No hagas eso. ¿Por qué haces eso?

—Necesito volver al Distrito.

Sus ojos se abrieron de par en par, alarmados.

—No para quedarme —aclaré—. Solo quiero hablar con alguien.

—¿Qué alguien?

—Un impresor.

Frunció el ceño con un mohín soñoliento.

—¿Me abandonas por un impresor?

—Volveré. No tardaré.

—¿Puedo ir contigo?

Pensé en Aden.

—No.

Volvió la cara hacia la almohada. Después de un momento, escuché su voz amortiguada decir.

—Temo que no vuelvas. Cambiarás de opinión.

Con delicadeza, le contesté:

—No soy yo la que tiene planeado marcharse. —Ella asintió contra la almohada—. Vuelve a dormir.

—¿Y te parece bien que hayamos hecho lo que hicimos y que un día no muy lejano me vaya a ir?

Quería decirle: *Prefiero tenerte por poco tiempo antes que no tenerte nunca. Te recordaré perfectamente. En mi memoria, tocaré tu piel, tus labios. El recuerdo dolerá, pero será mío.*

Se volvió, sus ojos negros ya no estaban medio dormidos, sino curiosos.

—¿Me dejarás hacerlo otra vez?

Esa pregunta tenía fácil respuesta:

—Sí —contesté.

Levantó la mano y me atrajo hacia ella. Me acarició el cuello con la boca.

—En ese caso, vete —murmuró contra mi piel— y no tardes. Te echaré de menos.

—Serán solo unas horas.

—Te empezaré a echar de menos en el momento que cruces esa puerta.

Le encantaba ser una exagerada, una aduladora. Era su manera de hacer las cosas. Aun así, me quedé sin aliento por un segundo, saboreando lo que sentiría si lo que había dicho fuera real.

—¿Tanto anhelas mi compañía? —pregunté.

—Seré la persona más sola del mundo cuando te marches.

Le seguí el juego, porque me gustaba la sensación de creer que hablaba en serio.

—¿Y qué puedo hacer para consolarte a mi regreso?

—Ya lo sabes.

—¿Lo sé?

Su mano se deslizó por mi muslo.

Lo cierto es que no me fui en seguida. Antes de marcharme, me quedé en esa cama un rato más. Un ratito solo.

Me sentí tan extraña al ponerme mi vestido áspero y de color piedra. La forma en que me arañaba me recordaba a mi hogar. Desde mi llegada al barrio Alto, había llevado prendas de seda y de algodón, suaves como el aire. Al principio me daba la sensación de ir disfrazada, pero ahora esa sensación la tenía al ponerme mi antigua ropa. Era como si me estuviera haciendo pasar por la persona que solía ser.

Fue aterrador darme cuenta de lo mucho que me había alejado de mi antiguo yo.

Fue fascinante también.

Me quité el vestido, que ahora sabía que era horrible. Cuando lo llevaba puesto prácticamente todos los días, era imposible darme cuenta. Sabía que el vestido no albergaba ni belleza ni comodidad, y me prometí que no volvería a ponérmelo.

Morah sonrió al ver el cuchillo.

—Qué alegría que te acuerdes de tus amigas.

—¿Cómo os iba a olvidar? —dije.

Annin estaba emocionada con todos sus pequeños tesoros y los había repartido por la mesa de la taberna.

—A la gente se le olvidan muchas cosas cuando encuentra una vida mejor —dijo Morah.

Tocó el hombro de seda de mi vestido azul cian, no con asombro ni con envidia, sino por darle sentido a sus palabras.

—Pronto volveré para quedarme. —Se me hizo un nudo en el pecho de la tristeza, porque cuando volviera para quedarme, sería cuando Sid dejara Ethin.

—¿Ningún miliciano te ha detenido con ese vestido? ¿Nadie te ha acusado de infringir la ley suntuaria?

—He falsificado un pasaporte de Casta Alta —dije al cabo de un momento, y me sorprendió que se limitara a asentir—. Pensaba que era un secreto —dije—, lo de que falsifico documentos.

—Cuerva quería hacerte creer que Annin y yo no lo sabíamos, probablemente para que te sintieras especial.

—¿Por qué? —dije, sintiéndome tonta.

—Para que le fuera más fácil mantenerte cerca. ¿Nunca te has preguntado por qué se llama Cuerva? Colecciona cosas, como el pájaro. Las roba para construir su nido.

—Eso no tiene sentido. Este es mi hogar. No me iría, no para siempre.

—Te ha engañado haciéndote creer que este es tu hogar.

—¿Qué tiene de malo que quiera mantenerme cerca? Cuando quieres a alguien, no quieres que se vaya.

—Yo te quiero —me contestó— y quiero que te vayas.

Las lágrimas me inundaron los ojos.

—¿Por qué eres tan cruel?

—Porque ya va siendo hora. —Morah se mordió el labio—. Antes no habría dicho nada, pero ahora… Tienes la oportunidad de escapar. Una buena oportunidad; una oportunidad de verdad. Tienes el pasaporte que necesitas. Tienes el aspecto que necesitas. Arréglatelas para quedarte entre la Alta Casta.

—No puedo dejaros a Annin y a ti.

—Sí que puedes.

—No puedo dejar a Cuerva.

—Debes hacerlo.

—¿Dónde está? —Sujeté fuerte el monedero lleno de oro, frotando el cuero con el pulgar, notando el canto de las monedas.

Morah se encogió de hombros.

—Ella va y viene. Como siempre. Probablemente esté en el barrio Mediano.

Le di el oro.

—Esto es para ella.

Morah sopesó el monedero en la mano y luego me lo devolvió.

—Quédatelo.

—Lo necesita.

Morah resopló.

—No es verdad. No esperes que te ayude a ayudarla para que pueda seguir aprovechándose de ti.

Era una frase complicada de desenredar.

—No voy a ayudarla para que se aproveche de mí.

—Pues encuéntrala y dale el oro tú misma, si es lo que crees.

Inquieta, me di cuenta de que no quería ver a Cuerva. Había sentido alivio al descubrir que no estaba en casa, y temía lo que iba a decir si me viera vestida tan de Alta. Me caería una reprimenda. Me haría sentir como una traidora.

Miré el vestido, cuyo tono era el vivo color de la luz a través de un cristal azul. Agarré el monedero con el puño. Recordé la felicidad que me había recorrido la piel cuando Sid me besó. Pensé en cómo Cuerva me había agarrado la barbilla el día que le dije que me iba.

Realmente, sí era una traidora, por ser feliz cuando Cuerva no lo era... Peor aún, por ser feliz en su ausencia.

⁓

—Así que es verdad —Harvers había tardado un momento en reconocerme—. Hasta te pareces a uno de ellos. —No lo dijo con resentimiento o reproche, lo cual me habría parecido comprensible, sino con una especie de dulce asombro.

—Te he visto imprimir libros de poesía, botánica, música, medicina —dije—. He visto la marca de tu imprenta en los libros que llenaban las bibliotecas de la Casta Alta. Pero nunca he visto libros sobre la historia de Herrath o de esta ciudad. ¿Por qué?

Parpadeó, sorprendido.

—¿Libro de historia? —Lo dijo como si el término fuera totalmente nuevo para él.

—Sí. Un libro que explique por qué las cosas son como son.

—Pero las cosas siempre han sido así.

Frustrada por su rostro inexpresivo, le repliqué:

—Eso no es cierto. ¿Por qué no hay un libro sobre cómo se construyó el muro?

—El muro siempre ha estado ahí.

—Un muro no es una montaña. No es el mar. Alguien tiene que construirlo.

El rostro envejecido de Harvers parecía impotente y desconcertado.

—No sé quién lo construyó. Tampoco sé cómo.

—¿Nunca has impreso un libro de historia?

—Imprimo lo que los Medianos piden, y lo que pueden vender a los Altos. Nunca me han traído un manuscrito que contenga la historia de Herrath.

—¿Por qué no? —presioné.

Nervioso, se frotó las manos.

—Supongo que no se vendería. Supongo que no resultaría interesante. Supongo que nadie sabría qué escribir sobre el tema.

Pensé en mi sueño del dios del descubrimiento.

—¿Y de los dioses? ¿Has impreso libros sobre ellos?

—No hay dioses. No existen.

—Entonces, ¿qué daño haría imprimir un libro sobre ellos?

—Ninguno —concedió—, pero no está permitido.

—¿Quién lo dice?

—El Consejo.

—¿Por qué prohibió el Consejo los libros sobre los dioses?

—No es una prohibición. Simplemente, consideran que sería un derroche de papel y tinta.

—¿Pero por qué?

—Porque lo dice el Protector.

—¿Y por qué dice tal cosa?

—Siempre ha sido así.

—No lleva vivo cientos de años. No puede haberlo dicho siempre.

—Me refiero a que todos los Protectores lo dicen desde siempre. Cuando un Protector muere, y se nombra uno nuevo, las leyes no cambian. Las leyes sobre los libros. La ley suntuaria. Las leyes sobre las diferentes castas.

—Debió haber un primer Protector que estableció las leyes.

—Bueno, sí, por supuesto —razonó Harvers, pero como si hubiera estado dormitando y, aunque ahora estaba despierto, el sueño se aferrase a él. Se frotó la frente. Parecía que se esforzaba por recordar algo sobre el Protector.

Puse mi mano sobre la suya. Mi sangre hacía que la gente recordara... pero no un recuerdo específico. Si era posible elegir cuál, yo no sabía cómo hacerlo. Deseé poder darle a Harvers la capacidad de recordar algo concreto.

Se me ocurrió que todas las reglas que nos obligaban a vivir dentro del muro tenían un propósito: hacer que los Semi se olvidaran de cómo desear cosas. Nos habían enseñado a no desear más de lo que teníamos. Me di cuenta de que desear es una especie de poder, incluso aunque no consigas lo que deseas.

El deseo arroja luz sobre todo lo que necesitas y te enseña las formas en que el mundo te puede fallar.

Quería que Harvers recordara. Una cosa era que tanto él como el resto de las personas del Distrito hablaran como si alguien los hubiera despojado del pasado, como si alguien hubiera accedido a su mente y se lo hubiera sacado igual que se saca la pulpa de la fruta y se deja solo la piel. Otra cosa, aún más siniestra, era que nadie parecía cuestionar lo que ya no tenía.

Harvers frunció el ceño. Sentí que su mano se calentaba bajo la mía.

Finalmente dijo:

—Uno de mis antepasados recibió el encargo de imprimir un libro.

—¿Qué tipo de libro?

—Una historia sobre la vida del primer Protector. Pasa de un Lord a otro. Lo guardan en el en el Salón de los Guardianes.

Harvers parecía agotado. Le di las gracias.

—Lo siento. No quería cansarte —añadí.

Me acarició la mejilla.

—Siempre me alegro de verte. ¡Y mírate ahora! Tan elegante, tan Alta. Estás radiante. Eres un orgullo para el Distrito, hija mía.

Era cierto que me sentía radiante. Recordé el calor del cuerpo de Sid contra el mío, la forma en que me pidió que me quedara, su sonrisa petulante cuando por fin me levanté de la cama y me vestí. Me gustaba pensar que todos esos recuerdos ardían en mi interior como una llama y por eso se apreciaba un brillo especial desde fuera.

Deposité un bote en las manos secas, agrietadas y manchadas de tinta de Harvers. Era crema para la piel, tan espesa como la mantequilla y perfumada con jazmín. Levantó la tapa y se la quedó mirando con cara de no entender, le expliqué que la crema le suavizaría la piel. Se puso un poco sobre sus manos ásperas y la probó. Su expresión se tornó distante.

—¿Así son las cosas en el barrio Alto?

Todo lo áspero se suavizaba.

—Sí.

—No deberías haber vuelto. —Volvió a tapar el bote—. No me he portado bien contigo.

—¿A qué te refieres?

Siempre había sido discretamente benévolo, no le importaba que leyera libros no aptos para mi casta. Gracias a él aprendí que la bondad a veces significa no hacer nada, no mencionar lo que es obvio, como yo echando miradas furtivas a esas páginas. Dejar que un secreto permanezca en secreto puede ser un acto de bondad. Había aprendido tanto de su imprenta. Los libros me enseñaban palabras que nunca habría oído en el Distrito, mostraban dibujos de instrumentos que nunca había oído tocar, me descubrían constelaciones a las que la Casta Alta había puesto nombre y sobre las que había inventado historias, cuando para la Semicasta eran simplemente estrellas, brillantes y distantes, sin ningún significado detrás.

—Vete de mi tienda —dijo de repente con un tono seco—. Vete del Distrito y no vuelvas. Este no es tu sitio. Nunca lo ha sido.

—Este no es el sitio de nadie —repliqué—. Nadie merece estar atrapado dentro de un muro.

Sacudió la cabeza.

—No lo entiendes. Ni siquiera lo sabes.

—¿Saber qué?

Frotó con uno de sus pulgares viejos y nudosos el trozo de piel reluciente y reblandecida que la crema le había dejado en el dorso de la mano.

—Todo el mundo en el Distrito sabe que tuviste algo que ver con la muerte de ese soldado.

Me quedé sin aire.

—¿Aden lo ha contado?

—Niña, ibas corriendo por los tejados bajo la luna llena durante la verbena. Te vieron varias personas. Todo el mundo sabe que cazaste el pájaro elíseo y lo entregaste. Cuentan las malas lenguas que un soldado intentó arrastrarte a la muerte y tú le diste una patada.

Apoyé una mano sobre una de las máquinas de impresión para no perder el equilibrio. Me quedé mirando los bloques de madera de los frontispicios, oscurecidos por la tinta, las colecciones de letritas agrupadas como dientes arrancados en la bandeja de un compositor, y me pregunté qué más había ignorado, qué más debería haber sabido, qué más era obvio, como el hecho de que, en el Distrito, cualquier secreto se propagaba como el fuego en un día de viento; así de hambrientos estaban los Semi de cualquier cosa que no fuera ordinaria.

—No te pasará nada —dijo el impresor—. No si la gente del Distrito podemos evitarlo. Te protegeremos.

El sol poniente entraba en el taller e iluminaba las páginas mojadas de tinta que estaban colgadas, secándose.

—Has ayudado a escapar a tanta gente… y nunca has buscado nada a cambio.

—Claro que no. Aquí nadie tiene nada que dar. Me ayudaba saber que estaba ayudando a otra gente. Me hacía sentir bien falsificar pasaportes. Me hacía sentir especial.

—Es que lo eres. Todo el mundo lo ve. Se te nota en la cara que eres alguien amable. Hace tiempo que quería decírtelo. El Distrito está agradecido, y no lo olvidaremos.

Negué con la cabeza.

—Deberíais estar agradecidos con Cuerva. Yo no sería nada sin ella.

Su expresión se tensó.

—Supongo que es verdad que fue ella quien te educó para ser desinteresada —dijo con cautela—, pero tienes que exigir lo que mereces. Todos en el Distrito te echarán de menos si te vas, pero nos reconfortará pensar que has salido de aquí, que estás al otro lado del muro.

No tenía ni idea de que la gente del Distrito me tenía en el punto de mira, que sabía tanto de mí y que me echaría de menos si no volvía. Que incluso deseaba que no volviera nunca.

Fue un pensamiento nuevo para mí: que uno podía alegrarse cuando alguien escapaba de la trampa que te había atrapado también a ti.

Y, sin embargo, no debería haber sido un pensamiento nuevo, puesto que ya lo había sentido cada vez que falsificaba un pasaporte. Simplemente, no me había dado cuenta de que eso era lo que sentía.

Le había puesto amor a cada línea que escribía en cada pasaporte. Pero no sabía que era eso, porque el único amor que había recibido hasta entonces era del que me aferraba con fuerza y nunca me soltaba.

—No puedo casarme contigo —le dije.

Por la cara que hacía Aden, parecía que le acababa de dar una bofetada.

—No lo dices en serio.

—Pensé que podía casarme contigo —dije—. Pensé que debía hacerlo, que bastaba con que me importaras y fuéramos amigos. Pero no es suficiente.

La luz de la puesta de sol, como siempre, se demoró un rato más en su piel. Se colaba por la ventana de su casa y lo iluminaba lo suficiente como para poder ver sus ojos heridos y dorar su boca conmocionada.

—¿No soy suficiente para ti? —preguntó—. ¿Existe alguien que sí lo sea?

—Dudo que quieras casarte con alguien que no te ama.

—Responde a mi pregunta. ¿O es que no consideras que al menos me debes la verdad? ¿Quién eres? ¿Qué es esto? —Me tocó el vestido de seda azul a la altura de los hombros—. Claro, ahora crees que tienes derecho a violar la ley y no pagar nunca las consecuencias, igual que crees que tienes derecho a romperme el corazón. Es lo que te ha hecho creer esa mujer forastera, ¿no?

Estuve a punto de decir: *Por una vez, ella no tiene nada que ver con esto.*

Habría mentido porque tenía miedo. Habría ocultado la verdad porque sabía que le haría enfadar.

—No quiero romperte el corazón —dije—, pero es cuestión de elegir entre hacerte infeliz a ti o ser infeliz yo.

—Qué egoísta —dijo entre bufidos—. Debería haberlo sabido. Has matado a un hombre, y apuesto a que ni siquiera te sientes mal por ello, igual que no te sientes mal por hacerme daño.

—Tienes razón en que no me siento culpable por haberlo matado. Ya no. Ese hombre me habría arrastrado a la muerte con el único objetivo de conseguir lo que quería.

—¿Qué estás insinuando? ¿Que soy como él? ¿Que pretendo arrastrarte a la muerte cuando lo único que quiero es hacerte feliz, construir una vida contigo?

—Yo no he dicho eso.

—Pero es lo que piensas.

—Bueno —dije—, es verdad. Eres un poco como él.

—¿¡Tú te escuchas cuando hablas!? ¿Cómo puedes ser tan fría? ¿Cómo puedes decirme algo tan cruel?

—Lo has dicho tú. —Recordé la conclusión a la que había llegado unas horas antes sobre que no estaba mal desear cosas, que era necesario. Pero, por supuesto, nada es así de sencillo. Desear algo no siempre significa que tengas derecho a conseguirlo, que los demás te lo deban—. Sé que me quieres, pero eso no significa que deba entregarme a ti.

—Déjame adivinar. Te vas a entregar a ella.

—Sí —contesté.

—Eso es asqueroso.

—Discrepo.

—Va contra la ley.

—Entonces seguiré rompiéndola.

—Te han seducido —dijo—. Nada de lo que dices va en serio. Ella ha contaminado tus pensamientos. Te ha engatusado con el oro y el *glamour*. Te ha prometido llevarte lejos de aquí.

Esta vez, su puñalada dio en el blanco.

—Sid nunca me ha hecho ninguna promesa.

—Lo contaré todo —dijo—. Te denunciaré, diré que eres una asesina. Un desviada.

—Hazlo, pero en el momento que entre en la cárcel el Distrito se volverá contra ti.

—Ah, claro, porque eres muy especial, ¿no? —se burló—. Eres ridícula. Crees que te quiere. Lo único que quiere es tenerte entre sus piernas. Te utilizará y luego te dejará atrás.

Esas palabras fueron corrosivas porque eran exactamente lo que yo temía.

Vi, por la alegría en el rostro de Aden, que era consciente de que sus palabras estaban haciendo mella. Insistió:

—¿No ves que solo quiero lo mejor para ti? —Bajó la voz—. Quizá crees que la amas, pero eso es porque no sabes lo que es el amor.

Tenía miedo de pensar en si amaba a Sid. Aden tenía razón en una cosa: si la amaba, eso me traería dolor.

Hice lo que siempre hacía Sid. Esquivé la verdadera pregunta abordando la parte más fácil de lo que había dicho.

—Por supuesto que sé lo que es el amor.

—¿De verdad? Solo hay que ver que quieres a Cuerva.

—¿Qué tiene que ver ella con todo esto?

—Que crees que ella también te quiere a ti.

—Es que así es. —Quería pensar que solo estaba tratando de vengarse, que intentaba apuñalarme donde más me dolía, pero empecé a notar un temblor en el corazón—. Me lo dice a cada rato.

—«Me lo dice a cada rato». Eres como una niña pequeña, Nirrim. No puedes ver la verdad ni aunque la tengas delante.

—Sí que puedo —repliqué, aunque por dentro me resurgió la inseguridad que había tenido durante tanto tiempo, antes de darme cuenta de que las visiones eran verdaderos atisbos del pasado—. Sé lo que es real y lo que no.

—Eres una ilusa. Siempre tan dulce, tan dócil, tan idiota.

—Dime a qué te refieres.

—Llevas años falsificando pasaportes.

—¿Y?

—Nirrim, la pequeña bienhechora, siempre ayudando a los más desafortunados.

—¿Qué hay de malo en eso?

—Nada, supongo, si no fuera porque Cuerva exprime a sus compradores hasta el último centavo.

—¿Compradores?

—¿Ves? —dijo, satisfecho—. No tienes ni idea de en quién debes confiar. Te creías que los regalaba.

—Pero… es que es así.

—Les exige los ahorros de toda su vida. Les hace dar todo lo que tienen para poder escapar.

—Pero… —tartamudeé— pero eso no puede ser verdad. Mira cómo vivimos.

—¿Qué creías? ¿Qué iba a compartir ganancias contigo? Mira cómo vive ella.

—Tiene una vida humilde. Su ropa. Lo que come. Se permite algunos pequeños lujos, es cierto, como tener un espejo, un collar de oro, pero...

—Eso es lo que a ti te deja ver. Tiene todo su dinero guardado en la casa que tiene en el barrio Mediano.

Mi estómago se convirtió en piedra.

—¿Tiene una casa en el barrio Mediano?

Su boca esbozó una leve sonrisa llena de mezquindad.

—Compruébalo tú misma. ¿Crees que te quiere? Ve a ver cómo de grande es su amor.

—Es un secreto demasiado evidente —protesté—. ¿Una casa entera? ¿Tanto dinero?

—Todo el mundo ha escuchado rumores.

—La gente me lo habría dicho.

—No creo. Yo no lo hice.

—¿Por qué? ¿Por qué todo el mundo me ocultaría un secreto así?

—Cada uno tenía sus razones. Algunos temían las represalias de Cuerva si abrían la boca. Podía denunciarles por delitos o negarse a venderles un pasaporte. A otros les preocupaba que dejaras de falsificar si te enterabas. En cuanto a mí, tonto de mí, no quería hacerte daño.

La devastación debía de estar escrita en mi cara. Me escocían los ojos. Me empezó a faltar el aliento y me quedé sin habla durante un instante. Estaba segura de que cualquier cosa que dijera sonaría como un berrido, como un intento de negar algo en lo que, por desgracia, creía plenamente.

46

La casa era todo lo elegante que podía ser una casa Mediana. No rompía ninguna regla. La moldura bajo el alero era tan delicada que parecía encaje, pero estaba pintada de un color sobrio, un verde blanquecino, como el revés de una hoja de olivo. Los preciosos ventanales sobresalían de las paredes, pero no contaban con vidrieras. Los herrajes de la puerta, también de color verde, eran de hierro, no de latón, y las jardineras estaban llenas de violetas de mar en tonos crema, azul y lavanda. Los marcos de las ventanas estaban recién pintados de negro y, aunque ningún detalle infringía la ley, era la casa más bonita de esa y de cualquier otra calle: atrevida por su novedad, sus ventanas relucientes, su pintura resplandeciente y sus flores cuidadosamente despojadas de cualquier pétalo imperfecto. Era una casa que reclamaba su espacio y exudaba orgullo. Antes de salir del Distrito, no habría sido capaz siquiera de soñar que existía una casa así. Aunque hubiera visto dibujos en uno de los libros de Harvers, habría pensado que era producto de la fantasía.

La puerta no tenía aldaba, sino un botoncito de hierro clavado en el centro. Nunca lo había visto. Lo pulsé y se oyó un suave timbre musical detrás de la puerta. Mi corazón se llenó de una esperanza venenosa y enfermiza. Aden me había mentido con la intención de hacerme daño. O, si había dicho la verdad, seguro que tenía una explicación.

Yo era la niña de Cuerva. Su corderito.

Esta casa debía pertenecer a otra persona, a una extraña que al abrir la puerta me preguntaría por qué estaba allí.

Disculpe, me he equivocado, diría yo.

La puerta se abrió. Solté un suspiro de alivio.

—¡Vaya! —Los ojos de la mujer se abrieron de par en par. Con manos nerviosas se alisó el vestido azul pálido y se acomodó unos mechones de pelo negros detrás de las orejas—. Perdone mi aspecto, señora. No esperaba…

—No se preocupe. —Sonreí, un poco aturdida tras haber comprobado que mis peores temores no eran ciertos—. Debo de haberme equivocado de dirección —dije, aunque la gente de la calle había reconocido enseguida el nombre de Cuerva, y todo el mundo me había señalado esta casa. Como la mujer de la puerta pensaba claramente que yo era Casta Alta, traté de pensar en lo que diría alguien de mi supuesto rango—. Discúlpeme por haber perturbado la paz de su hogar.

—¿Mi hogar? —Me miró confundida—. Esta es la casa de mi ama.

Ni siquiera se me había ocurrido que aquella mujer pudiera ser una sirvienta. Se me cayeron los hombros. Sentí la pena y el desgaste que provoca el engañarte a ti misma haciéndote creer que lo que temes no es cierto para que luego descubras que sí lo es.

—Por favor —susurró—, no le cuente que he abierto la puerta con este aspecto tan desaliñado. Es muy exigente. No sabía que esperaba visita de alguien de su casta.

—Llévame ante ella —le pedí, y me condujo a través de elegantes habitaciones.

Cuando llegamos donde estaba Cuerva, nos la encontramos bebiendo té rosa, con la piel más tersa que nunca le había visto y el pelo de un intenso castaño oscuro. A su lado, sobre una delicada mesa, descansaba un plato de porcelana con flores azucaradas. Acababa de llevarse una a la boca cuando me vio entrar por la puerta de la habitación. Su rostro se desencajó por la sorpresa. Se llevó una mano a la garganta, donde reposaba su cadena de oro, y la hizo desaparecer bajo su vestido de batista ribeteado con un sencillo encaje. Parecía que la hubieran atrapado cometiendo un crimen.

—Ay —dijo.

—Me has utilizado —dije con un hilo de voz.

Cambió su expresión hasta conseguir poner una de deleite.

—¡Mi querida Nirrim! —Se puso de pie, me abrazó, me dio un beso en la mejilla y tiró de mí para que me sentara a su lado en el sofá de *jacquard* lila—. No sé a qué te refieres, pero no te preocupes. Lo solucionaremos todo, tú y yo, juntas. Así que esa arrogante dama extranjera ya te ha liberado, ¿eh? Bueno, ¡buen viaje! Nunca me cayó bien. Pero qué buen vestido te ha dado. Este azul hace que resalte el verde de tus ojos. No se te permite llevar este tono, ya lo sabes, pero aquí —dijo con tono de complicidad mientras se inclinaba un poco hacia delante— podemos hacer lo que queramos, tú y yo. Oye —le espetó a la sirvienta—, ¿por qué te quedas ahí plantada? Vete a hacer tus tareas. Mi hija y yo deseamos hablar en privado.

—¿Hija? —dije aturdida mientras la joven salía corriendo de la habitación.

—Bueno, no, en realidad no, pero en cierto modo lo eres, ¿no te parece? ¿Quién te ha criado y te ha hecho ser como eres? Mira lo hermosa que estás. Debo decir que la buena vida te sienta bien. A mí también me sentaría bien, con un poco de tu ayuda. ¡Pero no hablemos de eso ahora! ¡El placer antes que los negocios! Toma una de estas flores azucaradas. Sé que mi niña es golosa. Siempre he procurado tener unas cuantas a mano, para ti, para cuando llegara el día en que finalmente vieras tu nuevo hogar. No estaba preparada para que hoy fuera ese día, pero no importa.

Sentía como si fuera de piedra. Me llevé una flor a la boca. La obediencia era una respuesta que me resultaba familiar en medio de una situación que no me resultaba para nada familiar. La flor se deshizo y se fue derritiendo. Sentí el impulso de escupirla, de vomitarla sobre mi regazo, pero Cuerva me miraba tan expectante, tan orgullosa.

—Gracias —logré decir.

—Esa es mi niña. Supongo que la señora Alta te habrá dado lo que me prometió.

—¿Lo que te prometió?

—Ay, vamos, Nirrim, no seas boba. El oro, mi niña.

—Tengo esto. —Le ofrecí la pequeña bolsa de oro—. Lo gané para ti.

—¡Esto es solo una ínfima parte de lo que prometió! Menuda tramposa esa forastera. Más le vale haberse marchado ya de Ethin o sufrirá las consecuencias de nuestra venganza. No hace falta que me digas cómo fue estar a su servicio, mi corderito. No voy a preguntártelo. No, no. Respeto tu privacidad. Entiendo que una a veces tiene que hacer ciertas cosas por dinero. Si ella te obligó a hacer algo que no querías, ¿cómo ibas a negarte? Olvídalo todo. Ahora estás conmigo. Yo cuidaré de ti.

—¿Cuidarás de mí?

—¡Por supuesto! Nirrim, ¿qué demonios te pasa? Actúas como si alguien te hubiera drenado el cerebro. ¡Despéjate!

—Me has mentido —dije casi atragantándome.

—¿Mentido? Eso no es cierto.

—Me dijiste que estábamos ayudando a la gente.

Extendió las manos con impaciencia.

—Es que ayudamos a la gente.

—Les pides dinero a cambio.

—Bueno, claro. De algo tengo que vivir, ¿no?

—No tienes por qué vivir así —dije mirando a mi alrededor.

—No me gusta tu tono. ¿Quién eres tú para juzgarme? Nunca tuviste que preocuparte por nada. Sin mí, te habrías convertido en una Sin Casta. ¿Quién te crio? Yo. ¿Quién te ponía la comida en el plato? Yo. ¿Quién te salvó del orfanato? Yo. No me esperaba esta falta de gratitud por tu parte. —Se puso una mano sobre el corazón—. Me hiere en el alma.

—Para —espeté—. ¡Para! Actúas como si no me hubieras hecho creer durante años que falsificábamos pasaportes solo por bondad.

—Es que era por bondad, pero también nos pagaban por ello. No veo nada malo en eso.

—¿Nos? Eres tú la que se ha quedado con todo el dinero.

—Ah, ya veo. Quieres una parte. Bueno. —Se afanó en servir una taza de té rosa—. No puedo decir que tu avaricia me sea grata. Mi plan siempre fue compartirlo todo contigo. No hay necesidad de ponerse tan exigente. Toma —dijo ofreciéndome la taza.

Le di un manotazo y la tiré al suelo.

—¡Nirrim!

—¡Eso es sangre! ¡Te estás bebiendo la sangre de alguien!

—Estás histérica. Cálmate ahora mismo, o responderás ante mi mano. ¡Sangre! Tonterías. Es simplemente una bebida que te hará parecer más bonita. Si esta es tu forma de agradecer que esté siendo amable contigo...

—Te estoy diciendo la verdad.

Suspiró impaciente.

—¿Hace falta preocuparnos por todo? ¿Se supone que no debo comer nunca, por compasión hacia todos los pobres animales y plantas que deben morir para alimentarme? ¿Debo dar todo lo que tengo a los que tienen menos? ¿Debo trabajar gratis? A juzgar por el color, si el té lleva sangre, no creo que sea mucha. No creo que haya muerto nadie.

—No lo quiero.

—Más para mí, entonces. —Se sirvió otra taza—. ¿Por qué no te acuestas en tu habitación, querida? Las sábanas se han lavado con ese jabón que tanto te gusta, y le diré a la criada que te traiga una taza de leche fría con miel. Puedes descansar a gusto y, cuando despiertes, planearemos juntas nuestro futuro.

—Mi habitación —repetí.

—Ya estamos otra vez, repitiendo cosas como si fueras uno de esos pájaros ithya con cerebro de guisante. Sí, tu habitación. Nirrim, siempre tuve planeado traerte aquí algún día. Eres mi niña preferida.

—¿Por qué debería creerte? No has hecho más que mentir.

A pesar de su leve sonrisa, la expresión de su cara era dura, calculadora. Dejó a un lado la taza.

—Esa pregunta solo la haría una persona adulta. Así que ya no eres una niña, ¿verdad, querida? Sígueme y verás lo que he hecho por ti. —Me tomó de la mano. La suya estaba ardiendo. La mía debió de parecer un bloque de hielo mientras me llevaba escaleras arriba y abría una puerta con un picaporte de porcelana pintado de azul, con el mismo dibujo que hacía para decorar mis panes.

La cama estaba hecha con cura. El cubrecama tenía rosas bordadas, una flor que nunca había visto antes de salir del Distrito. Cuando abrí el armario, estaba lleno de vestidos de mi talla, todos de algodón. En el lado interior de una de sus puertas, había un espejo biselado que mostraba mi pálido rostro. Había también sandalias de cuero nuevas.

—Y mira. —Cuerva abrió un joyero que había sobre el tocador. Dentro había un collar de perlas. Lo sacó y me lo colgó del cuello. Yo solo podía pensar en las tortugas que había desollado para extraerles los caparazones nacarados, en sus gruesos cuerpos intentando zafarse de mis garras.

—Ya está —dijo Cuerva, satisfecha—. Y tendremos cosas aun mejores que estas cuando ascendamos.

Toqué las frías bolitas. Al otro lado de la ventana asomaba una maceta con pensamientos que se mecían de arriba abajo. Esta habitación era todo lo que siempre había querido. No era una habitación digna de una sirvienta, era una habitación digna de una hija.

—Nirrim, comprendo que estés atónita, pero mi generosidad merece al menos unas palabras de agradecimiento, ¿no te parece?

—¿Y Morah y Annin? ¿Tienen habitaciones aquí?

—No creo que eso vaya a ser necesario.

—Así que quieres que yo viva aquí contigo.

—Claro, mi niña.

—Sin ellas.

—Alguien debe llevar la taberna. —Me vio la cara y se inclinó hacia delante para estrecharme las manos—. Siempre has sabido que eras mi favorita. Mira todo lo que he construido para nosotras. Imagina todo lo que podemos hacer juntas. ¿Por qué crees que te permití ir al barrio Alto con esa imperiosa forastera? Porque confiaba en mi inteligente Nirrim. Sabía que acabarías teniendo acceso a un pasaporte Alto y después serías capaz de falsificar uno perfectamente. Eso has hecho, ¿verdad? Si he logrado ganar tanto con los pasaportes Medianos, piensa en todo lo que podría conseguir vendiendo pasaportes de Casta Alta a la Casta Mediana. Y también falsificarías uno para mí, por supuesto.

Comprendí entonces por qué le había pedido a Aden que le hiciera un heliograbado, el que perdí la noche que me detuvieron. Continuó:

—Llegado el momento, nos mudaremos al barrio Alto. Viviremos como reinas.

—No —contesté.

Sus uñas se clavaron en mi mano.

—No debo haberte oído bien. Repite lo que has dicho, mi querida Nirrim, con el debido respeto a tu estimada ama.

—No. No falsificaré más pasaportes para ti. No te importo más que Morah y Annin. Solo te resulto más útil.

Sus uñas se clavaron más, hasta salirme sangre. Aparté la mano.

—Ya veo que me tienes calada, ¿no es así? —dijo ella—. Entonces dime, muchacha. Si no forjas para mí, ¿de qué me sirves? Te denunciaré a la milicia. Me va a romper el pobre corazón tener que hacerlo, pero tu egoísmo no me deja alternativa. Eres una criminal. Fueron tus manos las que falsificaron esos documentos. ¿Crees que al Consejo le complacerá saber que alguien ha incumplido la ley más importante que rige este país, la de las estrictas líneas que mantienen a las diferentes castas en su lugar? Disfrutarán eligiendo tu castigo. Te torturarán hasta que les demuestres exactamente lo que yo les diré que puedes hacer: copiar a la perfección. Te romperán todos los huesos menos los de la mano para que les muestres cómo firmas sus nombres plasmando hasta el más mínimo detalle. Te cortarán la lengua, pero te dejarán los ojos para que puedas ver los sellos que tendrás que copiar. Descubrirán que les digo la verdad cuando comprueben tu destreza interpretativa, y te diezmarán hasta dejarte en los huesos, querida.

Entonces llorarás por haber dejado pasar la oportunidad de estar conmigo.

—No lo harás.

Ella sonrió.

—¿No? Creo que nos conocemos bastante bien, después de tantos años. De una forma u otra, yo siempre gano y tú siempre pierdes.

—No hay nada de lo que puedas acusarme que no te implique también a ti. Te arrastraré conmigo.

—No tienes pruebas.

—Le contaré a la milicia lo de tu heliograbado.

Se le borró la sonrisa.

—¿Qué heliograbado?

—El que aún está en la solapa del abrigo que me quitaron al meterme en la cárcel. —Me estaba tirando un farol. No sabía a ciencia cierta dónde estaba el heliograbado original, pero recordaba lo angustiada que se había puesto al darse cuenta de que lo había perdido.

—Lo encontraste en la cisterna. Me lo devolviste.

—Te di un heliograbado diferente. Si lo miras bien, verás que en ese no llevabas los mismos pendientes que el día que fuiste a hacerte el que se perdió. Una vez que la milicia encuentre el heliograbado original en el abrigo, tendrán la prueba de que solicitaste un pasaporte. Aunque no demuestre que estabas implicada en la fabricación de la versión falsificada, te castigarán igual.

La rabia se apoderó de su rostro.

—Eres una niñata malvada y deshonesta.

—Si no te interpones en mi camino, yo no me interpondré en el tuyo. Ya no soy la misma de antes. Tú esperas que te dé lo que pides en cuanto me amenazas. Ya no.

—Es verdad —dijo ella tras una pausa—. No eres la misma de antes. Pero dime, corderito mío: ¿quién eres en realidad? La pequeña Nirrim no sabe de dónde viene. Otra huérfana abandonada en una caja. Nadie especial. Pero yo sí sé de dónde vienes. Sé lo especial que eres.

El corazón me golpeaba el pecho con fuerza.

—¿A qué te refieres?

—Has cambiado, es evidente, pero ¿la niña que crie sería capaz de traicionar a su familia? No, ella haría cualquier cosa por su gente. Supongo que no te denunciaré, aunque te lo merezcas. Al fin y al cabo, eres sangre de mi sangre.

Me quedé mirándola fijamente.

—Te puse un nombre —continuó—. Te puse el nombre por el que hoy te llaman. Lo escribí en una nota y lo sujeté a los pañales con una aguja. Fui yo quien te dejó en la caja del orfanato.

—¿Tú... eres mi madre?

—¡Ay, mira qué corderito! ¡Siempre anhelando la leche materna! ¿Yo, tu madre? Sé que te encantaría que fuera verdad, per tu madre está muerta, niña, y tú fuiste quien la mató.

—¿De qué estás hablando? Debes contármelo todo.

—Ah, ¿debo? ¿Conque ahora tengo algo que deseas? Hagamos un trato. Yo te cuento el principio de una historia y tú me cuentas el final. —Sacó el collar de oro que llevaba por dentro del vestido. De su frágil cadena colgaba una luna creciente tallada en una joya pálida que brillaba a pesar de la escasa luz y de que las ventanas ya se hubieran oscurecido.

De repente, con los brazos cruzados sobre el pecho, sentí como si estuviera otra vez en la caja para bebés, con el cuerpo envuelto y el trozo de papel temblando bajo mi respiración. Al principio, los bebés no ven bien, su visión es borrosa. Solo ven lo que tienen delante. Recordaba aquel collar que entraba y salía de foco cuando mi madre me amamantaba.

—¿De dónde has sacado eso? —le pregunté.

—De mi hermana pequeña, mi alegría. Te pareces a ella, aunque ella era mucho más bella. Nunca se recuperó después de darte a luz. Le drenaste la vida. Sin embargo, me hizo prometer que cuidaría de ti, y así lo hice.

Esa información me cayó encima como si fuera una losa.

—Me abandonaste.

—Ay, vamos. Ni que te hubiera dejado en la intemperie para que murieras de hambre. Te dejé en buenas manos en el orfanato. Te alimentaron y te procuraron ropa y cama. Cumplí mi promesa. Y continúo cumpliéndola. Me informaban de cómo ibas progresando cada año. Cuando la directora dijo que tenías un don para la escritura y el arte, supe que había acertado al ponerte el nombre de una nube que predice la buena fortuna. Desde luego, tú has ayudado a construir la mía. Fui al orfanato a reclamarte. Te acogí. Ahora te ofrezco todo lo que podrías desear. ¿Y tú qué haces? Me desprecias. A mí, a tu tía, a tu única parienta viva, la que siempre ha cuidado de ti.

Me escocían los ojos.

—Me hiciste creer que estaba sola. Que no tenía a nadie.

—Me tenías a mí.

—¿Por qué no me lo dijiste?

—¿Acaso te lo merecías? ¿Acaso no estaría viva mi hermana si no hubieras venido al mundo y la hubieras matado al empezar tu pequeña y codiciosa vida? Si no te hubiera parido, aún estaría conmigo.

—No es culpa mía no tener madre. Me has estado castigando por una pérdida que yo también sufrí.

—Se lo advertí —dijo Cuerva, sin mirarme a mí, sino al pasado—. Le dije que se arrepentiría de su devaneo. Pero no. Quiso salirse con la suya. Si la gente me escuchara, el mundo sería un lugar mejor.

—¿Quién era mi padre?

—Nirrim, es hora de aceptar que debes cumplir tu parte del trato. Parece ser que ayudarme con este negocio te perturba moralmente, pero, querida, ¿no estás dispuesta a hacerlo por tu familia, ahora que sabes quién soy?

—Siempre te he querido. Siempre te he considerado mi familia. —Las lágrimas caían por mis mejillas.

—Ay, venga, no llores. No es necesario. ¡Yo también te quiero!

Me aparté de ella. Sentí como si el collar de perlas fuera una fina serpiente alrededor de mi garganta. Lo agarré y lo retorcí hasta que se rompió y las perlas cayeron al suelo.

—Cómo te atreves —dijo Cuerva—. Después de todo lo que he hecho por ti. —Me fui en dirección a las escaleras.

—No te atrevas a marcharte —me gritó—. Si te vas, no volverás a verme nunca más.

Mis pies empezaron a ir más rápido. Oí sus pasos detrás de mí.

—Nunca sabrás nada más de tu madre. Cómo naciste. Quién eres. No serás nada para mí. ¿Es eso lo que quieres?

Sí, pensé, y salí por la puerta principal de un empujón.

El sol se había puesto cuando llegué a casa de Sid, en lo alto de la colina, y aunque para entonces había conseguido dominar las lágrimas, cuando la divisé sentada en los escalones y vi el alivio en su rostro al mirarme, volvieron precipitadamente.

—¿Qué pasa? —Me hizo sentar a su lado. Había grajos revoloteando por el cielo como confeti negro. Apoyé mi cara empapada contra ella—. Cuéntame —me pidió, y sentí cómo las palabras vibraban en su interior—. Dime quién te ha hecho ponerte así y lo mataré.

Me reí un poco, con el sonido distorsionado por un sollozo, porque, cómo no, Sid estaba intentando quitarle hierro al asunto diciendo algo exagerado y que, obviamente, no iba en serio. Pero entonces me aparté de ella para secarme los ojos y vi su rostro pétreo. Tenía los ojos negros llenos de furia.

—Pídemelo y lo haré —dijo.

Nunca la había visto usar la daga, pero había sentido la dureza de su cuerpo. Había tocado sus músculos, los cuales demostraban que había un cierto esfuerzo y una cierta disciplina detrás de esa vida de lujos.

¿A una espía de la reina se la entrenaba para matar?

Supe, de repente y con total seguridad, que Sid estaba dispuesta a cumplir su amenaza.

—No —dije—. No quiero que mates a nadie.

Todavía amaba a Cuerva. No podía quitarme el hábito de años en tan poco tiempo.

Con voz entrecortada, se lo conté todo. Le hablé de Aden y Cuerva, de los heliograbados y del colgante de la luna creciente, del pájaro elíseo y de todo lo que había ocurrido aquella noche. Le conté lo de la lámpara de aceite y la quemadura de mi mejilla. Las palabras me salían solas. Le expliqué que solía pensar que Helin tenía razón sobre lo de que no podía diferenciar la realidad de las visiones, y que luego cambié de opinión y encontré una nueva manera de creer en mí misma. Le dije lo absurda que había sido esa creencia, porque, al fin y al cabo, yo no sabía nada. La hermana de mi madre me había convertido en su aprendiz y yo no lo sabía. Había visto atisbos del colgante en su cuello durante años, y aunque lo ocultaba bajo el vestido, me había recordado al de mi madre, pero aun así no lo adiviné. Le dije a Sid que era una asesina, una criminal, una tonta, una tonta, una tonta.

—No eres tonta. —Me dio un beso en los labios a pesar de que estaban húmedos por las lágrimas.

La agarré de la camisa y apreté con fuerza los dedos.

—Me avisaste de que eras una mentirosa.

—No soy buena contando la verdad. Pero ahora no te miento.

—Prométeme que nunca me vas a engañar.

En voz baja, dijo:

—Nunca te voy a engañar.

Pero ya lo había hecho.

47

El día del desfile del Consejo, la calle principal que atravesaba el barrio Alto estaba decorada con unas enredaderas repletas de grandes flores azules que perfumaban el ambiente. Parecían haber brotado de la noche a la mañana. Había toldos de muselina cubriendo las zonas de paso, como en mis visiones del antiguo Distrito: mosaicos de diferentes telas con colores vivos y lunas y estrellas bordadas que brillaban ante el sol poniente. Los toldos liberaban un vapor refrescante para los transeúntes que me hacía estremecer.

—Que sepas que me he fijado —dijo Sid—. No hagas que me ponga celosa del vapor.

—¿Tú, celosa? Jamás.

—Del vapor no —reconoció ella—, aunque ese leve estremecimiento me ha recordado a algo que te he provocado esta mañana, y confieso que ahora mismo me siento desafiada, por ser tan fácilmente usurpada.

Compró un nido de algodón de azúcar a un vendedor Mediano y me lo dio. Dentro tenía un huevo rosa que eclosionó, y de dentro del cascarón salió una ilusión de un pájaro elíseo. Trinó, saltó a mi hombro, desplegó las alas y se desvaneció. Sid se metió un trozo de cáscara en la boca. Hizo una mueca.

—Demasiado dulce. Pero a ti te gustará.

Negué con la cabeza, recordando todos los dulces que Cuerva me había dado y lo feliz que me habían hecho.

—Ya no.

Enarcó una ceja, pero en ese momento no dijo nada; se limitó a pasarle el nido a un niño Mediano que iba acompañando a una familia Alta. Al parecer, lo habían contratado para llevar las cosas que los niños de la familia compraban a los vendedores Medianos. Ya llevaba varios juguetes y los niños Altos seguían tirando de sus padres hacia el siguiente puesto. Cuando el niño de Casta Mediana vio el nido, se lo metió entero en la boca y cerró los ojos de placer.

Sid se volvió hacia mí.

—¿Por qué ya no te gusta?

—El azúcar me recuerda a Cuerva.

—No quiero que te arruine las cosas que te dan placer.

—Tengo demasiada buena memoria.

—Eso es cierto —dijo—. Tal vez con el tiempo.

—La gente dice eso porque para ellos el tiempo borra los recuerdos. Olvidan. Yo no puedo. —Nada iba a borrar mi recuerdo de Sid cuando se fuera.

—Sí que tuve celos —confesó—. Estaba celosa de Aden. Fue entonces cuando supe que tenía un problema. —Vio mi expresión de asombro y se apresuró a añadir—: Si no te diste cuenta de lo que sentía, por favor, no pienses que fue porque eres ciega o estás rota o algo así. No quería que lo notaras. Se me da bien ocultar las cosas. Todo el mundo, incluso la gente sin tu historial, puede pasar algo por alto si la otra persona desea ocultarlo con todas sus fuerzas.

—Ah. ¿Con todas sus fuerzas? —repetí. Se frotó la nuca y me lanzó una mirada entre tímida y socarrona—. Tú sí te diste cuenta cuando yo me puse celosa —dije.

Sonrió.

—¿De Lillin? Mmm, sí. Pero te contaré un secreto. —Su suave mejilla entró en contacto con la mía mientras se inclinaba y acercaba los labios a mi oído—. Te vi nada más entrar a la fiesta, con tu elegante vestido plateado, y pensé —su boca me rozó delicadamente el cuello— ¿cómo puedo hacerla mía?

—Pobre Lillin.

—Me temo que fui un poco mala.

—Hiciste todo aquello para ponerme celosa.

—¿Funcionó?

—Sabes que sí.

—Sí, pero tu honestidad al admitirlo exige una recompensa. —Deslizó la boca por mi cuello y clavó suavemente los dientes. Su mano se deslizó hasta el bolsillo de mi vestido y, con los dedos, me frotó el muslo a través del forro.

Susurré:

—Estás intentando que me olvide de lo del azúcar.

—¿Eso crees?

—No quieres que esté triste.

—Nunca. Tú no.

Me besó. Saboreé sus labios, ahora dulces gracias a la cáscara del huevo, y, mientras la besaba, ansiaba más.

Era cierto que no podía olvidar. Pero esperaba que, tal vez, pudiera crear nuevos recuerdos.

Pasó un poni trotando por nuestro lado. Llevaba el pelo azul y rojo, los cascos dorados y un carruaje traqueteando detrás. Unos niños Altos, ataviados con sus mejores galas, iban saltando y tirando serpentinas dentro de la carroza. El poni echó la cabeza hacia atrás, pero en vez de relinchar, gritó con voz humana: «¡Abran paso a los concejales!».

—¿Has conseguido el mapa del Salón de los Guardianes? —le pregunté a Sid.

—Mi mente ha estado ocupada en otras cosas —dijo mientras me rozaba con los dedos.

—Sid.

Sacó la mano de mi bolsillo y me miró toda digna, como si hubiese sido yo la que estaba tramando algo indecente.

—¿Sí? —dijo con tono de inocencia.

—¿Me estás prestando atención?

—¿A ti? Siempre.

—¿Los mapas?

—Ah, sí. Bueno, la forma más fácil de adquirirlos sería a través de Lillin, y no soy persona grata para ella ahora mismo.

Un señor con purpurina embadurnada en los párpados intentó arrancar una de las grandes flores carmesí de la enredadera, pero no pudo desprenderla de su tallo. Al sacudirla, se escuchó un ruido. Emocionado, gritó:

—¡Hay algo dentro!

—¡Los regalos del Consejo! —exclamó alguien, y docenas de personas se abalanzaron sobre las flores e intentaron abrir los pétalos, duros como conchas.

Como no lo lograban, empezaron a darles golpes, a tirarles su aliento, a intentar romperlas con los dientes como si fueran nueces. Finalmente, una de las Altas, con una expresión de embeleso en los ojos, se puso a cantar algo que no pude captar bien. Solo oí fragmentos, palabras como *cien*, *gracia* y *devoción*. Sin embargo, aunque no escuché toda la letra de la canción, oí lo suficiente como para que tomara forma en mi mente y me recordara a un himno a los dioses que había visto en el libro que Sid robó de dentro de aquel piano.

De repente, las flores se abrieron y de sus pétalos cayeron abalorios. Todo el mundo se apresuró a recoger los regalos del suelo: zafiros grandes como ojos; astutos pajarillos mecánicos que contaban chistes verdes; un perfecto árbol en miniatura con corteza color arena y suaves hojas diminutas; un huevo de cristal lleno de polvo del placer. Algunas de las flores daban frutos feos. Una escupió un dedo huesudo. Retrocedí horrorizada, pero la mujer que lo encontró se rio y se lo metió en el sombrero con forma de cisne que llevaba.

Me fijé en el hombre que llevaba purpurina. Estaba mirando un puñado de lo que parecían ser uñas de pies.

—¿A qué te referías con lo de «regalos del Consejo»?

Me miró entrecerrando los ojos.

—¿Eres de las plantaciones?

—Sí —contestó Sid con naturalidad—. Su familia quería que su fiesta de debutante tuviera lugar en la ciudad.

—Ah —dijo—. Por eso no lo sabes.

—Y yo soy una viajera curiosa —dijo Sid—. ¿Es una costumbre local?

—Cada año, durante el desfile, el Consejo ofrece regalos —nos explicó—. Es una forma de mostrar su agradecimiento. Es divertido. Nunca sabemos exactamente cómo vamos a recibir los regalos.

—¿Agradecimiento por qué? —pregunté.

Se encogió de hombros. Tenía esa mirada ligeramente inexpresiva que yo asociaba con la memoria borrosa.

—No lo sé.

¿Era posible que el elixir o el polvo del placer dañaran la memoria de la gente? No, porque los Semi también lo sufrían y no tenían acceso a esas cosas.

Y siempre se trataba del pasado de la ciudad. Era como si algo, o alguien, hubiera borrado la historia, de modo que todos representábamos papeles cuyos orígenes no comprendíamos. Celebrábamos fiestas sin saber por qué. Seguíamos normas cuyas razones no estaban claras.

Toqué la mano del hombre como había hecho con Harvers, y concentré mi deseo en él.

Recuerda, pensé. *Cuéntamelo.*

—Es... un aniversario —dijo, parpadeando.

—¿De qué?

—La construcción del muro. El primer Protector lo ordenó y prometió regalos a cambio. —Luego miró mi mano sobre la suya y frunció el ceño antes de zafarse—. No te conozco —dijo con suspicacia—. Preocúpate de tus asuntos.

Entonces dio un giro sobre sus talones y desapareció entre la multitud. Mientras andaba, le iban cayendo restos de ese espantoso regalo al suelo asfaltado.

Las flautas empezaron a sonar y la calle se despejó, todos se agolparon junto a la enredadera. Un zarcillo se enroscó a mi alrededor, casi como la cola de un animal. Me estremecí y lo esquivé.

Una multitud de concejales con túnicas rojas comenzaron a marchar en formación por la calle, con rostros que oscilaban entre el aburrimiento, la seriedad y la intensa concentración, pero todos ellos acalorados y con las frentes sudorosas.

Los vendedores Medianos, con miradas furtivas y preocupadas, empezaron a recoger sus puestos.

Entonces oí un sonido puro que se cernía sobre la multitud. La llamada descendía y ascendía, todas las notas sonabas tan claras como las de una campana de cristal.

Era un pájaro elíseo.

Sobrevoló a la multitud atónita, con sus resplandecientes alas rojas y verdes y sus garras iridiscentes pegadas al vientre. Parecían de nácar. Era el mismo pájaro que había capturado la noche de la verbena de la luna. Lo sabía porque las marcas verdes y el rosa que le recorría el plumaje de la cola coincidían exactamente con mi recuerdo. Pero, sobre todo, sabía que era mi pájaro porque su canto me llegaba al corazón.

El pájaro elíseo batió las alas, creando pequeñas corrientes de aire que olían tan frescas como la lluvia.

La formación de concejales se dividió por la mitad, y un hombre vestido de rojo caminó entre ellos hasta el estrado de la plaza. No pude verle la cara, y su túnica no era muy distinta de la de sus compañeros, aunque teñida de un tono carmesí más intenso. Por los susurros deferentes supe que se trataba del Protector.

Levantó el puño. Pensé que era una especie de saludo, una orden de silencio, tal vez, aunque ya estábamos todos callados.

Pero su puño servía de percha.

El pájaro elíseo bajó del cielo para posarse sobre él. Abrió el pico y emitió un canto a todo pulmón.

El pájaro que había capturado la noche de la verbena no pertenecía a una dama anónima. Pertenecía al Protector, el gobernante de Herrath.

Por su postura, pensé que iba a dar un discurso, y que yo tendría la oportunidad de aprender más sobre la construcción del muro y por qué se celebraba, aunque nadie recordara el motivo. Sin embargo, incluso desde la distancia a la que yo estaba, vi cómo su boca dibujaba una sonrisa furtiva.

—Disfrutad —dijo—. Tomad lo que queráis.

El público enloqueció.

La gente empezó a arrebatar lo que tenía más cerca como si estuviera poseída. Los niños, que gritaban de alegría y de miedo, pasaban de unas manos a otras. Un hombre tiró de la enredadera y se envolvió en ella. La gente se arrancaba la ropa. De la multitud surgieron risas, aunque los concejales permanecieron inmóviles, de pie, exactamente en el mismo sitio.

Alguien me arrancó de la muñeca un brazalete de oro que había ganado en una fiesta.

—¡Oye! —grité.

La mujer hizo un mohín.

—Es solo un juego.

—Es un juego horrible —dijo Sid, y la mujer puso los ojos en blanco, me devolvió el brazalete y desapareció en el tumulto.

Entonces, por encima del rugido de la multitud, se oyó el grito del elíseo. Salió disparado del puño del Protector. Voló en círculos, con actitud depredadora, y volvió a cantar. Bajó en picado, cada vez más cerca de mí.

Mía, lo escuché decir, y algunas personas dejaron de robar para taparse las orejas, pues el sonido del pájaro era muy agudo.

Me di cuenta de que la actitud depredadora que había detectado se debía a que realmente estaba intentando cazar algo.

A mí.

Revoloteó sobre mí, batiendo sus gloriosas alas. *Mía*, volvió a decir. La multitud enmudeció. Todos me miraban. Absolutamente todos. Sid también.

—Detenedla —ordenó el Protector.

48

Eché a correr.

Oí cómo Sid me llamaba, pero corrí más rápida que ella, porque si me atrapaban no quería que la atraparan conmigo. Me agaché bajo las enredaderas y me metí por calles estrechas, sorteando a la gente que me miraba asustada, pensando que la ciudad era un laberinto como el que había resuelto en la fiesta. Mis pies golpeaban la piedra y las puertas metálicas que me iba encontrando. A estas alturas, ya conocía casi todos los vericuetos del barrio Alto, pero en cuanto encontré un callejón en el que esconderme y vi a los concejales pasar de largo, una sombra se cernió sobre mí. Miré hacia arriba. El elíseo giraba y cantaba triunfante.

Mía.

Me arrojé a la puerta del sótano de una casa imponente. Me escondí entre botellas de vino, con la espalda empapada en sudor y el corazón martilleando en el pecho. Oí gritos en el callejón de arriba. La escasa luz que entraba por la rendija del sótano se volvía intermitente a medida que la gente pasaba corriendo. Sus pisadas golpeaban las puertas metálicas.

Cuando se me calmó la respiración, me limpié el sudor de la boca y consideré la posibilidad de subir a la cocina de la casa, pero estaría llena de Medianos. Los alarmaría, y no tendrían motivos para no alertar a los dueños de la casa, que llamarían a los concejales que recorrían las calles en busca de la chica que el pájaro elíseo había reclamado como suya.

Pero ¿por qué? ¿Por qué el pájaro estaba tan interesado en mí, y el Protector tan interesado en su interés?

Pensé en mi sueño, en el asesinato del dios del descubrimiento, y en cómo un simple grajo había bebido su sangre y se había desplegado como un pañuelo de seda carmesí, rosa y verde. Si mi sueño era una visión del verdadero pasado de la ciudad, ¿en qué convertía eso al pájaro? ¿Había absorbido algunos poderes al beber la sangre del dios? ¿Era posible que todos los pájaros elíseos que nacieron a partir de ese momento tuvieran el don del descubrimiento?

Tal vez el pájaro percibía la magia en mí.

Pensé en todos los tipos de magia que había visto: el elixir que te hacía flotar; la casa hecha enteramente de plantas; el árbol adivino; las visiones de mariposas y pájaros; el té que te hacía más bella. Pensé en la sangre que teñía de rosa el elixir, en el dedo cortado que cayó de la flor roja.

El diezmo no era solo un castigo, y no era solo un medio para proporcionar a la Casta Alta montones de pelo falso u órganos para las cirugías. También era una forma de recolectar magia de los Semi. Recordé cómo el hombre de pelo azul que había probado mi sangre había revelado que su hermano, un concejal, no se esperaba que la sangre de una Mediana tuviera ningún efecto, tampoco la de una Alta.

Pensé en cómo el hombre al que obligué a darme un recuerdo de la historia de la ciudad había dicho que el festival y el desfile eran una forma de dar las gracias por la construcción del muro.

¿Y si no fuera cierto que los Semi eran insignificantes y vulgares?

¿Y si, de hecho, fueran la única fuente de magia de la ciudad, y estuvieran guardados tras un muro para poder ser cosechados?

¿Y si la gente que tenía un don, como Sirah, que podía predecir la lluvia, o Rinah, que hacía crecer cualquier cosa de la tierra, poseían magia, pero simplemente no lo sabían?

¿Y si, en caso de que los concejales me atraparan, convertían toda mi sangre en té y encontraban un uso y una función mágica para cada parte de mi cuerpo?

Las puertas metálicas de la calle chirriaron al abrirse. Oí que alguien bajaba los escalones del sótano. Con el pánico en la garganta, me arrinconé todo lo que pude detrás de las botellas de vino. Oí unos pasos decididos que se acercaban, el ruido al pisar un poco de arena en el suelo del sótano. Una respiración agitada, unos pantalones de alguien que había corrido mucho. Alguien buscando entre el vino.

Mi corazón, preso del pánico, se desbocó. Mis oídos ensordecieron por el miedo. Me acurruqué.

El hombre llegó a mi fila de botellas y me vio.

—Te tengo —dijo, y se acercó corriendo para agarrarme el brazo.

—No —susurré aterrorizada—. Por favor, no. —Hablaba como una niña pequeña, como si negarme pudiera convencerlo de que no lo hiciera.

Sorprendentemente, aflojó el agarre. Me miró extrañado, como inseguro.

—Por favor, no lo haga —dije, esperanzada, aunque el miedo seguía recorriéndome la piel. ¿Se compadecía de mí? ¿Podría convencerlo de que me dejara ir?—. No tiene por qué hacer esto.

—¿Hacer qué? —dijo, claramente confuso—. Sé que tenía que hacer algo... —Miró hacia mí, como si fuera a darle una respuesta, y luego miró a su alrededor.

Recordé cómo, en el Distrito, a veces me cruzaba con la milicia y pensaba: *A mí no. No soy nadie importante. No me hagáis caso.*

Cuando hacía eso, siempre me pasaban por alto.

Era capaz de hacer que las personas recordaran cosas. ¿Podía hacerles olvidar también? ¿Podía hacer con sus mentes lo mismo que con el vinagre sobre el papel entintado? ¿Borrar lo que yo quisiera?

—Se suponía que tenías que salir de este sótano —le dije—. Tenías que soltarme y subir los escalones hasta la calle. —Al ver su cara de concentración, me di cuenta de que, más que hacerle olvidar, le estaba dando un falso recuerdo—. Te han pedido que le digas al Consejo que yo no estoy aquí, que no me has visto. Dirás que crees que me he ido al parque, a esconderme entre los árboles.

—Sí —contestó—. Eso era. Eso era lo que tenía que hacer. —Me sonrió agradecido e hizo lo que le había ordenado.

~

Esperé horas en la bodega, hasta que el ruido de mi barriga me avisó de que se acercaba la hora de cenar, lo cual significaba que los sirvientes quizá bajarían pronto a buscar vino. Con cautela, abrí las puertas de la bodega. El callejón no estaba totalmente vacío. Dos mujeres con vestidos de encaje color caramelo se reían y comían polvo del placer que tenían en las palmas de las manos. Pero no me prestaron atención. Miré hacia arriba. El cielo crepuscular no tenía ningún pájaro elíseo a la vista. Esperaba que me hubiera perdido la pista hacía rato.

La calle estaba llena de basura. La enredadera azul estaba amontonada en el suelo, las flores se habían abierto de par en par y tenían un color marrón ensangrentado. Había unas pocas personas deambulando por la calle, todas ellas borrachas, pero la mayoría debía de estar durmiendo para recuperar fuerzas antes de las fiestas que venían después.

Me encaminé hacia la casa de Sid con la esperanza de encontrarla allí, pero a los pocos pasos, oí que alguien me llamaba por mi nombre.

Era el muchacho Mediano, el pequeño espía de Sid.

Corrió hacia mí.

—Tienes que ayudarme —dijo sin aliento—. Te he estado buscando por todas partes. Sid se ha metido en un lío.

—¿Qué quieres decir?

—Vi a un hombre acercarse a ella después de que desaparecieras. La apartó de la multitud.

—¿Un concejal?

El chico negó con la cabeza.

—No. —Sus ojos estaban muy abiertos—. Nunca había visto a un hombre así.

—Descríbelo. ¿Qué aspecto tenía?

—Era un monstruo.

49

El muchacho dijo que el hombre se había llevado a Sid en dirección a su casa, así que corrí hacia allí, culpándome por haber llamado la atención del Protector y haberla salpicado a ella. Supuse que la habían visto a mi lado, que, aunque yo no hubiese sido fácil de identificar entre la multitud y la persecución, alguien se había fijado en que Sid estaba cerca de mí y había reconocido a la forastera por su pelo corto y rubio, sus grandes ojos oscuros, su forma de vestir y la fama que tenía. Su casa no parecía un buen lugar para esconderse.

A menos que me hubieran tendido una trampa y ella se hubiera visto obligada a participar.

Lo más inteligente habría sido mantenerme alejada, pero mi corazón se encogió de miedo al pensar que corría peligro. No podía dejarla sola, capturada por alguien que me estaba buscando a mí.

Recuerdo claramente cómo me sentí: mi pulso disparado, mi cuerpo temblando como una libélula sobre el agua; un insecto verde y reluciente. Una presa fácil que se veía de lejos, con esas alas igual de transparentes que la sensación de temor que tenía en ese momento, tanto por Sid como por mí, y también por cómo iba a reaccionar yo si le hacían daño.

Cuando abrí la puerta de golpe, oí una discusión en otro idioma: la voz de Sid sonaba angustiada y la del hombre iba alternando entre insinuante e insistente. No reconocí el idioma. No sonaba como el herrano, con esas vocales redondeadas y ese parecido a mi lengua. Tenía sonidos duros y ásperos. Sid dijo algo que terminó con un siseo.

Entré en el salón, donde esperaba encontrar a Sid atada o con la daga desenvainada, luchando contra el hombre que la había secuestrado. En cambio, la encontré impecablemente vestida, bebiendo un licor verde y mirando con afecto y preocupación a un hombre alto y sin rostro.

Al menos, esa fue la primera impresión que tuve de él. Inmediatamente, retrocedí y contuve la respiración. Tenía la cara mutilada. No tenía nariz ni orejas. Parecía que le habían hecho pagar un diezmo horrible. Se volvió y me inspeccionó. Sus ojos negros me recorrieron de la cabeza a los pies con la mirada de alguien a quien no le cuesta mucho formarse una opinión sobre las personas. Me sentí evaluada y, después, irremediablemente descartada. Era lo bastante mayor como para ser el padre de Sid, con el pelo negro canoso y muy corto. Su piel era mucho más oscura que la mía, de un marrón intenso. Si Sid parecía extranjera, él lo parecía aún más: tenía los pómulos anchos, unos labios muy carnosos y unos ojos negros con pintura verde alrededor.

Pero lo más sorprendente eran sus mutilaciones. El tejido cicatricial era de hacía tiempo y tenía un tono más claro que el resto de su piel. No pude evitar quedarme mirándolo. Su boca se curvó en una tétrica sonrisa.

—Nirrim. —La mano de Sid dejó de sujetar con tanta fuerza la copa, pero aún tenía una expresión aprensiva.

El hombre le habló en un tono frío, divertido y ligeramente burlón.

—Sí. —Sid le frunció el ceño—. Es ella.

—¿Qué está pasando? —pregunté—. ¿Qué ha dicho? ¿Quién es?

—Un amigo de la familia.

—¿Por qué está aquí?

—Su barco ha atracado hoy en el puerto de la ciudad.

—No te he preguntado eso.

Vacilante, dijo:

—Lo sé.

Lo miré de reojo.

—¿Es… de confianza?

—¿Yo? —dijo el hombre en mi lengua, con un fuerte acento. Se rio—. No.

Me sobresalté. Había dado por hecho que no hablaba mi idioma. Me estaba empezando a enfadar con Sid por estarse ahí callada. Le dije:

—Haces que me sienta como si no supiera nada.

En un tono lento y juguetón, con un aire a orden, el hombre se dirigió a Sid en el idioma que compartían. Ella le gritó algo. Él se encogió de hombros.

Sid me miró, pero rápidamente aparto los ojos.

—Antes me ha preguntado si tú eras mi amante. Ahora dice que te debo mi honestidad. Nirrim, tengo que contarte algo.

—El tiempo apremia, Princesa —le dijo el hombre en herrath.

—¿Princesa? —repetí, y soné exactamente igual que el maldito pájaro ithya con el que Cuerva me había comparado—. ¡¿Princesa?!

Sid cerró los ojos, con el ceño fruncido por la frustración y la ira, y le dijo algo al hombre que sonó como una terrible súplica, una acusación afligida. Finalmente le dijo:

—Vete. Déjanos a solas, por favor.

Me inundó el alivio, lo que me hizo darme cuenta de lo asustada que había estado hasta ese momento por el hecho de no saber que ella podía echarlo, por creer él había venido a llevársela.

—Ya te has divertido lo suficiente. —Le dirigió las palabras a Sid, pero lo hizo en mi idioma para que yo las entendiera—. Ya es hora de volver a casa. —Sus ojos se cruzaron con los míos fugazmente y luego se marchó.

—¿A qué se refería con *princesa*? —le pregunté—. ¿Te estaba tomando el pelo? ¿Era una broma?

Con tristeza, negó con la cabeza.

—¿Quién eres?

—Su nombre es Roshar —dijo—. Es un príncipe de Dacra, la tierra del este, y lo conozco de toda la vida.

—¡No te he preguntado por *él!*

Dejó la copa de licor verde sobre una mesita con lentitud y precisión, como si fuera un acto de suma importancia, su último acto.

—Lo sé —dijo—. Lo siento. Esto es difícil de explicar. Roshar... mis padres... nadie ha sabido de mi paradero durante mucho tiempo, pero él se enteró de que estaba en esta isla después de que les dijera a aquellos guardias de prisión que se pusieran en contacto con el embajador que su reino tiene aquí. Así fue como conseguí que nos liberaran. Siempre me ha comprendido más que mis padres, y esperaba que se guardara esa información para sí. Acepté el riesgo de que no lo hiciera porque no me importaba que se enterara de que estaba aquí. Planeaba irme mucho antes de que le llegaran las noticias del embajador y de que su nave llegara hasta aquí. Pero... —hizo una pausa mientras se retorcía los dedos— me quedé.

—No eres una princesa. Dijiste que eras la espía de la reina herrana.

—Era su espía. —En voz baja, añadió—: Aún lo soy. También soy su hija.

Se me hizo un nudo en la garganta.

—¿Por qué no me lo dijiste?

—En cierto modo, sí te lo dije.

Pensé en el grabado de la daga, que coincidía con el de la carta de la reina, el símbolo de la familia Herrani, y en que no había dado una respuesta clara cuando le pregunté si la había robado, lo cual me hizo suponer que sí. Recordé que, cuando el hombre con el pelo azul de la fiesta sugirió si era prima del rey herrano, ella lo negó... Aquello no era mentira, si en realidad era su hija. Recordé cómo había descrito a la reina y cómo había descrito a su madre. Ambas mujeres me habían parecido similares: intimidantes y con igual poder sobre Sid. Sin embargo, no había ninguna razón para que entendiera que eran la misma persona.

—Fui sincera sobre el motivo por el que me fui de casa —dijo—. Odiaba ser princesa. Ni siquiera me gusta el título. Princesa Sidarine. —Hizo una mueca de asco—. Una posición tan... delicada. Y tan pesada. No creo que puedas ni imaginar la carga que supone, o lo mucho que desean mis padres que me una a la familia de Roshar. Mi madre quiere que me convierta en una versión de ella. Mi padre nunca dice nada y, simplemente, permite que suceda.

—Tienes razón —dije fríamente—. No me puedo ni imaginar lo que es ser princesa. No me puedo ni imaginar lo que es tener padres.

—Por favor, déjame que te lo explique.

—Me has engañado.

Se atusó el pelo, nerviosa, y se metió las manos en los bolsillos.

—Tuve que hacerlo —respondió—. No quería que los dirigentes de la ciudad se enteraran del interés que la monarquía herrana tiene por esta isla.

Me sentí insultada.

—No se lo habría dicho a nadie —dije.

—Te creo, pero al principio no confiaba en ti. Y cuando empecé a hacerlo, no quería decírtelo porque no quería que me miraras con otros ojos. No quería que me miraras como me miras ahora. Ya era bastante duro estar con la duda sobre qué pensabas. Si yo podía llegar a... atraerte. Si podía lograr que me desearas.

—Claro —dije con amargura—. ¿Qué sentido tendría contarle todo eso a una más de tus simples conquistas?

—Nunca fuiste una simple conquista.

—Cualquiera podría pensar que, cuando se descubre a una mentirosa, esta será lo suficientemente sabia como para dejar de mentir, pero ya veo que no.

—Nirrim —me interrumpió—. Estoy enamorada de ti.

Se me cortó la respiración. Los ojos se me llenaron de lágrimas. Y entonces no pude seguir mirándola a la cara. Juré que nunca volvería a mirar ese hermoso y preocupado rostro.

—No te creo.

—Me he enamorado de ti porque eres sincera y amable, y curiosa, e inteligente. Me he enamorado de ti por tus besos.

—Para. —Se me hizo un nudo en la garganta.

—La carta que escribí en la taberna era para ti. Intentaba explicártelo.

—En un idioma que no sabía leer. En una página que no pensabas darme.

—Nunca te he mentido como tal.

—Lo que acabas de decir es una mentira. Te mientes a ti misma sobre lo que es una mentira. Me has engañado. Jugar con las palabras no te hace menos mentirosa.

—Tienes razón —dijo con tristeza—. Perdóname, por favor. Pregúntame lo que quieras. Te diré la verdad.

Me negué a mirarla a la cara. Le miré las manos que ya había sacado de los bolsillos. Estaba frotando un pulgar contra la palma de la otra mano, con un nerviosismo que nunca antes le había visto, ni siquiera el día que la vi untando mermelada en esa tortita, ni cuando se puso a tocar las teclas de aquel piano. Ni cuando me tocaba a mí con tanta destreza.

No quería esa sensación de ira que me hervía en el pecho. No quería que me picaran los ojos. No quería aceptar que me había dejado engañar tan fácilmente. Quería ser un muro, ser piedra y argamasa. Quería deshacerme de las lágrimas. Así que me centré en la larga y fina cicatriz de su mano. *Sí que es una herida fea*, pensé.

Y, aun así, cuánto amaba aquella línea.

Le pregunté:

—¿Dónde te hiciste esa cicatriz?

—Fue un tigre.

Que era lo que me había explicado en su día, aunque yo lo había tomado como una broma.

—¿De verdad?

—Sí. Es decir, tengo otras cicatrices de cuando mi padre me enseñaba a luchar, pero la cicatriz grande, la que viste primero, es del tigre que Roshar tiene como mascota. Está casi domesticado. Roshar lo trajo a una fiesta de mi país cuando yo tenía doce años… —Sus palabras se fueron apagando, tal vez por la rabia que se adivinaba en mi rostro.

Odiaba oír la esperanza en su voz, como si creyera que podía distraerme de su engaño contándome un cuento sobre un tigre de la realeza, en un país que yo nunca había visto.

—Nirrim, por favor, mírame.

Negué con la cabeza, con los ojos rebosantes de lágrimas.

—Pregúntame qué pensé cuando te conocí —dijo ella—. Pregúntame qué sentí cuando te vi la cara por primera vez. Pregúntame cómo es estar delante de ti y saber lo enfadada que estás, lo mucho que me lo merezco, lo horrible que es haberte hecho daño cuando yo solo quería darte felicidad.

No pude evitarlo. Levanté la vista. Su rostro estaba pálido, afligido.

—Mi corazón es tuyo —dijo ella—. No sabía que se podía sentir por alguien lo que siento por ti.

Parecía desolada. Me dolía ver la ausencia de una sonrisa en su boca, cómo su cuerpo había perdido la confianza que le era tan natural. Sid odiaba estar seria, pero estaba tan seria y tan triste en ese momento. La rabia se disipó. Le dije:

—Te creo.

La comisura de sus labios esbozó una leve sonrisa, pero sus ojos seguían temerosos. Esperó, pero no pude decirle lo mismo que ella me había dicho a mí, aunque me impresionó su valentía al decirlo. Me encantaba la peca que tenía bajo el ojo, la garganta contra la que aún quería apretar la cara, la forma en que amaba a sus padres incluso después de que le hubieran fallado. La delicadeza con la que buscaba adivinar mis pensamientos. Lo fuerte que me abrazaba cuando se lo pedía. Sus miradas de reojo. Su risa. Era de cobarde no decir nada de esto, pero se me había cerrado la garganta. Mi ira había desaparecido, pero deseaba que no fuera así. La ira me habría blindado contra la respuesta a la pregunta que tenía que hacer.

—¿Roshar te va a obligar a volver a casa?

Se lo pensó un momento y negó con la cabeza. Pero su rostro seguía siendo desdichado.

—¿Vas a volver de todos modos?

—Sí —susurró ella.

—Pero… —Busqué desesperadamente las palabras adecuadas para conseguir que se quedara—. Teníamos un plan. Dijiste un mes.

—No puedo.

—Lo prometiste. Lo juraste por tu vida.

—Debo pedirte que me liberes de esa promesa.

—Dijiste que querías llevarles el secreto de la magia a tus padres.

—Eso no tiene importancia ahora.

—Siempre cambias de opinión —la acusé—. Nunca deseas nada por mucho tiempo.

—Roshar dice que mi madre está muy enferma. Nadie sabe por qué. Ha sido algo repentino y no se parece a nada de lo que se haya visto antes. Mi padre me necesita. Ni siquiera sé si seguirá viva cuando llegue a casa.

De repente, Sid parecía tan diminuta. Me di cuenta de lo indefensa que estaba ante la enorme pérdida que se avecinaba. Quería tocarle la mejilla, estrecharla entre mis brazos, pero si lo hacía, no sería capaz de dejarla marchar.

Entonces preguntó:

—¿Me obligas a quedarme?

Me mordí el labio. Pensé en lo que le había hecho al concejal, en cómo había creado un recuerdo falso en su mente.

Podría hacerle eso a Sid, si quisiera.

Hacer que olvidara a sus padres. Hacer que se quedara en Ethin.

Tal vez sería un acto de bondad. Al fin y al cabo, si no recordaba a su madre, nunca lloraría su pérdida.

—No. —Negué con la cabeza, horrorizada ante aquella tentación y por lo fácil que me resultaría embaucarla. Podía obligarla a recordarme como la única mujer a la que había amado. Podía hacerla mía para siempre—. Jamás te haría eso. —Mis ojos se humedecieron—. Vete, debes irte. Te echaré mucho de menos.

Su expresión cambió y dejó de dudar. Se acercó a mí y sus labios rozaron mis lágrimas.

—No llores —dijo—. Ven conmigo.

Me quedé inmóvil. Me eché ligeramente hacia atrás.

—¿Quieres venir? —me preguntó.

—¿Qué sería yo allí? ¿Una sirviente de la princesa?

—No —dijo ella con frustración—. ¿Te he tratado alguna vez como tal?

—¿Entonces qué?

—Mi... —Su frustración creció al ver que no tenía las palabras preparadas para responderme—. Mi invitada de honor.

—Todo el mundo sabrá exactamente lo que somos.

—Me da igual. Quiero que lo sepan.

—Así que me quedaría ahí siendo tu amante.

—Sí. —Su voz era firme.

—En un país que nunca he visto.

—Herran es precioso. Te encantará tanto como a mí.

—No conozco el idioma.

—Tu memoria hará que aprendas rápido.

—Tus padres quieren que te cases con un hombre. No me quieren allí.

—Yo te quiero a ti.

—No habrá lugar para mí. No tendré a nadie conocido. No tendré nada mío.

—Me tendrás a mí.

Se me habían secado los ojos y me dolían. Di un paso atrás. Ella apartó las manos y levantó la barbilla con tozudez.

—Me debes un sí —dijo.

—No —respondí—. No puedo.

—¿Por qué? Aquí te han tratado fatal. De una forma u otra, has vivido tu vida prisionera. La gente que debería protegerte y cuidarte te ha fallado. Yo nunca lo haré.

—¿No lo harás? ¿Qué harás cuando tus padres te presionen para que te cases?

Vaciló, y luego dijo:

—Me negaré.

Había reconocido las mentiras que me había contado a mí, pero en ese momento no estaba segura de si reconocía las mentiras que se estaba contando a sí misma. *Cambiarás de opinión*, pensé. *Le debes lealtad a otra gente.*

Como yo, pensé a regañadientes.

—Creo que toda la magia viene del Distrito —dije—. Creo que el Consejo usa a la Semicasta para extraerle su poder; un poder que la gente ni siquiera sabe que tiene. Los niños que han desaparecido, ¿dónde están? ¿Muertos? ¿Encerrados en establos como terneros, obligados a dar su sangre? Te dije que encontraría una manera de devolver la magia al Distrito. Voy a mantener mi promesa.

Con impotencia, dijo:

—No es tu deber cambiar el mundo. Y es peligroso intentarlo.

Tú eres la peligrosa, pensé.

—Ven conmigo —me volvió a pedir.

Lentamente, negué con la cabeza. No podía hacerlo. El futuro que había visto escrito en el interior de la corteza del árbol adivino se hacía realidad. Me imaginé lo sola y sin amigos que estaría en el país de Sid. Yo sería la novedad. Ahora me quería, sí, pero ¿cuánto tiempo pasaría antes de que se cansara de mí, antes de que me dejara como había dejado su propio país, como estaba dejando el mío ahora, como había dejado el Distrito después de pasar solo un día cuando había dicho que se quedaría tres? Me vi a mí misma abandonada en una tierra con cantos de pájaros desconocidos, cuya ciudad nunca se cubría de hielo, donde no salaban el pan, donde nunca podría comer la miel hecha por las abejas del mar. Oiría los tonos extraños de una lengua desconocida. Echaría de menos la sabiduría de Morah y la esperanza de Annin, mis únicas hermanas. No conocería a nadie más que a Sid. Dependería de ella para todo.

Con un hilo de voz, preguntó:

—¿No me amas como yo te amo? ¿No quieres venir conmigo?

Sí, pensé. *Te amo, pequeña granuja. Y amo tu buen corazón.*

—No —respondí—. No puedo ir contigo.

—Oh —dijo ella. Fue un sonido breve, grave y contundente.

Me di cuenta de que, sin querer, le había hecho lo mismo que ella me había hecho a mí tantas veces, que era decir una verdad a medias. Había hecho dos preguntas, yo había contestado una, pero ella pensó que mi respuesta servía para ambas.

—Entiendo —dijo.

—Sid —empecé, y me habría explicado, pero ella levantó la mano para detenerme.

—Si te disculpas solo empeorarás las cosas.

—No quiero disculparme.

—Mejor. No es necesario.

Y entonces se fue a toda prisa. No paró cuando la llamé, así que, al final, dejé de llamarla. Al final no quise compartir la verdad, porque sentí que las palabras de amor que tenía dentro eran la única parte de ella que podría seguir siendo mía.

Cayó la noche. No había luna. Las estrellas brillaban y yo me sentía miserable.

Estaba de pie en el balcón, mirando al puerto, al mar.

Estaba demasiado oscuro como para ver zarpar su barco.

50

Madame Mere se mòstró reticente ante mi petición, pero se la tenté al prometerle un raro elixir. —No me suena haberlo visto en ninguna fiesta. —Le ofrecí el frasquito con tapón que había ganado al Panteón. Esta vez estaba lleno de mi propia sangre rebajada con agua. Había tenido que adivinar las proporciones—. No estoy segura de lo fuerte que es.

—¿Qué hace?

—Hará que recuerde cosas que había olvidado.

Miró el frasco con recelo, pero la curiosidad acabó por imponerse.

—Nunca había oído hablar de un elixir así. Es fascinante. —Agarró el frasco. Me dio la dirección y luego dijo—: Los concejales han estado preguntando por una chica que se parece a usted.

—¿Ah, sí? —Cuidé mucho mi tono.

—¿Por qué no me deja darle un toque nuevo a su aspecto? Su pelo negro es brillante y tiene unas bonitas ondas, pero, sinceramente, opino que es demasiado natural. Diría que incluso resulta demasiado distintivo —insinuó.

—No puedo pagarle.

Agitó la mano como quitándole importancia. Me llevó a una habitación, donde me pintó el pelo con rayas azules, verdes y moradas. Me tiñó las pestañas de un verde azulado y me pintó las mejillas con remolinos dorados que me prometió que durarían días.

—Así mejor —dijo—. Ahora nadie la va a reconocer.

Me conmovió su amabilidad.

—¿Por qué me está ayudando?

—Quizá ayudarla a usted sea como ayudarme a mí misma. —Sonrió con amabilidad—. Dicen las malas lenguas del barrio Alto que Lady Sidarine ha dejado la ciudad.

Me mordí el labio. Miré la panoplia de telas apiladas a lo largo de las paredes e intenté no pensar en ella. En su lugar, me puse a pensar: *Azur. Canario. Caqui salpicado de rosa. Violeta.* La boca me sabía a sangre.

La modista me acarició la mano.

—El primer desengaño es el que más duele. Cada día será un poco más fácil, y pronto la olvidará.

Pero, por supuesto, eso era imposible.

⁓

—Veamos —dijo Lillin, imperiosa, cuando su criada Mediana me hizo pasar al salón—. ¿Quién eres y qué quieres?

Tenía unos rasgos exquisitamente delicados: cara ovalada, labios finos, ojos grises tan pálidos y claros que se veían tenues estrellas de color azul alrededor de las pupilas. Pensé en ella con Sid, y en Sid con ella, y deseé no haber logrado convencer a Madame Mere de que me diera su dirección.

—Las dos conocemos a Sidarine —dije, y vi en su rostro como caía en la cuenta de quién era—. Nos vimos en la fiesta del salón donde se puso a llover.

—Ah —dijo ella—. Tú. No te había reconocido. Sid no está aquí. —Juntó los dedos de una mano y luego los abrió con la palma hacia arriba, como si hubiera capturado algo invisible y después lo hubiera soltado—. Se ha ido. He oído que ha dejado la ciudad para siempre. Tienes pinta de estar pasándolo mal por ella. Pobrecita, esa mujer es una rastrera. Menos mal que nos hemos librado de ella. Lo peor es que es capaz de hacerte sentir especial, aunque solo por un tiempo.

—Dijo que tenías algo para ella. Mapas.

Entrecerró esos ojos plateados.

—¿Qué quieres hacer con ellos?

—No tienes por qué dármelos, pero me gustaría verlos. Te daré algo a cambio.

Agitó una mano con gesto aburrido y señaló la habitación llena de perlas y oro en la que estábamos.

—Lo tengo todo.

—Puedo darte un recuerdo. Es más, si recuerdas algo en concreto, puedo hacer que lo sientas de nuevo, que lo saborees de nuevo, igual de fresco como cuando lo viviste.

Se notaba que estaba intrigada.

—¿Esto es como polvo del placer?

—Más bien como un elixir.

—Nunca he probado uno que haga eso.

—Te lo mostraré si me dejas tocarte la mano.

—¿Puedo elegir el recuerdo que yo quiera?

—Sí —dije, aunque no confiaba del todo en mis capacidades para conseguirlo.

Levantó su pequeña barbilla.

—No sé si te creo del todo. —Entonces me ofreció un reto cruel—: Si realmente eres capaz de hacer lo que dices, hazme recordar mi última vez con Sidarine.

Le toqué la mano y pensé en que esos mismos dedos habían tocado a Sid. Por doloroso que fuera, una parte de mí también quería eso: compartir a Sid con alguien, saber que no era la única que la había deseado.

Los ojos de Lillin se cerraron. Me agarró la mano. Se le escapó un suspiro. Era insoportable y, sin embargo, lo necesitaba. Sentía como si ninguna de las dos quisiera dejar ir a un fantasma.

Cuando terminó, me enseñó los mapas del Salón de los Guardianes que le había quitado a su hermano. Me recordó con aires de arrogancia que no me pertenecían. Me limité a echar un vistazo a cada página y me fui, preguntándome qué recuerdo habría tenido y si se debía parecer a los que yo guardaba en la memoria. Me estremecí al pensar en Sid durmiéndose a mi lado. Se me apretó el corazón al echarla de menos.

La Sala de los Guardianes era menos imponente y más impredecible de lo que esperaba. Tenía ventanas escalonadas y una fachada que se veía desordenada, con balcones ondulantes que debían de ser de piedra y, sin embargo, parecían igual de fluidos que el agua. Surgían torrecillas de lugares extraños cuyas ventanas eran vidrieras de colores. El sol deslumbraba y me calentaba la cabeza. Los bordes serpenteantes del edificio parecía que se doblaban y, cuando volví a mirar, tuve la sensación de que las ventanas se habían movido y ahora tenían forma de estrella en vez de tener las partes superiores redondas y las inferiores deformadas, como si fueran un círculo fundido. A veces veía el presente y a veces el pasado.

Introduje una mano en el bolsillo del vestido y toqué la bolsita de veneno que me había dado Aden. Estaba junto a la carta de Sid, que no sabía leer, pero de la que tampoco podía desprenderme. El veneno era la única arma que tenía. No sabía si serviría de algo, pero me tranquilizaba llevarlo encima. Tal vez a Sid le pasaba igual con la daga, dondequiera que estuviera en ese momento. Recordé lo difícil que era desabrochar el cinturón donde la guardaba y lo bien que se lo pasaba viéndome sufrir. Al final, ella misma se lo quitaba y caía pesado sobre la cama.

La entrada estaba compuesta por una puerta doble abierta y pintada de rojo. El color se veía vivo y resplandeciente como un espejo. Había milicianos adustos a ambos lados. Me impidieron el paso.

—Este edificio está reservado para los concejales —dijo uno de ellos.

—Vaya a prepararse para la fiesta —dijo otro, con un tono lo bastante cuidado como para no resultar burlón.

Siempre había sentido temor hacia la milicia y resentimiento hacia el poder que ejercían sobre mí, pero ahora sabía que no eran más que Medianos que habían sido contratados para hacer el trabajo que los Altos desdeñaban. Me di cuenta de que ellos, igual que todos, deseaban, temían y sentían resentimiento hacia algunas cosas, personas o situaciones.

—Pero yo soy concejal —dije con calma.

Arrugaron el entrecejo. Se me quedaron mirando y luego se rieron.

—Se lo mostraré —insistí.

Presenté mi pasaporte de Casta Alta. Uno de ellos lo aceptó y le lanzó una mirada a su compañero, como preguntándose dónde estaba la broma. Sentí una punzada de poder. Era una sensación parecida al pánico o al placer. Me recordó a cuando un relámpago ilumina las nubes en una noche de tormenta y, de repente, vemos que la oscuridad esconde diferentes formas y dimensiones.

—La última página del pasaporte —le dije al hombre—, la que acaba de ver ahora, contiene la documentación necesaria para entrar.

—Ah —dijo, y volvió a hojearla—. Entiendo.

—La persona que habéis visto —les dije a ambos—, la que acaba de acercarse a vosotros, quizá habéis creído que se trataba de una mujer, pero eso se debe a que la luz os ha confundido. Era un joven de buena familia, muy conocido, muy apreciado, vestido como debía con su túnica roja.

—Pues sí, así fue —le dijo uno de los hombres al otro.

Me devolvieron el pasaporte.

—Le dejasteis pasar, como es debido.

Ambos se quedaron con la mirada perdida. Entré.

No había mucha luz al entrar. Las paredes estaban pintadas con patrones de color rojo, verde y rosa. Hacían que pareciera que la entrada estaba cubierta por las escamas de una criatura salvaje y desconocida.

Aunque los concejales pasaban a mi lado mientras me abría paso por el edificio, siguiendo los mapas de mi mente, hice lo mismo que en el Distrito: desear que no me vieran, hacer que me ignoraran. A medida que adquiría más práctica, me di cuenta de que realmente no me ignoraban como tal, sino que más bien les daba un recuerdo inventado de un momento tan fugaz que ocupaba el lugar del presente en sus mentes.

Me dirigí a la biblioteca, donde había lámparas de aceite con llamas verdes y los libros estaban tan bellamente revestidos de cuero que cada fila parecía una tira de esmalte vítreo. Había lectores con túnicas rojas sentados en pupitres de madera pulida y bebiendo té rosa. Cuando levantaban la vista, les hacía recordarme de otro modo, ser lo que esperaban ver, pero eso me resultaba más difícil. Fruncían el ceño y sus mentes parecían escaparse de los pensamientos que les quería trasmitir, de modo que tenía que desearlo más fuerte y con más contundencia. Al final, se les nublaban los ojos y volvían a concentrarse en los libros.

Me acerqué a un concejal que estaba ordenando libros y parecía estar a cargo de la biblioteca.

—Busco un libro muy especial para el Protector —le dije—. Uno que habla de la historia de la ciudad.

Sus ojos estrechos me estudiaron llenos de confusión.

—Ese libro solo lo puede leer el Protector.

Reemplacé el recuerdo de la persona que estaba delante de él.

—Soy el Protector.

—Ah, sí. Le pido disculpas, mi señor. Por supuesto que sí. Iré a buscar el libro ahora mismo. Hay elixir para la memoria para usted, si quiere beber un poco mientras espera, aunque sé que usted, señor, nunca lo necesita.

Me puso delante una tetera de cristal con té rosa mientras me sentaba a la mesa. Había otras teteras vacías y una pila de copas de cristal que parecían burbujas. El hombre se fue corriendo.

Un elixir para la memoria.

Miré a mi alrededor, a toda esa gente leyendo y bebiendo té. ¿Era mi sangre la que había en esos vasos, la que me drenaron cuando estuve en prisión?

Me serví una taza y bebí un sorbo. No me hizo nada, probablemente porque yo ya tenía toda la magia que podía ofrecerme, o porque, simplemente, me estaba devolviendo a mí misma. Con razón me había costado más manipular los recuerdos de los lectores de la biblioteca. Habían bebido el té, así que el poder que utilizara con ellos tenía que funcionar contra el poder robado que ya habían ingerido. Dejé la taza a un lado. Luego, tras darle unas cuantas vueltas, saqué la bolsita de veneno del bolsillo y la vacié en la tetera.

El bibliotecario volvió con un libro encuadernado en rojo del tamaño de un bebé. Me lo puso delante. En el anverso tenía grabado un símbolo que había visto en una carta del juego del Panteón. Era una mano que agarraba algo, el símbolo del dios de los ladrones.

—¿Necesitará algo más, señor? —preguntó el bibliotecario.

—Sí. —Me aclaré la garganta, ansiosa por empezar a leer, invadida por una sensación que al principio no fui capaz de identificar, ya que nunca antes la había sentido.

Era la superioridad.

Nunca me había sentido capaz de hacer que la gente hiciera lo que yo quería. Ahora era tan fácil. Si yo lo deseaba, se cumplía. Si alguien se resistía, me bastaba con retorcerle la memoria para que obedeciera.

—Despeja la sala —le dije—. Y luego vete. Cierra las puertas de la biblioteca. Deseo leer a solas, en paz.

—Por supuesto, mi señor —dijo, y ejecutó la orden.

Cuando ya no quedaba nadie más, abrí el libro.

«Los dioses caminaron una vez entre los mortales», ponía en la primera línea. Al tocar la página, de la tinta salió un vapor. Como si de un espectro se tratara, el vapor fue subiendo en mi dirección. Al ahogar un grito de sorpresa, lo inhalé. Ni siquiera me dio tiempo a resistirme. Y entonces caí en la historia que contaba.

51

Hubo una época en la que los dioses caminaban entre los mortales, admirados por sus costumbres infantiles y sus vidas, tan efímeras como el rocío matinal. Sin embargo, lo que más admiraban era la capacidad que tenían los mortales para sorprenderlos. Un dios podía regalarle un don a un mortal y, sin embargo, no saber cómo crecería la semilla de esa bendición. A veces, un frágil humano podía brillar con solo cantar una canción: una melodía pura que brotaba de su garganta, unas palabras que expresaban un anhelo que la diosa de la música nunca había sentido, con tanta intensidad que hacía que ella, a pesar de llevar una eternidad en el mundo, se quedara anonadada escuchándolo. También podía suceder que un humano sufriera a causa de un don: que le salieran ojos de más por todo el cuerpo, como forúnculos que, en vez de supurar, lloraban. Ante situaciones como esa, la diosa de la prudencia no podía evitar reírse tanto como se había reído el día del nacimiento del dios del placer.

Poco a poco, los dioses abandonaron su reino, o se ausentaron durante un tiempo, atraídos por una isla cuyas playas estaban cubiertas de arena rosada, cuyos lagos estaban rebosantes de agua dulce y peces de escamas relucientes. Se alzó una ciudad en lo alto de las colinas. El dios del mar talló una suave bahía para formar un puerto natural en la costa. Los mortales cincelaron estatuas de mármol en honor de los dioses, y estos se sintieron complacidos, pues la adoración era un placer relativamente nuevo. Sin embargo, para ciertos dioses, el miedo era igualmente placentero.

La ciudad recibió el nombre de Ethin, una palabra que, en la lengua de los dioses, se usaba para prodigar alabanzas.

La vida de un mortal es tan incierta como la de un pájaro que vuela en una sala iluminada por lámparas, llena de alegría y discusiones, y luego se zambulle por una ventana en la oscuridad de la noche.

Algunos de los cien dioses se acercaron a ciertos mortales, encantados por su hermosa efimeridad, su piel flexible, sus bocas sorprendentemente cálidas, sus extrañas costumbres, su fulgor y su forma de esforzarse, a pesar de no siempre conseguir lo que deseaban. A veces, los dioses discutían entre ellos por un mortal. Uno acusaba a otro de haber bendecido al que había reclamado como su favorito. También a veces, un mortal revelaba un cierto don o una cierta sagacidad sin que ningún dios se los hubiera proporcionado, lo que provocaba que el panteón de los cien se llenara de murmurios, pues les parecía fascinante —o, en ocasiones, preocupante— que algunos mortales poseyeran habilidades que solo se podían atribuir a la suerte o a sus propios méritos.

Un día, una mortal les dio a los dioses la mayor de las sorpresas: un bebé. La niña irradiaba divinidad. No cabía duda de que por sus venas corría sangre divina, aunque ningún dios se atrevió a reclamarla como hija suya. La niña cautivó a la mayoría de los dioses, que bañaron su cuna con rayos de sol, amortiguaron sus caídas y pintaron su piel con colores gloriosos para que llevara la marca de su gracia.

Incluso el dios de la muerte apartó su pesada mano de ella.

La diosa de la prudencia esbozó una cruel sonrisa. *Es inevitable que la muerte alcance a la niña algún día*, dijo.

Jamás perderá ni una gota de sangre, decretó el dios de la suerte. *Jamás enfermará*, dijo también, *ni sufrirá la corrosión de la edad.*

Que así sea, dijo la diosa de la prudencia. Pero esa noche visitó a la niña y le tapó la cara con una sábana mientras dormía. Su respiración se hizo cada vez más costosa, luego empezó a asfixiarse y, finalmente, el cuerpecito quedó frío como la nieve.

A ningún dios le gusta equivocarse, pero a esta diosa menos aún.

Os dije que así sería, dijo ante el panteón. *Y aquí no acaba. Habrá más como ella, para nuestra eterna miseria.*

El dios de la verdad se tornó sombrío. Su diosa hermana, la de la luna, cuyo gran ojo observaba todos los quehaceres de los mortales durante la noche, esbozó una sonrisa en forma de medialuna. Ella conocía la cara dulce y la amarga de los humanos. Había presenciado actos despiadados y del más sincero amor. Aunque la diosa de la luna no veía razón alguna para contar historias sobre otros dioses —menos aun cuando para ella no suponía ninguna ventaja aparente, y más aun teniendo en cuenta que ella también pecaba, igual que los otros dioses—, sabía que las palabras de la diosa de la prudencia sonaban a verdad.

Cuando se les tentaba a probar un beso mortal, muchos dioses no podían resistirse. Pronto, los vientres de las mortales y las diosas se llenaron de frutos híbridos, y aparecieron los semidioses.

Los semidioses tenían dones propios; más débiles, pero imprevisibles, espectaculares y sutiles. Había luchas entre los dioses que querían protegerlos y los que querían convertirlos en peones para tener con qué atacar a sus semejantes. Sin embargo, lo más desconcertante era que los pequeños semidioses no se diferenciaban en nada de los humanos. A veces, la divinidad no les hacía brillar como sucedió con la primera hija híbrida de los dioses, sino que se escondía en las profundidades y pasaba desapercibida.

No todos los semidioses guardaban lealtad a los dioses, ni tampoco hermandad hacia los humanos. Los mortales que sufrían las perversas manipulaciones de los semidioses les pedían a los dioses protección. Algunos semidioses, resentidos por ser meras fichas en un tablón de juegos, desafiaban la autoridad de sus progenitores inmortales: robaban secretos, jugaban a sus propios juegos o frustraban la voluntad de los dioses y causaban infelicidad.

Acabarán matando a uno de nosotros, dijo la diosa de la prudencia.

Imposible, dijo el panteón. Pero el dios de la muerte, su monarca, precisaba de la ayuda del dios del descubrimiento.

Identifícalos, le ordenó la Muerte.

El Descubrimiento fue en busca de todos los semidioses y los marcó con una señal en la frente que podían ver tanto los mortales como los inmortales. Durante un tiempo, reinó la calma, puesto que los semidioses ya no jugaban con la ventaja de la sorpresa. Durante un tiempo, todo estuvo bien.

Pero un dios se apiadó de los semidioses. Uno que había disfrutado del caos que provocaban, que, junto con la diosa de los juegos, se había reído y había aprovechado ese caos para hacer sus propias travesuras.

Y fue este dios quien las borró todas.

—¿Disfrutando de la lectura?

La voz me sacó del ensueño, del mundo que el libro había creado en mi mente: el nacimiento de Ethin, con sus aguas relucientes; la extravagante belleza de los dioses, algunos de los cuales parecían vagamente humanos y otros alienígenas, con piel rosada o forma de serpiente. La Muerte, que a pesar de no ser más que una neblina, podía llegar a pesar más que la piedra. La Luna, siempre cambiante: a veces creciente, a veces menguante, y a veces invisible para todo el mundo.

Levanté la vista del libro, con el pulso acelerado porque me había sobresaltado, pero no tenía miedo, ni siquiera cuando vi quién había hablado. Le retorcería la memoria con facilidad, como a los demás.

Era el Protector.

Se había sentado en una silla a mi lado, con el elíseo sobre el hombro. El pájaro me llamó y su grito resonó en la biblioteca vacía. El Protector sonrió. Su rostro era sencillo, de rasgos tan suaves y anodinos que me costaba mirarle a la cara.

—¿Y bien? Es de mala educación no responder a una pregunta.

—No.

—Mide tus palabras, niña. Este es mi libro. Aunque seguro que no era tu intención ofenderme. ¿Por qué no te gusta la historia?

Como no había hecho ningún intento de hacerme daño y confiaba en que podría hacer que me recordara mal el tiempo suficiente para escapar, le dije la verdad.

—Algo malo está a punto de suceder.

—Ah, sí. Así es. Dime, jovencita, ¿cuál es el castigo apropiado para alguien que se cuela, que miente y que roba?

Confiada en mi poder y orgullosa de poder usarlo, dije:

—Yo no he robado nada.

—¿Qué te parece si te metemos en un barril lleno de clavos y hacemos que los caballos te arrastren por las calles?

Me lo quedé mirando muy quieta. Con una expresión apacible, el hombre esperaba una respuesta.

—Soy concejal —le dije rápidamente, con la voz aguda—. He sido su ayudante favorito durante años. Se alegró de verme cuando entró en la biblioteca.

—¿Mejor te ponemos las manos en el fuego hasta que la piel crepite y la carne se desprenda del hueso? Un castigo muy digno para un ladrón.

Mi corazón latía fuerte y rápido. Intenté usar la magia de nuevo.

—Este es un libro cualquiera.

—Es una lástima que tu querida forastera se haya ido. Podría quitártela. Podría reducir su cuerpo a un alfiler. Lo llevaría conmigo siempre, y lo clavaría en las lenguas de los mentirosos.

Eché la silla hacia atrás y me puse en pie de un salto. El pájaro chilló.

—Ya me he ido. —Las palabras salieron de mi boca entre tartamudeos—. La biblioteca estaba vacía cuando llegó.

—Siéntate —dijo—, o no tendré piedad contigo. —Me senté. El miedo me recorrió la espalda—. Un mentiroso puede ser un mentiroso, o un ladrón un ladrón, y aun así mostrar cortesía.

—Le... —vacilé, insegura. No sabía qué quería de mí.

—Tu nombre.

—Nirrim.

Se quedó esperando.

—Nirrim —repetí—, mi señor.

—Ah, mucho mejor.

—¿Me permite que le sirva un poco de té? —le ofrecí mientras levantaba la tetera con las manos temblorosas.

Levantó las cejas. Aún no podía distinguir el color de sus ojos encapuchados.

—Qué inesperado. —Aceptó una taza y bebió un sorbo—. Sabe como me imagino que debes saber tú. —Bebió más, y yo traté de ocultar mi alivio—. También sabe a otra cosa, pero... ¿a qué?

Se terminó la taza.

Dejé la tetera sobre la mesa, expectante.

—Ah, veneno —dijo, y se relamió los labios—. Buen intento, pero con el veneno no conseguirás matar a ningún dios.

52

—Los dioses no existen —dije con la boca entumecida.

—¿Yo no existo? ¿Y qué te crees que eres tú, híbrida? Me duele que hayas intentado hacerme esto. Dime, Nirrim: ¿qué crees que puedo hacerte yo a ti?

Me volví a poner en pie, dispuesta a salir corriendo de la habitación. Él sonrió, y las fuerzas me abandonaron. Caí al suelo y me golpeé la cara contra la silla. Él se levantó para mirarme. El dobladillo de su bata roja me rozaba la piel del brazo. Intenté moverme con todas mis fuerzas. Ni siquiera podía mover los dedos.

—Estoy siendo un buen dios —dijo—. No te he robado la vista, por ejemplo.

Aunque tenía los ojos abiertos, me quedé ciega de repente. Grité. El pájaro respondió a mi llamada. Oí cómo abría las alas.

Nunca había estado todo tan oscuro. Ni por la noche, ni en la caja para bebés del orfanato, ni siquiera cuando cerraba los ojos y la luz se colaba a través de mis párpados. El mundo parecía completamente negro y vacío.

La tela de su bata me rozó de nuevo. Lo oí caminar alrededor de mi cuerpo y se detuvo junto a mi cabeza. Podía hacerme cualquier cosa. Podía aplastarme la cara con su zapato. Podía hacerme algo peor.

—O podría robarte el aire.

Y, de repente, desapareció. Me esforcé por respirar. Mi corazón entró en pánico. Sentí que me ahogaba, que me moría, paralizada, sola, sin aire y en la oscuridad.

—Este es el frágil ser humano que hay en ti —dijo, y mis pulmones volvieron a funcionar.

El aire hizo un ruido agudo y espantoso al volver a pasar por mi tráquea.

—Eres el dios de los ladrones —dije cuando pude hablar.

—Sí, jovencita.

—Deja que me levante —le supliqué.

—No.

—Devuélveme la vista.

—No.

—Por favor, déjame ir. Haré lo que sea.

—¿Lo que sea? —Por su tono, sabía que se estaba divirtiendo—. Qué palabras más peligrosas. Ni siquiera te he causado dolor aún. Puedo robar lentamente la sangre de tu cuerpo. El calor de tu piel. La lengua de tu boca. Toda el agua que hay dentro de ti, para que te seques y te quedes marchita y torturada.

—Tiene que haber algo que pueda hacer —dije entre sollozos—. Algo que pueda darte.

—Lo hay —confirmó—. Es lo único que ni siquiera yo puedo robar.

—¿El qué? Dímelo.

—Te vas a quedar ahí tumbada y me vas a escuchar, y, cuando termine, haremos un trato.

Nunca se deben hacer tratos con los dioses. Pero, por aquel entonces, yo no lo sabía.

—Si aceptas —siguió—, te irás de aquí tal como estabas al llegar, excepto por una cosa. ¿Me dirás que no soy misericordioso?

—¿Y si digo que no? ¿Me matarás?

Hubo un silencio reflexivo.

—¿A quién perteneces?

A Sid, pensé. Luego enterré ese pensamiento, aterrorizada por la posibilidad de que fuera a robármelo.

—Quizá no lo sepas —musitó—. ¿Quién te engendró?

Parpadeé a pesar de la ceguera. Deseé poder verle la cara. No tenía ni idea de cuál era su expresión mientras me miraba fijamente.

—No tengo padres.

—Claro que tienes padres.

—Me abandonaron —aclaré—. Soy huérfana.

—Si te entrego al dios de la muerte, ya no podré robarte nada. Y, para ser honesto, ya tengo suficientes problemas con mis hermanos como para tentar su ira matando a una de sus favoritas, si es que eres la favorita de alguno de ellos.

—¿Hay más dioses escondidos en esta ciudad? ¿Dónde están?

—No queda ninguno aquí —dijo.

—Pero tú estás aquí.

—Como castigo.

—¿Por qué?

—Porque maté a mi hermano.

—¿Por qué?

—Nirrim, ¿por qué querías leer mi libro?

—Porque necesito saber qué pasó aquí —respondí.

—¿Por qué?

—Para entender por qué las cosas son como son.

—¿Y para qué quieres entenderlo?

Intentaba mover mis músculos, pero estaban muertos. Me esforzaba por intentar ver, pero no lo conseguía. Sin embargo, a pesar de no verle la expresión, percibí su curiosidad, y percibí que esa curiosidad le impedía, al menos por ahora, ser cruel. Era absurdo creer que realmente llegaríamos a hacer un trato y me dejaría ir ilesa, pero al menos podía respirar otra vez; al menos mi vida no se estaba extinguiendo lentamente como hacía un momento, con los pulmones ardiendo de dolor. Así que respondí con sinceridad:

—Quiero saber de dónde viene la magia. Quiero saber por qué los Semi están apartados del resto de la ciudad y deben soportar que se les pueda arrebatar cualquier cosa en cualquier momento. —*Como a mí ahora mismo*, pensé, *a merced del dios de los ladrones*—. Si lo descubro, podré cambiar las cosas.

—¿Cómo lo harás? —Su tono era pensativo.

—Explicaré la historia de la ciudad a la Semicasta para que la gente pueda apoderarse de la fuente de la magia.

—¿Y te creerán?

Lentamente, contesté:

—No lo sé.

—La revolución es un asunto muy turbio, y los que se rebelan pueden acabar aplastados bajo las ruedas de la rebelión. Es lo que me pasó a mí. Ethin es como es. Te recomiendo, aunque vaya en contra de mis propios intereses, que dejes las cosas como están.

Quise negar con la cabeza, pero no pude.

—¿No? —dijo—. Entonces escucha mi trato. Te contaré la historia de tu ciudad y la mía. Pero si deseas salir viva de esta biblioteca, deberás diezmarme algo preciado.

Al escuchar la palabra *diezmar*, se me erizó la piel.

—¿Puedo vivir sin ese algo?

—Por supuesto.

—¿Qué es?

—Tu corazón.

Parpadeé rápidamente a pesar de la oscuridad.

—Imposible. No puedo vivir sin corazón.

—No me refiero a ese bulto que te late en el pecho. Me refiero a aquello de lo que los humanos hablan cuando dicen *corazón*: a tu exquisita mezcla de preocupaciones, asombro y amor. Me refiero a lo que te hace ser tú.

—¿Por qué?

—Me será útil. Con esto, podré dejar esta desdichada isla y a estos desdichados humanos. Me expulsaron del panteón porque pequé, Nirrim. Pero sé de un dios que me abriría las puertas de mi hogar y que me ayudaría a reintegrarme entre mis parientes si, a cambio, le regalase el corazón de una humana de sangre divina.

—¿Yo, sangre divina?

—Sí, tú.

—Quieres decir… ¿Soy hija de un dios? ¿Nos llaman la Semicasta porque somos semidioses?

Se echó a reír.

—¡La arrogancia es de ignorantes! Tiempo atrás, sí, la Semicasta eran semidioses, pero se les encerró entre las paredes de ese muro y olvidaron que tenían poderes. Pero eso fue hace muchos años; hoy en día, su sangre divina se ha reducido. Como los dioses abandonaron la isla, los semidioses engendraron hijos con mortales puros, y, a su vez, estos hijos hicieron lo mismo. Ahora, el Distrito alberga sobre todo a humanos normales. Ya no quedan verdaderos semidioses, aunque por tus venas sigue corriendo buena sangre.

—Si me quitas el corazón, ¿en qué me convertiré?

—¿Quién sabe? —respondió, como si fuera un asunto sin importancia.

Por muy despreocupado que fuera su tono, percibía un ansia subyacente.

—Entonces mi respuesta es no.

Se hizo el silencio.

—¿No? Entonces te lo sacaré a la fuerza.

—Dijiste que no podías robarlo.

—Puedo hacerte sufrir hasta que accedas a dármelo voluntariamente.

—¿Entonces por qué no lo has hecho ya?

En el silencio que vino a continuación, se me ocurrió la respuesta a mi propia pregunta.

—Porque eso lo dañaría —dije.

—Así es —reconoció—. Ya no sabría tan dulce.

—Cuéntame la historia de este país, y luego decidiré si me merece la pena aceptar tu trato.

—Podría matarte —dijo.

—¿Te sería útil mi cadáver?

El elíseo chirrió. El dios guardó silencio.

—Dime —insistí—, ¿fuiste tú quien le dio la idea de construir un muro al primer Protector? ¿O le recomendaste hacer lo de los diezmos?

El dios se puso a reír. Una vez que empezó, parecía no poder parar. El dobladillo de su túnica no paraba de rozarme el brazo.

—Nirrim. Soy el Protector. Siempre he sido el Protector. Fui el primero, el segundo y todos los que siguieron. Cuando pasaban suficientes años mortales como para que la ciudad empezara a pensar que debía estar cerca de la muerte, fingía morir, y entonces le robaba a la ciudad el recuerdo de mi apariencia. Lo he hecho ya tantas veces que me cansa, como cuando te cuentan el mismo chiste una y otra vez. La primera fue divertido. Y sí, hice construir el muro. Les prometí a mis acólitos que, si construían el muro con sus manos, les recompensaría a ellos y a sus hijos, y a los hijos de sus hijos, y así lo he hecho. Aquellos a los que llamáis Casta Alta tiempo atrás me adoraban, y ahora adoran las cosas que les doy. Si me han olvidado, es porque yo se lo he permitido.

—¿Pero por qué construiste el muro? ¿Por qué nos diezmas?

401

—La promesa de un dios debe cumplirse. Prometí a mis seguidores que tendrían riquezas y delicias. La sangre de dioses les parece exquisita. Vilipendian a los de tu casta, sí, pero realmente les encantan todas las partes de vuestros cuerpos. En cuanto al muro, los semidioses se lo merecían, igual que yo me merecía mi castigo.

—¿Por qué?

—Hubo un asesinato.

Recordé mi sueño, el de la gente que mataba a un dios en el ágora.

—El dios del descubrimiento.

—Sí —dijo—. Mi hermano.

Oí el sonido de las plumas.

—Vive en los pájaros elíseos. Este percibe que tienes sangre de dios. Se siente atraído por ti. Supe lo que eras cuando te llamó durante el desfile. Deberías ver cómo se inclina hacia ti. Ahora mismo debo mantenerlo agarrado para que no se pose sobre tu cuerpo. —El dios suspiró—. El asesinato es culpa mía.

—¿Mataste a tu hermano?

—No, pero es como si lo hubiera hecho. En un alarde de mi compasión y mi estupidez, traté de ayudar a los semidioses. Admito que Descubrimiento me hizo enfadar. Era un soplón. Siempre entrometiéndose en mis asuntos y exponiendo mis planes. Pero era mi hermano, y aunque a veces lo detestaba, también lo amaba. Y yo era demasiado inteligente. Una vez le robé lágrimas al dios de la muerte. Se las di a los semidioses, que habían sido marcados por mi hermano y, por tanto, ya no tenían libertad para conspirar ni para vivir ni para esconderse ni para ser otra cosa que lo que obviamente eran. Ese era el motivo por el que se habían convertido en los juguetes favoritos de los dioses, mientras que los humanos los odiaban y los temían. Les dije que se ungieran con las lágrimas de la muerte para cegar al dios del descubrimiento.

Se quedó en silencio durante un rato y luego siguió:

—Pero un semidiós, hijo de la sabiduría, tomó mi regalo y le encontró otro uso. Sumergió la hoja de una espada en las lágrimas y así fabricó un arma apta para matar a un dios. Los semidioses derramaron sangre inmortal en el ágora, y el panteón nunca se lo perdonará. Ni a ellos ni a mí. «Errádícalos», dijo la Sabiduría, «o se multiplicarán a lo largo de los siglos y un día darán a luz a alguien capaz de derrocarnos a todos». La Muerte levantó la mano. Entonces habló la diosa más débil, la menos poderosa de todos. «Aun así», dijo la diosa de la costura, «son nuestros hijos». La Muerte analizó lo que había dicho la Costurera, a quien amaba con todo su corazón. El panteón entero se puso a discutir. Se decidió que los dioses abandonarían esta isla… y que yo, como castigo, protegería al resto del mundo de este lugar y de los hijos de dioses que lo habitaban.

—Pensaba que el Protector se llamaba así porque nos protegía a nosotros.

—¿Lord, o niñera? ¿Sois mis súbditos o mis pupilos? Se decretó que yo debía ocuparme de Herrath, que debía limpiar los estragos causados en la isla, como si fuera culpa mía que los dioses no pudieran evitar amar a mortales ni pudieran evitar darles hijos con su sangre y sus dones. Así que hice lo que mejor sé hacer. Robé. Les robé a los semidioses el conocimiento de sus dones. Soborné a mis acólitos para que construyeran un muro a su alrededor y luego les robé el recuerdo, aunque mantuve la promesa que les había hecho. Y durante muchos años, todo fue bien. Durante siglos, trabajé con la esperanza de que el panteón viera mis esfuerzos y me dejara volver a casa. Con el tiempo, me di cuenta de que no hay nadie dispuesto a ocupar mi lugar, y nunca podré expiar lo suficiente como para que me perdonen. Lo más intrigante —siguió, y esta vez escuché su voz más cerca, como si se hubiera inclinado sobre mí— es que los viajantes empezaron a llegar a esta isla a pesar del hechizo que había lanzado sobre ella. Empezaron a llegar hace unos años, más o menos cuando tú empezaste a madurar, pequeña Nirrim. Tu don es la memoria, ¿no es así? O eso dice el sabor de tu sangre, y los trucos que has intentado conmigo.

Pensé en Sid. Me pregunté qué sería de mí si nunca hubiera venido a esta ciudad.

Sería una piedra, quizá.

Una nube que flotaría sobre todos.

Una ráfaga de viento que trataría de colarse en lugares cálidos.

—¿Por qué dejaste que los viajantes vinieran? —pregunté.

—Supongo que me apetecía algo nuevo.

—Déjame verte.

—No.

—Por favor.

Y, de repente, podía ver. Parpadeé, cegada por la luz. El dios se había agachado a mi lado. Su rostro anodino destacaba ahora por su tristeza.

—Yo también estoy sola —dije.

—Bueno, pero no hace tanto tiempo como yo. —El pájaro elíseo gorjeó—. Entonces, Nirrim, ¿aceptas el trato?

Las fuerzas volvieron a mi cuerpo. Un poco tambaleante, me incorporé para quedarme sentada junto al dios.

—¿Me liberarás? —preguntó.

—¿Y si digo que no?

—En ese caso te robaré todo lo que te he dicho. Si te dejo vivir, te irás sin nada. Seré el Protector hasta que finja mi muerte, y volveré a serlo después. Los Semi os quedaréis tras el muro y los Altos seguirán dándose festines con vosotros, mientras que los Medianos servirán de intermediarios y vivirán siempre con el anhelo de ser como los descendientes de mis acólitos, pero disfrutando de su lugar por encima de los hijos de los dioses y de los humanos puros que han tenido la mala suerte de extraviarse y acabar viviendo entre ellos.

—¿Y si digo que sí?

—Tal vez descubras —dijo con tacto— que es más fácil vivir sin corazón.

Echaba de menos a Sid. Deseé que hubiera estado ahí para ayudarme. Ella diría: *No. No te rindas. No entregues tu bondad, tu luz, todo lo que me hace amarte.*

Pero ella no estaba ahí. Nunca iba a estarlo. Y yo siempre la echaría de menos, la buscaría en sueños, lloraría por no haberle dicho nunca que la amaba con todo mi corazón. «Prefiero tomarme las cosas a broma que demasiado en serio», me había dicho una vez, y yo deseaba que me explicara cómo podía dejar de tomarme su ausencia tan en serio, cómo podía quitarme esa carga y hacer que la vida fuera más soportable.

El tiempo a mí no me curaría. Recordaría claramente cada uno de sus besos.

¿De qué me servía el corazón, si solo hacía que dolerme?

—Quiero devolverle los recuerdos a la ciudad —le dije al dios de los ladrones— y, después de eso, acepto tu trato.

Su rostro anodino se volvió repentinamente hermoso, impregnado de alegría.

—Que sea rápido —suplicó.

¿Podía lograr que una ciudad entera recordara su pasado?

El dios empezó a compartir los recuerdos conmigo y sentí cómo se introducían en mí ser. Si me concentraba, me llenaban tanto que creía que iban a derramarse fuera de mí, como si fueran sangre. Empecé a tenerles miedo: a los recuerdos, a su grandeza, a cómo se abultaban en mi interior. A que, si los liberaba, se lo llevarían todo de mí. Pero recordé lo que pensaba sobre la tristeza por la muerte de Helin: que era como un cuenco siempre lleno. Pensé que mi amor por Sid también era así, que el dolor y el amor tenían su propia magia porque a veces podían llegar a ser inagotables.

Liberé la memoria de la ciudad. La imaginé derramándose por las calles y por encima de la gente.

El dios parecía satisfecho, incluso orgulloso.

—Bien hecho —dijo.

Entonces se inclinó sobre mí, puso su boca sobre la mía y aspiró hasta mi último aliento.

EPÍLOGO

Tengo las imágenes de esta historia claras e intactas en mi mente. Recuerdo que antes era como un cuenco que contenía un mar de emociones: culpa, soledad, deseo. Recuerdo pequeños riachuelos de placer, el calor del amor.

Pero ya no lo siento. Me siento ligera. Vacía. Pura.

La carta de Sid descansa en mi bolsillo, pero es mero papel. Tengo la copia en mi mente. Veo esas palabras extranjeras escritas de su puño y letra, pero el hecho de saber que no entiendo ni llegaré a entender nunca lo que dicen me resulta tan carente de importancia como su ausencia.

El dios también se ha ido, a dondequiera que vayan los dioses.

Su pájaro está sobre mi hombro. No siento ningún cariño por él, pero tampoco me molesta. Su belleza realza la mía. Las garras se me clavan un poco en la piel, pero aprende rápido que tiene que parar cuando siseo. No me costaría nada retorcerle ese bonito cuello.

Recuerdo a las personas que en algún momento me turbaron, las que me estrujaron el corazón, las que me llevaron a sentir culpa, las que me hicieron desear, querer, sonreír y llorar.

Sé que una vez fueron importantes para mí, pero ya no.

Es maravilloso. Es casi tan bonito como no tener ningún recuerdo.

Con el pájaro elíseo al hombro, atravieso la ciudad. La gente está aturdida. Les devuelvo la mirada a quienes se me quedan mirando fijamente, retándoles a que se crucen en mi camino. Nadie lo hace. Ojalá lo hicieran. Hacen preguntas, como si llevara escrito en la cara que tengo las respuestas. Quizá no sean tan idiotas después de todo, pero ninguno merece que le responda.

Me abro paso a través de ellos y accedo al Distrito.

Los Semi han salido a la calle. Me ven llegar y están entusiasmados. Muchos de ellos ahora saben lo que son. Veo a Aden, con el sol reflejado en sus brazos, listo para controlar la luz y usarla a su antojo. Veo a Morah y a Annin al margen de la multitud. Annin empieza a correr hacia mí. Morah, que sabe leer lo que sea que expresa mi rostro, la detiene de un zarpazo.

Ni siquiera los de sangre divina se me acercan. Y los demás, como Morah y Annin, no me interesan. Para mí, es como si fueran cuatro palos con un trozo de tela encima. No albergan ningún poder, a diferencia de mí.

Por fin una mujer de sangre divina se atreve a acercarse a mí. Es Sirah, la tuerta, que se arrastra sobre sus piernas débiles y viejas.

—Nirrim, niña, mira esto. —Extiende la mano—. Puedo hacer que llueva —dice, y una pequeña tormenta estalla en su palma.

Un buen truco, y podría serme útil, pero ella está débil y desgastada. Necesito aliados poderosos para lograr lo que quiero. La empujo y paso de largo.

—Nirrim —exclama ella, sorprendida—, ¿quién te has creído que eres?

Lo digo lo bastante alto como para que todos me oigan:

—Soy una diosa. Y soy vuestra reina.

AGRADECIMIENTOS

G racias a los miembros del grupo de escritura de Stalwart: Marianna Baer, Anna Godbersen, Anne Heltzel, Jill Santopolo, Eliot Schrefer; y a los demás amigos que leyeron borradores: Kristin Cashore, Morgan Fahey, Donna Freitas, Drew Gorman-Lewis, Sarah Mesle y Becky Rosenthal. Me habéis dado grandes consejos y me habéis animado en los momentos más difíciles.

Este libro no habría sido posible sin ellos, ni sin la amabilidad y generosidad de Cassandra Clare y Josh Lewis. Muchas gracias también a Robin Wasserman por su perspectiva, siempre tan entusiasta, a Holly Black por sentarse conmigo a trazar un plan cuando nos tuvimos que pelear con el Aga, a Elizabeth Eulberg por no dejarme morir en ese avión tan diminuto y a Sarah Rees Brennan, que siempre tenía una respuesta preparada para mis quebraderos de cabeza y que escribió a mi lado hasta el final. Muchas gracias también a Renée Ahdieh, Leigh Bardugo y Sabaa Tahir por darme consejos cuando más los necesitaba.

El poema que Nirrim lee en el taller de la imprenta es (por supuesto) de Safo.

Me encanta que FSG, y Macmillan en general, sea mi editorial. Joy Peskin y Trisha de Guzman han sido tan perspicaces y comprensivas como mis editoras. Les doy las gracias a ellas y a todo el equipo de Macmillan, especialmente a

Jen Besser, Beth Clark, Molly Brouillette Ellis, Teresa Ferraiolo, Kathryn Little, Kelsey Marrujo, John Nora, Janine O'Malley, Taylor Pitts, Melanie Sanders, Janine Barlow, Anne Heausler, Mary Van Akin, Allison Verost y Ashley Woodfolk. Lisa Perrin ha sido la encargada de crear la preciosa cubierta. Mis agentes, Charlotte Sheedy y Alexandra Machinist, han sabido dar forma a mi carrera y a mis libros, y siempre han estado ahí cuando las he necesitado.

Mis lectores me impresionan día tras día con su entusiasmo y su gran corazón. Es por vosotros que he escrito este libro.

Mi último agradecimiento es para Eve Gleichman, por todo lo que me has dado. Me alegro tanto de que formes parte de mi vida.